Harper
Collins

Zum Buch:

Sie sind zusammen durch dick und dünn gegangen. Bis zu dem Tag, der das Band zwischen ihnen zerstörte. Seit einem Jahrzehnt hat Carly ihre ehemals engste Vertraute nicht mehr gesehen. Jetzt taucht Michelle wieder in ihrem Leben auf. Sie droht der einstigen Freundin, ihr die Existenz zu nehmen – und das Heim für deren kleine Tochter. Kampflos gibt Carly nicht auf. Schnell erkennen die beiden, um das geliebte Inn vor dem finanziellen Ruin zu bewahren, müssen sie ihre Differenzen überwinden und zusammenarbeiten. Am Ende des Sommers wird sich zeigen, ob es für ihre Freundschaft einen Neuanfang geben kann.

»Alles über die heilende Kraft einer Freundschaft.«

Library Journal

»Vielschichtig und bewegend, intensiv und so mitreißend, dass man das Buch nicht aus der Hand legen kann!«

Publishers Weekly

Zur Autorin:

In ihren Romanen gelingt es Susan Mallery immer wieder, große Gefühle mit tiefgründigem Humor zu kombinieren. Ihre außerordentlichen Charaktere leben in der Fantasie des Lesers weiter. Die SPIEGEL-Bestsellerautorin ist verheiratet und lebt mit ihrem Mann in Seattle.

Lieferbare Titel:

Der Sommer der Inselschwestern

Für alle Frauen, die Militärdienst leisten und ihr Zuhause, Freunde und Familie zurücklassen. Dieses Buch ist für euch, in Dankbarkeit, Liebe und Respekt.

Ein besonderer Dank geht an Sergeant Betty Thurman, die mir bereitwillig von ihren persönlichen Erfahrungen erzählt hat. Jegliche inhaltlichen Fehler in diesem Roman sind meine.

Und an Specialist Jeanette Blanco, die das Buch »auf Herz und Nieren geprüft« hat. Vielen Dank für deine Anmerkungen und Einsichten. Ein Fool's-Gold-Cheerleader-High-Five! Du bist die Beste!

1. KAPITEL

»Ich ziehe morgen in den Krieg. Gut möglich, dass ich nie wieder zurückkomme.«

Michelle Sanderson wandte langsam die Aufmerksamkeit von dem fünf Jahre alten Pick-up ab, den sie zu kaufen erwog, und drehte sich zu dem jungen Burschen um, der neben ihr stand.

Er war noch ein Teenager, vielleicht achtzehn oder neunzehn Jahre alt, und hatte rotes Haar und Sommersprossen. Eigentlich war er ganz süß, nur viel zu jung. Seine Gliedmaßen waren jugendlich schlaksig und sein Brustkorb wollte erst ausgefüllt werden. Auch wenn er vermutlich bereits mehr Mann als Junge war, der Wandel war noch nicht völlig vollzogen.

»Entschuldigung«, sagte sie, überzeugt, ihn missverstanden zu haben. »Was hast du gesagt?«

Er grinste breit und zwinkerte ihr zu. »Ich mach's vielleicht nicht mehr lange. Wenn du den Wagen gekauft hast, könnten wir doch zusammen was trinken gehen oder so, meinen Einstieg in die Army feiern.«

»Es ist zwei Uhr nachmittags.«

»Wir könnten auch einfach zu mir nach Hause gehen.«

Michelle wusste nicht, ob sie laut loslachen oder ihm zu verstehen geben sollte, was für ein Idiot er war, und zwar so, dass er danach heulen würde wie ein kleines Mädchen. Letzteres wäre ein Leichtes für sie. Sie hatte selbst zehn Jahre in der Army gedient, beinahe die Hälfte davon im Irak und in Afghanistan. Dort waren ihr diese notgeilen jungen Typen, die sich für unwiderstehlich hielten, im Überfluss begegnet. Mit der Zeit war sie richtig gut darin geworden, ihnen klarzumachen, dass sie falschlagen.

Loslachen wäre ein wenig schwerer. Hauptsächlich, da ihr ganzer Körper schmerzte. Nicht nur ihre Hüfte, die als Entschuldigung eine Begegnung mit ein paar Kugeln von bewaffneten Rebellen vorzuweisen hatte, woraufhin ihr eine Teilgelenkprothese eingesetzt werden musste – nein, alles tat ihr weh. Sie dachte lieber nicht darüber nach, wie viel Zeit sie im Krankenhaus zugebracht hatte. Der Körper heilt in seinem eigenen Tempo, hatte ihr Physiotherapeut gesagt. Dennoch hatte sie versucht, schneller wieder auf die Beine zu kommen – was ihr lediglich drei weitere Nächte im Krankenhausbett beschert hatte, bevor sie endlich entlassen wurde.

»Bin ich nicht ein bisschen zu alt für dich?«, fragte sie.

Er zwinkerte ihr zu. »Erfahren nenne ich das.«

Trotz der Schmerzen schaffte sie es, kurz zu lachen. »Verstehe. Du suchst also eine, die dir deine schmutzigen Fantasien erfüllt, ja?«

»Du weißt Bescheid.«

Er ist so erwartungsvoll, dachte sie und fühlte sich sogleich noch ermatteter. Und ganz offensichtlich hatte er den Sehtest bisher nicht absolviert. Ihr war vollkommen bewusst, dass sie nicht in Bestform war. Ihr blasser, allzu dünner Körper verriet, wie lange sie in einem Krankenhausbett gelegen hatte. Sie hatte dunkle Augenringe und ihre Gesichtsfarbe war zu grau, um als normal durchzugehen, und zum Laufen brauchte sie eine Krücke. Was nur mal wieder bewies, wie hormongesteuert junge Männer waren.

Ehe sie dazu kam, sich zu überlegen, wie sie seine Einladung ausschlagen konnte, preschte ein heller Labrador um die Ecke des Hauses. Der Hund jagte auf sie zu und sprang kurz vor ihr in die Höhe. Michelle musste schnell einen Schritt zur Seite tun, damit sie nicht von ihm umgeworfen wurde. Bei der abrupten Bewegung wurde ihre Hüfte belastet und stechender Schmerz schoss durch ihren Körper.

Einen Moment lang drehte sich alles um sie. Ihr wurde schwarz vor Augen und Übelkeit stieg in ihr auf.

Bitte entweder das eine oder das andere, dachte sie, während sie verzweifelt versuchte, bei Bewusstsein zu bleiben. Aber bitte nicht beides auf einmal. Ein überraschend starker Arm legte sich um ihren Körper und hielt sie fest.

»Buster, runter mit dir.«

Sie musste ein paarmal blinzeln, bis sie an diesem kühlen, feuchten Nachmittag wieder klar sehen konnte. Der brennende Schmerz in ihrer Hüfte ließ so weit nach, dass sie wieder Luft bekam. Der junge Bursche stand nun so nahe bei ihr, dass sie die Sommersprossen auf seiner Nase und eine kleine Narbe auf seiner rechten Wange erkennen konnte.

»Alles in Ordnung?«, fragte er.

Sie nickte.

Er trat zurück und musterte sie. Der Hund blieb auf Abstand, seine Augen waren dunkel vor Beunruhigung, leises Jaulen verriet seine Besorgnis.

Michelle hielt ihm die Hand hin. »Alles okay, Buster. Mir geht's gut.«

Der Hund kam zu ihr und schnüffelte an ihren Fingern, bevor er sie kurz ableckte.

»Hey, das hatte ich doch vor«, meinte der Junge und lachte unsicher.

Michelle lächelte. »Sorry, er ist mehr mein Typ.«

»Du bist verletzt.«

Sie hob ihre Krücke leicht an. »Hast du das hier für ein modisches Accessoire gehalten?«

»Die habe ich gar nicht richtig bemerkt.«

Das bestätigte ihre Theorie über seine schlechten Augen. »Ist bloß eine Fleischwunde.« Genau genommen war nicht nur ihre Haut betroffen, sondern auch ein paar Knochen und Sehnen, doch wozu ins Detail gehen?

Sein Blick glitt zu den Army-Seesäcken auf dem Gehsteig,

zu ihrer Krücke und schließlich zurück zu ihr. »Warst du drüben?«, fragte er.

»Drüben«, das konnten tausend Orte sein, sie wusste jedoch, was er meinte, und nickte.

»Krass, Mann. Wie war's, hattest du Angst? Glaubst du …?« Er schluckte und lief rot an. »Glaubst du, ich kann's dort schaffen?«

Sie wollte Nein sagen. Dass es so viel leichter für ihn wäre, das College zu besuchen und mit seinen Freunden rumzuhängen. Dass es sicherer wäre. Und bequemer. Aber der einfachste Weg war oft nicht der beste, und einige Leute waren bereit, jeden Preis zu zahlen, um Teil von etwas Sinnvollem zu sein.

Ihre Gründe, der Army beizutreten, waren weit weniger altruistisch gewesen, aber mit der Zeit war auch sie zur Soldatin geformt worden. Das Kunststück würde nun darin bestehen, den Weg zurückzufinden.

»Du kriegst das schon hin«, erwiderte sie und hoffte, dass sie recht hatte.

»Wie ein richtiger Held?«, fragte er grinsend und schlug mit der Hand gegen den Pick-up. »Okay, du hast echt alles getan, um mich zu verwirren – so sexy und dann auch noch eine Kriegsveteranin. Ich lass mich trotzdem nicht aus dem Konzept bringen. Ich will zehntausend, keinen Penny weniger.«

Sexy? Das brachte sie nun wirklich zum Lachen. Zurzeit würde sie wohl nicht mal für einen neunzigjährigen Greis als Trophäe durchgehen. Aber hey, so ein Kompliment war doch immer nett zu hören.

Sie wandte ihre Aufmerksamkeit wieder dem Wagen zu. Er war recht gut in Schuss, hatte ziemlich neue Reifen und nur wenige Beulen. Der Kilometerstand war niedrig genug, dass sie ihn noch ein paar Jahre würde fahren können, bevor sie anfangen müsste, Teile zu ersetzen.

»Zehn sind viel zu viel«, entgegnete sie. »Ich zahle in bar. Und ich dachte eher an achttausend.«

»Acht?« Er presste in gespielter Dramatik die Hände auf sein Herz. »Du willst mich wohl umbringen. Willst du das einem zukünftigen Helden wirklich antun?«

Leise lachte sie. »Komm schon, Kleiner. Wir unternehmen jetzt eine Spritztour mit deiner Liebsten und fahren bei einem Mechaniker-Freund von mir vorbei. Wenn er sagt, der Pick-up ist in Ordnung, gebe ich dir neun fünf und du hast ein Geschäft gemacht.«

»Deal.«

Zwei Stunden später setzte Michelle den Typen – Brandon hieß er – wieder an seinem Haus ab. Ein Mechaniker auf der Militärbasis, den sie kannte, hatte ihr grünes Licht für den Wagen gegeben und sie hatte Brandon einen sortierten Packen brandneuer Scheine überreicht. Im Gegenzug hatte er ihr die Papiere für das Auto sowie die Schlüssel in die Hand gedrückt.

Als sie nun losfuhr, begutachtete sie den grauen Himmel. Sie war unverkennbar zurück im westlichen Teil von Washington State, wo es so viel regnete, dass ein sonniger Tag die Schlagzeilen der Lokalnachrichten beherrschte. Gepäck unter freiem Himmel zu transportieren war hier riskant, und sie hatte ihre zwei Seesäcke auf die offene Ablage des Pick-ups geschmissen. Doch sie entschied, dass die Wolken eher faul als bedrohlich aussahen. Ihr Gepäck würde während der Fahrt nach Hause einigermaßen in Sicherheit sein.

Nach Hause. Dorthin war es ein weiter Weg von dem Ort aus, an dem sie die letzten zehn Jahre verbracht hatte. Blackberry Island, eine Insel in der Bucht des Puget Sound, die über eine lange Brücke mit dem Festland verbunden war, mochte zwar theoretisch in Pendler-Entfernung von Seattle liegen, dennoch lagen Welten dazwischen. Das einzige Städtchen auf der Insel pries sich selbst als das »Neu-England der Westküste« an. Ein Verkaufsargument, das sie nie ganz hatte nachvollziehen können.

Die Insel war touristisch und ruhig zugleich, die Uhren gingen dort langsamer. Es gab ein paar hübsche Geschäfte, und alles, was mit den Brombeeren zu tun hatte, die der Insel den Namen gaben, wurde gefeiert. Sie hatte diese Traditionen stets albern gefunden und der Rhythmus der Jahreszeiten kam ihr auf mühsame Weise aus dem Takt geraten vor. Zumindest früher. Doch was sie damals nicht zu schätzen gewusst hatte, erschien ihr nun umso reizvoller.

Sie verlagerte ihr Gewicht auf dem Sitz, der Schmerz in ihrer Hüfte war stärker denn je. Ihr Physiotherapeut hatte geschworen, dass es besser werden würde, dass ihre Wunden schneller heilten als erwartet. Sie war den Genesungsprozess jedoch schon leid – er dauerte ihr viel zu lange. Ihr Körper ließ sich allerdings nicht antreiben.

Sie fand den Weg zur Hauptstraße und dann zum Freeway, dort reihte sie sich in die Kolonne der Fahrzeuge ein, die in Richtung Norden rollte. Sie war überrascht von der Menge der Autos und davon, wie geordnet sie sich fortbewegten. Die letzten Jahre war sie schwere Militärfahrzeuge gewöhnt gewesen, keine SUVs und Sportwagen. Die feuchte, kühle Luft war noch etwas, das sie vergessen hatte. Sie schaltete die Heizung an und wünschte, sie hätte daran gedacht, eine Jacke auszupacken. Dass bereits Mai war, hatte nichts zu bedeuten. Jahreszeiten waren etwas für Weicheier, der Sommer erreichte diesen Teil des Landes erst spät. Glücklicherweise jedoch kamen die Touristen dennoch früh.

Sie wusste, was sie die nächsten vier Monate über erwartete. Vom Memorial Day bis hin zum Labor Day würde die Insel vor

Besuchern überlaufen. Sie besuchten das Eiland wegen der Bootsfahrten, der berühmten Puget-Sound-Kraniche und der Brombeeren. Blackberry Island war – was sagt man dazu – die Hauptstadt der, nun ja, der Westküste. Die Urlauber bevölkerten die Restaurants und kauften allen möglichen Schnickschnack und Handgearbeitetes. Und sie aßen Brombeeren.

Sie streuten sie auf ihre Pancakes, in Salate und in und auf jegliche Gerichte, die dem Menschen bekannt sind. Sie kauften Brombeer-Eiscreme von Straßenhändlern und Brombeer-Cookies an Ständen. Sie erwarben Geschirrtücher und Tassen mit Brombeer-Motiven und probierten die fragwürdigen Ergebnisse des jährlichen Brombeer-Chili-Kochwettbewerbs. Und das Beste war, dass sie jedes Zimmer im Umkreis von fünfzig Meilen füllten. Einschließlich der Zimmer des Blackberry Island Inn.

Michelle konnte das fröhliche Klingeln praktisch hören, mit dem sich das Bankkonto für das Hotel füllte. Wie die meisten Unternehmen auf der Insel erwirtschaftete es den Großteil seiner Einnahmen während dieser vier Monate. Die Tage würden lang sein, die Stunden endlos, die Arbeit ermüdend, doch nachdem sie so lange fort gewesen war, konnte sie es kaum erwarten, sich wieder in all das hineinzustürzen. An den einen Ort zurückzukehren, bei dem sie sich darauf verlassen konnte, dass er sich niemals veränderte.

»Ist sie schon da?«

Damaris stand an der Türschwelle zu Carly Williams' Büro.

Carly blickte von der Willkommenskarte auf, die sie gerade gestaltete. Ein Teil des besonderen Charmes, den das Blackberry Island Inn seinen Gästen bot, war die persönliche Note. Carly sammelte Informationen über ihre Gäste, bevor diese anreisten, und legte dann einen handgefertigten Willkommensgruß in ihr Zimmer. Die Banners – ein älteres Paar –, die herkommen wollten, um Vögel zu beobachten und Weinproben zu besuchen, hatten erwähnt, wie sehr sie das Meer liebten. Carly hatte dafür gesorgt, dass sie ein Zimmer kriegten, das nach Westen hinausging, und bastelte nun eine Karte mit einem Foto von der Blackberry-Bucht bei Sonnenuntergang.

Reste von bunten Bändern und Spitze lagen auf ihrer Schreibunterlage verteilt. Ein Klebestift stand vor ihr, daneben lag ihre ramponierte Pinzette. Sie rieb gedankenverloren an einem winzigen Glitzerpunkt auf ihrem Handrücken herum.

»Sie ist noch nicht hier«, meinte sie zu Damaris. Dann lächelte sie die Köchin an. »Ich hab doch gesagt, ich gebe dir Bescheid, wenn sie eintrifft.«

Damaris seufzte. Ihre Brille war ihr ein Stück die Nase heruntergerutscht, was ihrem Gesicht einen geistesabwesenden Ausdruck verlieh. Neu angestellte Kellner hatten wegen ihres leicht zerstreuten Erscheinungsbilds schon oft darauf geschlossen, dass sie es nicht bemerkte, wenn jemand zu spät zur Arbeit kam oder den Gästen keinen frischen Kaffee nachschenkte, sobald die den ersten Schluck getrunken hatten. Ein Fehler, den sie stets bereuten.

»Ich dachte eigentlich, sie würde um die Zeit bereits da sein«, gestand Damaris. »Ich habe sie so vermisst, sie war so lange nicht hier.«

»Das stimmt«, murmelte Carly, die lieber nicht darüber nachdenken wollte, wie sehr sich ihr Leben verändern würde, wenn Michelle zurückkehrte. Obwohl sie sich in Erinnerung rief, dass sie diejenige war, die man verletzt hatte, änderte das nichts an ihren Magenkrämpfen.

Jetzt ist alles anders, sagte sie sich. Sie war hier zuständig und hatte die letzten drei Monate das Inn selbstständig geführt. Sie war eine wertvolle Bereicherung für das Blackberry Island Inn. Wenn Michelle das nur auch so sehen würde.

Damaris betrat das Büro und setzte sich auf den Stuhl auf der anderen Seite ihres Schreibtisches.

»Ich weiß noch genau, wie sie mich eingestellt hat«, sagte die über fünfzigjährige Köchin seufzend. »Wie alt war sie damals? Sechzehn? Ich hatte bereits Kinder, die älter waren als sie. Sie saß da, wo du jetzt sitzt, und hatte solch einen Bammel. Ich konnte sehen, wie sie zitterte.« Ihre runzeligen Lippen verzogen sich zu einem Lächeln. »Sie hatte sich ein Anleitungsbuch für Bewerbungsgespräche aus der Bibliothek ausgeliehen. Sie versuchte es unter ein paar Papieren zu verstecken, doch ich habe es gesehen.«

Damaris wurde ernst und kniff leicht die dunklen Augen zusammen. »Eigentlich hätte ihre Mutter sich um diese Dinge kümmern müssen, aber das hat sie nie. Michelle dagegen hat dieses Haus immer geliebt.«

Carly atmete tief durch. Sie und Damaris hatten schon so häufig über Mutter und Tochter gestritten. Carly gab bereitwillig zu, dass Brenda ihre Schwächen hatte, doch sie war auch diejenige gewesen, die sie gerettet hatte, die ihr einen Job und eine Aufgabe gegeben hatte. Carly hatte ihr einiges zu verdanken. Was jedoch Michelle anging …

»Ich hoffe, die Neuerungen werden ihr gefallen«, sagte sie, um das Gespräch in eine andere Richtung zu lenken. Die Anspannung, die ihr die Brust einschnürte, war bereits so groß, dass sie sich immer wieder bewusst entspannen musste, um tief durchatmen zu können. Sie brauchte gerade nicht noch mehr Stress in ihrem Leben. »Du hast ihr doch erzählt, was wir alles gemacht haben, oder?«

»Ich schreibe ihr jeden Monat«, erwiderte Damaris schnaubend. »Nicht, dass ihre eigene Mutter das jemals getan hätte.«

So viel dazu, das Gespräch in eine andere Richtung lenken zu wollen, dachte Carly. Sie gab jedoch nicht auf. »Deine Brombeer-Scones sind so beliebt bei den Gästen. Ich habe überlegt, sie am Sonntagmorgen in Tütchen zum Verkauf anzubieten. Dann könnten unsere Gäste ein paar mit nach Hause nehmen. Was meinst du? Wäre das zu viel Arbeit für dich?«

Damaris entspannte sich sichtlich auf ihrem Stuhl. »Ich könnte schon mehr davon backen. Das wäre kein großer Aufwand.«

»Wir könnten sie in Vierer- und Zehnerpackungen anbieten. Benutz doch die hübsche Plastikfolie, die wir angeschafft haben.«

Damaris hatte genau im Kopf, wie viel die Produktion eines Scones kostete, die Preiskalkulation war also schnell gemacht. Carly hätte gerne auch eine Rezeptkarte beigelegt, doch sie hütete sich, Damaris danach zu fragen. Die Köchin verteidigte ihre Rezepte wie eine Tigermama ihre Jungen – mit Zähnen und Klauen.

»Ich gehe mal nachsehen, ob sie da ist«, sagte Damaris und stand auf.

Carly nickte und folgte ihr widerwillig. Es würde sich einiges im Inn verändern – das war nun nicht länger zu verdrängen, auch wenn sie sich alle Mühe gegeben hatte. Brenda war nicht mehr da und Michelle kam zurück. Das genügte schon, um das Kräfteverhältnis zu ändern, doch es gab weitere Komplikationen. Niemand, der zehn Jahre fort war, ist noch derselbe Mensch. Ihr war daher klar, dass Michelle anders sein würde. Die Frage war nur, wie anders? Nicht alle Menschen machten eine Entwicklung zum Positiven durch.

Sie blieb mitten im Flur stehen. Eine Entwicklung zum Positiven durchmachen? Vielleicht sollte sie mal ein paar Wochen keine Selbsthilfebücher mehr aus der Bibliothek ausleihen, sondern sich stattdessen bei einer netten Liebesgeschichte entspannen.

Sie ging in die Lobby und trat hinter das dunkle, handgeschnitzte Holzpult, das als Rezeption diente. Über seine vertraute, abgenutzte Oberfläche zu streichen entspannte sie. Sie kannte jede Macke, jeden Fleck darauf. Sie wusste, dass die Schublade links unten nicht aufging, wenn es regnete, und dass der Griff der Schublade rechts oben locker war. Sie wusste auch, wo das Putzpersonal zusätzliche Handtücher versteckte und in welchen Zimmern es zu Problemen mit den Rohrleitungen kommen konnte. Sogar mit verbundenen Augen hätte sie jederzeit genau sagen können, in welchem Raum sie sich befand. Sie erkannte ihn an seinem Geruch, daran, wie der Lichtschalter sich anfühlte und wie der Holzboden knarrte, wenn man darüberschritt.

Zehn Jahre lang war dieses Haus ihr Heim und ihr Rückzugsort gewesen. Die Tatsache, dass Michelle ihr das alles im Handumdrehen wegnehmen konnte, war mehr als furchterregend. Dass es außerdem nicht gerecht wäre, schien dabei keine Rolle zu spielen. Carly hatte die Befürchtung, dass sie sich, was ihre moralische Überlegenheit betraf, schon seit Langem auf dünnem Eis bewegte.

»Da!«, rief Damaris und deutete nach draußen.

Carly warf einen flüchtigen Blick durch die frisch geputzten Fensterscheiben und nahm dabei eher das blitzsaubere Glas und den weißen Rahmen wahr als den Pick-up, der sich dem Haus näherte. Dann konzentrierte sie sich auf das grüne Gras und die Farbexplosion der Margeriten.

Diese Blumen waren ihr Hobby, ihre Leidenschaft. Wo andere nicht viel mehr als verschiedene Variationen eines einzelnen Themas sahen, sah sie Robinson-Rosa- und Schwarzrand-Margeriten, Gebirgs-, Haller-, Fett- und Magerwiesen-Margeriten –

und natürlich die einzigartige Blackberry-Margerite. Diese Blumen gehörten untrennbar zum Inn. Sie standen in Vasen auf den Restauranttischen und schienen fröhlich über Tapeten zu tanzen, sie brachten Farbe in Wandgemälde und zierten als Prägung das Notizpapier des Inns. Als sie Brenda geholfen hatte, neue Dachziegel auszuwählen, hatte sie die leuchtenden Farben ihres Gartens im Kopf gehabt. Nun bildete das Dunkelgrün der Schindeln, das sich in den Fensterläden und der Eingangstür wiederfand, den perfekten Hintergrund für die Blumen.

Damaris rannte über den Rasen, ihre weiße Schürze flatterte dabei hinter ihr her wie Schmetterlingsflügel. Schließlich breitete sie die Arme aus und umarmte eine Frau, die sehr viel größer und dünner war, als Carly sie in Erinnerung gehabt hatte. Sie sah zu, ohne es zu wollen, und lauschte ihren Worten, ohne etwas hören zu können.

Michelle löste sich aus der Umarmung, lächelte glücklich und umarmte Damaris gleich noch einmal. Sie trug ihr Haar jetzt länger, ein dunkles Gewirr aus welliger Mähne und Quasi-Locken. Ihr Gesicht war kantiger, um ihre Augen lagen dunkle Schatten. Sie sah aus, als wäre sie sehr krank gewesen. Carly war im Bilde darüber, dass sie in der Tat Verletzungen erlitten hatte. Sie wirkte zerbrechlich, doch Carly war sich bewusst, dass sie dem Anschein nicht trauen durfte. Michelle war nicht der Typ, der seiner eigenen Schwäche nachgab. Sie glich eher der furchterregenden und unverwüstlichen Alien-Figur aus den gleichnamigen Filmen.

Sie und Michelle waren praktisch gleich alt, Michelle war lediglich ein paar Monate älter. Früher – bevor alles anders geworden war – hatte sie Michelles Gesicht besser gekannt als ihr eigenes. Zu jeder einzelnen ihrer Narben hätte sie eine Geschichte erzählen können.

In Carlys bisherigem Leben hatte es drei prägende Momente

gegeben: der Tag, an dem ihre Mutter sie verlassen hatte; die Nacht, in der sie herausgefunden hatte, dass ihre beste Freundin mit ihrem Verlobten geschlafen hatte; und der Morgen, an dem Brenda sie im Lebensmittelgeschäft aufgelesen hatte – in Tränen aufgelöst, weil sie sich die Milch nicht leisten konnte, die ihre Hebamme ihr jeden Tag zu trinken verordnet hatte.

Für sich betrachtet hatte keiner dieser Momente länger als eine Viertelstunde gedauert. Eine Minute hier, zwei Minuten dort. Jedoch hatte jeder von ihnen ihr Leben verändert, es um hundertachtzig Grad gewendet, es zerschmettert und dabei alles zerbrochen, was ihr lieb und teuer war, und ihr jegliche Luft zum Atmen genommen. Michelle war ein Teil des engmaschigen Gewebes gewesen, das ihr Leben darstellte – und hatte es dann vollkommen zerrissen, sodass nur noch Fetzen davon übrig waren.

Carly atmete tief durch und sah der Frau entgegen, die auf das Inn zukam. Wieder einmal hing ihr Lebensglück an einem seidenen Faden. Wieder einmal würde Michelle über ihre Zukunft bestimmen, und es gab rein gar nichts, was sie dagegen tun konnte. Ein beklemmendes Gefühl von Ungerechtigkeit presste ihren Brustkorb zusammen, doch sie entspannte sich bewusst und sagte sich, dass sie schon Schlimmeres überstanden hatte. Sie würde auch das hier überstehen.

Das Telefon klingelte. Carly schritt zurück zur Rezeption, um den Anruf anzunehmen.

»Blackberry Island Inn«, meldete sie sich mit klarer, selbstsicherer Stimme.

»Ich schau gleich mal nach«, fuhr sie fort und tippte auf der Computer-Tastatur herum. »Ja, da hätten wir noch ein Zimmer frei.«

Während sie die Kontaktdaten der zukünftigen Gäste notierte sowie die Ankunftszeit und die Kreditkartennummer bestätigte, war sie sich bewusst, dass Michelle immer näher kam. Die Jägerin war zurück. Was Carly dazu veranlasste, sich zu fragen, ob sie zur Willkommensfeier eingeladen war oder einfach nur deren nächstes Beutetier sein würde.

2. KAPITEL

Etwas theoretisch zu wissen und es mit eigenen Augen zu sehen war nicht das Gleiche. Michelle starrte die Fassade des Inns an und wusste, dass von nun an ein Schlag nach dem anderen sie treffen würde.

»Es ist so schön, dich wieder hierzuhaben«, sagte Damaris und presste sie noch einmal so fest an sich, dass ihr beinahe die Rippen brachen.

Wenigstens etwas, das sich vertraut anfühlte. Ebenso wie der Duft nach Zimt und Vanille, den Damaris verströmte und der von den Backwaren herrührte, die sie jeden Morgen zubereitete. Alles andere dagegen war falsch. Angefangen beim Dach, das in einem abscheulichen Grün leuchtete, bis hin zu den Fensterläden in der gleichen Farbe. Sogar die Form des Gebäudes hatte sich verändert. Die Umrisse des Hauses, in dem sie aufgewachsen war, hatten sich nach außen verschoben und das Hotel so aufgebläht, dass es untersetzt wirkte. Als hätte es sich einen Rettungsring angefressen und müsste dringend die Finger von den Brombeer-Scones lassen und sich einen Zumba-Kurs suchen.

Auf der linken Seite, wo früher das Restaurant gewesen war, ragte ein Anbau heraus, der den seitlichen Rasen zerteilte und somit auch den Abhang, den sie als Kind hinuntergerollt war. An der rechten Seite klebte ein protziges geschwürartiges Gebilde, das in knallbunten Farben gestrichen war und in dessen Fenster der übliche Insel-Schnickschnack hing: Puppen und Leuchttürme, Windspiele und klimpernde, bunt bemalte Glasgebilde.

»Es gibt hier jetzt einen Geschenkeshop?«, fragte sie. Ihre Stimme klang mehr verärgert als fragend.

Damaris rollte mit den Augen. »Ja, das war die Idee deiner Mutter. Vielleicht auch die von Carly. Ich habe nie zugehört, wenn die zwei miteinander geredet haben. Sie sind wie Vögel, machen Lärm und sagen nicht viel.«

Damaris' kleine, kräftige Finger krallten sich in Michelles Oberarme. »Mach dir keine Gedanken wegen der beiden. Du bist jetzt wieder zu Hause und das ist alles, was zählt.« Sie kniff besorgt die Lippen zusammen. »Aber du bist viel zu dünn. Sieh dich nur an, nichts als Haut und Knochen.«

»Das kommt davon, wenn man im Krankenhaus herumliegt.« Es gab wohl keinen effektiveren Appetitzügler als eine schmerzhafte Schusswunde.

Aus den Augenwinkeln nahm sie ein Flügelschlagen wahr. Da waren sie – die allgegenwärtigen Puget-Sound-Kraniche, die über dem grauen Wasser des Sunds ihre Kreise zogen. Die Vögel lockten Touristen und Wissenschaftler gleichermaßen an. Aus irgendeinem Grund fanden die Leute sie hochinteressant. Sie hingegen war nie ein Fan von ihnen gewesen. Als sie acht Jahre alt war, hatten ihr die Kraniche einen ganzen Sommer lang ununterbrochen auf den Kopf geschissen. Sie war sich nicht sicher, ob sie einfach nur Pech gehabt hatte oder ob sich die Vögel gegen sie verschworen hatten. Wie dem auch sei, damals hatte sich ihre einigermaßen neutrale Haltung ihnen gegenüber in regelrechte Abscheu verwandelt. Ihre lange Abwesenheit hatte nichts daran geändert, dass sie sie am liebsten weghaben wollte.

Sie wandte den Blick wieder dem Inn zu und spürte, wie sich ihr Magen vor Enttäuschung zusammenzog. Wie hatte man diesem ehemals schönen Gebäude nur so etwas antun können? Selbst ihre Mutter hätte es besser wissen müssen.

Wahrscheinlich hat sie das auch, sagte Michelle sich. Das war Carlys Werk, da war sie sich sicher.

»Komm rein«, sagte Damaris und ging auf die Veranda zu. »Es wird gleich regnen und ich will dir was zu essen machen.«

Diese zwei zusammenhanglosen Gedanken bewirkten, dass Michelle sich ein bisschen weniger beklommen fühlte. Wenigstens Damaris war noch die Alte – liebevoll und gastfreundlich und stets darauf bedacht, die Menschen um sich herum mit Nahrung zu versorgen. Daran würde sie sich klammern.

Hinkend ging Michelle neben der viel kleineren Frau her. Ihr war klar, dass sie eigentlich ihre Krücke benutzen sollte, doch sie wollte keine Schwäche zeigen. Nicht in einer Situation, die sich so fremd anfühlte. Nicht zu wissen, was einen als Nächstes erwartete, war in ihrer Welt gleichbedeutend mit Gefahr.

Eine der prickelnden Nachwirkungen meiner Stationierungen im Irak und in Afghanistan, dachte sie missmutig, neben Albträumen, allgemeiner Reizbarkeit und dem attraktiven kleinen Tick, der die Haut unter einem ihrer Augen von Zeit zu Zeit zucken ließ.

Sie hatte sich dem idiotischen Irrglauben hingegeben, dass es ihr gut gehen würde, sobald sie das Inn erblickte. Dass es genügen würde, einfach zu Hause zu sein. Eigentlich hatte sie es besser gewusst – dennoch, die Hoffnung war da gewesen. Nun fiel sie in sich zusammen und erstarb schließlich völlig. Zurück blieben der Schmerz in ihrer Hüfte und der verzweifelte Wunsch, wieder zehn Jahre alt zu sein. In die Zeit zurückzukehren, in der es genügt hatte, auf den Schoß ihres Dads zu krabbeln und seine starken Arme um sich zu spüren, sodass alles gut war.

»Michelle?« Damaris klang besorgt.

»Mir geht's gut«, log sie und lächelte die ältere Frau an. »Oder, falls du mir das nicht glaubst, ich arbeite daran, dass es mir wieder gut geht. Kannst du damit leben?«

»Nur, wenn du mir versprichst, gut zu essen.«

»Bis ich platze.«

Damaris' Haar war ein wenig grau geworden und sie hatte ein paar Falten mehr um die Augen, davon mal abgesehen sah sie immer noch aus wie früher. Das war doch wenigstens etwas. Michelle war nach wie vor auf der Suche nach Teilen ihres Zuhauses, die sie wiedererkannte. Sogar der Garten hat sich verändert, dachte sie und blieb stehen, um die Beete mit den endlosen Reihen von heiteren Margeriten zu betrachten, die sich in der sanften Brise leicht bewegten.

Die bunten Farben bildeten fröhliche Muster, säumten den Rasen und krochen an ihm entlang bis zum Hauptgebäude, wo sie um die Ecke bogen. Sie waren so unterschiedlich, als hätte jemand nur die ausgefallensten und kessesten ausgewählt. Die knallbunten Blüten wirkten wie ein gellender Schrei auf ihre überreizten Sinne, am liebsten hätte sie sich Augen und Ohren zugehalten.

Die Stufen der Veranda lenkten ihre Aufmerksamkeit wieder auf das Inn zurück. Sie bereitete sich gedanklich auf den brennenden Schmerz vor, der sie im nächsten Moment von innen versengen würde, und auf die darauf folgende Übelkeit und die Schweißausbrüche.

Sie setzte den rechten Fuß auf die erste Stufe, dann hob sie den linken an. Auf den Schmerz vorbereitet zu sein machte ihn nicht weniger stechend. Er schoss durch ihren Körper und ließ sie beinahe um Gnade betteln. Wenn sie schon alles hatten verändern müssen, hätten sie nicht gleich auch noch eine Rampe einbauen können?

Als sie schließlich oben ankam, war ihr Körper von kaltem, klebrigem Schweiß bedeckt und ihr zitterten die Knie. Wenn sie heute Morgen etwas gegessen hätte, hätte sie sich in diesem Moment übergeben – eine elegante Art der Heimkehr. Damaris beobachtete sie verstohlen, ihre Miene finster vor Sorge.

»Ist es wegen deiner Mutter?«, fragte sie leise, als wollte sie die Antwort gar nicht hören. »Ich weiß, ihr zwei habt euch nie gut verstanden, aber dennoch, jetzt ist sie tot. Du darfst dir keine Vorwürfe machen, weil du nicht zur Beerdigung kommen konntest.«

»Das tu ich auch nicht«, presste Michelle durch zusammengebissene Zähne hervor. Angeschossen worden zu sein war wohl eine der besten Entschuldigungen, die man haben konnte.

Nach ein paar Atemzügen ließ der Schmerz so weit nach, dass er erträglich war. Es gelang ihr, sich aufzurichten, ohne nach Luft schnappen zu müssen. Was ihr die Gelegenheit gab, festzustellen, dass die Möbel auf der Veranda neu waren, ebenso wie die Brüstung. Ihre Mutter war sichtlich freizügig mit den Einnahmen des Hotels umgegangen, wie hoch auch immer sie gewesen sein mochten.

»Hallo, Michelle. Willkommen zu Hause.«

Sie wandte ruckartig den Blick zur breiten Doppeltür und erblickte Carly auf der Türschwelle.

Auch an ihr waren Veränderungen zu erkennen. Sie trug ihr Haar jetzt kurz statt lang. Ansonsten dasselbe Blond, dieselben dunkelblauen Augen, nur dass sie jetzt durch ein dezentes Make-up betont waren. Weniger »Grufti«, mehr »Lady beim Lunch«.

Die Kombination aus einem schlichten schwarzen Rock, flachen Schuhen und einem pinkfarbenen T-Shirt mit winzigen Rüschen an den Bündchen bildete ein perfektes, professionell wirkendes Outfit für das Inn. Daneben kam sich Michelle in ihrer tief sitzenden Cargo-Hose grobschlächtig vor – doch die bekam sie am einfachsten übergezogen, wenn es gerade mal keine Jogginghose sein sollte. Ihr langärmeliges Shirt war in den Krieg und wieder zurück gereist und sah dementsprechend aus. Sie konnte sich nicht mehr daran erinnern, wann sie das letzte Mal Wimperntusche oder eine Feuchtigkeitscreme aufgetragen hatte. Oder wann sie sich das letzte Mal die Haare von jemandem hatte schneiden lassen, der eine entsprechende Ausbildung hatte.

Im Vergleich dazu sah Carly richtig hübsch aus. Hübscher, als sie sie in Erinnerung gehabt hatte. So weiblich.

In ihrer Jugend war sie, Michelle, stets die Schönheit gewesen, mit ihrem langen dunklen Haar und ihren großen grünen Augen. Carly hingegen war die Süße. Ihr Sidekick im Wer-hat-das-schönste-Lächeln-Wettbewerb. Verärgert darüber, eine weitere Veränderung festzustellen, hätte sie sich am liebsten abgewandt und wäre zurück nach …

Das war genau das Problem. Das Inn war alles, was sie hatte, und weggehen war keine Option.

Carly lächelte noch immer, sie wirkte ruhig und kontrolliert.

»Wir freuen uns so sehr, dass du wieder da bist.« Ihr Lächeln erstarb. »Mein Beileid wegen Brenda. Sie war eine tolle Frau.«

Michelle zog die Augenbrauen hoch. Es gab viele Worte, ihre verstorbene Mutter zu beschreiben. *Toll* gehörte nicht dazu.

Besorgniserregender war jedoch Carlys Haltung ihr gegenüber. Sie verhielt sich, als hätte sie das Recht, jemanden an diesem Ort willkommen zu heißen. Als würde sie hierhergehören.

»Wir haben uns lange nicht gesehen«, fügte Carly hinzu. »Seit …« Sie hielt inne. »Nun ja, eben lange nicht«, wiederholte sie noch einmal.

Carlys Worte, ob sie nun spontan waren oder geplant, erinnerten Michelle an ihre letzten Stunden an diesem Ort. Sie nahm an, dass sie verlegen sein sollte oder Schuldgefühle hätte haben sollen, dass Carly eine Entschuldigung erwartete. Doch trotz der Dinge, die sie getan hatte, stellte Michelle fest, dass sie sich eine Entschuldigung von Carly wünschte. Als wäre Carly diejenige, die sich falsch verhalten hatte.

Sie starrten sich eine endlose Minute lang an. Michelle kämpfte gegen ihre Erinnerungen an. Gute Erinnerungen, dachte sie grollend. Sie und Carly hatten unzählige Stunden miteinander verbracht, sie waren zusammen aufgewachsen.

Scheiß drauf, dachte sie und wischte die Bilder weg. Sie ging entschlossen auf die Eingangstür zu. Wie erwartet trat Carly zur Seite, um sie vorbeizulassen.

Das Innere des Hauses hatte sich genauso verändert wie sein Äußeres. Die Vorhänge in fröhlichen Farben waren ebenso neu wie die Kaminverkleidung. Der Holzboden in der Eingangshalle war geschliffen und lackiert worden, die Wände neu gestrichen, und an einer davon, dort, wo es zum Restaurant ging, prangte ein riesiges Wandgemälde mit Margeriten.

Wenigstens das Rezeptionspult war noch das gleiche – und das war es, woran Michelle sich festhielt, wenn auch nicht physisch, so doch geistig. Während der Raum sich um sie zu drehen schien, wurde ihr klar, wie idiotisch es von ihr gewesen war, zu erwarten, dass sich nichts verändert haben würde. Sie hatte angenommen, alles genau so vorzufinden, wie sie es verlassen hatte – abzüglich ihrer Mutter. Dass, wenn sie das Haus beträte, es so sein würde, als wäre sie nie weg gewesen. Als wäre sie nie in den Krieg gezogen.

»Geht's dir gut?«

Carly streckte eine Hand nach ihr aus, während sie sprach. Im selben Moment fiel das Licht auf das goldene Bettelarmband an ihrem Handgelenk und ließ es aufleuchten.

Michelle kannte es in- und auswendig. Als Kind war sie fasziniert von den glitzernden Goldanhängern gewesen, die stets in Bewegung waren. Als sie größer wurde, hatte sie sich die Herkunft jedes einzelnen Anhängers erzählen lassen und sich eigene Geschichten um den filigranen Seestern oder den winzigen hochhackigen Schuh ausgedacht. Das Armband hatte ihrer

Mutter gehört und es verkörperte eine der wenigen guten Erinnerungen, die sie an diese Frau hatte.

Und nun trug Carly es.

Michelle wollte es gar nicht haben, doch ganz sicher wollte sie auch nicht, dass Carly es hatte.

Ärger brodelte in ihr auf wie Wasser in einem Dampfkochtopf. Am liebsten hätte sie Carlys zarten Arm gepackt und ihr die goldenen Kettenglieder heruntergerissen. Sie hatte das Bedürfnis zu zerstören, wegzunehmen und zu verletzen.

Michelle atmete tief durch, wie man es ihr beigebracht hatte. Sie glaubte nicht wirklich an posttraumatische Belastungsstörungen, doch man hatte ihr gesagt, dass sie darunter litt. Also hatte sie sich angehört, was die Ärzte ihr geraten hatten, dass sie Stress vermeiden, sich viel ausruhen und sich gut ernähren sollte. Sie hatte es sich angehört und die Ratschläge herausgepickt, von denen sie dachte, dass sie für sie funktionieren würden.

Sie machte die Atemübung, weil sie sich nicht für eine Reaktion entscheiden konnte und weil ihr gesamter Körper schmerzte. Dann humpelte sie davon. Jeder ihrer Schritte brannte, ihr Fleisch heulte protestierend auf.

Sie ging den kürzeren Flur auf der rechten Seite hinunter, bog um die Ecke und blieb vor einer unbeschrifteten Tür stehen. Noch etwas, das sich nicht verändert hat, dachte sie, und strich über den Türrahmen, auf dem kleine Schnittkerben anzeigten, welche Fortschritte sie als Kind beim Wachsen gemacht hatte. Die Kerben endeten abrupt. Nicht, weil sie irgendwann nicht mehr gewachsen wäre, sondern weil der Mann, der dem Bedeutung zugemessen hatte – der Vater, der sie geliebt hatte –, fortgegangen war.

Sie drehte, einem tiefen Bedürfnis folgend, den Türknauf. Dem Bedürfnis, sich zurückzuziehen und ihre Wunden zu lecken.

Die Tür war verschlossen. Sie versuchte es noch einmal, dann hämmerte sie mit der Faust gegen das Holz – laut und entschlossen.

Plötzlich öffnete sich die Tür und ein Teenager starrte sie mit weit aufgerissenen Augen an.

»Ah, hallo«, sagte das Mädchen, wobei sich dessen sommersprossige Nase leicht kräuselte. »Tut mir leid, die Gästezimmer sind alle oben. Hier ist der Privatbereich.«

»Das weiß ich«, sagte Michelle und sprach damit zum ersten Mal, seit sie das Inn betreten hatte.

»Wer ist da, Brittany?«, rief ein jüngeres Mädchen aus dem hinteren Teil der Wohnung.

»Ich weiß es nicht.« Das Teenager-Mädchen wandte sich wieder ihr zu und blickte sie erwartungsvoll an, als würde es darauf warten, dass sie ging.

Doch Michelle wollte einfach nur in ihr Zimmer, sich auf ihr Bett fallen lassen und schlafen. Schlaf, sofern sie ihn finden konnte, bedeutete Heilung.

Sie drückte sich an der Jugendlichen vorbei und es war, als träte sie wie Alice hinter den Spiegel.

Nichts war so, wie es sein sollte. Weder die Wände noch die Teppiche auf dem Boden noch die Möbel. Das zerfledderte karierte Sofa war verschwunden, stattdessen stand dort eine in Blautönen gehaltene Couch mit Schonbezug. Und alles war voll mit Margeriten – in Vasen, auf Kissen und Bildern. Sogar von den Vorhängen schienen sie höhnisch auf sie herabzuschauen. Und wo keine Margeriten prangten, waren es Brombeeren.

Sie starrte auf die neuen Stühle, den Küchentisch, den sie nicht wiedererkannte, und auf das Spielzeug. In einer Ecke stand ein Puppenhaus. Auf der breiten Fensterbank saßen Stofftiere, daneben stapelten sich verschiedene Brettspiele.

Ein Mädchen, das ungefähr zehn Jahre alt sein mochte, trat vor sie hin. Es hatte große dunkelblaue Augen und einen verängstigten Ausdruck auf dem Gesicht. In der Hand hielt es einen iPod.

»Wer sind Sie?«, fragte es, und plötzlich weiteten sich seine großen Augen noch mehr. »Ich weiß, wer du bist«, hauchte es und trat einen Schritt zurück. Es duckte sich geradezu weg. »Du musst gehen. Sofort!«

»Gabby!«, rief der Teenager schockiert.

Michelle wich eilig zurück und verließ den Raum rückwärtsgehend, wobei sie den heftigen Schmerz ignorierte, der ihre Hüfte umspannte und sie beinahe straucheln ließ. Alles war falsch. Der Schmerz war zu groß und das Zimmer begann sich um sie zu drehen. Sie bekam keine Luft, wusste nicht mehr, wo sie war. Es war, als hätte sie festen Boden unter den Füßen erwartet und würde stattdessen ins Bodenlose fallen.

Sie ging, so schnell sie konnte, und war sich vollkommen bewusst, was sie sich damit antat. Ihr war klar, dass sie später dafür büßen würde, doch das war ihr egal. Sie nahm den Weg zurück, den sie gekommen war. In der Eingangshalle wartete Carly auf sie. Immer noch perfekt aussehend in ihrer mädchenhaften Kleidung und mit Brendas Armband am Handgelenk. Michelle blieb vor ihr stehen.

»Du bist gefeuert«, sagte sie klar und deutlich, trotz des stechenden Schmerzes in ihrer Hüfte.

Carly wurde blass. »Wie bitte? Das kannst du nicht machen!«

»Doch, ich kann. Das Inn gehört mir, schon vergessen? Du bist entlassen. Pack deine Sachen und geh, ich will dich hier nie wieder sehen.«

Sie trat an Damaris vorbei, taumelte mehr die Stufen hinunter, als dass sie ging, und humpelte zurück zu ihrem Pick-up. Als sie ihr linkes Bein auf den Sitz hochziehen wollte, wurde sie beinahe ohnmächtig, schaffte es jedoch. Dann ließ sie den Motor an und fuhr los.

Zwei scharfe Rechtskurven später lenkte sie an den Straßenrand und hielt an. Heftige Schluchzer ließen ihr die Kehle eng werden. Ihre Hände zitterten und eisige Kälte kroch ihr bis in die Knochen.

Es kamen keine Tränen – da waren nur das trockene Weinen und die Erkenntnis, dass allein die Tatsache, dass sie nach Hause gekommen war, nicht bedeutete, dass sie einen Ort hatte, wo sie hinkonnte.

3. KAPITEL

»Unser Tagesgericht heute ist eine Huhn-Marsala-Variation«, sagte Carly und lächelte das ältere Paar an, das an einem Fenstertisch saß. »Rigatoni mit Champignons und frischen Kräutern in Marsala-Sahne-Soße. Eins meiner Lieblingsgerichte.«

Die Frau, die ihr weißes Haar aufgetürmt auf dem Kopf trug, lächelte zurück. »Ich bin mir nicht sicher, ob meine Taille das verkraftet, aber es klingt köstlich.«

Ihr Mann nickte. »Wir haben unseren eigenen Wein mitgebracht. Das ist doch in Ordnung, oder?«

Carly warf einen Blick auf die Flasche. Ein Brombeer-Aufkleber klebte auf der oberen linken Ecke des Etiketts, was bedeutete, dass der Wein in der Stadt gekauft worden war.

»Natürlich«, sagte sie. »Wir berechnen keine Korkengebühr. Soll ich die Flasche schon mal für Sie öffnen, damit der Wein atmen kann?«

Der Mann grinste. »Ich weiß nicht. Das klingt ziemlich vornehm.«

»Sie haben sich da einen hervorragenden Wein ausgesucht. Soll ich ihn nicht für Sie aufmachen? Während Sie sich überlegen, was Sie essen wollen, gehe ich die Weingläser holen, dann können Sie ihn gleich mal probieren.«

»Vielen Dank.« Die Frau tätschelte die Hand ihres Mannes. »Wir haben eine wunderschöne Zeit hier. Das ist unser dritter Aufenthalt, wir waren allerdings einige Jahre nicht mehr da. Sie haben ein paar schöne Veränderungen vorgenommen.«

»Danke für das Kompliment. Ich hoffe, wir müssen diesmal nicht so lange auf das Vergnügen verzichten, Sie wieder hier begrüßen zu dürfen.«

Sie entschuldigte sich und ging hinüber zur Bar. Mit den Weingläsern und einem Korkenzieher in der Hand kehrte sie zum Tisch zurück, um den Wein zu servieren und die Bestellung aufzunehmen. Als Nächstes sah sie an den anderen drei Tischen nach dem Rechten, dann ging sie in die Küche und holte Salat. Bisher hatte noch niemand bemerkt, dass etwas nicht stimmte. Und falls doch, so hatte keiner was gesagt, was fast genauso gut war. Wenn sie sich beschäftigt hielt, konnte sie nicht nachdenken, sich keine Sorgen machen, nicht in Panik ausbrechen.

Sie betrat die helle Küche voller Dampfschwaden und sah, dass die Salatteller bereitstanden. Sie nahm sie und kehrte zurück in den Speisesaal.

Die Handgriffe waren einfach, wofür sie dankbar war. »Verwirrt« beschrieb noch nicht mal annähernd, wie sie sich fühlte. »Starr vor Angst« kam ihrem Zustand schon näher.

Gefeuert. Sie konnte doch nicht einfach entlassen werden! Das hier war ihr Zuhause, sie hatte hier beinahe zehn Jahre lang gelebt. Hatte ihr Herz und ihre Seele in dieses Haus gesteckt. Sie liebte es. Das musste doch etwas wert sein, oder? Recht und Gesetz wurden allerdings zu neun Zehnteln durch Besitzverhältnisse bestimmt. Konnte es da helfen, Klischees aufzuzählen? Aber irgendetwas musste helfen. Michelle durfte nicht hier reinspazieren und sie feuern.

Doch, das durfte sie.

Carly kämpfte gegen Tränen an und verkroch sich hinter der Bar. Die Marmorplatte fühlte sich kühl unter ihren Fingern an, der Marmor, den sie selbst ausgewählt hatte, ebenso wie die Schränke und sogar die Tische und Stühle im ausgebauten Restaurant.

Sie hat es mir versprochen, dachte Carly und drehte ihr Gesicht zur Wand, um die Tränen zu verbergen, die in ihren Augen brannten. Brenda hatte versprochen, dass sie ihr einen Anteil am Inn überschreiben würde. Zwei Prozent jedes Jahr, bis sie es zur Hälfte besitzen würde und sie gleichberechtigte Partnerinnen wären. Von Rechts wegen hätte ihr inzwischen ein Fünftel gehören müssen. Nur, dass Brenda nicht berechtigt gewesen war, das Inn zu verschenken.

Vor vielen Jahren, als Michelle behauptet hatte, ihr Daddy habe ihr das Blackberry Island Inn vermacht, hatte Carly angenommen, ihre Freundin erzählte die üblichen Geschichten, die Kinder eben so erzählten: »Irgendwann gehört das alles mal mir.« Michelle hatte hier gelebt und gearbeitet. Letzten Endes war Michelle diejenige gewesen, die die Wahrheit gesagt hatte, und Brenda die Lügnerin, und nun hatte sie, Carly, keinen anderen Ort, an den sie gehen konnte.

Sie wischte sich die Tränen ab und setzte ein gezwungenes Lächeln auf, bevor sie zu ihren Gästen zurückkehrte.

Es war fast halb acht, als sie endlich zurück in die Eigentümerwohnung im Inn flüchten konnte – die Räume, die sie und ihre Tochter seit Gabbys Geburt bewohnten. Räume, die sie zu den ihren gemacht hatte, Räume voller Erinnerungen.

Gabby sah fern, schaute jedoch auf und lächelte, als Carly eintrat. Brittany, ihr Babysitter, legte eilig ihr iPhone weg. Gabby krabbelte vom Sofa herunter und kam auf sie zugerannt.

»Mom.«

Mehr sagte sie nicht, sie hielt sie nur fest.

Carly erwiderte ihre Umarmung, in dem Wissen, dass sie – wie wohl so ziemlich jede andere Mutter auf der Welt – alles für ihr Kind tun würde. Dazu zählte auch, es vor der Wahrheit zu schützen – der Tatsache, dass sie vermutlich kurz davorstanden, aus ihrem Zuhause verjagt zu werden.

»Wie war dein Abend?«, fragte sie, strich Gabby sanft das blonde Haar aus dem Gesicht und sah ihr in die blauen Augen.

»Gut. Ich habe Brittany zweimal beim Glücksrad-Spiel geschlagen.«

Der Teenager grinste. »Siehst du, die Buchstabier-Hausaufgaben haben doch einen Sinn.«

Gabby kräuselte die Nase. »Mathe ist mir lieber.«

»Das Abendessen war super«, sagte Brittany und stand auf. »Danke.«

Carly hatte ihnen um halb sechs etwas von der Huhn-Marsala-Pasta vorbeigebracht. Sie musste zwei Abende in der Woche im Restaurant arbeiten, konnte aber während ihrer Schicht wenigstens etwas zu essen nach Hause bringen.

»Freut mich, dass es euch geschmeckt hat.«

»Ja, das hat es«, sagte Gabby.

Brittany war bereits in ihre Jacke geschlüpft.

»Triffst du dich mit Michael?«, fragte Carly und stand auf, um sie zur Tür zu begleiten.

Der Teenager lächelte. »Ja. Wir gehen mit ein paar Freunden bowlen.«

»Ich werde wahrscheinlich irgendwann in den nächsten zwei Wochen vom Sommerlager hören«, sagte Carly und ignorierte das leise Schnauben ihrer Tochter. Gabby war kein Fan des Sommerlagers, hauptsächlich, weil es bedeutete, dass man viel draußen sein und Dinge machen musste wie wandern oder Kajak fahren. Ihre Tochter zog es vor zu lesen oder Computer-Spiele zu spielen.

»Meine Sommerkurse gehen von acht bis zwölf.« Brittany zog ihren langen Zopf aus ihrer Jacke. »Nachmittags passt für mich also gut.« Sie zögerte, dann senkte sie die Stimme. »Das war sie also? Michelle, meine ich?«

Carly nickte.

»Sie ist überhaupt nicht so, wie ich es erwartet habe. Ich dachte nicht, dass sie so Furcht einflößend sein würde. Nicht, dass sie irgendwas Schlimmes gemacht hätte, es ist nur … Ich weiß auch nicht …«

Carlys erster Impuls war, Michelle zu verteidigen, was bewies, dass dumme Verhaltensweisen nicht so leicht abzuschütteln waren.

»Sie ist eigentlich gar nicht so übel«, sagte sie, um einen inneren Kompromiss zu finden, was ziemlich großzügig von ihr war, angesichts der Tatsache, dass sie soeben gefeuert worden war.

»Okay, einen schönen Abend euch noch.«

Brittany ging und Carly ließ sich auf dem Sofa nieder. Ihre Tochter kuschelte sich an sie und legte den Kopf auf ihre Schulter.

»Ich mag sie nicht«, wisperte Gabby. »Muss sie hierbleiben?«

Carly hätte gerne gesagt, dass sie Michelle auch nicht mochte, doch sie wusste, dass das ein Fehler gewesen wäre. Ständig das Richtige tun zu müssen kann ganz schön nerven, dachte sie und streichelte über das Haar ihrer Tochter.

»Lass uns erst mal sehen, wie es so läuft, bevor wir ein Urteil fällen«, sagte sie betont heiter und ignorierte das Gefühl von drohendem Unheil.

»Das machst du dauernd, Mom«, sagte Gabby seufzend. »Alles immer von beiden Seiten betrachten, meine ich. Willst du nicht manchmal einfach nur total ausrasten?«

»Öfter, als du denkst.«

Es war eine Tatsache, dass Michelle sie brauchte. Zumindest kurzfristig. Jemand musste schließlich das Inn führen, und da Brenda nicht mehr da war, blieb nur sie. Michelle würde Zeit brauchen, um wieder gesund zu werden und sich in die Arbeit hier einzufinden. Der Rausschmiss war eine Kurzschlussreaktion gewesen. Leere Worte, die jeder Grundlage entbehrten.

Es war, als würde sie im Dunkeln pfeifen, um sich Mut zu machen, oder immer noch nicht an Geister glauben, obwohl die Beweislage erdrückend war. Sie zog ihre Tochter näher an sich.

Anderthalb Stunden später küsste Carly ihre Tochter auf die Stirn. »Schlaf schön«, flüsterte sie. »Ich hab dich lieb.«

»Ich dich auch, Mom.«

Gabby klang schläfrig, ihr fielen bereits die Augen zu. Obwohl ihre Tochter schon seit Jahren keine Gutenachtgeschichte mehr hören wollte, mochte sie es, von ihr ins Bett gebracht zu werden. Sie war neun, im Herbst würde sie zehn werden. Wie lange würde es noch dauern, bis sie ihre Mutter eher als Nervfaktor denn als Freundin betrachtete?

Carly konnte sich nicht mehr erinnern, wie alt sie gewesen war, als sie anfing, alles, was ihre Eltern taten, entweder bescheuert oder peinlich zu finden. Mit siebzehn hatte sie sich nichts sehnlicher gewünscht, als sie loszuwerden. Seltsam, dass erst ihre Mutter davonlaufen musste, ehe ihr bewusst wurde, wie sehr sie sie in Wirklichkeit brauchte. Doch da war es zu spät gewesen, um ihr das zu sagen und all die Dinge von ihr zu lernen, die ihr dabei geholfen hätten, eine erwachsene Frau zu werden.

Bevor sie aufstand, gab sie Gabby noch einen Kuss und schwor sich innerlich, ihr Kind niemals im Stich zu lassen, was auch passieren mochte. Ein Nachtlicht leuchtete ihr den vertrauten Weg aus dem Kinderzimmer. Obwohl Gabby immer öfter nach mehr Eigenständigkeit verlangte, war ihre Tochter weiterhin froh über das sanfte Licht, das über ihren Schlaf wachte.

Auf der Türschwelle wandte Carly sich um und betrachtete das schlafende Mädchen, dann ging sie in ihr Zimmer. Die Vorhänge hatte sie selbst genäht und die Regale eigenhändig aufgearbeitet. Farbe war billig und so jagte sie gerne im Trödelladen von Blackberry Island nach Schnäppchen. Auch den bunten Quilt, der noch in der Plastikverpackung des Ladens steckte, hatte sie auf die Art gefunden. Ganz unten in ihrem Schrank bewahrte sie ein großes Einweckglas auf, in das sie all ihr Kleingeld legte. Das war ihr »Sparstrumpf« für den Geburtstag ihrer Tochter und für Weihnachten. Trotz des chronischen Geldmangels waren sie immer über die Runden gekommen.

Das würde sich jedoch schlagartig ändern, wenn man sie feuerte. Dann würde sie nicht nur ihre Arbeit verlieren, sondern auch ihr einziges Zuhause.

Einen Moment lang stand sie reglos im Halbdunkeln und dachte daran, wie es gewesen war, als dieses Zimmer Michelle gehört hatte. Damals verbrachten sie an den Wochenenden viele Nächte gemeinsam, meistens im Inn, denn dort war es besser. Sicherer. Als sie in Gabbys Alter waren, bastelten sie Ketten aus Margeriten für sich selbst und für die Gäste. Sie liefen zum Strand hinunter und warfen Steine ins Meer. Michelle watete in das kalte Wasser, doch sie blieb am Ufer. Sie hatte immer schon Angst vor Wasser gehabt. Es gab keinerlei Erklärung dafür, kein frühkindliches Trauma, die Phobie war einfach da. Und leider hatte sie sie an ihre Tochter vererbt.

In den guten Momenten sagte sie sich, dass sie dies mit ihrer Liebe, ihrer Fürsorge und einem beständigen Zuhause mehr als ausgeglichen hatte. Gabbys Welt war geordnet und vorhersehbar, und sie waren glücklich zusammen. Und was auch immer sie tun musste, sie hatte dafür zu sorgen, dass das so blieb.

Das Motel-Zimmer hätte an jeder beliebigen Straße Amerikas liegen können. Das Bett war schmal und hart, die Laken rau, der Teppich voller Flecken. Die dunklen Vorhänge schlossen nicht ganz, Autoscheinwerfer streiften das Fenster und warfen Muster auf die gegenüberliegende Wand. Aus dem Badezimmer war das stetige Tropfen eines Wasserhahns zu hören.

Michelle vermutete, dass sie ein schöneres Zimmer hätte finden können, doch das war ihr nicht wichtig gewesen. Dieses würde für die heutige Nacht genügen. Es hatte zudem den Vorzug, nahe am Highway zu liegen und ein bevorzugter Übernachtungsort für Trucker zu sein. Es war unwahrscheinlich, dass sie hier jemanden traf, den sie kannte. Anonymität war gerade genau das, wonach sie suchte.

Sie ließ das Wasser in der Dusche laufen, bis das kleine Bad von Dampf erfüllt war. Nachdem sie ihre Kleider abgestreift hatte, trat sie in den feuchten Nebel und ließ das heiße Wasser an sich hinabrinnen. Sie nahm das winzige Stück Seife, rieb ihr Haar damit ein und spülte es dann aus.

Trotz der Hitze zitterte sie. Nach einer Weile drehte sie die Wasserhähne zu und trocknete sich mit dem dünnen, schmalen Motel-Handtuch ab. Sie konnte sich nicht im Spiegel sehen, doch das war ihr nur recht so. Sie würde ohnehin kein Make-up auftragen. Das einzige Zugeständnis, das sie ihrer Haut während der Stationierung gemacht hatte, hatte aus der Verwendung von Sonnencreme bestanden. Nun, da sie zurück im kühlen Nordwesten der USA war, musste sie sich nicht mal mehr damit herumschlagen.

Als sie sich anzog, vermied sie es, die Wunden auf ihrer Hüfte anzusehen. Sie war sich sicher, dass der Chirurg sein Bestes getan hatte, als er ihre Schusswunde flickte und die Narben auf ein Minimum reduziert hatte, doch es war nicht viel Haut übrig gewesen, mit der er hätte arbeiten können.

Ihr war klar, dass sie Glück im Unglück gehabt hatte. An ihr war noch alles dran. Eine neue Teilhüfte war nichts im Vergleich zu dem, was andere hatten durchmachen müssen. Sie hatte überlebt und somit das höchste Ziel eines jeden Soldaten erreicht: Nicht sterben. Der Rest würde sich schon von selbst regeln.

Sie verließ das kleine Bad. Auf dem winzigen Schreibtisch in der Ecke des Zimmers lag ein Stapel Take-away-Speisekarten.

Es wäre vermutlich keine so schlechte Idee, etwas zu essen. Sie musste noch immer Antibiotika und Schmerzmittel einnehmen und mit etwas im Magen würde sie die Tabletten leichter herunterbekommen. Sie könnte sie aber auch einfach weglassen und das Problem anders lösen.

Die Papiertüte stand auf dem Nachttisch. Sie ging hinüber und zog die Wodka-Flasche daraus hervor.

»Hallo, du«, murmelte sie und schraubte sie auf. »Ich suche nichts Festes. Wie wär's, willst du die Nacht mit mir verbringen?«

Der Psychologe im Krankenhaus hatte sie davor gewarnt, dass Humor als Abwehrmechanismus ihre vollständige Genesung womöglich behinderte. Sie hatte ihm geantwortet, dass dies ein Makel sei, mit dem sie leben könne.

Die Nacht war ruhig. Das stetige Rauschen der vorbeifahrenden Autos war praktisch ein Schlummerlied im Vergleich zu dem, was sie noch vor ein paar Monaten beim Einschlafen gehört hatte. Es drohten keine Explosionen, kein Getöse schwerer Panzerfahrzeuge, es flogen keine Kampfflieger über sie hinweg. Die Nacht war kühl und nicht heiß, der Himmel bewölkt statt klar.

Sie würde ein paar Entscheidungen treffen müssen. Sie konnte das Inn nicht meiden, sie gehörte dorthin, oder zumindest hatte sie das einmal. Und dann war da das Problem mit Carly. Ihr mitzuteilen, dass sie gefeuert war, hatte sich so gut angefühlt. Vielleicht sollte sie sie dabehalten, um sie immer wieder feuern zu können. Als kleines Geschenk an sich selbst.

»Das ist richtig böse, sogar für deine Verhältnisse«, sagte sie laut, während sie den Wodka anstarrte.

Die Erschöpfung ließ ihre Glieder schwer werden und weckte das Bedürfnis, sich hinzulegen und die Augen zuzumachen. Sie widerstand ihm, obwohl sie den Schlaf dringend benötigte, um wieder gesund zu werden, denn er hatte seinen Preis. Mit ihm kamen die Träume, und die waren eine Vorstufe zur Hölle.

»Mit dir ist das ganz anders«, sagte sie und hob die Flasche an die Lippen. »Mit dir habe ich einfach nur Spaß.«

Sie nahm einen tiefen Schluck, ließ die brennende Flüssigkeit durch ihre Kehle rinnen und sie ihren leeren Magen füllen. Dann trank sie weiter, bis sie sicher war, dass sie traumlos schlafen würde und eine Nacht lang alles vergessen konnte.

4. KAPITEL

Ein Klopfen an der Hintertür in der Küche veranlasste Gabby dazu, von ihrem Stuhl zu rutschen und dem Geräusch entgegenzulaufen.

»Ich geh schon!«, rief sie.

Es hat einfach keinen Sinn, ihr zu sagen, dass sie leiser sein soll, dachte Carly. Gabby war ein Morgenmensch. An den meisten Tagen machte ihr das nichts aus, doch nach einer durchwälzten Nacht wie heute bohrte sich die grelle Stimme ihrer Tochter wie ein dicker Glassplitter in ihr Gehirn.

Gabby fummelte am Schloss herum, dann riss sie die Tür auf.

»Onkel Robert!«

Sie stürzte mit offenen Armen auf den Mann zu, der im Türrahmen stand, alles an ihr strahlte freudige Erwartung aus. Robert fing sie auf und warf sie hoch in die Luft.

»Wie geht's meinem tollsten Mädchen?«, fragte er und gab ihr einen Kuss auf die Wange.

»Gut. Wir essen gerade Pancakes mit Brombeeren.«

Robert lachte leise. »Na, das ist ja mal ganz was Neues.«

Sie lachten beide, dann setzte er sie wieder auf dem Boden ab. Gabby ging zu ihrem Stuhl zurück und Robert schloss die Tür hinter sich.

»Wie war's?«, fragte er, als er in die Küche trat.

Carly wusste sofort, wovon er sprach, jedoch nicht, was sie antworten sollte. Also zuckte sie nur unbestimmt die Achseln und machte sich daran, ihm einen Kaffee einzuschenken. Robert setzte sich auf seinen gewohnten Platz – er war ein regelmäßiger Gast an ihrem Frühstückstisch, er kam mehrmals pro Woche vorbei.

»Danke«, sagte er und nahm die Kaffeetasse entgegen. Dann wandte er sich Gabby zu. »Bist du fertig für die Schule?«

Sie nickte eifrig, wobei ihr blonder Pferdeschwanz auf und ab wippte. Gabby liebte die Schule, den Unterricht ebenso wie ihre Freunde. Wenigstens dort war sie fröhlich und gesellig.

»Und was lernst du diese Woche?«, fragte er weiter. »Integralrechnung? Du bist doch schon auf dem College, stimmt's?«

Gabby kicherte. »Onkel Robert, ich bin erst neun!«

»Wirklich? Du siehst viel älter aus. Ich dachte, du wärst mindestens zwanzig.«

Die Unterhaltung lief in vertrauten Bahnen ab. Gabby liebte ihren Onkel, es bestand eine tiefe Verbindung zwischen den beiden. Familie war etwas Gutes, sagte Carly sich. Allerdings hatte sie erst Gabby bekommen müssen, um zu dieser Überzeugung zu gelangen. Ihre Tochter war ein Geschenk, von dem sie nicht sicher war, ob sie es verdiente. Ihre übrigen familiären Beziehungen waren bestenfalls zweifelhaft.

Robert war immer überaus lieb und mehr als großzügig mit seiner Zeit und seiner Aufmerksamkeit gewesen. Vieles tat er aus Schuldgefühl, das wusste sie. Robert war ein guter Mann, jemand, der seine Pflichten ernst nahm und das Gleiche auch von anderen erwartete. Sein Bruder Allen hatte Roberts Pflichtgefühl jedoch nicht geteilt und sie sitzen gelassen, noch bevor Gabby geboren wurde.

Verlassen zu werden war schon Schock genug gewesen, noch schlimmer war allerdings, dass er ihr gesamtes Bankkonto leer geräumt und ihr jeden Penny genommen hatte, den sie besaß.

Damals war Robert eingesprungen und hatte ihr angeboten, bei ihm zu wohnen. Sie hatte jedoch abgelehnt und stattdessen die Stelle im Inn angenommen. Robert hatte seinen Bruder aufgespürt, doch Allen hatte das ganze Geld bereits auf den Kopf gehauen und weigerte sich, ihr etwas zurückzugeben. Es folgte die Scheidung. Allen zahlte keinen Unterhalt und verzichtete dafür auf sämtliche Rechte an seiner Tochter. Obwohl sie das

Geld dringend hätte gebrauchen können, glaubte sie, einen guten Tausch gemacht zu haben. Es war besser, dass er weg war. Er gehörte zu den Männern, die Unglück säten und sich dann aus dem Staub machten, ohne auch nur einen Gedanken an den Scherbenhaufen zu verschwenden, den sie hinterließen.

Gabby beendete ihr Frühstück und trug ihre Schüssel zur Spüle.

»Ich geh mir die Zähne putzen«, verkündete sie und rannte aus dem Raum.

Robert folgte ihr mit dem Blick. »Ich kann nicht fassen, wie groß sie geworden ist.«

»Sie wird bald zehn.« Carly goss sich einen Kaffee ein und setzte sich an den Tisch.

»Hast du sie gestern gesehen?«, fragte er.

Sie brauchte nicht nachzufragen, wer »sie« war. Sie hatte Robert ihre Bedenken bezüglich Michelles Rückkehr anvertraut. Zudem war er Zeuge ihrer Auseinandersetzungen vor zehn Jahren gewesen.

»Ja«, gab sie zu. »Kurz. Sie ist … anders. Dünner. Und sie humpelt, was aber wohl kein Wunder ist.«

»Sie hat einen Schuss in die Hüfte abbekommen, stimmt's? Hab ich jedenfalls gehört.«

Carly nickte.

»Habt ihr miteinander geredet?«, fragte er.

»Nicht wirklich. Sie war müde.«

Das hatte sie zumindest vermutet. Sie würde nicht zugeben, was Michelle zu ihr gesagt hatte. Sie würde nicht einmal daran denken, ehe sie dazu gezwungen war. Erst dann würde sie sich etwas überlegen.

Die Panik kehrte zurück, doch sie ignorierte sie. Sie würde später noch ausreichend Zeit haben durchzudrehen. Wenn sie allein wäre. Ihrer Angst jetzt nachzugeben, ihre Sorgen vor

Robert auszubreiten, würde eine Situation herbeiführen, die sie nicht wollte.

Er sah Allen ähnlich genug, um einerseits anziehend auf sie zu wirken und andererseits ihren Fluchtinstinkt zu wecken. Beide Männer waren mittelgroß, hatten dunkles Haar, dunkle Augen und breite Schultern. Allen, der fast sechs Jahre jünger war als Robert, hatte jedoch die Attitüde und das freigiebige Lächeln eines Mannes, der sich auf seinen Charme verließ. Dass er sie sitzen gelassen hatte, war so unvermeidlich gewesen wie die Wellen, die an die Felsenküste der Insel schwappten.

Robert sah beinahe ebenso gut aus, hatte aber nicht die zerstörerische Veranlagung. Er besaß eine Autowerkstatt am anderen Ende der Stadt. Er war ein guter Mann, der sich um sie und Gabby kümmern wollte, und sie hatte es zugelassen. Weil es so einfach war. Und weil er keine echte Beziehung verlangte und sie keine wollte.

Doch allmählich fragte sie sich, ob diese Einfachheit einen höheren Preis hatte, als ihr klar gewesen war. Ob sie einander nicht nur benutzten, um nicht bei einem anderen Menschen nach dem suchen zu müssen, was sie wirklich wollten. Sollte Michelle sie tatsächlich entlassen, wäre das allerdings kein Thema für sie. Sie hatte so ein Gefühl, dass es sie in der Dating-Szene weniger attraktiv machen würde, wenn sie obdachlos wäre.

»Geht's dir gut?«, fragte er.

»Ich wusste ja, dass sie kommen würde, aber sie leibhaftig vor mir zu sehen war dann doch ein Schock.«

»Tut mir leid. Das alles, meine ich.«

»Hör auf, das immer wieder zu sagen. Es war ja nicht deine Schuld.«

»Er ist mein Bruder.«

»Und ich bin diejenige, die ihn geheiratet hat. Ich wusste, wie er ist, und bin trotzdem seine Frau geworden.«

Sie hatte Allen geheiratet, obwohl sie ihn zwei Tage vor der Hochzeit mit ihrer besten Freundin erwischt hatte. Es spielte keine Rolle, dass er alle Schuld Michelle zugewiesen und behauptet hatte, sie habe ihn verführt.

Carly konnte sich noch genau an diesen Moment erinnern. An dem Tag hatte sie in einem Antiquitätengeschäft in Aberdeen endlich einen Aufsatz für die Hochzeitstorte gefunden. Das Brautpaar aus zartem Porzellan sah ein wenig altmodisch aus. Doch etwas an der Art, wie es sich anschaute, wie es sich an den winzigen Händen hielt, hatte sie angesprochen. Sie hatte den Tortenaufsatz gekauft, ihn in ihr kleines Haus gebracht und ihn sorgsam gesäubert. Dann hatte sie ihn mit zu Michelle genommen, um ihn ihr zu zeigen.

Sie konnte sich an so viele Details dieses Nachmittags erinnern. Es war alles voller Kraniche gewesen. Im Frühjahr waren sie immer am lautesten, was vermutlich mit ihrem Nestbau und ihren Vogelhormonen zu tun hatte. Und sie wusste noch, dass es ein sonniger Tag war – eine seltene Begebenheit am Pazifik im Nordwesten.

Beim Betreten des Inns hatte sie sich seltsam gefühlt. Sie und Michelle hatten sich erst vor Kurzem wieder vertragen, nachdem ihre Freundschaft, die so viele Jahre lang stabil gewesen war, gefährlich auf der Kippe gestanden hatte. Als sie in die Eigentümerwohnung kam, hatten sich ihre Augen nur langsam an das Halbdunkel dort gewöhnt und sie hatte sich stolpernd ihren Weg durch das Wohnzimmer und in Michelles Schlafzimmer gesucht. Sie war einfach reingegangen, ohne nachzudenken, ohne zu klopfen.

Sie hatten immer noch im Bett gelegen, beide nackt, Arme und Beine ineinander verschlungen.

Zunächst hatte sie nicht glauben können, was sie dort sah. Sie hatte dagestanden, mit dem Tortenaufsatz in der Hand und in dem Gefühl, dass irgendetwas gerade schrecklich falschlief, sie jedoch unfähig war festzustellen, was. Es war wie in einem dieser Träume, in denen die Stühle von der Decke hingen.

Schließlich hatte sich das Bild scharf gestellt und sie hatte begriffen, was passiert war. Nämlich, dass der Mensch, der vertrauenswürdiger als irgendjemand sonst auf der Welt hätte sein sollen, sie betrogen hatte. Ausgerechnet mit Michelle – der Frau, die schon einmal beinahe alles zerstört hatte, was sie besaß.

Allen war aufgesprungen und zu ihr gelaufen. Sein Penis war noch immer hart und feucht vom Sex gewesen, sein Haar zerzaust.

»Carly, bitte. Es war ein Unfall.«

Sie war sich sicher, dass er noch mehr gesagt, sie angefleht und gebettelt hatte. Und er hatte Michelle die Schuld gegeben, die mit leeren Augen und ausdruckslosem Gesicht in ihrem Bett saß.

Sie hatte gewartet – nicht darauf, dass Allen sie überzeugte, sondern darauf, dass Michelle etwas sagte. Was sie schließlich auch getan hatte.

»Du solltest jetzt gehen.«

Das war alles. Vier Wörter. Keine Erklärung, keine Entschuldigung. Nur: »Du solltest jetzt gehen.«

Sie war weggerannt.

Zwei Tage später war sie vor den Traualtar getreten und hatte Allen geheiratet. Weil das einfacher gewesen war, als der Wahrheit ins Gesicht zu sehen. Und weil sie Angst davor gehabt hatte, allein zu sein. Es war wohl Ironie des Schicksals, dass sie genau das am Ende gewesen war.

»Du wirst das schon hinkriegen«, sagte Robert. »Du und

Michelle, ihr wart mal Freundinnen. Sobald ihr miteinander ins Gespräch kommt, könnt ihr auch wieder befreundet sein.«

Sie nickte. Weil das einfacher war, als die Wahrheit zu sagen. Nämlich, dass – obwohl sie die Geschädigte war – Michelle nach Hause gekommen zu sein schien, um sich an ihr zu rächen.

Michelle betrat die Küche des Inns und nahm einen tiefen Atemzug. Der Duft von Zimt vermischte sich mit dem von Speck und Kaffee. Ihr lief das Wasser im Mund zusammen, zum ersten Mal seit Monaten fühlte sie sich hungrig.

Der Raum hatte sich verändert – er war größer, hatte längere Arbeitsflächen und mehr Fenster, doch sein Herz war dasselbe geblieben. Damaris führte noch immer von ihrem achtflammigen Herd aus das Regiment, und Kellner und Küchenhilfen eilten eilfertig herbei, sobald sie ihre Namen bellte.

Michelle sah zu, wie die Köchin Eier mit ihren geheimen Zutaten würzte und wie sie Pancakes wendete. Klein geschnittenes Gemüse und Käsewürfel wurden in Omeletts gestreut und zu jedem Gericht wurden Brombeeren als Beilage gereicht. Brotscheiben sprangen aus dem Toaster, der Entsafter surrte und das allgegenwärtige Klirren von Geschirr wurde begleitet von »Bestellung fertig«-Rufen.

Ihr Kopf schmerzte beinahe so stark wie ihre Hüfte, das Ergebnis von zu viel Wodka und zu wenig Essen. Doch während sie Damaris zusah, trat der Schmerz in den Hintergrund. Hier, mitten im Chaos, war sie endlich zu Hause angekommen.

»Letzte Bestellung«, rief Damaris und stellte einen weiteren angerichteten Teller auf die Theke, sodass es schepperte.

Michelle warf einen Blick auf die Uhr. Es war beinahe neun. Zu dieser Zeit des Jahres ebbte die Welle der Frühstücksgäste früh ab, da viele von ihnen zur Arbeit mussten. Unter der

Woche waren die Besucher des Inns meist recht zielstrebig, sie hatten Pläne oder Reiserouten, die eingehalten werden mussten.

»Morgen«, sagte sie, als Damaris die Gasflammen abdrehte.

Die Köchin wirbelte herum und presste sich erschrocken eine Hand aufs Herz.

»Seit wann stehst du schon da?«

»Ein paar Minuten.«

Damaris kam auf sie zu und wischte sich die Hände an ihrer weißen Schürze ab. »Es ist so schön, dich zu sehen«, sagte sie, zog sie an sich und umarmte sie. »Du hast doch sicher Hunger.« Damaris ließ sie los. »Ich mach dir dein Lieblingsfrühstück.«

»Das musst du nicht.«

Die Köchin zog die dunklen Augenbrauen über den Rand ihrer Brillengläser hinweg hoch. »Glaubst du, das weiß ich nicht? Setz dich hin.«

Michelle humpelte zu den Hockern, die an der Arbeitsfläche standen, und setzte sich. Damaris goss ihr Kaffee ein und reichte ihr die Tasse, dann betrachtete sie die Zutaten, die noch auf der Küchentheke herumstanden.

»Du hast nicht hier übernachtet«, sagte sie, während sie Zimtbrot in Scheiben schnitt. »Ich habe mich erkundigt.«

»Ich wollte nicht.« Das war fast die Wahrheit. »Es ist seltsam, wieder hier zu sein.«

»Das liegt nur daran, dass du zu lange weg warst. Was hast du dir eigentlich dabei gedacht? Zehn Jahre! Und in all der Zeit konntest du nicht ein Mal zurückkommen und mich besuchen?«

Michelle antwortete nicht. Dass sie nie zu Besuch gekommen war, hatte nichts mit Damaris zu tun, sondern sehr viel mit Carly und Brenda.

»Was sagst du zu den Veränderungen hier?« Damaris hielt den Blick auf die Eier gerichtet, die sie verrührte.

»Dass es mehr sind, als du gesagt hast. Das Haus hat sich vollkommen verändert.«

»Ich wollte dich nicht aufregen. Die Umgestaltung war Carlys Idee, aber dann hat deine Mutter mitgemacht. Der Bauunternehmer kam aus Seattle. Brenda wollte auf keinen Fall jemanden aus der Gegend beauftragen. Ich glaube, sie war mit ihm im Bett.«

»Meine Mutter?«

»Er hat sie total ausgenutzt, wenn du mich fragst. Du siehst ja, wie das neue Dach und die neue Küche geworden sind. Sie tat mir beinahe leid. Als er fertig war, fuhr er weg und kam nie wieder. Immer nur Pech mit den Männern.«

Damaris sah sie über den Brillenrand hinweg an.

»Wie gesagt, fast hätte sie mir leidgetan.«

Michelle konnte noch nicht einmal annähernd so viel Mitleid aufbringen. »Sie hätte es besser wissen müssen, das Inn musste nicht umgebaut werden. Außerdem gehörte es ihr nicht – sie hatte gar nicht das Recht dazu.«

»Meinst du, das hätte sie aufhalten können?«

»Nein.«

Das Pochen in ihrem Kopf kehrte zurück. Der Schmerz in ihrer Hüfte hatte ohnehin zu keinem Zeitpunkt nachgelassen. Sie hätte eine der Schmerztabletten nehmen können, die die Ärzte ihr gegeben hatten, doch sie mochte nicht, wie sie sich fühlte, wenn sie sie nahm, vollkommen neben der Spur.

Das nannte man wohl Ironie. Damit, ihr Leben im Wodka zu ertränken, hatte sie kein Problem, vor der Einnahme von Schmerzmitteln schreckte sie jedoch zurück.

Dieser Widerspruch war aber noch gar nichts verglichen mit dem übrigen Chaos in ihrem Kopf. Sie fühlte sich, als wäre sie nur einen Schritt davon entfernt, zu einer Fallstudie in irgendeinem medizinischen Fachjournal zu werden. Vielleicht nahm sie sich auch nur zu wichtig.

Damaris stellte einen Teller vor sie hin. French Toast mit Zimt und Würstchen. Als Beilage Brombeeren.

»Ist das dein Ernst?«, fragte Michelle und schnippte gegen eine Brombeere, sodass sie beinahe vom Teller fiel. »Sogar mir tust du die Dinger drauf?«

Damaris grinste. »Macht der Gewohnheit.«

Sämtliche Gerichte auf Blackberry Island wurden mit Brombeeren serviert. Als sie klein war, hatte ihr Dad gescherzt, sie solle dankbar sein, dass sie nicht auf der Brokkoli-Insel oder an der Spinatbucht wohnten. Sie wusste noch, dass sie damals nicht mehr aufhören konnte zu lachen. Michelle atmete tief durch und versuchte sich daran zu erinnern, wann sie das letzte Mal irgendetwas auch nur annähernd so witzig gefunden hatte.

Sie schnitt sich ein kleines Stück vom French Toast ab. Die Ränder waren knusprig, durch die Eierschicht war der braune Zimt zu sehen. Sobald sie den Bissen in den Mund schob, vermischten sich die verschiedenen Geschmacksnoten des Toasts mit der Süße des Ahornsirups auf ihrer Zunge. Das Brot selbst, das leicht, aber nahrhaft war, schmeckte »vollmundig«, wie man im Fachjargon sagte.

Die meisten Menschen glaubten, dass das Geruchsgedächtnis das stärkste war, doch für Michelle war es das Geschmacksgedächtnis. Dieses Frühstück erinnerte sie an eine Zeit, die sich anfühlte, als wäre sie tausend Jahre her. Sie wusste noch genau, wo sie gesessen hatte und worüber die Unterhaltung währenddessen gegangen war. Damaris hatte das gleiche Frühstück an ihrem ersten Arbeitstag im Inn zubereitet. »Gott, du bist so gut.«

Damaris lachte. »Zumindest daran hat sich nichts geändert.« Sie goss sich einen Kaffee ein, zog einen Hocker heran und sah zu, wie Michelle ihr Essen verschlang.

Michelle hatte den French Toast bereits aufgegessen und machte sich nun an das Würstchen. Es schmeckte genau so, wie sie es in Erinnerung hatte, hergestellt von Bio-Bauern im Norden der Insel. Sie beendete ihr Mahl mit den Brombeeren.

»Sind die aus Chile?«, fragte sie. Es war noch viel zu früh im Jahr, als dass sie aus der Gegend hätten stammen können.

Damaris riss in gespieltem Entsetzen die Augen auf. »Pst, das ist Blasphemie. Alles, was wir hier servieren, ist aus lokalem Anbau.«

»Du bist solch eine Lügnerin. Erzählen wir das den Leuten inzwischen?«

»Nein, sie nehmen es einfach an.«

»Es sind zehn Grad draußen und wir haben gerade mal die erste Maiwoche. Niemand kann glauben, dass die hier geerntet wurden.«

Damaris schnaubte. »Auf der anderen Seite der Insel gibt es ein Treibhaus.«

»Das ist ungefähr so groß wie ein Toaster. Darin könnte man maximal zwei Brombeerbüsche anpflanzen.«

»Trotzdem.« Damaris griff nach ihrer Kaffeetasse. »Und was jetzt?«

Michelle hatte das Gefühl, dass die Köchin nicht danach fragte, ob sie ihren leeren Teller zur Spüle tragen wollte oder nicht. Die Frage, ebenso wie die Antwort darauf, war komplizierter.

»Ich kehre in mein altes geregeltes Leben zurück. Ich werde das Inn leiten. Genau wie früher.«

»Das kannst du nicht alleine.«

Michelle warf ihr einen Blick zu und fragte sich, ob sie mitbekommen hatte, was gestern Abend zwischen ihr und Carly vorgefallen war.

»Es ist jetzt viel größer«, fuhr die Köchin fort. »Dreißig Zimmer! Und der Sommer ist im Anmarsch, du weißt, was das bedeutet.«

Massen an Touristen und ein Haus voller Gäste.

Ich habe Carly gefeuert.

Michelle dachte die Worte, schmeckte sie innerlich und genoss die Befriedigung, die sie hervorriefen.

Die Realität würde anders aussehen. Sie umklammerte ihre Kaffeetasse. Die Realität bestand aus harten und langen Arbeitstagen. Angesichts des Zustands ihrer Hüfte und der vielen Physiotherapie-Stunden, die sie benötigte – mal ganz zu schweigen von dem Albtraum, den das Erklimmen der vielen Treppen im Haus für sie bedeuten würde –, hatte Damaris recht. Sie konnte das nicht alleine bewältigen.

Und so kurz vor der Sommersaison würde es schwierig werden, eine Vertretung für jemanden zu finden, der das Inn so gut kannte wie Carly. Auch wenn sie aus tiefstem Herzen gesprochen hatte, wusste sie daher, dass es dumm wäre, sie gehen zu lassen.

»Du meinst, ich muss sie hierbehalten.«

Sie brauchte keinen Namen zu nennen.

Damaris zuckte mit den Schultern. »Vorerst zumindest. Und sie wird auch nicht gehen wollen. Sie hat ihre Tochter hier, Gabby. Zugegebenermaßen ein süßes Mädchen, trotz der Mutter.«

Damaris hatte schon immer auf ihrer Seite gestanden. Spontan schob Michelle einen Arm über die makellose Theke und drückte ihrer Freundin die Hand.

»Ich hab dich vermisst.«

»Ich dich auch.«

In diesem Moment schwang die Tür zum Speisesaal auf und eine dunkelhaarige Frau trat ein, die ein wenig jünger war als Michelle. Sie trug eine pinkfarbene Bluse, die sie in ihre schwarze Hose gesteckt hatte. Ihr Haar hatte sie zu einem Pferdeschwanz hochgebunden.

»Isabella, komm rein. Das ist Michelle. Michelle, das ist meine Schwiegertochter. Isabella ist mit Eric verheiratet.«

Michelle lächelte. »Ich kann nicht glauben, dass er endlich geheiratet hat.«

»Vor vier Jahren«, sagte Isabella.

In Michelles Erinnerung war Eric einer dieser Typen, die keinen Sinn darin sahen, eine feste Freundin zu haben. Warum sich auf eine einzige Frau beschränken? Damals hatte er sie ein paarmal angebaggert, ihr einmal sogar seinen nackten Penis präsentiert. Es war das erste männliche Geschlechtsteil gewesen, das sie zu Gesicht bekam, und ihre spontane Reaktion, »Wie bitte? Und darum machen alle so ein Gewese?«, hatte nicht nur sämtliche Luft aus ihm entweichen lassen, sondern auch dafür gesorgt, dass er sie nie wieder belästigte.

»Glückwunsch«, sagte sie nun zu Isabella und hoffte für sie, dass Eric ein besserer Ehemann war, als sein vergangenes Verhalten nahelegte.

»Danke.«

»Die beiden haben ein Baby, ein kleines Mädchen.«

»Wie schön.«

Verlegenes Schweigen breitete sich in der Küche aus.

»Okay, es war schön, dich kennenzulernen.« Isabella wandte sich ihrer Schwiegermutter zu. »Der letzte Gast ist gegangen, ich mache jetzt den Speisesaal dicht. Um Viertel nach elf bin ich wieder da.«

»Gut, bis dann.«

»Bis dann«, sagte Isabella und ging.

»Sie arbeitet zur Frühstücks- und Mittagsschicht als Empfangsdame hier«, erklärte Damaris. »Die Arbeitszeiten sind ideal für sie. So kann sie ein wenig Geld verdienen und die übrige Zeit zu Hause bei dem Baby sein.«

»Schön.«

Michelle war bewusst, dass sie wohl mehr Fragen stellen und wieder richtig hätte mitmischen sollen. Schließlich war sie nun zurück. Doch der Umgang mit Menschen, eigentlich der leichteste Teil ihres Jobs, schien ihr plötzlich unmöglich geworden. Sie wollte sich nur noch in eine Ecke verziehen, in der sie sich sicher fühlen konnte. An einen vertrauten Ort.

Sie stand auf und griff nach dem Geschirr.

»Lass das stehen«, sagte Damaris. »Das mach ich gleich.«

Michelle ging um den Tisch herum und umarmte die Frau, die sich immer schon um sie gekümmert hatte.

»Danke«, flüsterte sie und küsste Damaris auf den Kopf.

»Willkommen zu Hause, Michelle. Ich bin froh, dass du wieder da bist.«

»Ich auch.« Irgendwie zumindest.

Sie humpelte zur Tür, die in den Speisesaal führte. Von dort aus würde sie weitergehen zum Inn und sich überlegen, was sie als Nächstes tun sollte.

»Michelle?«

Sie blieb stehen und wandte sich um.

Damaris lächelte. »Ich bin stolz auf dich.«

Michelle spürte, wie sich ihr die Kehle zuschnürte. »Danke.«

5. KAPITEL

Das Büro ihrer Mutter, das jetzt ihr Büro war, gehörte zu den wenigen Bereichen, die sich nicht verändert hatten. Michelle ließ sich auf dem alten Holzstuhl nieder und grinste, als sie das vertraute Protestquietschen hörte. Der Stuhl war älter als sie, er stammte aus einem Büromöbel-Ausverkauf von vor etlichen Jahren. Ebenso wie der Schreibtisch war er altmodisch und voller Schrammen, aber er tat seinen Dienst.

Der Computer war durch einen neuen ersetzt worden. Vermutlich nicht zum ersten Mal in den vergangenen zehn Jahren, dachte sie, als sie ihn einschaltete. Auch wenn er nicht so modern war wie der, den sie zuletzt in Afghanistan benutzt hatte.

Die Wand hinter ihr war von oben bis unten mit maßgefertigten Bücherregalen bedeckt, in denen jahrzehntealte Geschäftsbücher Staub fingen. Der Geruch nach alterndem Leder und muffigem Papier spendete ihr Trost. Hier – mit einem Aquarell an der Wand, das das Inn zeigte, wie es früher einmal ausgesehen hatte, und dem durchgewetzten Webteppich – fühlte sie sich endlich zu Hause.

In den Fünfzigerjahren hatten ihre frisch verheirateten Großeltern unerwartet einen Batzen Geld geerbt und spontan das Inn erworben. Michelles Vater war hier geboren und aufgewachsen, genau wie sie. Drei Generationen von Sandersons hatten ihre Spuren in den Räumen und auf den Böden des alten Gebäudes hinterlassen. Michelle hatte sich nie vorstellen können, woanders zu leben.

Doch vor zehn Jahren hatten die Umstände – okay, vielmehr ihre Schuldgefühle – sie dazu getrieben, zur Army zu gehen. Innerhalb von elf Monaten war sie nach Übersee geschickt worden und schließlich im Irak gelandet. Ihre Arbeit bei der Truppenversorgungsstelle hatte sie beschäftigt gehalten. Und als sie zudem merkte, dass sie damit etwas in der Welt bewirken konnte, beschloss sie, sich für zwei weitere Auslandsstationierungen zu bewerben.

Während ihrer Urlaube war sie nach Europa gereist, hatte die Chinesische Mauer besichtigt und war einmal fast drei Wochen lang durch Australien gewandert. Wenn es nach ihr ginge, so wäre sie bereit für ein T-Shirt mit dem Aufdruck: »Alles schon gesehen«. So es ihr vergönnt war, würde sie die Insel nie mehr verlassen.

Sie wandte die Aufmerksamkeit dem Bildschirm zu und klickte auf das Icon des Inns. Ein Fenster ploppte auf und verlangte nach der Eingabe eines Passworts. Der Computer mochte neu sein, doch die Software war offensichtlich vom vorherigen überspielt worden. Sie gab ihr altes Passwort ein und weitere Fenster öffneten sich vor ihren Augen. Mit Leichtigkeit navigierte sie durch die Reservierungen und dann durch ein Buchhaltungsprogramm.

Als sie die Daten durchging, runzelte sie die Stirn. Sämtliche Einträge endeten abrupt vor drei Monaten. *Was war bloß …?*

Der Tod ihrer Mutter, wurde ihr plötzlich klar. Brenda hatte sich um die Buchhaltung des Inns gekümmert. Sie war diejenige gewesen, die den Computer benutzt hatte, nicht jedoch Carly. Und was bedeutete das? Dass keine der Rechnungen bezahlt worden war? Sie wusste, dass Carly viele Schwächen hatte, doch mangelndes Verantwortungsgefühl gehörte nicht dazu.

Michelle wandte ihre Aufmerksamkeit den Papieren zu, die sich auf dem Schreibtisch stapelten. Eigentlich suchte sie nach einem Stapel mit Rechnungen, fand stattdessen aber einen Schreibblock mit einer ordentlichen, handgeschriebenen Liste.

17. April. Blackberry Island Wasserwerke: $ 237,18.

Die Einträge gingen drei Monate zurück und beinhalteten zwei unterschiedlich hohe Kreditratenzahlungen pro Monat.

Michelle betrachtete die Liste und erkannte Carlys Handschrift. Sie hatte also die Rechnungen bezahlt, dies jedoch per Hand eingetragen. Sie wusste nicht, ob Carly den Computer nicht benutzt hatte, weil sie nicht wusste, wie er funktionierte, oder weil sie dachte, dass es ihr nicht erlaubt war.

Michelle durchwühlte die Schubladen und fand schließlich das Scheckheft des Inns. Sofort sprang ihr die Schrift ihrer Mutter ins Auge, ein wild wucherndes Gekrakel, das im krassen Gegensatz zu Carlys kleineren und ordentlicheren Einträgen stand. Michelle starrte auf die Zahlen, wobei sie mehr deren geschwungene Formen als die Beträge wahrnahm. Sie atmete tief durch und wappnete sich für das Unvermeidliche.

Einatmen, ausatmen – und da waren sie auch schon.

Sie trafen sie mit der Behutsamkeit eines Autos, das einen Felsen rammt: Schuldgefühle. Die Schläge kamen aus sämtlichen Richtungen, sodass sie sich auf ihrem Stuhl zusammenkrümmte. Das tröstliche Frühstück lag ihr auf einmal tonnenschwer im Magen.

Selbstvorwürfe mischten sich mit Scham in einem Gefühlswirrwarr, das schwer zu fassen war. Sie und ihre Mutter hatten sich nie verstanden, und Brenda hatte sie für Dinge verantwortlich gemacht, für die ein Teenager unmöglich verantwortlich sein konnte. Daher wusste Michelle tief in sich drin, dass sie froh gewesen war, nicht da zu sein, als Brenda starb. Zugleich war ihr klar, dass es nicht richtig war, froh darüber zu sein.

Nicht, dass Brenda allein gewesen wäre. Carly war bei ihr, oder, wie ihre Mutter sie in ihren seltenen E-Mails genannt hatte, »die wahre Tochter meines Herzens«. Doch Carly gehörte nicht zur Familie.

Das Wissen, dass die Ambivalenz ihrer Gefühle im Allgemeinen hinter ihren Schuldgefühlen steckte, machte es nicht einfacher, sie zu ertragen.

»Konzentrier dich«, befahl sie sich. Ihr Kater hatte so weit nachgelassen, dass der Kopfschmerz nur noch dumpf im Hintergrund pochte. Welche finanziellen Turbulenzen das Inn in den letzten zehn Jahren wohl durchgemacht haben mochte? Sie würde sich durch die Zahlen arbeiten und einen Plan erstellen. Bei der Army hatte sie sich hervorragende logistische Fertigkeiten aneignen können.

Sie wollte gerade nach der Maus greifen, als das Telefon klingelte. Der schrille Ton, der die Stille durchbrach, ließ sie zusammenzucken. Ihr Herz raste, kalter Schweiß brach ihr aus. Angst gesellte sich zum Schmerz in ihrer Hüfte und weckte das Bedürfnis, sich unter dem Schreibtisch zu verstecken. Stattdessen nahm sie den Hörer ab.

»Sanderson«, meldete sie sich aus langjähriger Gewohnheit wie im Armeelager und entspannte ihre Kiefer.

»Da ist ein Anruf für dich auf Leitung eins. Ellen Snow von der Blackberry Island Bank.«

Carlys Stimme klang ruhig. Hatte sie sich nur eingebildet, dass sie sie gestern Abend rausgeschmissen hatte, und das Hochgefühl danach ebenfalls?

»Du bist immer noch hier?«

»Sieht so aus. Möchtest du den Anruf annehmen?«

Statt einer Antwort drückte Michelle die blinkende Taste, womit sie Carly aus der Leitung warf und den anderen Anruf entgegennahm.

»Michelle Sanderson am Apparat. Wie kann ich Ihnen helfen?«

»Michelle, wie schön, dich zu hören. Hier ist Ellen Snow von der Blackberry Island Bank. Ich weiß nicht, ob du dich noch an mich erinnerst.«

Michelle lehnte sich auf ihrem Stuhl zurück. »Wir sind zusammen zur Schule gegangen.«

Ellen lachte. »Stimmt. Ich war ein Jahr unter dir und Miles, mein Bruder, ein Jahr drüber.«

Die Bilder in ihrem Kopf waren vage. Blond, dachte sie. Nordischer Typ. Miles war beliebt gewesen, Ellen weniger.

»Ich erinnere mich«, sagte Michelle und entschied sich damit für Höflichkeit statt für Ehrlichkeit.

»Ich wollte nur sagen, wie toll ich finde, was du getan hast. Unserem Land auf diese Art zu dienen, meine ich. Das mag seltsam klingen, aber ich danke dir dafür.«

Michelle öffnete den Mund, dann schloss sie ihn wieder.

Was sollte sie darauf erwidern? Ihre Gründe, zur Army zu gehen, waren alles andere als selbstlos gewesen. Und nun, da sie zurück war, wollte sie nur in die Normalität zurückschlüpfen und so tun, als wäre sie nie dort gewesen. Das war wohl kaum eines Dankes würdig.

»Ähm, gern geschehen.«

»Jetzt, wo du zu Hause bist, wirst du wahrscheinlich das Inn wieder übernehmen, oder?«

»Ja.«

»Gut. Wie du vermutlich weißt, hat die Bank zwei Hypotheken auf den Besitz.« Ellens Tonfall wechselte von freundlich zu geschäftsmäßig. »Wir sollten so bald wie möglich darüber sprechen. Passt es dir um halb elf?«

Eine zweite Hypothek? Wann war das denn passiert? Wenigstens erklärte das die zweite monatliche Ratenzahlung, aber was steckte dahinter?

Sie schloss die Augen, sah das neue Dach und das ausgebaute Restaurant vor sich und fluchte innerlich. Ihre Mutter. Sie hatte ihr lauter Geschenke hinterlassen, die bis über ihren Tod hinaus reichten.

»Du meinst halb elf heute Morgen?«

»Ja genau, da habe ich noch einen Termin frei.«

Es war ja nicht so, als hätte sie irgendetwas Besseres zu tun. »Ich werde da sein.«

»Schön, ich freue mich darauf.«

Die Blackberry Island Bank lag im Stadtzentrum. Das einst florierende Geschäftsviertel war von Boutiquen und Restaurants erobert worden, die mehr für die Touristen da waren als für die Einwohner. Die meisten Unternehmen, die den Einheimischen dienten, waren in die Randbezirke verdrängt worden. Doch die Bank befand sich noch immer dort, wo sie schon seit beinahe hundert Jahren stand.

Michelle parkte direkt davor und trat durch die Glastür ein – eins der wenigen Zugeständnisse an moderne Zeiten. Das Gebäude war aus Ziegelstein gemauert und hatte Holzfußböden, im Eingangsbereich prangte ein Wandgemälde aus den Vierzigerjahren.

Es gab keinen Wachmann, und wenn sie die Hightech-Kameras ignorierte, die an den Wänden angebracht waren, konnte sie beinahe vorgeben, wieder das Kind zu sein, das mit seinem Dad in die Bank ging.

Vor einem einsamen Schalter wartete eine ältere Frau. Darüber hinaus schienen keine anderen Kunden da zu sein. Michelle besah sich die Bürotüren, die die Wände säumten, und ging dann auf die zu, an der mithilfe einer Schablone Ellens Name aufgemalt worden war.

Sie klopfte an die halb offen stehende Tür.

Ellen sah auf, dann lächelte sie und stand auf. »Michelle, vielen Dank, dass du gekommen bist. Wie geht es dir?«

»Danke, gut.« Sie gab sich Mühe, nicht zu humpeln, während sie in das kleine Büro trat. Ihr T-Shirt und die Cargo-Hose waren ihr im Inn ganz in Ordnung vorgekommen, doch hier, neben Ellen, fühlte sie sich vollkommen *underdressed* und verlottert.

Ellen war noch genauso schlank wie auf der Highschool. Ihr langes blondes Haar fiel ihr über die Schultern, ihre haselnussbraunen Augen waren von dezentem Make-up umrahmt. Eine – vermutlich echte – Perlenkette schmückte ihr hellgrünes Twinset. Flache Schuhe und ein schwarzer, knielanger Bleistiftrock komplettierten Ellens »Vertrauen Sie mir, ich bin Bankerin«-Look.

Während Michelle sich auf dem Stuhl niederließ, den Ellen ihr anbot, versuchte sie sich daran zu erinnern, ob sie sich heute Morgen die Haare gekämmt hatte. Sie hatte geduscht, sauber war sie also, doch ihr einziges weiteres Zugeständnis an Körperpflege hatte darin bestanden, dass sie sich die Zähne geputzt hatte.

»Es hat mir so leidgetan, vom Tod deiner Mutter zu hören«, sagte Ellen mit sanfter Stimme und wartete, bis Michelle saß, ehe sie ihren eigenen Platz hinter dem Schreibtisch wieder einnahm und sich zu ihr vorbeugte. »Das muss hart für dich gewesen sein. Ich habe gehört, du hast ungefähr zur selben Zeit eine Schussverletzung abbekommen. Das ist doch nicht gerecht, oder?«

»Nein, das ist es nicht.«

Ellen seufzte. »Der Tod deiner Mutter, eine schwere Verletzung … und dann noch das hier.« Sie deutete auf eine schmale Unterlagenmappe, die auf ihrem Schreibtisch lag.

Michelle starrte auf die geschlossene Mappe. »Was meinst du damit?«

Ellen presste die Lippen zusammen, als würde sie nach den richtigen Worten suchen. »Hattest du schon Gelegenheit, dir die Finanzen des Inns anzuschauen?«

Michelle bereute es, dass sie die Wodka-Flasche in ihrem Motel-Zimmer gelassen hatte. Gerade käme ihr ein Drink sehr gelegen. »Nein. Ich war gerade erst seit ein paar Minuten dort, als du angerufen hast.«

»Dann lass mich dich auf den neuesten Stand bringen.« Sie öffnete die Mappe. »Ich bin sehr ungern diejenige, die dich darüber unterrichtet. Und ich wünschte, es hätte noch Zeit.« Sie hielt inne.

Michelle überkam das vertraute Gefühl, dass sich ein Unheil anbahnte. »Sag es einfach, egal, was es ist.«

»Das Inn steckt in Schwierigkeiten. Wenn es nach mir ginge, würden wir dieses Gespräch jetzt gar nicht führen. Ich weiß, du bist gerade erst wieder nach Hause gekommen und brauchst Zeit, um dich einzugewöhnen, aber wir haben ein Kreditgremium und dessen neue Bestimmungen sind sehr strikt. Früher hatte ich größere Entscheidungsfreiheit. Es tut mir so leid.«

Vielleicht lag es am Schlafmangel, doch Michelle hätte schwören können, dass Ellens Ausführungen in keinster Weise Licht ins Dunkel brachten.

»Wovon sprichst du?«

»Von den Schulden, mit denen das Inn belastet ist. Es gibt zwei Hypotheken, bei beiden sind die Ratenzahlungen im Rückstand. Ich fürchte, wir reden hier von drohender Zwangsvollstreckung.«

Michelle sprang auf und ignorierte die schmerzenden Stiche in ihrer Hüfte. »Wie bitte? Das kann nicht sein. Wie kannst du so etwas sagen?«

»Das kann ich, da es leider der Wahrheit entspricht. Die letzten drei Zahlungen sind pünktlich erfolgt, doch bei denen handelte es sich nur um die aktuellen Raten. Davor waren die Zahlungen für beide Hypotheken monatelang im Rückstand. Dazu kommen nun auch noch Säumniszinsen und eine Geldstrafe.«

Michelle sank auf ihrem Stuhl zusammen. Der Schmerz in ihrer Hüfte strahlte nach allen Seiten hin aus wie eine explodierende Sonne. Er brannte sich durch ihren Körper und machte es ihr schwer, sich zu konzentrieren.

»Das Inn gehört zu hundert Prozent uns. Mag sein, dass meine Mutter einen Kredit für die Renovierungsarbeiten aufgenommen hat, aber wie hoch kann der schon sein?«

Ellen reichte ihr ein einzelnes Blatt mit zwei Aufstellungen. Die Kredite beliefen sich auf insgesamt beinahe eine halbe Million Dollar, die rückständigen Zahlungen lagen bei fast dreißigtausend.

Michelle ließ das Blatt auf den Schreibtisch fallen und sog scharf Luft ein. Das durfte einfach nicht sein. Noch nicht einmal ihre Mutter konnte sich so verantwortungslos verhalten haben.

»Ich denke, das meiste Geld ist in die Renovierungsarbeiten geflossen«, sagte Ellen behutsam. »Man soll ja nicht schlecht über die Verstorbenen reden, aber Brenda ist mit Geld leichtfertiger umgegangen, als sie sollte. Die Ratenzahlungen für den ersten Kredit kamen oft zu spät. Als sie dann wegen eines zweiten Kredits zu mir kam, war ich nicht sicher, ob ich ihn durch das Gremium kriegen würde. Ich musste meine Kollegen regelrecht überreden, ihr das Geld zu bewilligen.« Sie seufzte. »Daher ist dieses Desaster zum Teil auch meine Schuld. Deiner Reaktion nach vermute ich, dass du von alldem nichts gewusst hast.«

»Nein, sie hat nie etwas davon gesagt. Es war vertraglich festgelegt, dass sie das Inn treuhänderisch verwaltet, bis ich fünfundzwanzig war. Aber in der Zwischenzeit war ich längst weg, und so hat sie das Inn einfach weitergeführt.« Und in den Ruin getrieben, dachte sie bitter und fragte sich, wie viel von dem Geld ihre Mutter für sich selbst ausgegeben haben mochte, Klamotten, Schmuck, neue Autos.

Sie konnte das alles nicht fassen. Als sie das Ergebnis der Renovierungen gesehen hatte, hatte sie schon vermutet, dass noch ein paar Rechnungen anfallen würden, doch so etwas hätte sie sich in ihren schlimmsten Träumen nicht ausgemalt.

»Und was passiert jetzt?«, fragte sie.

»Das hängt von dir ab. Das Inn war lange im Besitz eurer Familie. Dich davon zu verabschieden wird wohl nicht leicht für dich sein.«

»Ich verkaufe nicht.«

»Du hast keine andere Wahl«, sagte Ellen mitfühlend. »Die Rückstände sind ein großes Problem. Ich weiß, dass Brenda die Versicherungen bezahlt hat, aber es könnte auch Versäumnisse bei den Steuerzahlungen geben. Selbst die vielen Sommertouristen, die im Anmarsch sind, werden nicht einbringen, was ihr schuldet. Wenn du sämtliches Geld in die Rückstände steckst, wie willst du dann den Winter überstehen? Das Inn ist eine Eins-a-Immobilie, ich bin mehrfach von Interessenten angesprochen worden. Du könntest mit einer Menge Geld aus der Sache rausgehen, Michelle. Fang einfach irgendwo anders noch mal ganz von vorne an.«

»Nein.« Das Wort kam ganz instinktiv über ihre Lippen. »Nein, ich werde nicht verkaufen. Es muss einen anderen Weg geben. Ich habe Geld.«

»Eine halbe Million Dollar?«

»Natürlich nicht, aber muss ich nicht einfach nur die Rückstände ausgleichen und dann die weiteren Ratenzahlungen pünktlich leisten? Ich habe Ersparnisse. Von meinem Gehalt habe ich nicht viel ausgegeben und es gab ganz gute Zulagen für die Auslandseinsätze.«

Ihr erster Impuls war, alles anzubieten, was sie hatte, doch sie hielt sich zurück. Es konnten schließlich noch weitere dringende Zahlungen anfallen. Die Einkommens- oder Grundsteuer, die Ellen erwähnt hatte, oder Lieferanten, die sich nicht vertrösten lassen würden.

Am liebsten wäre sie aufgesprungen, sie zwang sich jedoch, sitzen zu bleiben. Sie wusste, sobald sie stand, würde sie aus dem Raum stürzen und so weit laufen, bis sie all das weit hinter sich gelassen hatte. Und was dann? Irgendwann würde sie wieder zurückkommen müssen. Da war es besser, die Sache gleich hinter sich zu bringen.

»Ich kann mindestens die Hälfte der rückständigen Raten bis morgen zahlen. Vielleicht sogar mehr. Ich muss mir erst mal ein genaues Bild machen.« Sie rutschte an den Rand des Stuhls und sah Ellen eindringlich an. »Komm schon, du hast es selbst gesagt. Ich bin ausgezogen, um unser Land zu beschützen. Das muss doch für etwas gut sein.« So ein Schwachsinn, dachte sie bei sich. Aber möglicherweise nützlicher Schwachsinn.

Ellen seufzte. »Ich würde liebend gerne Ja sagen. Ich stehe auf deiner Seite, Michelle, das musst du mir glauben. Diese neuen Bestimmungen sind so frustrierend, und ich weiß, was du leisten kannst, doch es geht nicht nur ums Geld.«

»Worum denn dann?«

»Um die Leitung des Inns.«

»Die werde ich übernehmen.«

»Genau darum macht sich das Gremium Sorgen.«

»Wie bitte? Ich weiß schon, was ich tue. Ich hab jahrelang im Inn gearbeitet. Während meiner Schulzeit habe ich mich um alles selbst gekümmert, das weißt du. Ich bin nie mit meinen Freunden ausgegangen oder habe Sport gemacht oder so etwas. Und nach der Highschool habe ich Vollzeit im Inn gearbeitet.« Vor lauter Ungerechtigkeitsgefühl hätte sie am liebsten den nächstbesten Gegenstand an die Wand gepfeffert. »Verdammt noch mal, ich hab außerdem einen Abschluss in Hotel-Management gemacht, während ich weg war. Ich weiß, wie das Inn zu führen ist.«

Ellen nickte. »Ich stimme dir vollkommen zu. Ich weiß noch genau, wie du nach der Schule immer arbeiten gegangen bist.« Ihr Mund verzog sich zu einem Lächeln. »Meine Mutter hat dich Miles und mir gegenüber ständig als gutes Beispiel angeführt. Weil du so verantwortungsvoll warst und wir nicht. Das war ein bisschen anstrengend.«

»Na also, warum zählt das dann jetzt gar nicht?«

»Das tut es ja, bei mir jedenfalls. Aber eben nicht vor dem Gremium. Brenda wurde zu vierteljährlichen Treffen einberufen, und bei denen hat sie dauernd von Carly erzählt. Dass Carly sich um alles kümmern würde, dass das Inn ohne Carly gar nicht existieren würde. Leider hat man ihr das geglaubt. Und seit deine Mutter gestorben ist, zahlt Carly zuverlässig die Rechnungen.«

Es kamen immer weitere Schläge. »Du meinst, sie würden Carly mehr vertrauen als mir? Sie kann noch nicht mal mit dem Computer umgehen, und sie …« Michelle schluckte den Rest des Satzes hinunter. Über Carly herzuziehen würde sie jetzt nicht weiterbringen.

»Ich weiß, dass ihr beide eine schwierige Vergangenheit habt.«

Schwierig war nicht mal annähernd das richtige Wort. »Also, dieses Gremium, wer auch immer da drinsitzt, vertraut mir nicht, aber wenn Carly die Leitung übernimmt, dann habe ich eine Chance, das Inn zu behalten?«

Ellen nickte. »Leider ja. Ich hatte schon so ein Gefühl, dass du nicht verkaufen wollen würdest. Die Leute vom Gremium haben mir nicht geglaubt, aber das sind auch keine von uns. Ich hingegen betrachte dich als Freundin, und das Letzte, was ich will, ist, dass ein weiteres einheimisches Unternehmen dichtmachen muss. Ich hab genug davon, dass Fremde von außerhalb hier alles bestimmen wollen. Deshalb habe ich vergangene Woche ein Plädoyer für dich gehalten, und daraufhin haben sie sich auf folgende Bedingungen eingelassen.«

Ellen reichte ihr ein weiteres Blatt Papier.

Die Liste war kurz. Die säumigen Kreditratenzahlungen sollten innerhalb von sechzig Tagen nachgeholt werden. Sämtliche Rechnungen von Lieferanten mussten bis zum Ende des

Monats beglichen sein. Und das Inn musste den Sommer über eine fünfundachtzigprozentige Belegung aufrechterhalten, alle behördlichen Inspektionen bestehen und die aktuellen Kreditratenzahlungen pünktlich leisten. Der letzte Punkt auf der Liste ließ ihre Hüfte am meisten schmerzen.

Zudem sollte Carly Williams sich bereit erklären, mindestens zwei weitere Jahre lang für das Inn zu arbeiten.

»Tut mir leid«, sagte Ellen, »das ist das Beste, was ich rausholen konnte. Ich weiß, wie du zu Carly stehst, und ich muss zugeben, ich bin auch nicht gerade ihr größter Fan. Sie hat deine Abwesenheit schamlos ausgenutzt und deine Mom instrumentalisiert. Und jetzt trägt sie sogar ihren Schmuck, das ist wirklich schlimm.«

Die zehn Jahre in der Army hatten sie gelehrt, Befehle zu befolgen, ob sie sie für sinnvoll hielt oder nicht. Und auch in diesem Fall würde sie diskutieren und rumschreien können, wie sie wollte – solange sie nicht in irgendeiner Schublade in ihrem Schreibtisch einen Lottoschein fand, der eine halbe Million Dollar wert war, blieb ihr trotzdem nichts übrig, als sich den Bedingungen zu fügen.

»Ich will das Inn nicht verlieren«, sagte sie. »Mein Dad mag ein totaler Mistkerl gewesen sein, doch er hat es mir vermacht und ich werde es behalten. Und dafür werde ich tun, was ich tun muss.«

»Du kannst ein paar Tage darüber nachdenken«, sagte Ellen. »Da wäre ja auch immer noch der Kaufinteressent.«

»Ich muss nicht darüber nachdenken, ich mach's. Ich mache alles.«

»Sogar mit Carly arbeiten?«

»Klar.«

»Das wird aber schwierig werden.«

»Du hast ja keine Ahnung, wie schwierig.«

6. KAPITEL

Der Geschenkeshop des Blackberry Island Inn war einer von Carlys Lieblingsorten. Das Geschäft im Anbau bestand seit fast zwei Jahren und hatte sich langsam, aber sicher einen treuen Kundenstamm aufgebaut. Durch seine großen Fenster strömte reichlich Licht herein, sogar an düsteren Tagen, und die maßgefertigten Regale boten viel Ausstellungsraum.

Verkauft wurden vor allem die üblichen kitschigen Insel-Souvenirs, Magneten, Tassen und Schlüsselanhänger mit Brombeer- oder Margeriten-Motiven. Es gab auch eine Ecke mit Werken einheimischer Künstler und eine Vitrine mit wertvollem Porzellan. Brenda hatte zudem auf einer Puppensammlung bestanden, die sie nicht so sehr mochte. Die geschichtlichen Bücher über die Insel und die Bilder hatten sie gemeinsam ausgewählt.

Die Vormittage im Shop verliefen meistens etwas zäh, doch mit den vielen Leuten, die im Restaurant zu Mittag aßen, kamen auch die Kunden. Carly nutzte die ruhigeren Momente, um Staub zu wischen, das Inventar durchzugehen und Rechnungen zu begleichen.

Sobald sie Gabby in die Schule geschickt hatte, setzte sie sich zunächst an die Rezeption, betreute die abreisenden Gäste und stellte sicher, dass das Putzpersonal loslegte. Am späten Vormittag kehrte sie zur Rezeption zurück, um ankommende Gäste zu empfangen, sich um die Korrespondenz zu kümmern und mit den Lieferanten zu reden. Die paar Stunden dazwischen, die sie im Shop verbrachte, waren so ziemlich die einzige Zeit, die sie mal für sich hatte.

Heute wanderte sie durch den Laden, blieb hier und da stehen und strich sanft über ihre Lieblingsstücke, als würde sie ihnen erzählen wollen, dass sie vermutlich bald nicht mehr da sein würde. Als ob die handgeschnitzte Figur eines Orcas, der eine Fontäne ausstoßend aus dem Wasser schoss, sie vermissen könnte.

Die Ladentür ging auf und ließ das daran befestigte Glöckchen klingeln. Als sie sich umdrehte, sah sie Leonard Daniels auf sich zukommen.

»Hallo, Carly.«

»Morgen, Leonard.«

Leonard war der Vogelkundler, der bei ihnen wohnte. Er hatte sich auf die Puget-Sound-Kraniche spezialisiert und war im Rahmen eines Stipendiums hier, das ihm auch sein Zimmer im Inn finanzierte. Meistens wohnten zwei oder drei Wissenschaftler gleichzeitig im Inn.

So groß und dünn, wie er war, und mit seiner dicken Brille und seiner – trotz der vielen Zeit, die er draußen verbrachte – blassen Haut, war Leonard der Inbegriff des nerdigen Wissenschaftlers. Er trug bevorzugt karierte Hemden und Kaki-Hosen und hatte stets ein Fernglas um den Hals und einen kleinen Laptop unter dem Arm.

Mit energischeren Schritten als sonst kam er auf sie zu.

»Es gibt Eier.«

Carly wusste genug über seine Arbeit, um zu begreifen, dass er keine Frühstückseier meinte. »Schon?«

Er nickte. »In einem Nest habe ich zwei gefunden und in einem anderen eins. In einer Woche werde ich genügend Daten beisammenhaben, um vorauszusagen, wie viele Küken schlüpfen werden.« Seine dunklen Augen strahlten vor Aufregung. »Ich hoffe, es sind in diesem Jahr wieder ein paar mehr. Dann können wir die Kraniche vielleicht endlich von der Liste der gefährdeten Arten streichen.«

Er hielt inne, als erwartete er, dass sie seine Freude teilte.

»Das ist ja großartig, Leonard.«

»Ja, das sollten wir feiern.«

»Dafür ist es aber noch zu früh am Tag.«

Er schob seine Brille hoch und sah auf die Uhr. »Oh, stimmt. Okay. Dann gehe ich wohl mal zurück an die Arbeit.«

Er verließ den Laden.

Sie sah ihm nach und hoffte, dass er nicht versuchen würde, etwas an ihrer Beziehung zu ändern. Er war ein zahlender Gast und sie war immer freundlich zu ihm, doch das Letzte, was sie in ihrem Leben wollte, war ein Mann. Männer bedeuteten Ärger. Es hatte eine Weile gedauert, bis sie das begriffen hatte, aber diese Lektion würde sie nie wieder vergessen.

Seit Allen sie verlassen hatte, hatte es keinen Mann mehr in ihrem Leben gegeben. Also seit über zehn Jahren. Sicher, ein bisschen heißer Sex wäre schon mal nett, davon abgesehen konnte sie allerdings nichts gebrauchen, das ihre Situation noch weiter verkomplizierte.

Sie wollte sich gerade wieder ihrer gedanklichen Inventur zuwenden, als Wendy, eine der Kellnerinnen, hereinkam. Wendy bediente während der Frühstücksschicht im Restaurant. Sie hatte drei Kinder und einen Ehemann, der Nachtschichten arbeitete. Wenn er von der Arbeit nach Hause kam, schickte er die Kinder in die Schule, und dann übernahm sie, bis er am späten Nachmittag aufstand. Den Abend verbrachten sie gemeinsam, bis er zur Arbeit und sie ins Bett ging.

Wendy war zuverlässig und die Gäste mochten sie, weshalb Carly sie ungern verlieren wollte.

»Was ist los?«, fragte sie.

Wendy verzog das Gesicht. »Damaris hat sich heute Morgen mit mir angelegt. Damit kann ich umgehen, aber dann kam sie auch noch aus der Küche und hat einen der Kunden angeschrien, und da bin ich wirklich sauer geworden. Was ist denn bloß los mit ihr? Die hat manchmal so eine Laune. Der Typ wollte ein Eiweiß-Omelett und sie hat ihm gesagt, dass Sonderbestellungen nicht möglich seien. Als er erklärte, dass es wegen seines Herzens sei, hat sie ihm gesagt, dass sie nichts dafür könne, dass er fett sei.«

Carly merkte, wie ihr die Kinnlade runterklappte. »Sag bitte, dass das ein Scherz ist.«

»Ich wünschte, es wäre so. Die meiste Zeit ist sie ja in Ordnung, aber ab und zu hat sie eine ihrer Launen und lässt sie an den Gästen aus. Kannst du nicht mal mit ihr reden?«

Carly hätte gerne abgelehnt. Solche Probleme hatte Brenda früher immer geregelt. Sie hatte regelrecht Gefallen daran gefunden, sich mit Damaris anzulegen. Doch wenn es nach ihr, Carly, gegangen wäre, hätte man Damaris schon vor Jahren entlassen. Die temperamentvolle Köchin zu feuern hätte weit oben auf ihrer To-do-Liste gestanden, sobald sie ihre Anteile am Inn bekommen hätte. Jetzt war sie sich nicht mal mehr sicher, ob sie die Stelle hier noch hatte, ganz abgesehen von der Befugnis, jemanden zu feuern.

»Ich rede mit ihr«, sagte sie, denn sie spürte, dass sie dies Wendy schuldig war.

»Danke, ich gehe dann nach Hause. Einen schönen Tag dir.«

»Dir auch.«

Carly blieb noch fast eine Stunde, um sich zu ärgern und sich Sorgen zu machen, bevor Ann ihre Schicht im Geschenkeshop antreten würde. Ohne die leiseste Idee, was sie sagen sollte, ging sie durch das Inn in die Küche des Restaurants. Damaris saß auf einem Hocker, das Handy am Ohr. Als die Köchin sie sah, runzelte sie die Stirn und sagte, dass sie auflegen müsse.

»Das war so ein dicker, fetter Typ. Meinst du, ein Eiweiß-Omelett hätte da einen Unterschied gemacht?«

So viel dazu, eine vernünftige Unterhaltung mit Damaris führen zu wollen, dachte Carly. »Er ist unser Kunde.«

»Aber es stimmt nicht, dass der Kunde immer recht hat. Meistens weiß der Kunde gar nicht, wovon er redet. Und ich habe ihm das Omelett ja zubereitet. Ich wollte nicht, doch ich habe es getan.«

»Dein Job ist es, unseren Gästen ihr Essen zuzubereiten. Kritisch und unfreundlich ihnen gegenüber zu sein ist nicht gut für unser Geschäft.«

»*Unser* Geschäft?« Damaris zog die Augenbrauen hoch. »Das ist Michelles Geschäft, nicht deins.«

»Ich spreche hier als Angestellte. Wir haben die Verpflichtung, unser Bestes zu geben, dafür werden wir bezahlt.« Carly spürte, wie ihr die Hitze ins Gesicht stieg. Sie war noch nie gut darin gewesen, zu verbergen, dass sie aufgebracht war. »Meinst du, Michelle wäre stolz auf dein Verhalten? Meinst du, sie würde sich darüber freuen?«

Damaris stand auf und trat auf sie zu. Die Köchin war ungefähr fünfzehn Zentimeter kleiner als sie, jedoch sehr viel breiter und gewillt, ihren Aggressionen freien Lauf zu lassen.

»Erzähl mir nicht, wie ich meinen Job zu machen habe, junges Fräulein. Ich habe schon gekocht, bevor du überhaupt auf der Welt warst. Und jetzt ist Michelle zurück. Was meinst du, wie lange es dauert, bis sie dich rausschmeißt?«

Kürzer als dir klar ist, dachte Carly. Sie wusste, dass sie in einer schwachen Position war.

»Du bist im Unrecht und das weißt du. Nicht nur, weil das kein guter Service ist, sondern auch, weil es unfein war. Egal, was du denkst, solche Dinge zu Gästen zu sagen ist schlecht für das Inn. Du behauptest zwar, dass Michelle dir wichtig ist, aber dein Verhalten schadet ihr nur.«

Damaris lächelte. »Ach ja? Und was glaubst du, wer von uns am Ende noch hier sein wird? Du oder ich?«

Das war eine Frage, die Carly nicht beantworten wollte. Sie drehte sich um und verließ die Küche.

Frust nagte an ihr, am liebsten hätte sie vor Wut um sich geschlagen. Vielleicht sollte sie tatsächlich einfach gehen und woanders neu anfangen. Sich ein richtiges Leben aufbauen, das nicht von Mächten abhing, die sie nicht kontrollieren konnte, oder von Leuten, die sie belogen. Leute wie Brenda.

Sie blieb kurz im Flur stehen, denn sie brauchte einen Moment, um ihre Gefühle wieder unter Kontrolle zu bekommen und sich zu beruhigen.

»Warum hast du mir das nur angetan?«, fragte sie laut, obwohl sie wusste, dass sie keine Antwort erhalten würde. Carly glaubte nicht daran, dass die Toten zurückkamen und sich mit einem unterhielten, und selbst wenn, bezweifelte sie, dass Brenda sich dazu herablassen würde.

Brenda hatte sie benutzt. Zuweilen war sie zwar mitfühlend, ja sogar liebenswürdig gewesen, doch letzten Endes hatte sie immer nur an sich gedacht. Und jetzt stand sie, Carly, mit leeren Händen da. Ihr mühsam angesparter Notgroschen bestand aus gerade mal tausendsechshundert Dollar. Kaum genug, um die Kaution für eine kleine Wohnung zu bezahlen, ganz zu schweigen von der Miete. An die Lebenshaltungskosten während der Arbeitssuche wollte sie gar nicht erst denken. Sie bezweifelte, dass Michelle ihr eine Empfehlung ausstellte, nachdem sie sie rausgeschmissen hatte, was bedeutete, dass es mehr als schwierig werden würde, einen annehmbaren Job zu finden.

Was blieb ihr dann übrig? Auf der Straße leben? Sozialhilfe?

Ihre Augen brannten. Sie atmete einmal tief durch und befahl sich, den Tränen nicht nachzugeben. Noch nicht. Nicht, solange sich weitaus größeres Unheil am Horizont zusammenbraute.

Sie straffte die Schultern; sie würde das schon überstehen. Wie bereits so vieles andere in ihrem Leben. Sie war stark und harte Arbeit gewohnt und sie hatte Gabby. Außerdem war im Supermarkt Eiscreme im Angebot gewesen und sie hatte eine Packung gekauft. Falls nötig, würde sie später eine zuckerige Selbstmitleidsorgie abhalten können.

Sie betrat die Empfangshalle des Inns und sah ein älteres Paar am Fenster stehen. Die beiden waren keine Gäste, sie fragte sich daher, ob sie auf der Suche nach einer Unterkunft waren. Sie hatten noch drei Zimmer frei, zumindest für diese Nacht. Das größte hatte sogar einen Balkon mit Blick aufs Meer.

»Guten Tag«, sagte sie und setzte automatisch ein Lächeln auf. »Kann ich Ihnen helfen?«

Das Paar war leger, aber teuer gekleidet. Die beiden sahen jedoch mehr nach Insel-Chic aus als nach Urlaubern aus größeren Städten. Er war groß, sie etwas kleiner und sie wirkten jung geblieben mit ihrem blonden Haar und der sonnengebräunten Haut.

Sie wandten sich zu ihr um.

»Seth Farley«, stellte sich der Mann vor. »Das ist meine Frau, Pauline. Hätten Sie vielleicht einen Moment für uns? Können wir uns irgendwo in Ruhe unterhalten?«

Sie sahen nicht wie Handelsvertreter oder Lieferanten aus. Und sie hatte dafür gesorgt, dass alle Rechnungen des Inns bezahlt wurden, also konnten sie nicht hinter Geld her sein. Dass sie Anwälte waren, schien auch unwahrscheinlich.

»Natürlich. Lassen Sie uns hier hineingehen.«

»Hier« war ein kleiner Konferenzraum, den sie für Geschäftsleute bereithielten.

Nachdem sie am großen Tisch Platz genommen hatten, bot sie ihnen Kaffee an.

»Nein danke«, antwortete Seth. »Ich komme lieber gleich zum Punkt. Meine Frau und ich sind Psychologen. Wir führen seit beinahe fünfundzwanzig Jahren eine gemeinsame Praxis und haben ein Programm für Ehepaare entwickelt, die an ihrer Beziehung arbeiten wollen. Ich will nicht zu sehr ins Detail gehen, doch im Rahmen dieses Programms verbringen wir drei Tage gemeinsam mit zwei oder drei Paaren. Bisher haben wir diese Workshops in Seattle abgehalten, aber wir glauben, dass es den Paaren helfen könnte, sich mehr auf die Therapie einzulassen, wenn sie aus der Stadt rauskämen. Wir haben verschiedene Locations recherchiert und hätten Interesse an Ihrem Inn.«

»Oh, wie schön.« Carlys Laune besserte sich schlagartig. Regelmäßige Gäste waren stets willkommen. »Dies hier ist allerdings unser einziges Besprechungszimmer, wir haben keine Konferenzräume wie traditionelle Hotels.«

»Für die Seminare selbst brauchen wir keinen Raum«, erklärte Pauline. »Darum haben wir uns schon gekümmert. Wir suchen nach einer Unterkunft für unsere Klienten. Drei Zimmer von Dienstag bis Donnerstag. Mitte Mai bis Ende September.«

Während des Sommers war im Inn am meisten los. In dieser Zeit waren die Wochenenden immer ausgebucht, doch unter der Woche waren in der Regel ein paar Zimmer frei. So viele Wochen mit garantierten Buchungen wären großartig.

»Ich müsste nachsehen, wie unsere Auslastung ist«, sagte sie. Erst dann fiel ihr ein, dass da ja noch mehr war. »Und ich muss mit der Inhaberin sprechen.«

Seth runzelte die Stirn. »Ich dachte, Sie wären eine der Inhaberinnen.«

Das dachte ich auch mal.

»Nein«, sagte sie lächelnd. »Aber ich arbeite schon seit zehn Jahren hier, daher bin ich mir sicher, dass Ihre Klienten den

Aufenthalt bei uns genießen würden. Wie wäre es, wenn Sie mir die genauen Daten sagen und mir Ihre Karte geben? Dann gehe ich die Reservierungen durch, spreche mit der Inhaberin und melde mich bis zum Ende der Woche bei Ihnen. In Ordnung?«

»Perfekt.«

7. KAPITEL

Michelles Finger schwebten über der Tastatur. Es war nicht so, als wüsste sie nicht, wie die Dateien zu öffnen waren. Es war nur so, dass sie sie nicht öffnen wollte.

Die Realität konnte verdammt unangenehm sein. Manchmal fragte sie sich, wie es wäre, einer von diesen Menschen zu sein, die es schafften, sich einfach auszuklinken. Die in ein Raumschiff zu einem anderen geistigen Planeten stiegen und sich um diese Welt nicht mehr kümmerten. Sich nicht darum zu kümmern würde ihr Problem jedoch nicht lösen. Dies war ihr Inn. Das Einzige, was sie am Leben gehalten hatte, als sie weg gewesen war, war der Gedanke daran, irgendwann nach Hause zurückzukehren. Und wenn dieses Zuhause nun kaputt war, würde sie es eben eigenhändig reparieren müssen.

Sie tippte entschlossen auf der Tastatur herum und konzentrierte sich darauf, zunächst nur Informationen zu sammeln. Tabellen, Schaubilder und Diagramme war sie gewöhnt. In der Army hatte sie sich hauptsächlich um die Truppenversorgung gekümmert und entschieden, was bestellt werden musste. Sie hatte der Truppe alles beschafft, was sie benötigte, um weiter ihre Arbeit zu machen. Das Inn finanziell wieder auf die Beine zu stellen war nichts verglichen damit, Tausende Soldaten am anderen Ende der Welt mit Unterkünften, Nahrung und allem Übrigen zu versorgen.

Sie ging rasch die Steuererklärungen der letzten Jahre durch und zuckte zusammen, als sie sah, wie hoch die Verluste gewesen waren. Steuerzahlungen auf jedwede legale Art zu reduzieren machte großen Spaß, doch die hohen Summen vor sich zu sehen, die das Inn verloren hatte, ließ ihr das Herz bluten. Das einzig Positive an den Verlusten war, dass zumindest keine Steuernachzahlungen fällig waren.

Sie druckte die letzte Steuererklärung aus, dann machte sie sich daran, weitere Listen auszudrucken, Scheckverzeichnis, Debitoren und Kreditoren. Sie fand heraus, dass ihre Mutter nicht ein oder zwei, sondern gleich drei neue Autos erworben hatte in den zehn Jahren, die sie nicht da gewesen war. Das letzte, ein BMW-Cabrio, das gute 70.000 Dollar gekostet hatte, war bereits an den Verkäufer zurückgegangen.

Sie sah die Schreibtischschubladen durch und fand unbezahlte Rechnungen unter Büro- und Heftklammerpackungen. Dann nahm sie Carlys ordentlich geführte Liste der bezahlten Rechnungen und der Ratenzahlungen dazu.

Nachdem sie eine neue Tabellendatei geöffnet hatte, begann sie, sämtliche Informationen über Geldeingänge und -ausgänge einzugeben. Sie rechnete die Einträge im Scheckheft dagegen und rechnete noch einmal alles nach, da das Ergebnis nicht stimmen konnte. Danach sah sie sich die Reservierungen an und stellte fest, dass es viele Wochen gab, in denen sie nicht mal annähernd die Auslastung erreichten, die die Bank forderte.

Zwei Stunden später stand sie auf und humpelte langsam im Raum auf und ab. Ihr Blut fing wieder an zu zirkulieren und strömte in ihre Hüfte, was die Schmerzen verstärkte. Ihr Körper war steif und wund. Doch am schlimmsten fühlte es sich in ihr drin an.

Früher war sie immer der Liebling ihres Vaters gewesen. Schon als kleines Kind hatte sie gewusst, dass ihr Dad sie mehr lieb hatte als Brenda. Sie hatte seine Zuneigung und Hingabe angenommen, dabei jedoch stets gewusst, dass er derjenige war, der zwischen ihr und ihrer Mutter stand. Brenda war bestenfalls gleichgültig ihr gegenüber gewesen, in ihren schlimmsten Momenten tadelsüchtig und verletzend.

Manchmal fragte sie sich, ob ihre Bevorzugung durch den Vater Brenda verletzt hatte. Und ob Brenda ihren Kummer an ihrer Tochter ausgelassen hatte. Es war unmöglich zu wissen, wie viel vom Verhalten ihrer Mutter auf die Umstände und wie viel auf ihre verkorkste Persönlichkeit zurückzuführen war.

Michelle wusste nicht mehr genau, wann sie erfahren hatte, dass ihre Eltern heiraten mussten. Sie war sieben Monate nach der Hochzeit auf die Welt gekommen. Während sie und ihr Vater das Inn und die Insel geliebt hatten, hatte Brenda es ihnen übel genommen, nur wegen ihnen hier festzusitzen. Reisen nach Europa waren nicht möglich – sie konnten das Inn nicht so lange allein lassen. Ebenso Sommerferien generell – im Sommer hatten sie am allermeisten zu tun. Nicht mal Wochenend-Trips waren drin. Das Inn kam stets an erster Stelle.

Michelle erinnerte sich noch daran, wie ihre Mutter einmal geschrien hatte, sie und ihr Vater seien so egoistisch. Mit sieben war sie bereits eine kleine, aber entschlossene Gegnerin gewesen: »Wenn wir so egoistisch sind, warum kriegst dann du immer das, was du willst?«

Eine Frage, auf die ihre Mutter nie eine Antwort gehabt hatte.

Brenda hatte ihrem Mann mehr die Tatsache übel genommen, verlassen worden zu sein, als dass sie unter seiner Abwesenheit gelitten hätte. Er hatte sie jedoch alle beide verlassen – und damit sie, Michelle, in tiefster Seele erschüttert. Seine Fahnenflucht bewies nicht nur, dass er sie doch nicht über alles liebte, sondern hatte sie auch der Willkür ihrer Mutter preisgegeben.

Damals hatte sie sich gefragt, ob ihre Mutter ebenfalls fortgehen würde, aber das tat Brenda nicht. Stattdessen war sie gegangen. Als sie nun die Zahlen betrachtete, die das Vermächtnis ihrer Familie darstellten, kam ihr der Gedanke, dass Brenda auf subtile Art gewonnen hatte. Eine schlechte Entscheidung hier, ein unvernünftiger Kauf dort. Für sich genommen war jeder dieser Fehler unbedeutend, doch insgesamt stellten sie eine Katastrophe dar.

Sie studierte die Gehaltsabrechnungen. Selbst eine Firma wie *Boeing* benötigte nicht derart viele Angestellte. Das Inn hatte nur dreißig Zimmer, jedoch sieben Zimmermädchen. Und was zum Teufel war eine Empfangsdame? Ebenso verwirrend war, dass manche Leute überbezahlt zu sein schienen, während andere ein zu niedriges Gehalt bekamen. Damaris hatte sechs Jahre lang keine Gehaltserhöhung bekommen. Das war bereits schlimm genug, doch Carlys finanzielle Situation war noch schlechter.

Michelle starrte auf die monatliche Gehaltsabrechnung. Sogar wenn man mit einbezog, dass sie freie Logis sowie zwei Mahlzeiten am Tag erhielt, lag ihr Gehalt weit unter dem Mindestlohn. Sie hatte ein Kind und die Krankenversicherung war unfassbar teuer. Das musste sie doch einiges kosten, von Kleidung, Schuhen und was auch immer Kinder sonst so brauchten, ganz zu schweigen.

Während sie vermutlich hätte glücklich sein müssen, dass Carly praktisch in Armut lebte, schämte sie sich in Wahrheit hauptsächlich dafür und fühlte sich vielleicht sogar ein klein wenig schuldig.

Michelle hätte nur zu gerne ihrer Mutter sämtliche Schuld gegeben. Schließlich hatte die das Inn treuhänderisch verwaltet, sie hätte sich um diese Dinge kümmern müssen. Doch sie wusste, dass sie selbst für das Desaster verantwortlich war. Sie war diejenige, die fortgegangen und lange Zeit nicht zurückgekehrt war, die nie nachgefragt hatte. Nun hatte sie zwei Kredite, eine drohende Zwangsvollstreckung und Auflagen am Hals, die ihr Schauder über den Rücken jagten.

Es klopfte an der Tür.

»Herein«, rief sie, ohne aufzuschauen.

»Du klingst, als wärst du noch bei der Army.«

Damaris trat ein. Sie trug ein Tablett in der Hand.

»Ich bringe dir Mittagessen. Dachte, von alleine isst du bestimmt nichts.«

Michelle warf einen Blick auf die Uhr und war überrascht zu sehen, dass es schon beinahe drei war. »Arbeitest du immer so lange?«

»Mal ja, mal nein.« Die Köchin stellte das Tablett auf dem Schreibtisch ab, dann setzte sie sich auf den leeren Stuhl. »Ich musste frisches Fleisch bestellen und vorkochen.«

»Und wann kommst du normalerweise hier raus?«

Damaris zuckte mit den Schultern. »So um zwei, halb drei.«

Michelle rechnete die Stunden im Kopf zusammen. Sie wusste, dass Damaris gegen sechs Uhr früh ins Restaurant kam. Um sieben wurde es geöffnet, dann arbeitete sie bis nach dem Mittagessen durch.

»Du hast keine einzige Gehaltserhöhung bekommen, seit ich weggegangen bin.«

»Was du nicht sagst.«

Michelle hätte sie gerne gefragt, ob ihre Mutter das alles mit Absicht getan hatte. Ob ihr Ziel gewesen war, das Inn zu ruinieren. Sie bezweifelte jedoch, dass ihre Freundin eine Antwort darauf haben würde.

»Ich gebe dir jetzt eine Gehaltserhöhung, rückwirkend für drei Monate.« Sie nannte ihr einen Stundenlohn. »Besser?«

Damaris nickte. »Du bist immer schon ein gutes Mädchen gewesen. Das alles hier ist nicht deine Schuld.«

»Wie viel weißt du? Über die Situation des Inns, meine ich.«

»Na ja, mir sind ein paar Dinge zu Ohren gekommen. Dass Leute nicht bezahlt wurden, Schecks geplatzt sind. Aber niemand gibt dir die Schuld daran.«

Michelle warf einen Blick auf das Tablett. Damaris hatte ihr ein Roastbeef-Sandwich gemacht, ihr Lieblings-Sandwich. Dazu gab es Pommes frites, einen kleinen Salat und einen Schokoladen-Milchshake.

Sie griff nach dem Glas und schöpfte einen Löffel Sahne ab. »Danke.«

»Jemand muss sich ja um dich kümmern. Du bist viel zu dünn. Wie willst du so jemals einen Mann abkriegen?«

Zum ersten Mal, seit sie nach Hause zurückgekehrt war, lachte Michelle. »Ich glaube nicht, dass das gerade mein größtes Problem ist.«

»Aber ein Mann würde dir bei alldem helfen.«

Michelle fand, der nächste Schritt wäre wohl eher, die Nächte zu überstehen, ohne schweißgebadet aus Albträumen hochzuschrecken, doch das sagte sie nicht. Diese Information würde Damaris nur Angst machen.

Damaris tippte auf die Papiere, die auf dem Schreibtisch lagen. »Ist es sehr schlimm?«

»Das habe ich noch nicht genau herausgefunden.« Sie steckte einen Strohhalm in den Milchshake. »Glaubst du, meine Mutter hat es absichtlich vergeigt?«

»Ich weiß es nicht. Sie war nicht der Typ, der einen genauen Plan verfolgt. Ich denke, es ist einfach irgendwie passiert.«

»Und was ist mit Carly? Hat sie dem Inn geholfen oder eher geschadet?«

Damaris zuckte mit den Schultern. »Ich mag sie nicht besonders, aber ich glaube nicht, dass sie irgendwas falsch gemacht hat.«

Das war nicht gerade das, was Michelle hatte hören wollen. Carlys niedriges Gehalt hatte sie misstrauisch gemacht und angesichts ihrer gemeinsamen Vergangenheit hätte sie ihr am liebsten die Tür gewiesen, doch dem stand die Abmachung mit der Bank im Weg. Ein noch größeres Problem war jedoch, dass Carly nicht mal wusste, wie das Computer-System funktionierte. Ihre sorgsam handgeschriebenen Aufzeichnungen waren ein Beweis dafür.

Wenn Carly das Inn nicht beklaute, dann musste sämtliche Schuld bei Brenda liegen.

»Wie lange arbeitet Carly hier schon?«, fragte Michelle.

»Praktisch, seit du weg bist. Eines Tages stand sie plötzlich hier, hochschwanger. Brenda gab ihr eins der Zimmer. Nach Gabbys Geburt zog sie in die Eigentümerwohnung und Brenda übernahm die zwei Schlafzimmer im zweiten Stock.«

Michelle hätte gerne gefragt, was mit Allen geschehen war. Wenn Carly allein und schwanger gewesen war, hatte er sich offensichtlich aus dem Staub gemacht. Aber weshalb?

»Die Gäste mögen sie«, gab Damaris widerwillig zu. »Sie kann gut mit ihnen. Meine Chefin ist sie deshalb noch lange nicht.«

Michelle musste grinsen. »Wie alt bist du? Fünf?«

Damaris lachte leise. Dann wurde sie wieder ernst. »Wirst du sie rausschmeißen?«

Wenn das Wörtchen wenn nicht wäre, dachte Michelle. »Nicht heute.«

»Aber bald?«

»So scharf drauf, sie loszuwerden?«

»Das hat was mit dem Meine-Chefin-Ding zu tun.«

»Ich bin deine Chefin.«

»Gut, das gefällt mir.« Damaris stand auf und ging um den Schreibtisch herum. »Lass dich drücken, ich gehe jetzt nach Hause.«

Als Michelle aufstehen wollte, durchfuhr sie ein so brennender Schmerz, dass sie zusammenzuckte und beinahe das Gleichgewicht verlor.

»Was ist los?«

»Nichts, nur meine Hüfte.«

»Hast du keine Tabletten dagegen?«

»Ich will lieber nichts nehmen.« Was sie wollte, war trinken.

Damaris stemmte die Hände in die Hüften. »Du warst schon immer ein ziemlicher Dickkopf, das musst du von deinem Vater haben. Nimm jetzt gleich ein Schmerzmittel, ich warte solange.«

Ihre Augen schienen entschlossen hinter den Brillengläsern aufzuglimmen, und Michelle begriff, dass sie dieses Tauziehen nicht gewinnen würde. Bis sie wieder in ihrem Motel-Zimmer wäre, würde der Wirkstoff der Pille ohnehin abgebaut sein und sie würde so viel trinken können, wie sie wollte.

»Na schön«, murmelte sie und langte nach ihrem Rucksack. Sie fischte die Packung mit Schmerztabletten heraus und schluckte eine davon. »Zufrieden?«

»Immer doch.«

Michelle ließ Carly zwei Tage lang schmoren. Obwohl sie sich während ihrer Arbeitstage im selben Gebäude aufhielten, waren sie Meisterinnen darin, einander aus dem Weg zu gehen.

Carly verbrachte ihre Zeit wahlweise damit, sich zu fragen, ob sie schon mal ihre Sachen packen oder Stoßgebete in den Himmel schicken sollte. Es gelang ihr jedoch, Gabby so weit etwas vorzuspielen, dass ihre Tochter nicht zu bemerken schien, dass was nicht stimmte.

Ann hatte darum gebeten, später kommen zu dürfen, daher stand sie an diesem Donnerstagmittag im Geschenkeshop an der Kasse. Mehrere Kunden sahen die Bücher durch, während ein Teenager-Mädchen und ihre Mutter angesichts der Puppen vor Entzückung seufzten. Carly tippte den Preis einer Teekanne in die Kasse und schlug sie in Papier ein.

»Ich hoffe, sie wird Ihrer Freundin gefallen«, sagte sie, als sie das Päckchen der Kundin überreichte. »Sie ist wirklich hübsch.«

»Das finde ich auch«, sagte die Touristin mittleren Alters. »Einen schönen Tag noch.«

Carly winkte ihr freundlich nach, dann wandte sie sich um und wäre beinahe mit Michelle zusammengestoßen, die sich offenbar leise in den Laden geschlichen hatte. Carly musste abrupt zurückweichen und sich an der Kassentheke festhalten.

»Hast du mal eine Minute?«, fragte Michelle.

Carly schielte nach den Kunden. »Ich sollte die hier nicht allein lassen.«

Michelle beäugte die wenigen Leute, die sich im Geschäft umsahen. Dann deutete sie auf die Nische vor der Tür zum Lagerraum. »Wie wär's da drüben?«

Carly nickte. Von dort aus konnte sie die Kasse im Blick behalten und bekam mit, wenn jemand etwas kaufen wollte.

Sie schlenderte hinüber zum Lagereingang. Michelle folgte ihr langsamer mit unstetem Schritt – ihre Hüfte machte ihr sichtlich zu schaffen. Carly hätte sie gerne gefragt, wie es ihr ging, hielt sich jedoch zurück, denn soviel sie wusste, war sie kurz davor, gefeuert zu werden. Wieder einmal. Sich in dieser Situation mitleidig zu zeigen war, als würde sie das winzige Körnchen Macht verschenken, das sie noch besaß.

Sie hatte bisher nicht entschieden, ob sie sich verteidigen oder ihr Schicksal mit Würde annehmen sollte. Nachdem sie zwei Nächte lang ihre Bankauszüge studiert hatte, war sie zu keinem Schluss gekommen, und die Zeitung von Seattle durchzugehen hatte ihr auch keine neuen Jobperspektiven eröffnet.

Während sie im Türrahmen gelehnt wartete, bemerkte Carly, dass Michelle noch erschöpfter aussah als bei ihrer Ankunft.

Um ihren Mund hatten sich Falten der Müdigkeit und des Schmerzes eingegraben. Ihre Augen waren von dunklen Schatten umrahmt und ihre Haut hatte einen gräulichen Schimmer. Ihr langes Haar hing schlaff herab, und wenn sie weiter an Gewicht verlor, würde ihr bald die Cargo-Hose von den dürren Hüften rutschen.

Michelle stützte sich Halt suchend an der Wand ab.

»Brauchst du einen Stuhl?«, fragte Carly und hätte sich im nächsten Moment am liebsten dafür geohrfeigt.

Michelle schüttelte den Kopf. »Ich komme klar.«

Michelle war zu vielem imstande, aber klar kam sie momentan ganz offensichtlich nicht. Doch Carly sagte sich, dass dies nicht der richtige Zeitpunkt war, sich daran zu erinnern, dass Michelle vor vielen Jahren einmal ihre beste Freundin gewesen war, dass sie zusammen groß geworden waren, bis furchtbare Ereignisse sie auseinandergebracht hatten. Dennoch verspürte sie noch immer das Bedürfnis, an die alte Freundschaft anzuknüpfen, über alles zu reden, was passiert war, und eine neue gemeinsame Basis zu finden. Die alten Wunden heilen zu lassen, dachte sie wehmütig. Mit der Vergangenheit abzuschließen und etwas Positives aus dem ganzen Chaos zu ziehen, das wäre schön.

»Du bestiehlst das Inn nicht.«

Michelle verkündete ihr dies mit derselben Leichtigkeit, als würde sie über das Wetter sprechen. Carly wich zurück, als hätte sie eine Ohrfeige verpasst bekommen. Ihre warmen, sentimentalen Gefühle verflüchtigten sich, bis nur noch Wut da war. Ihr wurde klar, wie idiotisch es von ihr gewesen war, auch nur annähernd so etwas wie Freundschaft von der Frau zu erwarten, die vor ihr stand.

»Ich dachte, du würdest vielleicht Geld abzweigen, aber das tust du nicht«, fuhr Michelle fort. »Ich bin die Bankauszüge und die Geschäftsbücher der letzten drei Jahre durchgegangen und konnte nichts finden, was du falsch gemacht hättest.«

Hätte sie sich auch nur ansatzweise Chancen ausgerechnet, ohne ihren Job zu überleben, Carly wäre auf der Stelle gegangen. Sie hätte sich einfach umgedreht und wäre in den Nachmittag verschwunden, vielleicht, nachdem sie Michelle noch eine wohlverdiente Faust ins Gesicht gerammt hätte.

»Was für eine Enttäuschung«, blaffte sie. »Ich bin mir sicher, herauszufinden, dass ich der Bösewicht in der Geschichte bin, wäre ein Glanzpunkt in deinem Leben gewesen.«

»Ein paar Glanzpunkte würden mir durchaus zustehen, aber du hast recht. Ich bin enttäuscht, ich würde dich nur allzu gerne rausschmeißen.«

»Du hast mich doch schon rausgeschmissen.«

»Du bist nicht gegangen.«

»Ich war mir nicht sicher, ob du es ernst meinst.« Carly gab dies äußerst ungern zu.

»Das habe ich«, erwiderte Michelle tonlos. »Aber das ist ein Luxus, den ich mir momentan nicht leisten kann.«

»Was soll das heißen?«

Michelle musterte sie. »Was ich dir jetzt erzähle, musst du für dich behalten.«

»In Ordnung.«

»Ich weiß eigentlich gar nicht, warum ich dir das anvertrauen will.«

»Wenn es um das Inn geht, kannst du mir ruhig vertrauen. Ich arbeite seit fast zehn Jahren hier, das Inn ist mir wichtig. Und wenn dir das nicht genügt, hey, immerhin habe ich nichts geklaut. Das muss doch auch was wert sein.«

Michelle zog die linke Augenbraue hoch. »Wirst du jetzt frech?«

»Das hab ich mir wohl verdient.«

Michelle schloss einen Moment die Augen, dann öffnete sie sie wieder. Ein Sturm der Gefühle wirbelte durch die grünen Iris. Was auch immer ihr durch den Kopf ging, es schienen keine glücklichen Gedanken zu sein.

»Das Inn steckt in Schwierigkeiten, wir sind finanziell kurz vor dem Absaufen. Ich war vor ein paar Tagen bei der Bank. Es sieht richtig übel aus.«

Carly ließ die Information sacken. »Das verstehe ich nicht. Wir hatten einen ziemlich guten Winter, für die Jahreszeit sind richtig viele Gäste gekommen. Und als ich die Rechnungen bezahlt habe, war Geld auf dem Konto.«

»Aber nicht genug. Es sind zwei Hypotheken auf das Haus aufgenommen worden. Vor zehn Jahren gab es noch keine einzige.« Der Vorwurf in Michelles Stimme klang messerscharf.

»Die Renovierungsarbeiten.« Carly wusste, dass sie ein Vermögen gekostet haben mussten.

»Zu denen du meine Mutter gedrängt hast.«

»Wie bitte? Das war ihre Idee. Wir mussten das Dach reparieren lassen und von da an hat sich das Ganze immer weiter hochgeschaukelt.« Hauptsächlich, weil Brenda sich mit dem Bauunternehmer eingelassen hatte. Ihm mehr Arbeit zu geben hatte bedeutet, ihn hierzuhalten.

»Klar, schieb nur ruhig alles auf die Tote.«

Carly straffte die Schultern. »Du kannst die Geschichte umschreiben, so viel du willst, aber das wird an den Fakten nichts ändern«, sagte sie und verschränkte die Arme vor der Brust. »Die Renovierungsarbeiten waren die Idee deiner Mutter. Sie war diejenige, die den Geschenkeshop eröffnen und das Restaurant erweitern wollte. Wenn du Beweise brauchst, kann ich dir die Akten zeigen, sie hat Zeichnungen angefertigt und Notizen gemacht. Das Ganze war ihre Vision. Ich hätte das Geld dafür verwendet, die Bäder zu erneuern.«

Im Bewusstsein, dass Kunden in der Nähe waren, senkte sie die Stimme. »Wenn du dir die Mühe gemacht hättest, nur ein einziges Mal vorbeizukommen, wüsstest du das.«

»Jetzt schieb das nicht mir in die Schuhe«, erwiderte Michelle. »Glaub mir, mit mir willst du dich nicht anlegen. Ich bin nicht mehr die, die du von früher kennst. Ich kann dich ohne Weiteres k. o. schlagen.«

Trotz der angespannten Situation lachte Carly. »Ist das dein Ernst, du drohst mir Gewalt an? Bleib mal auf dem Teppich, du warst in der Army, nicht bei der CIA. Du kannst mich nicht mit einem Kugelschreiber erlegen. Außerdem bewegst du dich mit der Geschwindigkeit einer Neunzigjährigen und hast ganz offensichtlich Schmerzen. Aber das sieht dir ähnlich, reagieren, ohne nachzudenken. Immer noch genauso impulsiv wie früher.«

»Und du bist immer noch genauso nervtötend.«

»Blöde Kuh.«

»Selber blöde Kuh.«

Michelles Mundwinkel zuckten, als wäre sie kurz davor zu lächeln.

In dieser Nanosekunde spürte Carly die Verbindung, die seit jeher zwischen ihnen bestanden hatte. Dann wurden Michelles Züge wieder hart.

»Ich gebe dir trotzdem die Schuld. Was mich betrifft, bist du der Feind.«

»Wenn du das brauchst, um nachts gut schlafen zu können, nur zu. Ich bin eine alleinerziehende Mutter mit einer neunjährigen Tochter und tausendsechshundert Dollar auf dem Konto. Mir das Leben noch schwerer zu machen wird nicht so einfach sein. Aber wenn du das brauchst, um dir wichtig vorzukommen, werde ich dich nicht davon abhalten.«

Michelle presste die Zähne zusammen. »Dann liegt es in deinem ureigensten Interesse, für dich zu behalten, was ich dir jetzt sagen werde.«

»Okay.«

Michelle wandte den Blick ab und ließ die Schultern hängen. Einen Moment schien es, als würde sie sich geschlagen geben. Carly wartete ab. Sie war sich nicht sicher, ob die Schwäche echt war oder nur ein Trick. Bevor sie sich entschied, war der Augenblick vorbei und Michelle holte tief Luft.

»Die finanzielle Situation des Inns ist hoffnungslos«, begann sie und erzählte ihr dann von den rückständigen Ratenzahlungen und der drohenden Zwangsvollstreckung.

Als könnte ich noch mehr Sorgen gebrauchen, die mich nachts vom Schlafen abhalten, dachte Carly grimmig. Sie war entsetzt, aber auch nicht wirklich überrascht von dieser Nachricht.

»Brenda hat nie ein Wort davon gesagt, nicht mal andeutungsweise. Vor vier Monaten haben wir sogar Kataloge mit französischer Leinenwäsche angeschaut.«

»Bitte sag mir, dass ihr keine bestellt habt.«

»Nein, haben wir nicht. Aber es hätte durchaus dazu kommen können.« Carly ließ den Blick durch den Geschenkeshop gleiten. »Wie konnte sie nur? Du brauchst nicht zu antworten, ich denke bloß laut. Das sieht ihr einfach alles so ähnlich!«

In ihre Ungläubigkeit und Resignation mischte sich Ärger. Ärger, weil Brenda Gabbys Sicherheit, die ihr am Herzen zu liegen schien, derart aufs Spiel gesetzt hatte.

Sie und Brenda hatten so oft über die Zukunft gesprochen. Darüber, dass sie Miteigentümerin werden und finanzielle Sicherheit erlangen würde. Reich hätte das Inn sie nie gemacht. Doch ein klein wenig Geld auf der Bank zu haben, genügend Ersparnisse für Gabbys Studium und das Wissen darum, sich alle sechs oder sieben Jahre einen annehmbaren Gebrauchtwagen leisten zu können, hätte schon genügt.

»Ich hatte sie gern«, murmelte Carly, mehr zu sich selbst. »Als sie krank wurde, war ich für sie da.« Sie sah Michelle an. »Und ich war bei ihr, als sie starb.«

Wie erwartet, änderte sich Michelles Gesichtsausdruck nicht.

»Sie hat uns beide beschissen. Willst du deinen Job behalten?«

»Ja.«

»Und ich will das Inn behalten. Die Bank knüpft jedoch Bedingungen daran. Die rückständigen Ratenzahlungen müssen beglichen werden. Und wir müssen den Sommer über eine Auslastung von mindestens fünfundachtzig Prozent aufrechterhalten. Das heißt, es müssen durchgehend sechsundzwanzig Zimmer besetzt sein.«

Michelle zögerte. »Und da ist noch etwas. Sie wollen, dass du dich verpflichtest, weiter hier zu arbeiten.«

Erst langsam wurde ihr die Bedeutung von Michelles Worten bewusst. »Du kannst mich also gar nicht rausschmeißen?«

»Jetzt klingst du ein bisschen überheblich.«

»Das steht mir wohl zu.«

»Wie zum Teufel kommst du denn darauf? Kaum bin ich dreißig Sekunden weg, zeckst du dich hier ein, benutzt meine Mutter und saugst das Inn bis aufs Blut aus.«

Carly starrte sie wütend an. »Das ist völliger Schwachsinn und das weißt du auch. Ich habe mich nirgendwo reingezeckt. Ich habe mir hier für fast nichts den Arsch abgearbeitet. Ich schiebe Zehn- oder Zwölfstundenschichten und kümmere mich um sämtliche Gäste. Seit ich hier bin, ist die Anzahl der Stammgäste um sechzig Prozent gestiegen. Meinst du, die kommen wieder, weil deine Mutter sie so herzlich aufgenommen hätte? Das ist allein mein Verdienst.«

»Was bist du nur für eine Heilige.«

Carly drehte sich ihr zu. »Ich war zumindest hier, was mehr ist, als man von dir behaupten kann.«

Michelles Wangen färbten sich rot. »Ich war nicht hier, weil ich dein Land verteidigt habe. Und dabei angeschossen wurde.«

»Du hast dich versteckt, hattest nicht den Mut zurückzukommen. Du bist weggeblieben, weil das einfacher für dich war.«

»Und was ist deine Entschuldigung?«, fragte Michelle, ohne zu widersprechen. »Wenn alles so schwierig war, wenn du so hart hast arbeiten müssen, warum bist du dann nicht von hier weggegangen?«

»Weil Brenda mir gesagt hat, sie würde mich zur Teilhaberin machen. Dass ich mir einen Anteil am Inn verdienen könnte.«

Michelle starrte sie ein paar Sekunden lang an. »Sie hatte gar nicht die Berechtigung, darüber zu verfügen«, sagte sie schließlich ruhig.

»Das habe ich erst kürzlich herausgefunden.« Diese Lüge war am schwersten zu verdauen gewesen.

»Ich hab dir doch immer gesagt, dass das Inn mir gehört. Früher, als wir Kinder waren.«

»Ich dachte, du würdest nur prahlen.«

»Wenn du mir geglaubt hättest, wäre vielleicht von alldem nichts passiert.«

»Was soll das heißen?«, fragte Carly. »Dass die finanziellen Schwierigkeiten des Inns meine Schuld sind? Du hörst mir wohl nicht richtig zu.«

Im Hintergrund ertönte eine Glocke. Sie wandte sich um und sah, dass sämtliche Kunden aus dem Laden geflohen waren. Das war's wohl mit den Verkäufen für den heutigen Morgen.

»Ich möchte, dass du bleibst«, sagte Michelle. »Ich werde einen Vertrag aufsetzen, der dir eine sichere Festanstellung garantiert.«

Das war etwas, das Carly zu schätzen wusste. »Aber ich möchte in der Eigentümerwohnung bleiben. Das ist das einzige Zuhause, das Gabby jemals gekannt hat.«

Michelle verzog den Mund. »In Ordnung.«

Carly hätte sie liebend gern auch um eine Gehaltserhöhung gebeten, doch wenn das Inn in solchen Schwierigkeiten steckte, dass Michelle bereit war, ihr für eine gewisse Zeit eine Festanstellung zu garantieren, dann war wohl nicht mehr Geld für sie drin. Sie würde trotzdem noch härter dafür arbeiten, ihre Ersparnisse aufzustocken. Und sie würde sich einen Plan überlegen. Wenn ihr Vertrag endete, würde sie vorbereitet sein.

»Danke, dass du dich um Brenda gekümmert hast. Als es mit ihr zu Ende ging, meine ich.«

Diese Worte waren beinahe ebenso ein Schock wie die Neuigkeiten über das Inn. Carly blinzelte. »Gern geschehen.«

»Ich bin mir sicher, dass ihr das mehr bedeutet hat, als mich hierzuhaben. Schließlich warst du die ›Tochter ihres Herzens‹, wie sie dich gerne mal in ihren Mails genannt hat.«

Volltreffer, dachte Carly wütend. Michelle hatte gelernt, wie man Leuten an die Kehle ging.

»Ich werde mich nicht dafür entschuldigen, dass ich mich um eine Sterbende gekümmert habe«, blaffte sie. »Dreh und wende es, wie auch immer du willst. Ich weiß selbst am besten, was war. Da es dich so sehr wurmt, hättest du vielleicht einfach nach Hause kommen sollen. Oder gar nicht erst weggehen sollen. Aber natürlich hättest du auch nicht abhauen und dich in der Army verstecken müssen, wenn du nicht zwei Tage vor unserer Hochzeit mit meinem Verlobten geschlafen hättest. Angesichts der Tatsache, dass du meine Ehrenbrautjungfer warst, war das ein ganz schöner Schock für uns alle.«

»Ja, klar, vor allem für dich«, gab Michelle zurück. »Du wusstest doch genau, wie er war, was er schon alles angestellt hatte. Warum hast du ihn überhaupt geheiratet?«

»Ich war schwanger, ich dachte damals, nicht groß die Wahl zu haben. Und ich wollte keine alleinerziehende Mutter sein.« Sie gab ein hohles Lachen von sich. »Nicht, dass die Hochzeit daran etwas geändert hätte.«

Sie ging zur Ladentheke, dann wandte sie sich um. Der Abstand schien ihr nötig zu sein. »Was ich aber nicht verstehe, ist, dass es dir noch nicht mal leidtut, dass du mit ihm geschlafen hast. Du hast dich kein einziges Mal bei mir entschuldigt. Dabei warst du doch meine Freundin.«

»Das hättest du für mich auch sein sollen.«

»Was habe ich denn bitte schön verbrochen?«

Michelle musterte sie eingehend. »Abgesehen davon, dass du dich nur an die Dinge erinnerst, an die du dich erinnern willst, wohl gar nichts.«

Sie war offensichtlich verbittert wegen irgendetwas, doch Carly konnte sich nicht vorstellen, weswegen. Schließlich war sie diejenige, die von den zwei Menschen betrogen worden war, denen sie am meisten vertraute. So viel zu Michelles eigenem selektivem Gedächtnis.

»Es tut mir leid, dass meine Mutter dich bezüglich des Inns angelogen hat.«

Carly öffnete den Mund, dann schloss sie ihn wieder. »In Ordnung«, sagte sie vorsichtig – nicht sicher, ob Michelle ihr eine Falle stellte.

»Das meine ich ernst. Es hat ihr nie gehört, dennoch hat sie es benutzt, um dich hierzuhalten. Das ist für keinen von uns überraschend, aber richtig ist es trotzdem nicht.«

»Danke.«

Michelle nickte.

»Dein Vater hat es dir also vermacht und Brenda hat es treuhänderisch verwaltet?«

»Ja. Ich hätte es mit fünfundzwanzig übernehmen dürfen, aber da ich nicht da war, hat Brenda es auch darüber hinaus geführt. Wie viel lieber hätte ich ihn behalten als das hier«, sagte sie und hob den Blick zur Decke. »Er hat mich nicht vor die Wahl gestellt.«

Carly erwog, sie darauf hinzuweisen, dass sie ihre Mutter zur gleichen Zeit ebenfalls verloren hatte – mit ähnlich verheerenden Auswirkungen –, wollte jedoch die leichte Entspannung der Lage nicht gefährden.

»Ich bleibe«, sagte Carly. »Und ich unterzeichne gerne eine entsprechende Vereinbarung.«

»Für zwei Jahre?«

Das war sehr viel länger, als sie erwartet hatte. Sie war sich nicht sicher, ob sie es hinbekommen würden, zwei Jahre lang zusammenzuarbeiten. Doch sie war bereit, es auszuprobieren.

Sie nickte.

»Du bekommst auch eine Gehaltserhöhung«, sagte Michelle. »Es wird erst mal nicht viel sein, aber sobald wir finanziell besser dastehen, wird es mehr.«

Als würde sie darauf noch hereinfallen. »Okay.«

»Du klingst nicht überzeugt.«

»So was hab ich schon mal gehört.«

»Ich bin nicht Brenda.«

»Ich bin auch sehr vieles nicht, das hält dich trotzdem nicht davon ab, mir zu misstrauen.«

Michelle überraschte sie mit einem Lächeln.

»Da hast du wohl recht. Das nehme ich in den Vertrag mit auf.« Sie wurde wieder ernst. »Vermutlich reißt du mir jetzt den Kopf ab, aber ich muss einfach fragen: Warum hast du das Haus deines Vaters nicht mehr? Solltest du nicht eigentlich dort wohnen statt hier?«

»Ich habe das Haus verkauft. Das war Allens Idee.« Ihr frisch gebackener Ehemann hatte sie davon überzeugen können, dass sie für ihre wachsende Familie etwas Größeres brauchten. Und sie hatte sich dummerweise darauf eingelassen und seinen Plan akzeptiert, erst zu verkaufen und danach was Neues zu suchen.

»Zwei Tage nachdem wir den Verkaufsvertrag unterschrieben hatten, ist er mit dem ganzen Geld abgehauen. Bis auf den letzten Penny. Es lag auf unserem gemeinsamen Konto und gehörte somit uns beiden. Die Polizisten tätschelten mir den Kopf und sagten, dass ich hübsch genug sei, einen anderen Ehemann zu finden, und dass ich mich beim nächsten Mal einfach ein bisschen schlauer anstellen sollte.« Sie hob leicht das Kinn, wie in Erwartung eines Fausthiebs.

»Das tut mir leid.«

»Wie, das ist alles? Kein verbaler Schlag in die Magengrube? Oder unter die Gürtellinie?«

»Heute mal nicht.«

Michelle drückte sich von der Wand ab und humpelte auf sie zu. Ihre graue Gesichtsfarbe war zurück, sie sah abgekämpft aus.

»Wir müssen über das Inn reden. Wer arbeitet wann und wo? Das würde ich gerne morgen machen.«

»Okay. Ich habe vor ein paar Tagen mit einem Psychologen-Paar gesprochen, das eine Art Workshop über Eheprobleme in der Gegend abhält. Sie wollen drei Zimmer pro Woche mieten, von Dienstag bis Donnerstag, den ganzen Sommer lang. Ich habe mir die Reservierungen angeschaut, wir haben freie Zimmer. Aber ich wollte erst mit dir sprechen, bevor ich ihnen zusage.«

»Sag ihnen, das ist kein Problem. Wir brauchen das Geld.«

»Gut, ich rufe sie gleich heute Nachmittag an.« Sie zögerte. »Musst du vielleicht etwas einnehmen oder so?«

»So schlimm sehe ich also aus? Es geht schon. Mir tut alles weh, das wird auch noch eine Weile so bleiben.«

»Möchtest du darüber reden?«

»Worüber?«

»Über was immer du willst.«

»Mit dir?« Michelle lachte auf. »Nein danke.«

»Falls du deine Meinung änderst …«

»Das werde ich nicht. Selbst wenn du das ernst meinst, du könntest damit nicht umgehen.« Ihr Lachen verstummte. »Ich bin kein Sozialprojekt, Carly. Ich bin deine Chefin. Wenn du das nicht vergisst, werden wir uns bestens verstehen.«

Sie wandte sich um und humpelte hinaus.

Carly sah ihr nach, hin- und hergerissen zwischen erbitterter Wut und einem äußerst lästigen Gefühl von Mitleid. Obwohl sie Michelle ihr Verhalten übel nahm und ihre eigene Lage als ungerecht empfand, verstand sie, was sie meinte. Michelle war nun mal ihre Chefin. Die Tatsache, dass sie einmal Freundinnen gewesen waren, spielte dabei keine Rolle mehr.

Und was die schrecklichen Dinge betraf, die Michelle erlebt hatte, so überstiegen die ihre Vorstellungskraft. Es war daher unmöglich, sie nachzuvollziehen, doch ein wenig Mitleid zu zeigen konnte nicht schaden.

Sie seufzte. Wem versuchte sie etwas vorzumachen? Und wie ihr das schaden konnte. Das bedeutete jedoch nicht, dass sie es nicht versuchen würde.

8. KAPITEL

»Warum hat dich deine Mutter eigentlich Mango getauft?«, fragte Michelle keuchend. »Hat sie ein Faible für Früchte? Hast du vielleicht eine Schwester, die Nektarine heißt?«

Der Schmerz schoss in Wellen durch ihre Hüfte, über ihre gesamte Seite und das Bein hinab. Mango – ein großer, gefährlich aussehender, dunkelhaariger Typ mit der Seele eines Teufels – grinste sie an.

»Das ist mein Nachname«, sagte er gelassen und gab mehr Spannung auf die Maschine. »Komm, noch fünf Mal.«

Ihre schweißnassen Hände glitten von den Griffen ab.

»Ich kann nicht.« Sie war am Ende ihrer Kräfte – und kurz davor, um Gnade zu betteln.

»Doch, du kannst. Du willst nur nicht, das ist ein Unterschied.«

»Irgendwann bring ich dich um.«

Mango klopfte ihr aufmunternd auf die Schulter. »Wenn ich jedes Mal, wenn das jemand zu mir sagt, ein Fünf-Cent-Stück bekäme, wäre ich längst ein reicher Mann. Komm, fünf noch, Michelle. Bring mich nicht dazu, meine strenge Physiotherapeuten-Stimme einzusetzen. Die wird dir nicht gefallen.«

Wenn ihre Kraft es zugelassen hätte, hätte sie ihm glatt eine runtergehauen. Sie wusste, wie man so zuschlug, dass ein blauer Fleck blieb. Das war einer der Vorteile ihrer Militärausbildung, zwar nicht der offiziellen, aber einer sehr nützlichen. Natürlich war Mango stark genug, um sie im Gegenzug zu zerkrümeln wie einen Keks.

Sie fragte sich, weshalb ein Typ wie er als Physiotherapeut arbeitete statt – wie hatte Carly gesagt? – für irgendeinen Geheimdienst, der Leute mit Kugelschreibern um die Ecke brachte.

»Hör auf, Zeit zu schinden.«

Sie fluchte, hob aber ihr rechtes Bein drei weitere Male an, bis ihr schwindlig und leicht schwarz vor den Augen wurde.

Schneller, als sie es jemals für möglich gehalten hätte, holte Mango sie aus dem Trainingsgerät und drückte ihren Kopf nach unten.

»Atme«, befahl er. Seine riesigen Hände hielten sie so fest, dass sie wusste, sie würde nicht aufrecht sitzen können, ehe er sie losließ. »Von mir aus kannst du dich übergeben, aber ohnmächtig wirst du mir nicht.«

»Ist das reine Information oder ein Befehl?«, fragte sie zwischen zwei Atemzügen.

»Beides.«

Sie atmete tief durch. Langsam nahm der Raum um sie herum wieder Kontur an. »Mir geht's gut.«

Er ließ sie los. »Mir geht's besser.«

Sie lehnte sich gegen das Trainingsgerät und versuchte zu lächeln. »Da bin ich mir sicher. Aber das ist mir jetzt gerade so ziemlich scheißegal.«

»Das wird sich schon noch ändern.«

»Vielleicht.«

»Charmant, das mögen Männer bei einer Frau. Warum machst du deine Übungen zu Hause nicht?«

»Gibt es irgendwen, der die macht?«

»Leute, die wollen, dass es ihnen bald besser geht, finden die Zeit dafür. Wen muss ich drohen anzurufen, damit du kooperierst?«

»Niemanden.« Sie stand auf und wandte ihm den Rücken zu – hauptsächlich um zu vermeiden, dass er versehentlich Mitleid mit ihr bekam.

»Irgendjemanden muss es doch geben. Freund, Feind? Ich bin nicht wählerisch.«

»Okay, ja, eine Freundin.« Damaris ging als solche durch. Wenn sie noch ihren nächtlichen Tanz mit der Wodka-Flasche dazunahm, konnte sie sagen, dass sie zwei Freundinnen hatte. Fast schon eine Gang.

»Mach das Stretching, mach deine Übungen. Je mehr du auf mich hörst, desto eher musst du nicht mehr herkommen.«

»Das nenne ich mal eine Motivation.«

Sie griff nach ihrer Krücke. Normalerweise strafte sie sie mit Verachtung, aber nach einer Therapie-Stunde kam sie unmöglich ohne ihre Hilfe hier hinaus.

Mango tätschelte ihr den Arm. »Du machst das schon gut. Mit der Zeit wird es leichter.«

»Das sagst du doch zu allen Frauen.«

Er grinste. »Du bist eine Patientin, keine Frau. Was ich zu denen sage, kriegst du nicht zu hören. Komm, ich begleite dich raus.«

Sie schleppte sich hinter ihm her und umschiffte dabei die Trainingsgeräte und die anderen trainierenden Veteranen – hauptsächlich Männer. Verglichen mit vielen Patienten hatte sie mit ihrer Verletzung Glück gehabt. Sie hatte noch beide Arme und Beine, und jegliches schwelende Trauma war sorgsam in ihrem Inneren verborgen, wo nur sie es sah.

Da sie sich damit jedoch nicht beschäftigen wollte, erlaubte sie sich, ihren Blick auf Mangos Hintern zu richten. Er war beeindruckend – so hoch und knackig. Der Po eines Athleten. Sie wettete, dass er gut aussah, wenn er nackt war. Nun ja, nicht dass sie sich vorstellen konnte, sich jemals wieder für nackte Männer zu interessieren.

»Bis nächste Woche«, sagte Mango. »Komm nicht zu spät.«

»War ich etwa heute zu spät?«

»Nein, aber ich will mir keine falschen Hoffnungen machen.«

Sein lockeres Grinsen war ansteckend. Sie stellte fest, dass sie unumwunden zurückgrinste, trotz des steten Pochens in ihrer Hüfte.

Als sie in Richtung Ausgang humpelte, blieb sie kurz stehen, um das Schwarze Brett neben der Tür zu studieren. Dort hingen alle möglichen Anzeigen, so das Übliche, Dinge, die zum Verkauf standen, Mitfahrgelegenheiten und Katzenbabys, die jemand abzugeben hatte. Sie überflog sie alle, auf der Suche nach einem Zimmer, das zu vermieten war.

Angesichts der finanziellen Schwierigkeiten, in denen das Inn steckte, durfte sie nicht einfach dortbleiben und eins der Zimmer nutzen, das sie andernfalls jede Nacht vermieten konnten. Außerdem wollte sie nicht so nahe bei Carly wohnen. Eine ganze Wohnung benötigte sie zurzeit nicht. Sie hatte vor, die nächsten Monate jede Menge Überstunden zu machen, da genügte ein Zimmer vollauf. Die Schwierigkeit bestand jedoch darin, eins zu finden, das nicht zu weit weg war. Sie war bereit, einen gewissen Anfahrtsweg in Kauf zu nehmen, doch alles, was mehr als vierzig Minuten entfernt lag, war zu weit.

Sie war schon kurz davor, aufzugeben, als sie eine kleine Karteikarte sah, auf der ein Zimmer auf Blackberry Island zur Miete angeboten wurde. Die Straße lag nur ein paar Kilometer vom Inn entfernt. Es wurde zu solch einem Schleuderpreis vermietet, dass sie sich fragte, ob sie den Raum mit krabbelnden Mitbewohnern würde teilen müssen. Dennoch tippte sie die Nummer in ihr Handy und rief an.

»Tenly?«

»Ja, hallo, ich rufe wegen des Zimmers an. Ich habe die Anzeige in der Veteranen-Reha gesehen.«

Der Mann am anderen Ende schwieg einen Moment. »Soll das Zimmer für Sie sein?«

»Ja.«

»Es ist eine Art kleine Einliegerwohnung. Es hat keinen privaten Eingang, aber es liegt direkt neben der Küche am Hintereingang des Hauses. Sind Sie mit der Insel vertraut?«

»Ich bin dort aufgewachsen. Michelle Sanderson.«

»Vom Blackberry Island Inn.«

Sie war nicht überrascht, dass er das wusste. Die Insel war klein genug, dass die meisten Leute einander kannten. Es gab nur eine Schule, auf die alle Kinder bis vierzehn Jahre gingen. Danach wurden sie mit dem Schulbus in die nächstgelegene Highschool auf dem Festland gebracht.

»Jared Tenly.«

Sie erkannte den Namen wieder, konnte ihm jedoch kein Gesicht zuordnen. Wenn sie hätte raten müssen, hätte sie gesagt, dass er ein paar Jahre älter war als sie.

»Seit wann bist du zurück?«

»Einige Monate. Auf der Insel bin ich seit letzter Woche.«

»Da du in der Veteranen-Reha in Behandlung bist, wurdest du wohl verletzt.« Er hielt inne. »Okay, du kannst dir das Zimmer ansehen, wenn du willst.«

»Wie wäre es jetzt gleich?«

»Jetzt gleich passt gut.«

»Dann bin ich in einer halben Stunde da.«

»Ich warte hier.«

Michelle warf sich den Rucksack über die Schulter, rutschte vom Sitz des Wagens und gab sich dabei Mühe, die Hauptlast ihres Gewichts mit dem rechten Bein abzufangen. Dennoch raubte der Aufprall ihr den Atem und sie keuchte auf. Beim Gedanken daran, sich zu übergeben, erinnerte sie sich an Mango und sie wollte lachen. Bei dieser Kombination an Emotionen musste sie jedoch husten und würgen, als hätte sie sich verschluckt.

Als sie die Kontrolle über sich zurückerlangt hatte, betrachtete sie prüfend den Fußweg, der zum Haus führte. Es waren nur fünf oder sechs Meter. Missmutig schüttelte sie den Kopf und nahm ihre Krücke. Tanzen werde ich wohl in näherer Zukunft nicht, dachte sie. Im Moment wäre sie schon heilfroh, herumlaufen zu können, ohne dass die Leute auf sie zeigten und sie anstarrten. Wenigstens war das Haus eingeschossig – sie konnte sich nicht vorstellen, sich am Ende eines langen Tages auch noch mit Treppenstufen abzukämpfen. Es war schlimm genug, dass sie die im Inn hoch- und runterlaufen musste.

Sie stützte sich schwer auf die Krücke, humpelte um den Pick-up herum und die Einfahrt hinauf, um nicht den Bordstein erklimmen zu müssen. Das Haus mit seiner breiten Veranda und den dekorativen Dachgauben sah aus, als wäre es in den späten Vierzigern erbaut worden. Sein vermutlich ehemals hellblauer Anstrich hatte sich mit den Jahren in einen gräulichen Farbton verwandelt. Die Fenster waren sauber genug, um nicht Furcht einflößend zu wirken, blitzten jedoch auch nicht so sehr, dass sie Sorge haben müsste, Jared Tenly sei einer dieser seltsamen Typen, die besessen davon waren, alles zu putzen, was in Reichweite war.

Sie hatte gerade die Hälfte des Aufstiegs geschafft, als die Haustür aufging und ein Mann heraustrat. Bei seinem Anblick blieb sie stehen.

Er war groß – mindestens eins fünfundneunzig –, hatte wuscheliges blondes Haar und breite Schultern. Sie selbst maß einen Meter sechsundsiebzig und er überragte sie um einiges. Unter normalen Umständen hätte sie das vermutlich nicht gekümmert, doch mit ihrer Hüfte und in ihrem erschöpften Zustand fühlte sie sich verletzlich und schnell bedroht.

Sein Gesicht war eher interessant als besonders gut aussehend, aber er hatte sehr schöne blaue Augen. Wenn sie sie mit einem Wort beschreiben müsste, würde sie sagen *liebenswürdig*. Er trug die übliche Uniform der Männer aus der Gegend, ein ausgewaschenes kariertes Hemd, das in einer abgewetzten Jeans steckte.

»Michelle?«

Sie nickte.

Er musterte sie von oben bis unten, dann verweilte sein Blick kurz auf ihrer Krücke. »Wir gehen hinten rum.«

Er sprang leichtfüßig die Verandastufen hinunter, seine Schritte waren groß und Raum einnehmend. »Das Zimmer ist auf der Rückseite des Hauses.«

Er ging voraus und hielt das Gartentor für sie auf. Von dort aus konnte sie eine Rampe erkennen, die zur Hintertür führte.

»Die war für deinen Vormieter«, sagte er.

Glück gehabt. Eine Rampe kam sie leichter hoch als Stufen. Zumindest momentan.

Sie gingen hinein.

Die Küche schien vor ungefähr zehn Jahren neu gemacht worden zu sein. Die zahlreichen Schränke waren aus Holz, der Herd sah aus, als würde er nicht sehr häufig benutzt. Der PVC-Boden hatte ein paar Kratzer, sah aber sauber genug für ihre Wohlfühlansprüche aus. Sie war keine Sauberkeitsfanatikerin, hatte jedoch eine Abneigung gegen alles, was kroch oder krabbelte.

»Wohn- und Esszimmer sind da drüben«, sagte er und deutete auf eine Tür am Ende der Küche. »Willst du sie dir ansehen?«

»Gibt es dort irgendwas Beachtenswertes?«

»Nein.«

»Dann brauche ich sie nicht zu sehen.«

Er führte sie in die entgegengesetzte Richtung, einen schmalen Flur entlang, öffnete eine Tür auf der linken Seite und zeigte ihr einen Haushaltsraum, in dem sie eine Waschmaschine und einen Trockner entdeckte. Danach betraten sie das Schlafzimmer im hintersten Teil des Hauses.

Es hatte eine annehmbare Größe. An der einen Seite stand ein Doppelbett, an der anderen eine Kommode mit einem Fernseher darauf. Sie sah sich den Schrank an und dann das kleine Badezimmer. Der Anblick der Dusche beruhigte sie. Wenigstens würde sie nicht jeden Tag in eine Wanne steigen müssen.

Zuletzt gingen sie zurück und traten durch einen Bogengang in den Wintergarten. Vor den deckenhohen Fenstern standen zwei Stühle mit Blick auf den hinteren Garten. Eine Wiese führte hinab zu den stahlgrauen Wellen des Sunds, die ans Ufer schwappten.

Die Räume waren groß genug für ihre Zwecke, zudem sauber. Und die Nachbarschaft war ruhig.

Sie wandte sich zu ihm um. »Was machst du so beruflich?«

»Ich habe ein paar Boote und biete Sportfischen und Rundfahrten an.«

Ein Saisonjob, dachte sie, wohl wissend, wie lang und finanziell karg die Winter sein konnten. Eine Zimmermiete sicherte ihm ein klein wenig mehr monatliches Einkommen. Wer hatte das nicht gern?

»Ich nehme es«, sagte sie. »Gibt es irgendeinen Vertrag, den ich ausfüllen soll?«

»Nein. Gib mir einfach einen Scheck, ich vermiete monatsweise. Hast du eine Ahnung, wie lange du bleiben willst?«

»Den Sommer über«, sagte sie, ließ ihren Rucksack auf das Bett fallen und durchwühlte ihn, bis sie ihr Scheckbuch hatte.

Sobald im Inn weniger los wäre, würde sie sich eine feste Bleibe suchen.

Sie fand einen Stift und fing an zu schreiben.

Als sie fertig war, sah sie ihn an.

»Ich koche nicht«, sagte sie.

»Ich auch nicht. Im Kühlschrank ist jede Menge Platz für alles, was du gerne darin aufbewahren willst. Außerdem habe ich noch ein paar leere Schränke. Ich lasse sie offen, damit du siehst, welche es sind. Ansonsten, keine Drogen, keine lauten Partys.«

»Kein Problem. Für beides werde ich keine Zeit haben.«

»Gut zu wissen.«

Sie hielt ihm den Scheck hin. »Und ich werde nicht mit dir schlafen.«

Er zog eine Augenbraue hoch und musterte sie von oben bis unten. »Du bist gar nicht mein Typ.«

»Nur damit das zwischen uns klar ist.«

»Für mich ist das glasklar.«

Sie übergab ihm den Scheck.

Er nahm ihn entgegen und fischte einen Schlüssel aus seiner Hosentasche. »Hier, bitte.«

Sie schloss die Finger um das kühle Metall.

»Ist heute schon Einzug?«, fragte er. »Nur damit ich mich rechtzeitig unter Kontrolle habe.«

Er nahm sie auf den Arm. Sie hätte ihm auf der Stelle eine Retourkutsche geben sollen, doch ihr fiel nichts Schlagfertiges ein.

Sie wusste, was er dachte, dass sie nicht hübsch, nicht weiblich genug war. Sie war nie besonders mädchenhaft gewesen, und mit ein paar Tausend Soldaten zusammenzuleben hatte diese Tendenz noch verstärkt. Momentan konnte sie sich nicht vorstellen, sich jemals wieder für Kleidung oder manikürte

Fingernägel zu interessieren. Die einzigen Ziele in ihrem Leben waren gerade, das Inn zu retten und keine Schmerzen mehr zu haben. Wenn sie nur mal eine einzige Nacht richtig schlafen könnte, wäre sie schon glücklich.

»Entweder heute oder morgen«, sagte sie. »Ich hab ein paar Dinge zu erledigen.«

»Brauchst du Hilfe mit deinen Sachen?«

»Nein danke.«

»Schön. Dann sehen wir uns.«

Sie nickte und wandte sich zum Gehen.

Plötzlich verfing ihr Fuß sich im Teppich und blockierte ihren Schritt, sodass sie unweigerlich ihr Gewicht verlagern und die verletzte Hüfte belasten musste. Sofort durchfuhr sie ein Schmerz, der sich anfühlte, als würde sie von mehreren Glasscherben zugleich geritzt. Er raubte ihr den Atem und zwang sie fast in die Knie. Nur ein fester Griff um ihre Oberarme hinderte sie am Fallen.

Sie schnappte nach Luft und heulte beinahe auf vor Schmerzen.

»Es geht schon«, gelang es ihr hervorzubringen. Sie verlagerte ihr Gewicht wieder auf das gesunde Bein und richtete sich auf.

Jared wartete, bis sie einen sicheren Stand hatte, dann ließ er sie los.

Sie hätte erwartet, dass er etwas sagte, ihr anbot, sie zum Wagen zu begleiten, oder ihr riet, zum Arzt zu gehen. Stattdessen schwieg er. Vielleicht mischte er sich nicht gerne ein. Vielleicht wusste er aber auch, dass sie da alleine durchmusste.

Sie schaffte es bis zur Tür, da warf sie ihm einen Blick über die Schulter zu. »Danke. Wir sehen uns.«

»Ich bin hier.«

Sie nickte und ging.

Als sie wieder im Auto saß, betrachtete sie das Haus. Von außen machte es nicht viel her, doch in ihrer Situation war es genau das Richtige. Ein Ort, an den sie sich zurückziehen und ihre Wunden lecken konnte. Ein Ort, an dem sie niemandem etwas vorspielen musste. Ein Ort der Zuflucht.

9. KAPITEL

Carly hatte viele Stunden ihres Lebens auf dem Besucherstuhl vor Brendas Schreibtisch verbracht. Sie hatten über die Arbeit gesprochen, über ihre Pläne für das Inn, und manchmal hatte Brenda sie angeschrien.

Diese Gespräche waren oft lang und unerfreulich gewesen. Brenda hatte geschimpft und gezetert, sie mit Schimpfworten bedacht und damit gedroht, sie zu feuern, bis sie heiser wurde. Carly war stets ruhig geblieben, hatte nur ein paar Worte zu ihrer Verteidigung eingeworfen und das Ganze ansonsten über sich ergehen lassen. In Tränen auszubrechen hätte bedeutet, Brenda einen Sieg zuzugestehen.

Obwohl sie seit drei Monaten nicht mehr unter ihnen war und sie jetzt einen Zweijahresvertrag hatte, spürte sie, wie ihre Nerven flatterten, als sie den vertrauten Raum betrat.

Sie selbst hatte ihn äußerst selten genutzt. Sie zog es vor, den Papierkram in einem sehr viel kleineren Büro hinter der Wäschekammer zu erledigen. Das Gefühl von Sicherheit und Privatsphäre machte das Fehlen von Fenstern und antiken Möbeln mehr als wett.

Michelle, die immer noch blass und dünn aussah, forderte sie mit einer Handbewegung auf, sich zu setzen. Carly beäugte den Stuhl und fragte sich, ob sie ihn jemals wieder würde anschauen können, ohne sich an Brendas Geschrei zu erinnern. Für den Moment würde es genügen müssen, sich ins Gedächtnis zu rufen, dass Michelle nicht ihre Mutter war und dass sie hier gebraucht wurde.

»Danke hierfür«, sagte Michelle und wedelte mit den Blättern, die Carly ihr gegeben hatte. Darauf waren die Aufgaben aller Angestellten, inklusive ihrer eigenen, sowie die ungefähre Anzahl der jeweiligen Arbeitsstunden aufgelistet.

»Ich werde die Geschäftsbücher der letzten paar Jahre durchgehen und schauen, wo das ganze Geld hingeflossen ist«, fuhr Michelle fort. »Nach dem, was ich bisher rausfinden konnte, hatte das Inn jede Menge Gäste, aber die Renovierungen haben einen dicken Batzen verschlungen.«

Michelles Blick fiel auf ihr Handgelenk, an dem neben ihrer Uhr eins von Brendas Bettelarmbändern baumelte.

Carly verkrampfte sich innerlich. Brenda hatte ihr all ihre persönliche Habe vermacht. So stand es in dem Testament, das sie zum ansässigen Notar getragen hatte, um es mit ihm zu besprechen. Der hatte ihr klargemacht, dass Brenda nie das Recht gehabt hatte, ihr einen Anteil am Inn anzubieten.

Sie hatte Brendas Habseligkeiten zusammengepackt und sie einlagern lassen, Kleidung, Bücher, Papiere. Die intimen Gegenstände eines ganzen Lebens. Obwohl Brenda sie beauftragt hatte, sich um sie zu kümmern, war Carly sich nicht sicher gewesen, was sie mit ihnen tun sollte. Schließlich war Michelle Brendas Tochter. Sie sollte diejenige sein, die darüber entschied.

Brenda hatte ihr auch ihren gesamten Schmuck hinterlassen, der über die Jahre zu einer stattlichen Sammlung angewachsen war, hübsche Ringe und Ohrringe, ein paar Ketten und ihre Bettelarmbänder.

Carly hatte jedoch den größten Teil davon ebenfalls weggepackt und nur wenige Stücke genommen – die mit den guten Erinnerungen. Rechtlich gesehen könnte sie alles behalten, das hatte Brenda in ihrem Testament eindeutig so bestimmt. Doch es erschien ihr nicht richtig.

In diesem Moment wurde sie sich des Armbands an ihrem Handgelenk überdeutlich bewusst. Am liebsten hätte sie es mit der anderen Hand bedeckt und Michelle alles erklärt.

»Ich muss der Sache mit dem Geld nachgehen«, sagte Michelle. »Das wird ein paar Tage dauern, vielleicht eine Woche.«

Sie warf einen Blick auf die Liste. »Du hast ganz schön viele Aufgaben.«

»Ich halte mich gerne beschäftigt.«

»Zerreißt du dich nicht eher?«

»Ich springe eben da ein, wo ich gebraucht werde.«

»Du bist gut im Umgang mit den Gästen.«

Carly neigte den Kopf. Sie war sich sicher, nicht richtig gehört zu haben. »Wie bitte?«

»Ich habe viele Gästebucheinträge gelesen und mit ein paar Leuten gesprochen.«

»Damaris war wohl eher nicht darunter«, murmelte sie, ehe sie sich zurückhalten konnte.

Michelle überraschte sie mit einem Lächeln. »Damaris nicht, aber andere Leute, die hier arbeiten. Alle mögen dich.«

Carly wartete einen Moment, doch es folgte keine vernichtende Kritik. »Ich mache meine Arbeit gern«, gab sie schließlich zu. »Und der Kontakt zu den Gästen macht mir am meisten Spaß.«

»Dann passt das ja. Ich glaube nämlich, du solltest den Großteil des Tages damit verbringen, dich um die Gäste zu kümmern. Da kommt unser Geld her. Den Arbeitsplan im Geschenkeshop modeln wir um.«

Carly grübelte über den Shop und seufzte. »Er bringt nicht viel ein, oder?«

»Ich habe mir die Einnahmen noch nicht im Detail angesehen, aber nein. Was zum Teufel hast du dir nur dabei gedacht?«

Wieder ganz die alte Michelle, fand Carly. »Was ich mir dabei gedacht habe, ist, dass deine Mutter unbedingt einen Geschenkeshop aufmachen wollte – und nein, ich konnte ihr das nicht ausreden und du hättest das genauso wenig gekonnt. Meine Idee war gewesen, einen Verkaufsbereich in der Lobby einzurichten, in dem wir Snacks, Toilettenartikel und ein bisschen lokalen Krimskrams anbieten. Aber sie hat Barty den Anbau entwerfen lassen, den du jetzt hier siehst.«

»Barty?«

»Der Bauunternehmer.«

»Meine Mutter hat mit einem Typen namens Barty geschlafen?«

Carly grinste. »Ich glaube, das war sein Familienname.«

»So wie Mango? Was haben die nur alle für Nachnamen?«

»Mango?«

»Ach, vergiss es. Dann haben wir diese Monstrosität also Barty zu verdanken. Ich hab keine Ahnung, was wir damit machen werden. Vielleicht alles ausverkaufen, ich muss das mal durchrechnen. Ich frage mich nur, wofür wir den Platz sonst nutzen können.«

»Der Geschenkeshop könnte durchaus profitabel sein, wenn wir ein besser ausgewähltes Sortiment hätten.«

»Trotzdem konkurrieren wir mit den Geschäften in der Stadt.«

»Aber mit unseren Gästen haben wir ein dankbares Publikum. Warum sollten sie in die Stadt gehen, wenn sie etwas kaufen wollen, wenn sie es auch hier bekommen können? Da der Geschenkeshop Teil des Hotels ist, zahlen wir keine hohe Miete. Wir könnten also vielleicht die Marge verringern und die Sachen ein bisschen billiger verkaufen als alle anderen.«

»Ja, das könnte funktionieren.«

»Wie bitte? Entschuldige, ich fall mal kurz vom Stuhl.«

Michelle blickte sie belustigt an. »Es ist dir durchaus erlaubt, gute Ideen zu haben. Du hast es geschafft, beinahe ein Jahrzehnt lang mit meiner Mutter zusammenzuarbeiten. Das bedeutet, du bist entweder wirklich tough oder verdammt dickköpfig.«

»Vielleicht beides«, erwiderte Carly, die sich niemals als tough empfunden hatte. Doch der Gedanke gefiel ihr.

»Ich werde das durchrechnen. Das Ganze ist nur eine Sache von Zahlen.« Michelle reichte ein Blatt Papier über den Schreibtisch.

Carly nahm es entgegen.

In einer ordentlichen Tabelle waren die Arbeitsbereiche aufgeführt, die im Inn anfielen – Restaurant, Rezeption, Hauswirtschaft, Geschenkeshop –, und die entsprechenden Arbeitsstunden. In den Kästchen daneben waren verschiedene Namen eingetragen.

»Das ist ein Arbeitsplan«, sagte Carly, erfreut zu sehen, dass er demjenigen ähnelte, den sie geführt hatte, nur mit wenigen Änderungen. Vor allem, was ihre Stundenzahl betraf. Sie war erheblich niedriger.

»Der sehr viel einfacher auf dem Computer zu erstellen ist«, sagte Michelle. »Wie kommst du nur durchs Leben, ohne zu wissen, wie das funktioniert?«

»Ich weiß, wie so was geht«, erwiderte Carly. »Ich habe einen BWL-Kurs an der Volkshochschule absolviert. Aber Brenda wollte das alles lieber selbst machen. Als sie krank wurde, bot ich ihr an, das zu übernehmen, sie hat abgelehnt.«

»Also weißt du, wie man einen Computer benutzt?«

»Ja.«

»Das ist doch mal was. Kannst du bitte alle über den neuen Arbeitsplan informieren?«

»Klar.«

»Dann sind wir wohl durch fürs Erste.«

Carly stand nicht auf.

So ungern sie es zugab, Michelle hatte sich vollkommen vernünftig gezeigt. War das nur ein vorübergehendes Phänomen oder konnte sie von nun an auf eine Chefin zählen, die ausgeglichen war und nach rationalen Gesichtspunkten handelte? Das war ein berauschender Gedanke.

»Hast du noch was auf dem Herzen?«, fragte Michelle.

»Ein paar Dinge, die alle zusammenhängen.«

Michelle lehnte sich in ihrem Stuhl zurück. »Schieß los.«

»Wie geht es dir?«

»Darüber reden wir hier nicht.«

Die Antwort kam schnell und energisch. Michelle lenkte ihre Aufmerksamkeit sogleich wieder dem Computer-Bildschirm zu. Carly war sich nicht sicher, ob ihre Arbeit so interessant war oder ob es sich um einen Abwehrmechanismus handelte. Sie vermutete Letzteres.

»Du bist erschöpft«, fuhr Carly fort. »Ich weiß, was im Inn zu tun ist, ich kann dir helfen.«

»Erledige deine Arbeit, das hilft mir am meisten.«

»Das ist alles? Mehr hast du nicht zu sagen?«

Michelle rollte mit den Augen. »Was willst du denn noch? Willst du hören, dass ich ohne dich verloren wäre? Dass du mich ideal ergänzt? Dass es großartig ist, mit dir zusammenzuarbeiten? Ich weiß nicht, wie das mit uns laufen wird.«

»Das heißt, wenn die Bank dich nicht zwingen würde, mich zu behalten, würdest du mich hochkant rausschmeißen?«

»Ganz ehrlich, ich habe keine Ahnung. Jedenfalls habe ich keinen Grund, dir zu vertrauen.«

Carly hätte gerne angemerkt, dass es in Wahrheit genau andersherum war. Sie war diejenige, die Michelle nicht vertrauen konnte.

»Ob du mir nun vertraust oder nicht, du brauchst mich. Du hast mir offen gesagt, wie die Dinge hier stehen, also mache ich jetzt das Gleiche.« Sie stand auf. Zum einen, um sich ein Gefühl von Macht zu verschaffen, zum anderen, um schneller die Flucht ergreifen zu können. »Du musst dich besser anziehen.«

Michelles Gesichtsausdruck wurde hart und unter ihrem linken Auge zuckte ein Muskel.

»Wie bitte?«

»Du hast mich schon verstanden. Dies ist ein Unternehmen, in dem wir mit unseren Kunden persönlich in Kontakt kommen. Deine Shirts hängen labberig an dir runter und diese Cargo-Hosen, die du trägst, sind potthässlich. Sie sind schmutzig und voller Flecken und sie rutschen dir beinahe von den Hüften. Du musst dich professioneller kleiden.«

Langsam schien Michelle zu begreifen, was sie sagte. Sie stützte die Hände auf den Schreibtisch und lehnte sich vor.

»Raus hier.«

Carly ließ sich nicht unterkriegen. »Du vermittelst unseren Gästen einen falschen Eindruck.«

»Raus.«

»Lass dir die Haare schneiden und versuch's mal mit ein bisschen Make-up.«

»Raus hier, habe ich gesagt!«

Die letzten Worte stieß Michelle in einer derartigen Lautstärke aus, dass beinahe die Fenster wackelten.

»Schön, ich gehe. Aber du weißt, dass ich recht habe.«

Immer noch schäumend vor Wut über ihren Zusammenprall mit Carly marschierte Michelle in den warmen Nachmittag hinaus. Okay, marschieren war nicht gerade das richtige Wort. Sie ging vielmehr langsam, humpelnd, doch innerlich schritt sie energisch aus.

Sie trat ins wässrige Sonnenlicht und ließ sich von der friedlichen Stille beruhigen, die draußen herrschte. Im Gehen spürte sie leider, wie ihr die Cargo-Hose die Hüften herunterrutschte, was sie erneut an Carly erinnerte und bei ihr den Wunsch weckte, laut loszuschreien. Dabei war sie nie ein Schreihals gewesen.

Sie hätte gerne Carly die Schuld gegeben, doch sie wusste, dass sie gegen etwas sehr viel Größeres ankämpfte als eine nervige Freundin. Nervige ehemalige Freundin. Und, Teufel noch mal, Carly hatte recht, was die Klamotten und ihr Erscheinungsbild betraf. In Wahrheit schämte sie sich schon beinahe für ihr Aussehen. Sie vermied es regelrecht, in den Spiegel zu schauen – was in diesen Tagen keine große Herausforderung war, in ihrem Badezimmer hing nur ein ganz kleiner. Dennoch war ihr bewusst, dass sie schlimm aussehen musste.

Michelle betrachtete die weitläufige Wiese und fragte sich, ob sie stabil genug war, um mit der unebenen Grasfläche klarzukommen. Von dort fiel ihr Blick auf die Margeriten. Es waren so fröhliche Blumen und zugleich gingen sie ihr ungemein auf die Nerven.

Der Ruf eines Kranichs zog ihre Aufmerksamkeit auf sich. Die Natur ganz allgemein ging ihr auf die Nerven, mit all ihren Margeriten und Vögeln und …

Sie fokussierte ihren Blick, als sie bemerkte, dass am anderen Ende der Wiese, wo die Bäume standen, drei oder vier Kraniche mit ihren klauenartigen Füßen durch das Gras auf etwas zustaksten, das sie nicht sehen konnte.

Da es wohl als Training durchging und somit Mango glücklich machen würde, wenn sie im Gras lief, machte sie sich auf, um herauszufinden, was die Vögel da trieben. Der Nachmittag war relativ warm, es herrschten beinahe um die zwanzig Grad, und draußen zu sein war … angenehm.

Sie ging langsam, ließ sich Zeit und achtete darauf, keine unbedachten Bewegungen zu machen. Als sie nur noch drei, vier Meter entfernt war, wurde ihr klar, dass die Kraniche ihre Aufmerksamkeit auf Carlys Tochter richteten. Oder vielmehr auf den kleinen Teller mit Keksen, der neben ihr auf der Decke lag.

Das Mädchen las, seine Augen waren starr auf das Buch gerichtet. Michelle betrachtete einen Moment lang sein blondes Haar und den zarten Körper. Es fiel ihr immer noch schwer zu glauben, dass Carly ein Kind hatte, doch hier war der lebende Beweis.

Während sie die Situation beobachtete, wurde ihr plötzlich klar, dass Gabby keineswegs las, sondern vollkommen erstarrt war. Sie hatte den Kopf zwischen die Schultern gezogen und atmete hastig. Michelle erkannte die Symptome der Angst, aber sie brauchte einen Augenblick, um den Grund dafür zu erkennen.

Die Kraniche.

Wie jeder andere Schüler auf der Insel hatte Michelle sie im Biologieunterricht durchgenommen. Sie wusste, dass die Puget-Sound-Kraniche eher klein waren – vielleicht einen Meter hoch – und dass sich ihre taubengrauen Körperfedern zur Schwanzspitze hin beinahe zu einem Blau-Grau verdunkelten, dass sie jedes Jahr im Winter in den Süden zogen und dass sie während der Brutzeit paarweise zusammenlebten.

»Hey«, sagte Michelle sanft, ehe sie sich zurückhalten konnte.

Gabby zuckte zusammen und sah auf. Die Kraniche hoppelten weg.

»Was machst du hier?«, fragte das Mädchen.

»Ich bin rausgekommen, weil ich es drinnen nicht mehr ausgehalten habe. Geht dir das manchmal auch so?«

Gabby beäugte sie misstrauisch. »Kann schon sein.«

Michelle sah zu den krächzenden Kranichen hinüber. Der mutigste der drei näherte sich wieder den Keksen. »Als ich ungefähr so alt war wie du, hatten die Kraniche es mal auf mich abgesehen. Den ganzen Sommer lang haben sie mich vollgekackt. Das war echt ekelhaft.«

»Wirklich?«

Michelle nickte. »Es ist schwer, ihnen aus dem Weg zu gehen.«

»Ich weiß. Wir haben hier dauernd Wissenschaftler, die sie studieren.«

»Haben die schon rausgefunden, wie man sie davon abhält, Leute vollzukacken?«

Gabby lächelte. »Nein.«

»Immer geht es nur um Zahlen. Wahrscheinlich erforschen sie nur, wie viele es gibt, wie viele Eier sie legen und so was.«

Gabbys Lächeln wurde breiter. »Ja, genau das tun sie. Du solltest mal mit Leonard sprechen, der weiß alles über sie. Dann kannst du ihn auch wegen der Kacke fragen.«

»Ein guter Gesprächseinstieg: ›Hey, Leonard. Du, ich wollte mal mit dir über die Kranichkacke reden.‹«

Gabby kicherte.

Michelle deutete auf die Kraniche. »Hast du Angst vor ihnen?«, fragte sie geradeheraus.

Das Mädchen wurde ernst. »Die verfolgen mich ständig.«

»Du hast Kekse, sie wollen nur Futter.«

»Nicht immer, manchmal bin ich auch einfach nur so draußen.«

Michelle schielte auf die Decke und überlegte, sich hinzusetzen. Das Problem war nur, dass sie nicht wusste, wie sie hinterher wieder auf die Beine kommen sollte. Es würde wohl keinen besonders guten Eindruck auf die Gäste machen, wenn sie auf allen vieren zum Haus zurückgekrochen käme.

»Ich hab mal einen Artikel über Puget-Sound-Kraniche gelesen«, sagte Michelle. »Darin stand, dass sie menschliche Gesichter erkennen und irgendwie den anderen Kranichen von bestimmten Leuten erzählen können. Wenn also jemand gemein zu einem Kranich ist, erfährt die ganze Vogelschar davon.«

»Ich weiß«, sagte Gabby und warf einen Blick auf die Vögel. In ihrem Blick lag mehr als nur leichte Angst. »Die Vogelforscher dachten, nur Krähen könnten Gesichter erkennen, aber dann haben sie rausgefunden, dass unsere Kraniche das auch können. Sie sind was Besonderes.«

»Interessant. Woher weißt du das?«

»Ich bin eben schlau.«

»Und so bescheiden dabei.«

Gabby grinste.

»Okay, dann sagt es also ein Kranich den anderen weiter und so erfährt jeder in der Vogelschar den neuesten Klatsch und Tratsch.« Michelle zuckte mit den Schultern. »Dich bringen sie anscheinend mit Nahrung in Verbindung. Deshalb hängen sie ständig bei dir rum und versuchen, dich einzuschüchtern – sie wollen, dass du deine Kekse hergibst.«

Gabby riss die Augen auf. »Du hast recht. Immer wenn ich hier draußen lese, nehme ich mir einen Snack mit. Meinst du, wenn ich kein Essen mehr mitbringe, lassen sie mich in Ruhe?«

»Klar, das würden sie schon begreifen. Du bist nicht die einzig Schlaue hier.«

Gabby legte den Kopf schief. »Tut dir dein Bein weh?«

»So ziemlich die ganze Zeit.«

»Du bist im Krieg verletzt worden, oder? Das hat Mom mir erzählt. Dass du weg warst, um unser Land zu beschützen.«

Michelle verlagerte ihr Gewicht auf das andere Bein, nicht sicher, was sie darauf sagen sollte. Es war ihr unangenehm, wenn Carly nett von ihr sprach. Da war sie alte Schule. Feinde sollten klar definiert sein wie in Comics.

»Ich war bei der Army, ja.«

»Das ist echt nett von dir, danke.«

Trotz des inneren Widerstands, den sie gegen das Kompliment verspürte, berührte die Aufrichtigkeit des Mädchens sie. »Gern geschehen.«

»Nächstes Mal, wenn ich hier rauskomme, nehme ich einen Stuhl mit, dann kannst du dich hinsetzen.«

Michelle lächelte erfreut über die liebe Geste und den Beweis, dass Gabby keine Angst mehr vor ihr hatte. Sie hatte schon genügend Dämonen, mit denen sie leben musste. Vor allem welche, die mit einem anderen kleinen Mädchen zu tun hatten, das an einem weit entfernten Ort lebte.

»Dann bring ich ein Buch mit«, sagte sie, »und wir können gemeinsam lesen.«

10. KAPITEL

»Sie ist so verdammt anstrengend.«

Während sie diese Aussage traf, stellte Carly das Geschirr ins Spülbecken und ließ Wasser darüberlaufen. Robert war zum Abendessen zu ihnen gekommen, so wie er es mindestens alle zwei Wochen tat. Sie genoss die Unterhaltung mit einem Erwachsenen und die Gelegenheit, für einen erwachsenen Gaumen zu kochen. Doch es gab Zeiten, in denen sie eine Freundin vermisste, bei der sie mal Dampf ablassen konnte. Robert war ein typischer Kerl. Es fiel ihm schwer, einfach nur zuzuhören, meistens wollte er das Problem gleich lösen.

»Versteh mich nicht falsch, ich bin froh, dass ich die Stelle habe.«

»Und noch dazu eine sichere«, ließ er sich von seinem Stuhl am winzigen Küchentisch aus vernehmen.

»Das auch. Das vor allem.«

Mit ihrer Gehaltserhöhung und umsichtiger Planung würde sie ihr finanzielles Polster aufbessern können. Und wenn Michelle es wirklich ernst damit war, dass sie weniger Stunden arbeiten sollte, konnte sie endlich ihrem Wunsch nachgehen, einen Abschluss in BWL zu machen.

»Sie wird sich schon noch ändern«, sagte Robert. »Sie war zehn Jahre lang weg und hat viel erlebt.«

»Ich weiß.«

»Und sie hat schwere Verletzungen erlitten.«

Carly seufzte. »Ja, ich sollte wohl geduldiger sein.«

»Du bist nicht die Einzige, die sich erst mal in die neue Situation einfinden muss.«

Sie war nicht gerade begeistert darüber, dass er Michelles Perspektive einnahm, wusste jedoch, dass er nur vernünftig war.

»Ja, das ist ganz schön viel auf einmal«, gab sie zu, tauchte ihre Hände in die Seifenlauge und schrubbte den ersten Teller.

Die vertrauten Handgriffe entspannten sie. In letzter Zeit hatte es zu viele Abende gegeben, an denen sie sich etwas aus der Küche mit nach Hause gebracht hatte, um schnell mit ihrer Tochter zu essen, bevor ihr Abendritual begann. Was auch sonst so am Tag los gewesen war, abends war sie immer zu Hause.

Die unerschöpfliche Liebe, die sie für ihr Kind empfand, erstaunte sie nach wie vor. Carly war nicht gerade glücklich gewesen, als sie herausgefunden hatte, dass sie schwanger war – bereits vor der Hochzeit war es nicht einfach mit Allen gewesen. Sie hatte darüber nachgedacht, alles abzublasen, doch ihre Schwangerschaft machte das unmöglich. Sie hatte schreckliche Angst davor gehabt, alleine zu sein und war – wie sie heute dachte – einen Pakt mit dem Teufel eingegangen, damit es nicht so weit kam.

Sie hatte einen Mann geheiratet, von dem sie wusste, dass er nicht gut für sie war. Im Gegenzug, so hatte sie gedacht, würde sie keine alleinerziehende Mutter sein. Diesen Punkt der Abmachung hätte sie wohl deutlicher machen sollen.

Nicht, dass ich jetzt noch etwas daran ändern wollte, dachte sie, während sie die Teller spülte und sie ins Abtropfgestell stellte. Die ersten Jahre waren härter gewesen, als sie es sich jemals hätte vorstellen können. Die ganze Zeit über hatte sie furchtbare Angst und fühlte sich von der Verantwortung vollkommen erdrückt. Von dem winzigen Gehalt, das sie im Inn bekam, war sie kaum in der Lage, Windeln zu kaufen. Damals war Brenda für sie da gewesen. Sie war Segen und Fluch zugleich.

Brenda hatte befunden, dass sie ein gemeinsames Schicksal einte. Alleinerziehende Mütter, verlassen von ihren Ehemännern. Doch im Gegensatz zu ihr hatte sich Brenda nie Sorgen darüber machen müssen, dass sie genug zu essen bekam oder sich zwischen Benzin für das Auto und einer Impfung für ihre Tochter entscheiden müssen.

Mit der Zeit hatte sich die Situation gebessert. Carly hatte gelernt, so ziemlich jeden Job im Inn zu machen, und hatte nach und nach mehr Geld verdient. Just in dem Moment, in dem sie beschlossen hatte, dass sie größere finanzielle Sicherheit brauchte, hatte Brenda ihr angeboten, sich zur Miteigentümerin hochzuarbeiten.

»Sie hat mich einfach angelogen«, sagte sie und starrte auf die Seifenblasen. »Genau hier hat sie vor mir gestanden, mir in die Augen gesehen und mir geradewegs ins Gesicht gelogen.«

»Wer? Michelle?«

Carly warf Robert einen Blick zu und schüttelte den Kopf. »Nein, Brenda. All die Jahre über hat sie mir erzählt, ich sei Miteigentümerin. Ich habe ihr geglaubt und fast für nichts gearbeitet.«

Er stand auf, kam zum Spülbecken und legte ihr eine seiner großen Hände auf die Schulter. »Das konntest du nicht wissen.«

»Ich hätte es aber wissen müssen, es schriftlich verlangen sollen. Ich hätte mich von einem Anwalt beraten lassen sollen.«

»Du hast ihr eben vertraut.«

»Ja, weil ich dumm war.«

Es kam ihr vor, als würde das Gewicht seiner Hand sie niederdrücken. Sie hätte seine Berührung gerne mit einem Schulterzucken abgeschüttelt, konnte jedoch keinen Muskel rühren. Spannung baute sich zwischen ihnen auf. Und das nicht im positiven Sinne.

Wir machen das schon viel zu lange, sagte sie sich. So zu

tun, als hätten sie eine Beziehung. Nur ohne Sex. Vielleicht, weil sie zu faul waren, eine echte Beziehung mit jemand anderem einzugehen, oder weil sie Angst davor hatten. Wie auch immer, sie hatten es sich in einer Art Halbleben bequem eingerichtet.

»Jetzt wird alles anders«, sagte er.

»Ich weiß nicht, ob das gut oder schlecht ist.«

»Zumindest musst du dir keine Gedanken mehr über einen Umzug machen.«

»Ja, das ist wirklich viel wert. Ich möchte Gabby nicht entwurzeln, wenn es nicht unbedingt nötig ist. Sie liebt ihr Zuhause.«

Sie duckte sich unter ihm weg, um den Tisch abzuwischen. Die kleine Küche, die sie immer so sehr geliebt hatte, fühlte sich plötzlich beengend an. Sie schielte ins Wohnzimmer und fragte sich, wie sie Robert dazu bewegen könnte, sich auf das Sofa zu setzen oder vielleicht sogar ganz zu gehen.

»Gib der Sache etwas Zeit«, sagte er. »Du und Michelle wart mal Freundinnen. Ihr werdet euch neu kennenlernen.«

»Freundinnen? Das ist Jahre her. Und als sie fortging, waren wir nicht gerade dicke.«

»Ich bin sicher, die Zeit in der Army hat sie verändert.«

Carly wusch den Spüllappen aus und hängte ihn über die Spüle. »Woher willst du das wissen? Du hast sie doch vorher kaum gekannt.«

»Wie soll sich jemand durch einen Krieg nicht verändern?«

Sie hätte gerne gesagt, dass er keine Ahnung hatte, wovon er sprach. Nur, weil er sämtliche Folgen der Serie *Band of Brothers* gesehen hatte, machte ihn das nicht zum Experten in Militärfragen. Da Robert immer gut zu ihr gewesen war und es in der Vergangenheit so viele Momente gegeben hatte, in denen sie genau das gebraucht hatte, schwieg sie.

Sie betrachtete sein dunkles Haar und seine markanten Gesichtszüge.

Gleich nach der Highschool hatte er angefangen, im Betrieb seiner Familie, einer Autowerkstatt, zu arbeiten. Fünf Jahre lang war er mit demselben Mädchen zusammen gewesen und hätte seine Freundin auch geheiratet, wenn sie nicht zwei Monate vor der Hochzeit bei einem Autounfall ums Leben gekommen wäre. Als sein Vater vor acht Jahren starb, nahm er die Dinge in die Hand und brachte seine Mutter in einer hübschen Eigentumswohnung in North Carolina unter.

Er bezahlte seine Rechnungen pünktlich, sah gerne Sportsendungen im Fernsehen und hatte noch nie in seinem Leben einem anderen Menschen absichtlich wehgetan.

Robert war die Art Mann, aus der gute Ehemänner und noch bessere Väter wurden. Er konnte einen Wasserhahn reparieren, Bruchrechnung erklären und sich ohne allzu großes Murren einen ausländischen Film ansehen.

Eigentlich hätte sie sich nichts mehr wünschen sollen, als mit ihm zusammen zu sein. Aber sie wollte nicht – und er bedrängte sie auch nicht gerade, sich mit ihm zusammenzutun. Und doch verhielten sie sich wie Frau und Mann, die sich beim Essen und beim Abwasch darüber austauschten, was in ihrem Leben so los war.

Egal, wie sehr sie versuchte, sich einzureden, dass er mehr für sie war als ihr ehemaliger Schwager – es gelang ihr nicht.

»Wünschst du dir denn nicht mehr?«, platzte sie heraus. »Als wir miteinander haben, meine ich? Willst du dich nicht verlieben oder dir zumindest eine Frau suchen, mit der du unbedingt schlafen willst? Wir verstecken uns doch beide, Robert. Vor der Welt, vor der Liebe oder was weiß ich. Denkst du nicht, dass wir mehr als das brauchen?«

»Mir gefällt, was wir miteinander haben.«

»Mir auch.« Sie seufzte. »Es ist so schön einfach, aber ›einfach‹ ist nicht immer das Richtige. Ich glaube, wir sollten ein wenig auf Abstand gehen. Uns nach anderen Menschen umsehen.«

Einen Moment lang sah er so aus, als hätte sie ihm eine Ohrfeige verpasst. Dann nickte er stumm, griff nach seiner Jacke und ging zur Tür.

Carly stöhnte und rannte ihm nach. »Robert, warte. Sei nicht sauer, bleib hier.«

Er blieb stehen, die Hand auf dem Türknauf. »Du kannst nicht beides haben«, sagte er und verschwand.

Michelle fühlte, wie die Margeriten sie verhöhnten. Sie waren überall. Im Garten konnte sie sie ja noch akzeptieren – schließlich waren es Blumen, und der Blick aus dem Fenster ließ sich zudem leicht vermeiden. Doch sie waren auch anderswo zu finden. Auf den Wänden – als Tapete und als Teil des Wandgemäldes, das jemand in die Eingangshalle gepinselt hatte –, in Vasen und auf Kissen. Es gab Bücher über sie in der Lobby und Karten mit ihrem Motiv im Geschenkeshop, sie wurden auf Stoff gedruckt, zu Blumenkränzen gebunden und als Anstecknadeln getragen, in sehr viel grelleren Farben, als die Natur es vorgesehen hatte. Brombeeren gingen ja noch, die konnte man zumindest essen. Diese verfluchten Margeriten dagegen hatten überhaupt keinen Sinn und Zweck.

Als sie in der Wüste stationiert gewesen war, hatte sie schnell gelernt, wovor sie sich in Acht nehmen musste. Walzenspinnen zum Beispiel waren bissig und aggressiv. Statt wegzulaufen, rannten sie auf jeden zu, der näher kam. Michelle wusste genau, sobald sie ihnen den Rücken kehrte, würden die Margeriten sich genauso verhalten. Sie würden sich immer mehr ausbreiten und sie schließlich allesamt mit ihren Blüten und Blättern ersticken.

Die Vorstellung des unter riesigen Blumen begrabenen Inns war belustigend und verstörend zugleich. Aber vermutlich nichts, worüber sie mit anderen Leuten reden sollte.

Es fiel ein leichter Nieselregen, doch trotz des Wetters herrschte reger Betrieb im Inn. In der vergangenen Nacht waren sie voll belegt gewesen und für diese waren sie ebenfalls ausgebucht. Der Segen des Wochenendes, dachte sie, als sie die Lobby durchschritt. Ein paar Familien hatten sich sogar länger eingemietet, ebenso einige Paare. Auch das Restaurant war heute Morgen gut besucht gewesen, als sie es auf dem Weg in die Küche zu ihrem morgendlichen Kaffee mit Damaris durchquerte.

Die Einnahmen waren hilfreich, doch es brauchte mehr als das, um das Unternehmen finanziell wieder auf die Beine zu bringen. Michelle zog die Margeriten aus der kleinen gläsernen Vase, die auf ihrem Schreibtisch stand, und schmiss sie in den Papierkorb. Dann wandte sie die Aufmerksamkeit dem Computer-Bildschirm zu.

Sie würde Leute entlassen müssen. Seit beinahe einer Woche vermied sie es, dieser Realität ins Auge zu blicken, sie konnte ihr jedoch nicht entkommen. Die Gehaltsliste war viel zu lang für ein Hotel dieser Größe. Fast jeder Bereich war überbesetzt.

Sie war früher schon mit Personalfragen befasst gewesen, doch in der Army wurde man eher versetzt als entlassen. Nun würde sie auf eine Art und Weise in das Leben von Menschen eingreifen, bei der ihr unwohl war.

Sie war nun seit beinahe zwei Wochen zurück und hatte inzwischen Geschäftsbücher, Steuererklärungen und Jahresabschlüsse durchgesehen. Ihre Mutter hatte viele offene Fragen hinterlassen. In dieser Welt würde sie dafür niemandem mehr Rechenschaft ablegen müssen, doch Michelle hoffte auf eine

Abrechnung im Jenseits. Das Verhalten ihrer Mutter war schlimmstenfalls kriminell, bestenfalls mehr als egoistisch gewesen.

Fast genauso erschütternd war, herauszufinden, dass Carly in alldem eine Stimme der Vernunft repräsentiert hatte und dass sie sich gegen Brendas schlimmste Verrücktheiten auflehnte. Das hatte sie von mehreren Lieferanten und nicht wenigen Angestellten gehört. Carly lag wirklich etwas am Inn, sie traf die richtigen Entscheidungen und die Gäste liebten sie.

Michelle stand auf und verließ das Büro. Der Schmerz in ihrer Hüfte war ihr ein ständiger Begleiter. Ein wenig Schlaf hätte ihr vermutlich dabei geholfen, schneller gesund zu werden, doch bisher war sie nicht in der Lage, sich so weit zu entspannen, dass er sie heimsuchen konnte. Im Dunkeln lauerte zu viel Bedrohliches. Die Albträume schlichen sich von hinten an und schlugen zu, wenn sie es am wenigsten erwartete. Da war es besser, wach zu liegen, das war sicherer.

Sie hatte schon ein paar Nächte in ihrem angemieteten Zimmer verbracht und genoss die Ruhe und Privatsphäre, die sie dort hatte. Doch die Tatsache, dass sie sich in ihrer Umgebung wohlfühlte, machte die Vergangenheit nicht ungeschehen. In den dunklen Stunden des Tages wartete sie regelmäßig auf den Angriff eines unbekannten namenlosen Feindes. Und obwohl der nie kam, war sie jeden Morgen so erschöpft, als hätte sie ihn eigenhändig niedergemetzelt.

Sie humpelte an die Rezeption und stützte sich dabei alle paar Schritte an der Wand ab. Sie würde mit Carly darüber sprechen müssen, wer entlassen werden konnte. So wenig sie auf sie angewiesen sein wollte, es blieb ihr nichts anderes übrig. Carly kannte die Belegschaft und die Abläufe im Inn. Außerdem war sie sehr gut darin, ihr Dinge zu sagen, die sie nicht hören wollte. So wie bei dem Versuch, sie auf ihre unpassende Kleidung aufmerksam zu machen.

Ein kurzer Ausflug zu Walmart hatte ihr eine Auswahl an schwarzen Hosen und verschiedenen Hemden eingebracht. Und statt der Schnürstiefel trug sie nun schwarze Turnschuhe.

Make-up überstieg derzeit noch ihre Kräfte, doch für den Nachmittag hatte sie einen Termin in einem Friseursalon in der Stadt ausgemacht. Sie musste zugeben, dass sie sich ein wenig besser fühlte, seit sie besser aussah. Mehr im Hier und Jetzt und nicht in einer Art emotionaler Zwischenwelt.

Carly war nicht an der Rezeption. Die junge Frau hinter dem Pult sagte ihr, sie sei wahrscheinlich nach ihrer Tochter sehen gegangen.

»Dann versuche ich später noch mal, sie zu erwischen.« Michelle wollte schon zurück in ihr Büro gehen, als ihr die Idee kam, einen Abstecher in die Küche zu machen und sich einen Kaffee zu holen, bevor sie ihre nächste Aufgabe in Angriff nahm.

Auf dem Weg dorthin machte sie an einem Ständer mit Broschüren und Werbe-Foldern von heimischen Unternehmen halt. Es gab ein paar Pläne, auf denen Restaurants und Geschäfte der Stadt eingezeichnet waren, ein anderer bot eine Tour über das historische Blackberry Island an. Die »Villa auf dem Hügel«, bei den Einheimischen unter dem Namen »die Motte« bekannt, beherbergte neben einem Blumenladen und einem Yoga-Studio das einzige Bio-Restaurant der Insel. Michelle wusste nicht genau, was sonst noch alles. Sie hatte nur irgendwo mal einen Flyer gesehen. Sie strich ein paar Broschüren glatt und wollte sich gerade in Richtung Restaurant aufmachen, als sie feststellte, dass sie nicht alleine war.

Ein Kind stand vor ihr. Ein kleines Mädchen von vielleicht drei oder vier Jahren, mit dunklem Haar. Es hielt eine abgewetzte Plüschkatze im Arm. Der Großteil des Acryl-Fells war abgeschabt, als hätte das arme Tier eine Hautkrankheit. Sie vermutete, dass die Katze einmal rot gewesen war, die Farbe war verblichen und stellenweise verschmutzt.

Doch was ihre Aufmerksamkeit besonders auf sich zog, waren die Augen des Mädchens. Sie waren rund und dunkel und wirkten erschreckend vertraut.

Sie versuchte, sich zu sagen, dass dies nicht die gleiche Situation war, dass das hier nicht real war. Ihr drohte keine Gefahr. Diese Information schien für ihr Gehirn jedoch keinen Sinn zu ergeben und konnte ihr rasendes Herz nicht davon überzeugen, langsamer zu schlagen. Sie spürte, wie sie anfing zu zittern.

»Ich lerne gerade lesen«, sagte das Kind. »Ich kenne schon alle Buchstaben von meinem Namen und ich kann Wörter lesen, so kleine.«

Das Mädchen plapperte weiter, doch Michelle hörte nichts mehr. Sie wollte ihrem Körper befehlen, sich fortzubewegen, sich umzudrehen und sich in Sicherheit zu bringen, wurde jedoch von eisiger Kälte gelähmt. Die kam immer zuerst.

Und das lag nicht an einem Temperatursturz. Die Kälte kam aus ihrem Inneren, sie breitete sich in ihr aus und ließ schließlich ihren gesamten Körper gefrieren. Erst konnte sie die Beine nicht mehr bewegen, dann die Arme. Sogar das Zittern ließ nach, ihre Atmung wurde flach. Danach verengte und verdunkelte sich ihr Blickfeld, alles um sie herum verschwand, bis auf einen winzigen Lichtpunkt.

Und von da aus nahm das Unheil seinen Lauf. Zuerst waren da die Geräusche, das tödliche Rattern von Maschinengewehren, das durch ferne Explosionen untermalt wurde. Schließlich hörte sie die Schreie, die Rufe der Sterbenden und Verletzten. Und zuletzt kam der Geruch, der sie jetzt mit aller Macht zurück an jenen Ort schleifte. Der Geruch des Todes. Der unverkennbare Gestank von verschossener Munition, von Blut, Feuer, Rauch und brennendem Öl. Und dann war sie endgültig wieder dort. An dem Ort, an den sie nie zurückkehren wollte, mit der Waffe in der Hand.

Sie war die Letzte, die noch stand, die Letzte, die sie beschützen konnte. Töten oder getötet werden.

Sie hörte die Kugel, eine Nanosekunde bevor sie sie durchbohrte, sie nach hinten schleuderte und den Boden dazu veranlasste, auf sie zuzurasen und sich ihr in die Seite zu rammen. Sie spürte, wie ihre Knochen brachen und Blut ihr Bein hinabfloss. Sie zwang sich jedoch, in Bewegung zu bleiben, auf ihre unverletzte Seite zu rollen und zu zielen.

In diesem Moment sah sie ihn – den Scharfschützen. Ein einzelner Mann, der halb hinter einem ausgebrannten Militärgeländewagen verborgen war. Er legte sein Gewehr an und zielte auf sie.

Sie konnte sich nicht schnell genug fortbewegen, das war ihr klar. Ihr war bewusst, dass dies ihr Ende sein würde. Sein Finger bewegte sich, er betätigte den Abzug.

Nichts passierte.

Michelle wusste nicht, ob sein Gewehr blockiert war oder ob ihm die Munition ausgegangen war. Wie auch immer, ihr war eine zweite Chance gegeben worden. Sie richtete ihr Zielrohr aus – und in dem Moment erblickte sie es.

Das kleine Mädchen, das sich an sein Bein klammerte. Das Mädchen mit den großen Augen und dem langen Haar. Das Mädchen, das aufschrie, als sie dessen Vater mit einem einzigen Schuss in die Brust tötete.

Michelle rang nach Luft. Der Lichtpunkt weitete sich und gab sie frei. Sie wandte sich blindlings um, taumelte aus dem Raum und durch die Lobby, einfach nur dem Bedürfnis folgend, woanders zu sein. Irgendwo anders. Sie flüchtete in die Toilette, schloss die Tür hinter sich ab und schaffte es gerade eben bis zur Kloschüssel, bevor sie sich übergeben musste.

Minuten später – noch immer zitternd vor Entsetzen, weil sie wieder in diese andere Welt hineingezogen worden war – entriegelte sie die Tür. Im selben Moment wurde sie von außen aufgerissen.

»Was hast du dir dabei gedacht?«, fragte Carly, die vor den Waschbecken stand und sie böse anstarrte. »Du hast gerade die Tochter von Gästen zu Tode erschreckt. Sie liegt weinend in den Armen ihrer Mutter und erzählt ihr von der Furcht einflößenden Frau, die sie angeschrien hat. Was zum Teufel ist los mit dir?«

»Ich hab …«

»Ich will keine Entschuldigung hören«, sagte Carly. Ihre Augen waren vor Wut aufgerissen. »Wenn du willst, dass das Inn gut läuft, musst du dich am Riemen reißen und dich verantwortungsvoll verhalten.«

»Ich konnte nicht aufhören …«

»Womit? Wovon redest du?«

»Ich habe einen Mann getötet. Den, der auf mich geschossen hat. Und plötzlich kam die Erinnerung daran hoch. Seine kleine Tochter war bei ihm, deshalb habe ich …«

Carly wurde kreidebleich.

Michelle fluchte innerlich. Nichts von alldem hatte sie sagen wollen. Sie hatte zurückschreien wollen, um Carly abzulenken oder sie zu beschuldigen. Stattdessen war ihr die Wahrheit entschlüpft – das reine Grauen, das ihr nun erneut den Magen umdrehte.

Sie eilte zurück in die Toilettenkabine und übergab sich ein zweites Mal. Danach richtete sie sich keuchend auf und wandte sich um – nur um festzustellen, dass sie alleine war.

Kaum in der Lage, ihr verletztes Bein hinter sich herzuziehen, hoppelte sie zum Waschbecken und spritzte sich Wasser ins Gesicht. Ein Sergeant hatte ihr gegenüber mal behauptet, Sterben sei der leichtere Part – die wahre Härte bestehe darin, weiterzuleben. Inzwischen hatte sie begriffen, dass er die Wahrheit gesagt hatte.

11. KAPITEL

Am Samstagmorgen war oft viel los im Inn. Wochenendgäste benötigten Wegbeschreibungen zu verschiedenen Sehenswürdigkeiten, das Reinigungspersonal wartete ungeduldig darauf, dass die Langschläfer ihre Zimmer räumten, und jede Menge Einheimische kamen zum Frühstück ins Restaurant.

»Hier gibt es die besten Antiquitätengeschäfte«, sagte Carly und kringelte ein paar Straßen auf einem Stadtplan ein. »Wenn Sie vorher das Modelleisenbahn-Museum besuchen, sind Sie rechtzeitig zum Mittagessen in der ›Villa auf dem Hügel‹. Ich empfehle die Fischsuppe mit frischem Maisbrot, die ist wirklich köstlich. Dann können Sie etwa zwei Kilometer bis zum Weingut wandern, das am weitesten weg ist, und sich den Weg zurück zum Inn durch die Weine der verschiedenen Güter probieren.«

Sie nummerierte die Winzer, die Weinproben anboten, und nahm einen grünen Textmarker, um die Rückweg-Route zu markieren. »Gegen halb vier können Sie wieder hier sein. Gerade rechtzeitig für ein Nickerchen vor dem Abendessen.«

Mrs. Bernard lachte. »Was für eine wundervolle Art, den Tag zu verbringen. Vielen Dank.«

Ihr Ehemann steckte die Karte ein. »Ich glaube, das Museum ist die perfekte Revanche für die Antiquitäten.«

Mrs. Bernard hakte sich bei ihrem Mann unter. »Stimmt.«

Sie dankten ihr noch einmal und spazierten davon.

Carly sah ihnen nach. Die Bernards mussten so Anfang sechzig sein. Sie waren ein Paar, das gut zusammenpasste, sie strahlten eine gewisse Leichtigkeit aus. Ihre Liebe wirkte vertraut. Sie fragte sich, wie lange sie schon verheiratet waren und wie viele Kinder sie hatten. Und ob sie Enkelkinder hatten.

Früher einmal hatte sie sich all das auch für sich selbst gewünscht. Als sie jünger und sehr viel naiver gewesen war. Sie würde nicht sagen »unschuldig«. Der unschuldige Teil von ihr war vor langer Zeit gestorben. Doch den richtigen Mann finden, ein gemeinsames Leben aufbauen – das hatte sie noch immer gewollt.

»Und einen dicken, fetten Lottogewinn«, murmelte sie, während sie Broschüren wegpackte und mit Blicken die Lobby nach weiteren Gästen absuchte, die ihre Hilfe benötigten.

Am Samstagmorgen ging es nur darum, die Gäste glücklich zu machen. Normalerweise blieben die Leute, die an einem Freitag nach Blackberry Island kamen, bis zum Sonntag. Vor allem an den wenigen sonnigen Frühlingswochenenden. Diesmal waren alle Zimmer belegt – eine befriedigende Begebenheit.

Da niemand in Sicht war, hatte sie nun keine Ablenkung mehr. Das gab ihr Zeit zum Nachdenken – etwas, das sie nicht wollte. Nachdenken war schlecht. Nachdenken bedeutete, darüber grübeln zu müssen, was Michelle ihr erzählt hatte.

Deren Worte, und die Heftigkeit ihrer Erlebnisse, hatten sie bis in ihre Träume verfolgt. In den letzten Nächten hatte sie kaum ein Auge zugetan, so sehr hatte Michelles Zusammenbruch sie aufgewühlt.

Zwar hatte sie gewusst, dass Michelle an Kriegsschauplätzen gewesen war und schreckliche Dinge gesehen hatte, doch jemanden zu töten ging weit über das hinaus, was sie sich vorstellen konnte, geschweige denn selbst erlebt hatte. In ihrem ganzen Leben hatte sie noch nie eine Waffe in der Hand gehalten, sondern derartige Dinge nur im Kino oder im Fernsehen gesehen. In ihrem Leben waren Waffen nichts Reales. Menschen starben durch Autounfälle, an Krebs oder an Altersschwäche.

Michelle war an demselben behüteten Ort aufgewachsen wie sie. Wie hatte sie die Härten einer Stationierung im Ausland überstehen können? Carly war noch nicht mal klar, was es genau bedeutete, in einem anderen Land stationiert zu sein. Sicher, amerikanische Soldaten waren laufend nach Afghanistan und zuvor in den Irak geschickt worden, doch wie kamen sie dorthin? Gab es eine Sammelstelle irgendwo in den USA, von wo aus sie erst einmal nach Deutschland oder sonst wohin geflogen wurden? Und wie sahen diese Flugzeuge aus? Wurde ihnen während des Flugs Essen serviert?

Viel zu viele Fragen und keine Antworten.

Sie hatte die vergangenen zehn Jahre damit verbracht, wütend auf Michelle zu sein, sie dafür zu hassen, dass sie mit Allen geschlafen hatte, und – ironischerweise – sie zu vermissen. Bis zu ihrem letzten Highschool-Jahr waren sie beste Freundinnen gewesen. Dann hatten die Handlungen der Erwachsenen in ihrem Leben sie auseinandergebracht. Fast ein Jahr später, als sie gerade anfingen, sich einander wieder anzunähern, stellte Allen sich zwischen sie.

Zum ersten Mal, seit Michelle zurückgekehrt war, begriff Carly wirklich, dass alles an ihrer ehemaligen Freundin anders war.

Vor ein paar Tagen war Michelle wegen eines vierjährigen Kindes durchgedreht. Und davor hatte dieselbe Person Gabby dabei geholfen, ihre irrationale Angst vor Kranichen zu überwinden. Gabby hatte ihr alles darüber erzählt, sie hatte ihre Furchtlosigkeit sogar bewiesen, indem sie auf die Wiese gegangen war und die Kraniche so nahe hatte herankommen lassen, wie die wollten.

»Sobald sie wissen, dass ich kein Essen bei mir habe, werden sie weggehen«, hatte ihre Tochter mit einem Selbstvertrauen gesagt, das herzerfrischend und überraschend zugleich war.

Welche Michelle war also real? Oder existierten sie beide in ihr? Hatte nicht jeder Mensch verschiedene Seiten?

Arbeit, sagte sie sich. Besser über die Arbeit nachdenken.

Sie hatte gerade das Reservierungsprogramm auf dem Computer geöffnet, als sie Ellen Snow in die Lobby kommen sah.

Ellen, sie und Michelle waren vom Kindergarten bis zum Ende der Highschool in derselben Klasse. Sie waren immer nur locker befreundet gewesen, bis zu ihrem letzten Highschool-Jahr, als ihre Beziehung ganz den Bach runterging. Carly wusste, dass sie die Schuld daran trug, und akzeptierte es, doch sie war es leid, sich jedes Mal schuldig zu fühlen, wenn sie Ellen sah. Das Ganze war jetzt mehr als zehn Jahre her. Wann würde sie endlich freigesprochen werden?

»Guten Morgen, Carly«, sagte Ellen, während sie auf die Rezeption zukam.

»Ellen.«

Die Bankerin trug eine cremefarbene Hose und eine blassblaue Seidenbluse. Carly erkannte das schimmernde Material und wusste, dass auch der Schnitt exklusiv war. Ellen hatte schon immer Geld gehabt. Sie trug ein Haarband in ihrem blonden Haar.

Eine böse Alice im Wunderland, dachte Carly und wünschte, die andere würde in irgendein Kaninchenloch fallen und für immer darin verschwinden. Leider hatte sie noch nie sehr viel Glück im Leben gehabt.

»Hat sie es dir gesagt?«, fragte Ellen und sah sie dabei überheblich an.

Carly zog die Augenbrauen hoch und täuschte Unverständnis vor. Ellen war gekommen, um sich zu brüsten, doch sie würde es ihr nicht so leicht machen.

»Wer soll mir was gesagt haben?«

»Hat Michelle dir erzählt, wie kurz das Inn vor der Zwangsvollstreckung steht? Wie nahe du daran bist, deinen Job zu verlieren und auf der Straße zu landen? Denn wenn die Bank das

Inn übernimmt, wird genau das passieren. Also nur, falls du dich das gefragt haben solltest.«

Carly zwang sich, weiterzulächeln, auch wenn ihr Körper sich plötzlich taub anfühlte. Das war eine Folge der Zwangsvollstreckung, die sie bisher nicht bedacht hatte, gestand sie sich ein. All die Zeit, die vergangen war, spielte in Ellens Welt keine Rolle. Sie wollte noch immer Rache.

»Das habe ich nicht«, erwiderte Carly. »Ich mach mir keine Sorgen. Michelle und ich haben viele Pläne für das Inn.«

»Weil ihr zwei ja auch so gut zusammenarbeitet.«

Carlys Lächeln schwand. Sie war sich sicher, dass ihren Augen der Schock abzulesen war, doch sie tat ihr Bestes, ihre Kinnlade davon abzuhalten, herunterzusacken.

Das war er also. Ellens Plan. Deshalb hatte sie darauf bestanden, dass sie angestellt blieb. Es hatte nichts mit ihrer Erfahrung als Leiterin des Inns zu tun. Ellen wusste von Michelles und ihrer Vergangenheit – jeder auf der Insel tat das. Sie hatte sie absichtlich zusammengeführt und wartete nun darauf, dass das Kartenhaus in sich zusammenfiel.

»Ich möchte gerne die Reservierungen für die nächsten zwei Wochen sehen.« Ellens Tonfall war schneidend.

»Kommst du in dienstlicher Funktion?«, fragte Carly.

»Ja, so ist es. Ich bin leitende Angestellte in der Bank, falls du das vergessen haben solltest.«

Das hatte Carly nicht.

Sie gab über die Tastatur die entsprechenden Befehle ein und drehte den Bildschirm zu Ellen herum.

»Wir sind an den Wochenenden voll ausgebucht und während der Woche auch beinahe. Keine Sorge, wir halten die hohe Reservierungsquote.«

»Das hoffst du wohl«, erwiderte Ellen, als sie den Blick vom Bildschirm abwandte. »Ich frage mich, was deine zufriedenen

Gäste denken würden, wenn sie die Wahrheit über dich wüssten.«

Obwohl es noch nicht einmal zwölf Uhr mittags war, fühlte Carly sich ermattet. »Die meisten Leute lassen die Vergangenheit irgendwann hinter sich. Dass du immer noch Single bist, liegt vielleicht daran, dass du das nicht kannst.«

Ellens aufgesetzt freundlicher Gesichtsausdruck verschwand und ließ einen giftigen Blick zum Vorschein kommen.

»Du mieses Stück, wir wissen alle Bescheid. Da kannst du die gute Mutter spielen, solange du willst, du bist immer noch dieselbe Schlampe wie früher auf der Highschool, die mit dem erstbesten Typen ins Bett steigt. So warst du immer schon. Und wir wissen alle, dass das der Grund war, weshalb dein Mann dich verlassen hat. Er hat eben rausgefunden, wie du wirklich bist.«

Carly trat einen Schritt zurück, ihre Wangen brannten, als wäre sie geohrfeigt worden.

In den vergangenen Jahren hatte sie kaum Kontakt zu Ellen gehabt und sie hatten nie mehr als ein paar Worte miteinander gewechselt. Sie hatte keine Ahnung gehabt, dass immer noch Wut und Missgunst in ihr schwelten. Wie viele von Ellens Regeln für das Inn hatten geschäftliche Gründe und bei welchen ging es einfach nur um Rache?

»Wissen die Leute in dem Kreditgremium, dass das hier eine persönliche Angelegenheit für dich ist?«, fragte Carly.

Ellens aalglatte, höfliche Fassade war wieder an Ort und Stelle. »Droh mir lieber nicht, darin bist du nicht gut. Ich verhalte mich genau nach Vorschrift. Aber sieh zu, dass dir kein Fehler passiert – ich wäre nur allzu entzückt, wenn du aus dieser Stadt verschwinden müsstest. Wenn ich es mir recht überlege, würde ich dich sogar ein Stück im Auto mitnehmen.«

Michelle stand in der Küche und lauschte dem Regen. Sie war noch immer schweißgebadet von ihrem Physiotherapie-Termin. Mango mochte einen charmanten Namen haben, doch seine Entschlossenheit ließ sie keuchend und erschöpft zurück – und das nicht im positiven Sinne.

Mango zufolge ging es ihr angeblich langsam besser. Der Schmerz in ihrer Hüfte und ihre zitternden Beine sprachen eine andere Sprache, aber sie war bereit, ihr Urteil vorerst zurückzustellen. Wenn sie wenigstens hätte schlafen können, die Nächte waren jedoch weiterhin lang und ihre Träume hässlich.

Sie langte nach der Wodka-Flasche, die sie auf dem Weg nach Hause gekauft hatte. Ihre Finger waren feucht und salzig, ihr Griff schwach. Die Flasche rutschte ihr aus den Händen, sie konnte sie gerade eben noch auffangen. Der Himmel ist nur einen Schluck entfernt, dachte sie, frei nach der Zeile eines alten Country-Songs, den ihre Mutter – wie sie sich dunkel erinnerte – vor vielen Jahren ständig gehört hatte. Wenn sie doch nur die verdammte Flasche aufbekäme.

»Brauchst du Hilfe?« Jared trat in die Küche und kam auf sie zu.

Sie hatte ihn nicht viel gesehen, seit sie in der vergangenen Woche eingezogen war. Das hielt sie für einen positiven Aspekt ihrer nichtexistenten Beziehung. Nun beäugte sie ihn misstrauisch, während er ihr die Flasche abnahm und mühelos den Schraubverschluss aufdrehte.

»Eis?«, fragte er.

»Gerne.«

»Was dagegen, wenn ich ein Glas mittrinke?«

Sie zog die Augenbrauen hoch. »Du trinkst? Ich hätte gedacht, du bist einer von diesen abstinenten Anonymen Alkoholikern.«

Er holte zwei Gläser, dann Eiswürfel und schenkte ihnen beiden jeweils etwa vierfingerbreit von der klaren Flüssigkeit ein. Er reichte ihr ein Glas, stieß mit ihr an und trank einen Schluck.

»Alkohol war nie eins meiner Probleme.«

Michelle nahm einen Schluck, dann noch einen. Die vertraute brennende Kälte glitt angenehm und leicht durch ihre Kehle.

»Du hast also andere Probleme?«, fragte sie.

»Hat die nicht jeder?«

»Weiß Gott, ich ja.«

Er beäugte sie über sein Glas hinweg und trank noch einen Schluck. »Du isst nicht viel.«

»Bist du etwa meine Mutter?«

Sie hätte gedacht, der Kommentar würde ihn verärgern, doch Jared lächelte nur – ein entspanntes, sympathisches Lächeln, das bei ihr die Frage aufkommen ließ, weshalb er eigentlich allein in diesem großen Haus lebte. Warum saßen keine vollbusige Brünette und ein paar niedliche Kinder in der Küche?

»Okay, lass es mich anders ausdrücken. Du musst mehr essen.«

Sie seufzte. »Ich weiß.«

»Sieh mal einer an, ein Eingeständnis. Und ich dachte, du sagst mir jetzt, dass du keinen Hunger hast.«

»Hab ich auch nicht.«

»Doch, das hast du. Du siehst aus wie ein abgemagerter Hund, den man ausgesetzt hat. Ein Knochengerüst mit traurigen Augen.«

Seine Bemerkung versetzte ihr einen Stich, aber sie ließ es sich nicht anmerken. »Du weißt, wie man einer Frau den Kopf verdreht.«

»Du hast gesagt, du willst den Kopf nicht verdreht kriegen. Der genaue Wortlaut war, dass du nicht mit mir schlafen würdest.«

»Du machst einer Frau also nur Komplimente, wenn du Sex mit ihr willst?«

Er zuckte die Achseln. »Ich bin eben ein Mann.«

Wenigstens war er ehrlich. »Manchmal ist zu trinken einfacher.«

»Es ist immer einfacher zu trinken. Das heißt aber nicht, dass es das Richtige ist. Wenn ich dir was besorge, isst du dann was?«

Sie hätte gerne Nein gesagt, stattdessen nickte sie.

»Gut. Während ich weg bin, kannst du duschen.«

»Willst du damit andeuten, dass ich schlecht rieche?«

»Das ist mehr als eine Andeutung.«

Er stellte sein Glas ab und verließ das Haus durch die Hintertür. Michelle hörte das Knirschen seiner Schritte auf dem Kies und schaute aus dem Fenster über der Küchenspüle. Jared ging zu Fuß. Zumindest musste sie sich nicht dafür verantwortlich fühlen, dass er nach Alkoholgenuss Auto fuhr.

Sie trank ihren Wodka aus, dann ging sie zurück in ihr Zimmer. Nachdem sie die Tür hinter sich geschlossen hatte, suchte sie frische Kleidung zusammen, schloss sich im Bad ein und drehte die Dusche auf.

Zwanzig Minuten später war sie sauber und stand ihrem Leben etwas positiver gegenüber. Ihre Hüfte schrie sie noch immer lauthals an – sobald sie sie bewegte, spürte sie beinahe, wie die losen Enden ihrer gebrochenen Knochen aneinanderrieben –, doch der Rest fühlte sich nicht allzu schlecht an. Sie hatte sogar ein wenig Spülung in ihr frisch geschnittenes Haar gegeben und sich nach dem Abtrocknen den Körper eingecremt. Wenn sie in dem Rhythmus weitermachte, wäre sie in einem oder zwei Jahren wieder halbwegs normal.

Sie vermied das Arbeits-Outfit, das sie sich gekauft hatte, und zog eine Jogginghose und ein T-Shirt über. Den Föhn zu benutzen ging über ihre Kräfte, also kämmte sie sich das Haar aus dem Gesicht und flocht es zu einem dicken Zopf, der ihr über den Rücken hing. Nicht glamourös, aber sauber. Das sollte reichen.

Sie kehrte in die Küche zurück, wo Jared gerade den Inhalt einiger fettiger Papiertüten auf Teller gab.

Der Geruch zog zu ihr herüber und weckte Erinnerungen – gute diesmal.

»Du bist zu Arnie's gegangen?«, fragte sie, während ihr Magen zum ersten Mal seit Wochen, vielleicht sogar seit Monaten, regelrecht knurrte. Die Anspannung machte einem Hungergefühl Platz. »Da war ich seit Jahren nicht mehr. Während der Highschool haben wir da ständig gegessen.«

Das Restaurant war einer der wenigen Orte, die sie mit ihren Freunden besucht hatte. Die meiste Zeit war sie damit beschäftigt gewesen, im Inn zu arbeiten, doch ab und zu verzog sie sich zu Arnie's.

Jared warf Sandwiches mit gegrilltem Schweinesteak, deren Soße die Brötchen bereits durchtränkt hatte, auf Teller. Dazu hatte er Baked Beans, Krautsalat und dicke selbst gemachte Pommes frites mitgebracht.

Der Küchentisch war in eine Nische eingebaut, auf beiden Seiten standen Bänke. Michelle rutschte langsam hinein und versuchte, ihre Hüfte dabei nicht zu belasten. Jared füllte große Gläser mit Eis und Wasser. Sie schielte auf die Wodka-Flasche.

»Später«, sagte er, setzte sich ihr gegenüber und reichte ihr das Wasser. »Iss.«

Sie wollte gerade ansetzen, um sich über sein Gebaren zu beschweren, befand dann jedoch, dass es den Stress nicht wert war, und langte nach dem Sandwich.

Das Brot war warm und Barbecue-Soße tropfte ihr über die Finger. Sie nahm einen Bissen, ihre Zähne versanken in der dicken Schweinefleisch-Scheibe. Der Geschmack war noch besser, als sie ihn in Erinnerung hatte – scharf und würzig. Sie kaute und schluckte eilig, dann nahm sie einen weiteren Bissen. Ihr Hunger wurde immer größer, bis sie nichts anderes mehr wollte, als das Essen vor ihr bis auf den letzten Krümel zu verschlingen.

Jared sah ihr eher zu, als dass er aß. Ihr war das egal. Sollte er doch das Schauspiel genießen. Während sie das Sandwich verschlang, schaufelte er Baked Beans und Krautsalat auf ihren Teller und schüttete den Großteil der Pommes frites darauf.

Sie aß alles. Jede einzelne Faser Krautsalat, jede einzelne Bohne und sämtliche Pommes frites. Sie leckte sich die Finger ab, ehe sie sie an einer Serviette abwischte, dann trank sie das Glas Wasser in einem Zug leer.

Das war mehr Nahrung, als sie an sämtlichen Tagen der vergangenen Woche zusammen zu sich genommen hatte, und gegen zwei Uhr morgens würde sie es vermutlich bereuen, doch jetzt gerade war ihr das egal. Sie lehnte sich auf der Bank zurück und seufzte.

»Das war gut. Danke.«

»Gern geschehen.«

Er hatte sein Sandwich aufgegessen und noch ein paar Pommes frites übrig, überließ sie jedoch ihr.

»Hattest du genug?«, fragte sie. »Hab ich zu viele gegessen?«

»Jetzt will ich sie nicht mehr zurück.«

Sie lachte. »Nachvollziehbar. Was schulde ich dir?«

»Das war ein Sandwich, Michelle, kein neues Auto. Das geht auf mich.«

»Okay, danke. Das weiß ich zu schätzen.«

Regen setzte ein. Sie äugte zum Fenster hinüber und sah das Wasser die Scheiben hinabrinnen. Mitte Mai waren die Tage noch kühl, obwohl die Sonne schon beinahe bis acht Uhr abends schien.

»Wie läuft's im Inn?«, fragte er.

»Wir haben viel zu tun, aber das ist auch gut so. Ich bin froh, wieder da zu sein.« Sie warf ihm einen kurzen Blick zu. »Meistens jedenfalls.«

»Was gefällt dir denn nicht?«

»Mit Carly zusammenzuarbeiten. Ich kenne sie von früher.«

»Ich weiß, wer Carly Williams ist.«

Sie zog die Augenbrauen hoch. »Sollte ich fragen, woher?« Steckte eine Liebesgeschichte dahinter? Hatten er und Carly eine gemeinsame Vergangenheit? Ehe sie entscheiden konnte, ob ihr das etwas ausmachen würde, stand er auf und holte die Wodka-Flasche.

»Wir leben auf einer Insel, ich kenne hier jeden.«

»Du hast also nie …?«

»Fragst du gerade nach meinem Liebesleben?«

»Wenigstens einer von uns muss doch eins haben.«

»Nein. Jedenfalls nicht mit ihr.«

»Weshalb nicht?«

»Weshalb arbeitest du nicht gerne mit Carly zusammen?«

Michelle sah zu, wie er ihnen beiden Wodka einschenkte. Sie nahm ihr Glas entgegen, hielt es jedoch nur in der Hand. »Wir waren mal Freundinnen. Vor langer Zeit. Es war kompliziert. Es fielen ein paar Dinge zwischen uns vor, aber irgendwann waren wir wieder Freundinnen. Dann lernten wir beide denselben Mann kennen, Allen.«

Sie warf Jared einen Blick zu, doch er sagte nichts.

»Ich war verrückt nach ihm. Er war charmant und gut aussehend und ich war so verdammt einsam. Schließlich fand ich raus, dass er sich auch mit Carly traf. Das hat mir das Herz gebrochen. Ich sagte ihm, dass er sich entscheiden müsse. Ich war so sicher, dass er mich wählen würde, aber das tat er nicht. Später erfuhr ich den Grund dafür. Sie hatte mit ihm geschlafen.«

»Und warum hast du das nicht, wenn er dir so wichtig war?«

Sie nahm einen Schluck. »Ich war noch Jungfrau. Mit einem Typen zu schlafen kam mir wie ein ziemlich großer Schritt vor. Carly hatte keine Probleme, was das betraf, also ließ er mich für sie sitzen. Und dann verlobten sie sich.«

»Autsch.«

»Ja, das war hart. Doch das Schlimmste war nicht, Allen zu verlieren – was mir eigentlich schon was über die Stärke meiner Gefühle für ihn hätte verraten sollen. Das Schlimmste war, sie zu verlieren. Sie war nach wie vor meine Freundin, aber jeden Tag und jede Sekunde ging es nur noch um sie und diese verdammte Hochzeit. Es war, als würde sie mir ihr Glück ständig unter die Nase reiben.«

Michelle war sich bewusst, dass sie zu viel redete und Details erwähnte, die Jared unmöglich interessieren konnten, doch sie schien nicht in der Lage zu sein, den Strom an Worten zu stoppen. Angeblich löste Alkohol ja die Zunge. Mit einem Schweinefleisch-Sandwich von Arnie's hielt Wodka diesbezüglich aber nicht mit.

»Meine Mutter war auch in die Hochzeit einbezogen, was es noch schwerer für mich machte. Ich musste Ehrenbrautjungfer spielen, das tat weh.«

Sie hielt inne. Eigentlich wollte sie nicht weiterreden, doch dann hörte sie sich den Rest erzählen.

»Zwei Tage vor der Hochzeit kam Allen zu mir. Er sagte, dass er einen Fehler begangen habe – dass er mich liebe und die Beziehung mit Carly beendet habe. Er verführte mich und ich ließ es zu.« Sie blickte aus dem Fenster. »Ich war so dumm.«

»Du warst jung.«

»So jung auch wieder nicht. Carly erwischte uns jedenfalls und Allen sagte ihr, dass es meine Schuld sei. Dass ich ihn ins Bett getrickst hätte.«

Sie sah noch genau vor sich, wie er splitternackt aufsprang. Er war zu Carly gegangen und hatte allen Ernstes angefangen zu weinen. Dabei war er so überzeugend gewesen, dass sie ihm beinahe selbst geglaubt hätte. Doch sie kannte die Wahrheit. Und sie hatte das Gefühl, dass Carly ebenfalls eine Ahnung gehabt hatte, ihr jedoch nicht gefolgt war. Carly hatte ihr die Schuld gegeben. Brenda genauso.

»Noch am gleichen Abend fuhr ich nach Seattle und trat der Army bei. Ich wollte überall sein, nur nicht hier, und das schien mir die einfachste Möglichkeit zu sein, schnell wegzukommen.«

»Carly hat ihn dir geklaut und du hast ihn zurückgeklaut. Ihr seid quitt.«

Sie beäugte ihn über ihr Glas hinweg. »So würde ich das nicht gerade beschreiben.«

»Das ändert nichts an dem, was passiert ist.«

»Vielleicht nicht, aber jetzt muss ich mit ihr zusammenarbeiten.«

»Das alles ist lange her. Ihr seid inzwischen beide andere Menschen.«

»Da hast du recht.«

»Wenigstens hast du dir erlaubt, zurück nach Hause zu kommen.«

Sie nippte am Wodka. »Was soll das denn heißen?«

»Du bist nicht früher zurückgekehrt, weil du dich selbst bestraft hast. Dass du jetzt wieder da bist, bedeutet, dass du damit durch bist.«

Sie blitzte ihn wütend an. »Was bildest du dir …«

Das Klingeln ihres Handys unterbrach sie. Das Geräusch erschreckte sie so sehr, dass sie den Apparat lediglich anstarrte. Niemand rief sie je darauf an. Sie war sich nicht mal sicher, weshalb sie das verdammte Ding immer noch hatte. Sie warf einen Blick auf das Display und erkannte eine Nummer aus Los Angeles.

Sie drückte den Anruf weg und kippte ihren Wodka runter.

»Wo war ich stehen geblieben?«, fragte sie mehr sich selbst als ihn.

»Du wolltest mir gerade sagen, dass ich mich um meinen eigenen Scheiß kümmern soll.«

»Und, hast du das kapiert?«

»Nein.«

»Typisch Mann. Ihr hört nur, was ihr hören wollt.«

»Das macht die Dinge sehr viel einfacher. Vermisst du deine Mutter?«

»Das war jetzt nicht gerade ein subtiler Themenwechsel.« Sie griff nach der Wodka-Flasche.

Er goss ihr noch ein Glas ein. »Ich habe mich gar nicht bemüht, subtil zu sein. Sie starb, während du weg warst. Gar nicht lange her, stimmt's?«

»Vor ein paar Monaten. Krebs, schnell fortschreitend. Ich war nicht hier.«

»Hättest du das denn sein sollen?«

»Das hält man wohl normalerweise für angebracht.«

»Sehe ich so aus, als würde ich mir etwas daraus machen, was die Leute für angebracht halten?«

»Nein.«

»Hättest du also hier sein sollen?«, fragte er noch einmal.

»Ich weiß es nicht«, gab sie zu. »Aber ich fühle mich schuldig, weil ich nicht bei ihr war, als sie starb.«

»Wo warst du denn?«

»In einem Krankenhaus in Deutschland, wo ein Teil meiner Hüfte ausgetauscht wurde.«

Er sagte nichts.

Sie seufzte. »Ich fühle mich schuldig, weil ich froh bin, dass ich keine Entscheidung treffen musste. Niemand will ein schlechter Mensch sein. Ich kann mich einfach nicht entscheiden, was ich eigentlich von ihr halte.«

»Dann lass es. Sie ist nicht mehr, lass die Vergangenheit hinter dir.«

»Du bist kein besonders guter Psychologe.«

»Ich bin Bootsbesitzer, Michelle. Frag mich nach Ebbe und Flut, dem Wind und den Dieselpreisen. Es gibt viele Dinge, von denen ich nichts verstehe, aber ich weiß, wie man zuhört. Was ist also das wahre Problem?«

Michelle umklammerte ihr Glas. »Ich habe mit dem Verlobten meiner besten Freundin geschlafen und ich habe einen Mann getötet. Und ich weiß nicht, was schlimmer ist.«

Er rutschte zum Ende der Bank und stand auf, dann lehnte er sich zu ihr herüber und gab ihr einen Kuss auf den Scheitel. »Das kannst du wohl nur alleine herausfinden, Kleines. Nacht.«

Er verließ die Küche und ließ sie allein mit der Nacht und ihrer Flasche. Sie stand vorsichtig auf. Nachdem sie die Papiertüten in den Müll geschmissen hatte, spülte sie die Teller ab, stellte sie in die Geschirrspülmaschine und humpelte in ihr Schlafzimmer. Die Wodka-Flasche ließ sie stehen, wo sie war. Zumindest für heute Abend hatte sie genug.

12. KAPITEL

Carly ging mit einer Kaffeekanne im Speisesaal umher. Isabella hatte sich krankgemeldet und sie hatte ihre Schicht übernommen. Es war kurz nach neun am Montagmorgen. Die meisten ihrer Gäste waren bereits mit dem Frühstück fertig und die Einheimischen hatten sich schon vor geraumer Zeit auf den Weg zur Arbeit gemacht. Nur drei ältere Damen saßen noch über einen Stadtplan gebeugt beisammen und Leonard tippte am Fenster mit ernster Miene auf sein Notebook ein.

Sie ging auf ihn zu und schüttelte belustigt den Kopf, als sie den unangetasteten Teller Rührei vor ihm stehen sah. Leonard war der klassische Typ »zerstreuter Professor«. Sie hatte sich schon oft gewundert, wie er durch den Tag kam, ohne vor ein Auto zu rennen oder in Gedanken versunken von einer Klippe zu fallen.

»Morgen, Leonard«, sagte sie und blieb an seinem Tisch stehen.

Er schielte zu ihr auf. »Oh, hallo.«

»Hast du nicht was vergessen?«

»Was denn?«

Sie deutete auf seinen Teller. »Dein Frühstück.«

Er starrte einen Moment auf den Teller, bevor er wieder sie ansah. »Stimmt, essen. Ich sollte was essen. Ich war gestern lange auf und habe die Kraniche beobachtet. Alle Brutpaare haben genistet und ich habe Daten zu beinahe allen Eiern. Wir werden die Geburtsraten mit der Anzahl der produzierten Eier vergleichen. Ich werde berechnen, wie viele Küken wir erwarten, und später, wenn sie geschlüpft sind, können wir die Zahlen präzisieren.«

Sie fragte sich, wie lange er wohl über seine Kraniche und deren Küken sprechen konnte, und entschied, dass sie es lieber nicht wissen wollte.

»Leonard? Du hast immer noch nichts gegessen.«

»Wie bitte? Ah ja, Entschuldigung.« Er griff zur Gabel. »Danke für die Erinnerung.«

»Gerne.« Sie drehte eine leere Tasse um und goss frischen Kaffee hinein. Den kalten Kaffee, den er nicht angerührt hatte, nahm sie mit. »Einen schönen Tag.«

»Den werde ich haben. Ich bin sehr gespannt auf die Auszählung der letzten Eier.«

»Viel Glück damit.«

»Danke.«

Im Gehen dachte sie, dass er eigentlich ein ganz süßer Typ war. Nicht für sie, aber vielleicht für eine Frau, die seine Vogelbegeisterung zu schätzen wusste. Zu jedem Topf passte ein Deckel – so hoffte sie jedenfalls.

Sie brachte die Kaffeekanne zur Wärmeplatte zurück und sah sich im Saal um. Die älteren Damen waren dabei, ihre Sachen zusammenzupacken, und machten sich zum Aufbruch bereit; bald würde sie ins Inn zurückkehren können.

Bevor sie in die Küche gehen konnte, um Damaris zu sagen, dass sie mit der Frühstücksschicht durch waren, kam Michelle in den Speisesaal geschlurft.

Carly hielt instinktiv nach einem Fluchtweg Ausschau. Sich zu verstecken wäre sehr viel einfacher, als ihr gegenüberzutreten. Sie wusste immer noch nicht, was sie zu ihr sagen sollte. Ihre letzte Begegnung war so emotionsgeladen gewesen. Das kam jedenfalls als einzige Erklärung dafür in Betracht, dass Michelle plötzlich mit ihren Erlebnissen in Afghanistan herausgeplatzt war.

Michelle hatte ihr eine Information zuteilwerden lassen, von der sie nicht wusste, wie sie mit ihr umgehen sollte. Mitgefühl zu zeigen wäre die logischste Reaktion. Doch in diesem Fall handelte es sich um einen Menschen, der ihr Leben zerstört hatte und ihr zudem grollte. Es wäre alles so viel leichter, wenn sie einfach getrennte Wege gehen könnten.

Michelle setzte sich an einen der sauberen Tische und ließ einen Packen Blätter darauf fallen. Carly näherte sich ihr vorsichtig.

»Kaffee?«, fragte sie.

»Nein danke. Wir müssen reden. Ich habe das Wochenende damit verbracht, Budgets und Prognosen durchzurechnen. Passt es dir jetzt?«

Da außer ihnen nur Leonard im Speisesaal war und der sehr viel mehr an seinen Vogelberechnungen interessiert war als an allem, was sie miteinander hätten besprechen können, nickte sie und setzte sich ihr gegenüber.

Michelle reichte ihr ein paar Seiten rüber. »Hier steht, wie viel wir noch auf dem Konto des Inns haben und was wir der Bank kurzfristig schulden. Mit den aktuellen Zahlungen sind wir à jour, aber wir müssen sechs Monate an Rückständen und Strafzahlungen begleichen.«

Carly starrte auf die Zahlen und erkannte sogleich das Problem. »Das können wir unmöglich leisten und gleichzeitig unsere laufenden Betriebskosten, die Gehälter und die Kreditraten abdecken.«

»Genau. Ich habe ein paar Ersparnisse, etwa die Hälfte kann ich zurückzahlen. Doch den Rest müssen wir irgendwie aufbringen. Was bedeutet, dass wir unsere Ausgaben kürzen müssen.«

»Ich kann auf meine Gehaltserhöhung verzichten.« Sobald sie es ausgesprochen hatte, hätte sie es am liebsten zurückgenommen. Sie besaß das Inn nicht, sie war nur eine Angestellte. Das hatte Michelle mehr als deutlich gemacht.

»Auch wenn ich dein Angebot zu schätzen weiß, wäre das nicht mal annähernd genug, daher nein danke. Wir müssen nach anderen Stellen suchen, an denen wir sparen können. Und anfangen sollten wir damit, dass wir hier im Inn kein Abendessen mehr anbieten. Da konkurrieren wir mit einigen tollen Restaurants in der Stadt, und den Zahlen zufolge ist das Abendessen bei uns nichts als ein Geldfresser.«

Carly dachte daran, wie leer der Speisesaal abends meist war und dass die Kellner kaum etwas zu tun hatten. »Da stimme ich dir zu.«

»Gut, denn das ist erst ein kleiner Anfang. Wir müssen etwa ein Viertel der aktuellen Belegschaft entlassen, noch besser wäre ein Drittel.« Michelle machte eine Pause. »Ich würde gerne deine Ideen dazu hören. Du weißt mehr über die alltäglichen Abläufe im Inn.«

Carly gab sich Mühe, nicht überrascht auszusehen. »Klar. Ich gehe die Arbeitspläne durch und sehe mir an, wie viel Zeit die verschiedenen Aufgaben in Anspruch nehmen. Manche Stellen können wir natürlich nicht einsparen, zum Beispiel muss von frühmorgens bis mindestens zehn oder elf Uhr vormittags jemand an der Rezeption sein. Aber es gäbe Möglichkeiten, Aufgaben zu kombinieren. Die Person, die abends an der Rezeption sitzt, könnte gleichzeitig E-Mails bearbeiten und Reservierungsbestätigungen rausschicken. Solche Sachen.«

»Du hast dir schon Gedanken darüber gemacht«, sagte Michelle.

»Ich wusste, dass wir sparen müssen, und habe mal eine Liste mit Vorschlägen erstellt.«

»Ich freue mich darauf, sie zu hören.«

»Würde es dir am Mittwoch passen?«

»Klar.« Michelle machte sich eine Notiz.

Der formelle, professionelle Ton ihrer Unterhaltung bewirkte, dass Carly sich besser und schlechter zugleich fühlte.

Sie wusste ihn zu schätzen, wenn es um arbeitsrelevante Themen ging. Auf diese Weise wurde alles offen besprochen und es kam zu keinen Missverständnissen. Doch auf persönlicher Ebene fühlte sich das seltsam an. Denn trotz allem war Michelle ein Mensch, der ihr einmal sehr wichtig gewesen war. Und diese Gefühle konnte sie leider nicht wegzaubern.

»Der andere Bereich, an dem wir arbeiten müssen, ist die Anzahl der Buchungen, vor allem unter der Woche«, sagte Michelle. »An den Wochenenden sieht es gut aus, mindestens bis Oktober. Doch es wird schwer werden, die fünfundachtzigprozentige Auslastungsrate Woche für Woche zu halten.«

»Ich habe ein paar Ideen für günstige Werbung«, sagte Carly. »Es gibt jede Menge regionale Websites mit Reiserubriken. Bei den Fernsehsendern könnte man mal anfangen. Ich habe die Anzeigenpreise recherchiert, sie sind absolut im Rahmen. Ich kann dir den Bericht im Laufe des Vormittags bringen.«

»Wann hattest du die Zeit, das alles zu recherchieren?«

»Das hab ich schon vor ein paar Jahren gemacht«, gab Carly zu, »aber Brenda war nicht interessiert daran. Es gibt Websites für Konferenzen. Wir könnten zwar keine großen ausrichten, doch kleineren Gruppen könnte es hier gefallen. Und so etwas findet oft unter der Woche statt. Schulungen für Führungskräfte wären auch eine Möglichkeit.«

»Klingt alles gut«, sagte Michelle. »Bring mir, was du hast, dann schau ich es mir an. Ich weiß, dass wir das schaffen können, wenn wir am Ball bleiben. Zum Glück haben wir Ellen auf unserer Seite. Wenn sie nicht wäre, würde das Inn mir vermutlich schon nicht mehr gehören.«

Carly senkte den Blick. Sie war sich nicht so sicher, was Ellens Unterstützung betraf. Der Besuch der Bankerin am Samstag hatte deutlich gezeigt, dass die sehr viel mehr an Rache interessiert war als daran, ihnen zu helfen.

»Was ist?«, fragte Michelle.

»Sei ein bisschen vorsichtig bei Ellen«, sagte Carly und versuchte, neutral zu klingen und doch eine Warnung auszusprechen. »Ich bin nicht sicher, ob sie dir so freundschaftlich gesinnt ist, wie du denkst.«

Michelle kniff die Augen zusammen. »Warum sagst du so was? Sie hat mir geholfen, indem sie sich zwischen mich und das verdammte Gremium gestellt hat, das den Laden hier gleich dichtmachen wollte.«

»Bist du sicher? Hast du das überprüft?«

»Wieso sollte ich das?«

»Weil Ellen am Samstag vorbeigekommen ist, und sie war nicht gerade nett.«

»Dass du sie nicht magst, erhöht mein Vertrauen in sie nur«, erwiderte Michelle schnippisch, während sie aufstand.

»Schön, sei ruhig sauer auf mich, aber lass dich nicht blenden. Ich fürchte, Ellen verfolgt Absichten, von denen du nichts weißt. Ich glaube nicht, dass sie deinen Erfolg will. Und ich sage nur, dass du das mal überprüfen solltest.«

Carly befahl sich, still zu sein. Was ging es sie an, wenn Michelle versagte? Nur, dass ihre Zukunft ebenfalls auf dem Spiel stand. Sie war finanziell noch nicht so weit gefestigt, dass sie gehen könnte.

»Wir wären dann fertig«, sagte Michelle und wandte sich ab. Als sie ihr Gewicht verlagerte, gab ihr Bein nach und sie war kurz davor hinzufallen.

Carly schnellte instinktiv auf und wollte sie festhalten, doch Michelle fand Halt an der Tischecke und richtete sich auf.

»Kann ich dir helfen?«, fragte Carly.

Michelle warf ihr einen Blick über die Schulter zu. »Du könntest zur Hölle gehen. Das würde mir sehr helfen.«

»Hallo, schöne Frau.«

Carly blickte vom Computer an der Rezeption auf und blinzelte den hünenhaften Mann an, der vor ihr stand. Er war groß, dunkelhaarig und – obwohl zu muskulös, um als klassisch gut aussehend zu gelten – eine ziemlich eindrucksvolle Erscheinung. Im Sinne von: Nimm mich jetzt, und keine Fragen.

»Guten Morgen«, sagte sie. »Wie kann ich Ihnen helfen?«

Sie hoffte inständig, dass er kein Gast war. Mit Ausnahme von Leonard übernachteten niemals alleinstehende Männer im Inn – was bedeutete, dass er, wenn er ein Gast war, eine Frau dabeihatte. Und ihren Aufenthalt damit einzuläuten, dass sie mit ihm flirtete, wäre keine allzu nette Begrüßung.

»Ich bin auf der Suche nach Michelle.« Der Mann lächelte sie an. »Ich bin Mango.«

»Okay.«

Dies waren die einzigen beiden Silben, die sie nach seinem Lächeln noch hervorbrachte. Das Aufblitzen seiner weißen Zähne hätte sie nicht so aus dem Konzept bringen dürfen, doch das tat es. Vielleicht hatte es etwas damit zu tun, wie sein T-Shirt über seinen Muskeln spannte. Oder mit der Bewunderung, die in seinem Blick lag. Sie konnte sich nicht erinnern, wann ein Mann sie zuletzt anders angesehen hatte als ein Möbelstück.

Dann sickerte die Bedeutung seiner Worte zu ihr durch und sie sank in sich zusammen wie ein trauriger, sexuell ausgehungerter Ballon.

»Michelle, ja klar. Sie ist in ihrem Büro.« Carly deutete in Richtung Flur.

Statt sich dorthin aufzumachen, lehnte Mango sich zu ihr rüber. »Ich bin ihr Physiotherapeut und sie hat mir angeboten, mich über die Insel zu führen, mehr nicht. Wir sind nur Freunde.«

»Ah.« Das war schön zu wissen. Sie hoffte dennoch, dass sie nicht allzu bedürftig aussah.

Er stützte die Ellbogen auf das Pult. Seine dunklen Augen blitzten sie belustigt an.

»Also, ist sie da?«

»Äh, ja.« Sie deutete noch einmal in Richtung Flur. »In ihrem Büro.«

»Danke, hinreißende Lady.«

Er klang geistesabwesend, als würde er sich nicht groß Gedanken darüber machen, was er sagte. Sobald er außer Hörweite war, erlaubte sie sich zu kichern. Okay, das war mal eine nette Unterbrechung eines ansonsten ereignisarmen Tages gewesen. Was ihr das Ganze zu sagen hatte, war klar. Ihre Hormone waren aus dem Winterschlaf erwacht und wollten spielen.

In den vergangenen zehn Jahren hatte sie nie ernsthaft darüber nachgedacht, mit Männern auszugehen. Nicht nur, dass da keiner aufgetaucht war, der sie interessiert hätte; Gabby war auch immer ein Problem gewesen. Jetzt, da ihre Tochter größer wurde und anfing, ihr eigenes Leben zu leben, sollte sie das Männer-Frauen-Ding vielleicht mal wieder in Betracht ziehen. Ihr ganzer Körper war ein einziges Kribbeln, und nachdem sie ein Jahrzehnt lang wie eine Nonne gelebt hatte, war es schön zu merken, dass gewisse Körperteile nicht verkümmert oder gar abgestorben waren. Wo ein Kribbeln war, da war noch Hoffnung.

13. KAPITEL

Die Nachwirkungen ihrer Begegnung mit Mango hielten sehr viel länger an, als Carly gedacht hätte. Gabby aß bei einer Freundin zu Abend, daher nutzte sie den seltenen Moment, den sie für sich hatte, und fuhr zu Roberts Werkstatt. Sie hatte ihn nicht mehr gesehen, seit er nach ihrem gemeinsamen Abendessen Hals über Kopf ihre Wohnung verlassen hatte. Dass sie der Meinung war, er und sie sollten ihr Liebesglück besser an anderer Stelle suchen, bedeutete nicht, dass sie ihn nicht in ihrem Leben haben wollte. Er würde immer ein Familienmitglied bleiben, das war wichtig für sie und für Gabby.

Sie parkte vor der Werkstatt und trat durch die offen stehende Schiebetür ein. Obwohl es schon weit nach sechs Uhr war, arbeitete Robert über ein Auto gebeugt und war vertieft in seine liebste Tätigkeit. Ehe sie sich genau überlegen konnte, was sie sagen wollte, richtete er sich auf und entdeckte sie.

Sein Gesichtsausdruck verriet nichts darüber, was er dachte. Er musterte sie, während sie mit einer passenden Eröffnung rang und sich schließlich für einen viel erprobten Klassiker entschied. »Hallo.«

Er nickte nur.

Seine steife Reaktion zeigte ihr, dass er nach wie vor verärgert war, vielleicht sogar verletzt. So viel dazu, dass die Wahrheit angeblich eine befreiende Wirkung hatte.

»Wie geht's dir?«, fragte sie.

»Gut. Und dir?«

»Okay. Also, ganz gut. Michelle und ich sind immer noch auf der Suche nach einer gemeinsamen Basis. Die meiste Zeit ist sie allerdings sauer auf mich. Und wenn sie es nicht ist, bin ich sauer auf sie. Das sorgt für angeregte Unterhaltungen.« Mit Brenda hatte es auch Spannungen gegeben, doch mit Michelle war es anders. Auf seltsame Art besser. Bei Michelle konnte sie einfach sagen – oder rausschreien –, was sie dachte. Was das Ganze auf eine verkorkste Art befreiender machte.

»Ich bin beschäftigt.« Er wandte sich ab und ging in den hinteren Teil der Werkstatt.

Sie folgte ihm. »Nein«, sagte sie laut und deutlich. »Ich lasse mich nicht abweisen.«

Er drehte sich zu ihr um. »Was erwartest du denn von mir?«

»Ehrlichkeit, bloß Ehrlichkeit. Du bist Gabbys Onkel und so etwas wie eine Vaterfigur für sie. Ich lasse nicht zu, dass du einfach verschwindest. Das wollen wir beide nicht, und ich glaube auch nicht, dass du das willst.«

»Du hast jedenfalls sehr deutlich gemacht, was du nicht willst.«

»Es tut mir leid, dass das so aus mir rausgeplatzt ist. Ich hätte besser vorher darüber nachdenken sollen. Ernsthaft, Robert, ich habe doch nicht unrecht. Das läuft jetzt schon seit zehn Jahren so mit uns. Denkst du nicht, wenn wir uns Hals über Kopf hätten verlieben sollen, dann wäre das längst passiert? Wir lieben uns ja, aber eben nicht auf diese Art.«

»Du kannst nicht wissen, wie es in mir aussieht.«

»Ich weiß nur, dass du in dieser ganzen Zeit nicht ein Mal versucht hast, mich zu küssen. Auch wenn du ein wahrer Gentleman bist, müsste dich nicht irgendwann die Leidenschaft übermannt haben?«

Er zupfte an dem ölverschmierten Lappen herum, den er in der Hand hielt. »Ich wollte dir Zeit geben.«

»Zehn Jahre?«

In diesem Moment schien ein Teil seiner Anspannung von ihm abzufallen und er seufzte. »Okay, ja, das ist eine lange Zeit. Eine Weile dachte ich eben, dass wir uns, na ja, in diese Richtung entwickeln würden. Doch es ist einfach nie dazu gekommen.«

»Aus gutem Grund. Ich glaube, wir sind tolle Freunde. Ich will jedenfalls, dass wir das sind. Ich will, dass du Teil unseres Lebens bist. Aber triff dich mal mit einer Frau, lass dich flachlegen, es ist an der Zeit.«

Seine Mundwinkel bewegten sich nach oben. »Interessanter Ratschlag, so von dir.«

»Der jungfräulichen Schlampe? Ja, ich weiß.«

Sie starrten sich einige Sekunden lang an, dann deutete er mit dem Kopf in den hinteren Teil der Garage. »Komm, ich geb dir eine Limo aus.«

Ein paar Minuten später saßen sie in seinem Pausenraum und nippten an eisgekühlten Getränken, die er aus seinem alten Kühlschrank gezaubert hatte.

»Wie läuft's denn nun wirklich mit Michelle?«, fragte er.

»Es gibt gute Tage und schlechte Tage. Sie sieht immer noch furchtbar aus. Sie leidet unter ihrer Verletzung und muss sich erst richtig in alles hineinfinden.«

»Das braucht Zeit.«

»Ja, ich weiß. Ich sollte nachsichtiger sein.« Carly unterließ es, ihn darauf hinzuweisen, dass sie in den vergangenen Jahren selbst erschreckend wenig Nachsicht erfahren hatte. Stattdessen brachte sie ihn auf den neuesten Stand bezüglich der letzten Ereignisse, ließ dabei jedoch Mangos hormonanregenden Besuch aus.

»Michelle liegt falsch, was Ellen betrifft, und da sie nicht auf mich hören will, wird sie das irgendwann zu spüren bekommen. Das fühle ich. Ich hoffe nur, dass ich dann nicht mit in den Abgrund gerissen werde.«

»Du glaubst also, Ellen nimmt dir die Sache in der Highschool immer noch übel?«

»Ja, das könnte ich schwören. Anscheinend lebt sie nicht im selben Raum-Zeit-Kontinuum wie wir und das, was damals passiert ist, ist so real für sie, als wäre es gestern gewesen.«

»Dann muss sie die Vergangenheit endlich hinter sich lassen.«

»Sie braucht einfach einen Mann.«

Er zog die Augenbrauen hoch. »Also, ich bin nicht interessiert. Die Frau ist Furcht einflößend.«

Carly grinste. »Bist du sicher? Sie würde dir bestimmt gerne einen begehbaren Tresor mit Geld füllen, in dem du dich dann mit ihr wälzen könntest.«

»Danke, ich verzichte.« Er nahm einen Schluck von der Limonade. »Michelle wird schon noch zur Vernunft kommen. Sie braucht dich.«

»Ich brauche sie genauso.«

Und das nicht nur jetzt, dachte sie traurig. Sie hatten einander immer gebraucht, doch ausgerechnet, als die Dinge am schlimmsten standen, hatten sie sich auseinanderbringen lassen.

Carly spürte den Sog der Vergangenheit. Sie war siebzehn gewesen, als ihre Mutter sie verließ. Sie erinnerte sich noch gut an ihr ungläubiges Entsetzen, als sie damals von der Schule nach Hause kam und feststellte, dass ihre Mutter sie mit ihrem gleichgültigen Alkoholiker-Vater alleingelassen hatte. Sie hatte lediglich eine kurze Nachricht dagelassen, in der sie mitteilte, weshalb sie fortmusste.

Sie hatte behauptet, sich verliebt zu haben, als ob das alles erklärte und entschuldigte. Sie hatte versprochen, mit ihr in Verbindung zu bleiben, was sie jedoch nicht eingehalten hatte. Und sie hatte geschworen, dass sie sie noch immer liebte. Das war ebenfalls eine Lüge gewesen. Sie war nicht zurückgekommen, hatte ihre Tochter nie zu sich geholt oder auch nur ein Wochenende mit ihr verbracht. An Geburtstagen hatte sie höchstens mit einer Karte und manchmal mit einem Anruf rechnen können. Viel mehr war da nicht gewesen.

Als Carly feststellte, dass sie schwanger war, hatte sie sich geschworen, es besser zu machen. Ihr Kind sollte jeden einzelnen Tag seines Lebens glücklich sein. Und es sollte ein stabiles Umfeld haben. Ein Kindsvater wie Allen machte dieses Versprechen zu einer echten Herausforderung, doch bis jetzt hatte sie es erfüllt. Gabby war glücklich, gesund und voller Lebensfreude.

Vielleicht genügt das, sagte sie sich. Vielleicht lag der Beweis dessen, was sie geworden war, im Lächeln ihrer Tochter.

Michelle durchschritt den vollen Speisesaal. Zur Frühstückszeit war immer viel los, sogar unter der Woche. Jede Menge Einheimische kamen her, bevor sie zur Arbeit gingen. Die Gäste des Inns frühstückten für gewöhnlich auch hier, ebenso wie ein paar Gäste des Motels ein Stück die Straße runter. Der Duft von Eiern, Speck und Wurst vermischte sich mit dem die Lebensgeister weckenden Aroma von Kaffee.

Sie grüßte Isabella, dann drehte sie eine Runde an den Tischen vorbei. Als sie eine leere Tasse Kaffee sah, wechselte sie die Richtung und ging eine volle Kanne holen.

»Guten Morgen«, sagte sie, als sie zu dem Tisch zurückkam, an dem einige Geschäftsmänner saßen, und schenkte Kaffee nach.

»Morgen«, murmelte einer von ihnen. Die anderen drei waren über ihren Laptop gebeugt.

Michelle lächelte und war kein bisschen beleidigt, weil man sie ignorierte. Wenn sie nicht angesehen wurde, musste sie sich keine Gedanken darüber machen, dass man sie humpeln sah. Dann musste sie keine Fragen zu ihrer Verletzung abwehren.

Als sie alle Tassen aufgefüllt hatte, führte sie ihren Weg fort in die Küche. Es war noch früh, nicht einmal halb acht, doch es herrschte bereits großer Trubel.

Damaris schlug gerade Eier schaumig und fügte ein wenig Sahne und Salz hinzu, bevor sie die Mixtur direkt in eine heiße Pfanne goss. Sobald sie zu brutzeln anfing, gab sie Käse und Gemüse dazu, klappte das Omelett dann mit einem gekonnten Handschwung zu und beförderte es auf einen Teller, den sie zum Schluss mit Brombeeren dekorierte. Schließlich stellte sie den Teller zu den anderen dreien.

»Bestellung fertig«, rief sie.

Sogleich kam ein Kellner herbeigesprungen, um die Teller entgegenzunehmen.

Damaris las die nächste Bestellung von einem Zettel ab, während sie schon wieder Eier verrührte.

»Weizentoast«, rief sie ihrem Assistenten zu, dann blickte sie auf und entdeckte sie. »Guten Morgen, Kleines. Wie geht's dir?«

Die vertrauten Worte, das willkommen heißende Lächeln, all das ließ Michelle näher herantreten.

»Nicht schlecht, wenn man die Umstände bedenkt.«

»Du humpelst weniger.«

»Es ist noch früh. Ab drei Uhr mutiere ich meistens zu einem Monster, das sein Bein hinter sich herschleift. Außer, ich habe Physiotherapie, dann ist es schon vor zwölf so weit.«

»Zieh dir einen Hocker ran, du kannst mir Gesellschaft leisten.«

Michelle goss sich eine Tasse Kaffee ein und folgte Damaris' Aufforderung. Sie wusste genau, wo sie sitzen musste, um nahe genug für eine Unterhaltung und dennoch nicht im Weg zu sein. Das hatte sie als Teenager unzählige Male gemacht. Bei Damaris herumzuhängen war immer sicher gewesen. Im Gegensatz zu

Brenda, deren Launen so unvorhersehbar gewesen waren wie Wolken, die über den Himmel zogen, war Damaris beständig.

»Kannst du schlafen?«, fragte Damaris, ohne vom Herd aufzusehen.

Michelle umfasste ihre Kaffeetasse. »Nein.«

»Wäre das nicht gut für dich?«

»Viele Dinge wären gut für mich.«

Während ihrer Rundfahrt über die Insel hatte Mango erneut den Wunsch geäußert, dass sie einer Selbsthilfegruppe beitrat. Er hatte sie daran erinnert, dass es schon nach einem einzigen Aufenthalt in einem Kriegsgebiet schwierig war, sich wieder im zivilen Leben zurechtzufinden. Sie hatte drei davon gehabt.

»Warum tust du sie dann nicht?«

»Vielleicht bin ich gerne stur.«

Damaris lächelte. »Eine deiner besten Eigenschaften. Die Bluse gefällt mir übrigens. Du bist zu dünn, aber du siehst hübsch darin aus.«

Michelle sah hinunter auf die Bluse aus Kunstseide, die sie für vierzehn Dollar erstanden hatte. Verschiedene Grüntöne wirbelten darauf ineinander. »Findest du sie nicht zu mädchenhaft?«

»Du *bist* ein Mädchen und außerdem lässt sie deine Augen dunkler erscheinen.«

»Kann sein.«

Damaris lächelte, ungerührt von ihrem mürrischen Tonfall. »Bist du froh, zurück im Inn zu sein?«

»Ja, das ist gut.« Größtenteils zumindest. »Ich wünschte nur, meine Mutter wäre nicht so idiotisch mit dem Geld umgegangen. Okay, ein neues Dach war sinnvoll, aber der Rest? Wenn sie schon was verändern wollte, warum hat sie dann nicht neue Badezimmer für die Gäste einbauen lassen? Brauchten wir wirklich einen Geschenkeshop?«

»Da sprichst du mit der Falschen.«

»Ich weiß. Ignorier mich einfach.«

»Niemals.« Damaris reichte ihr einen Teller. Darauf befand sich French Toast mit gebratenem Speck, Michelles Lieblingsgericht. »Iss.«

»Zu Befehl, Ma'am.«

Damaris strich ihr über die Wange. »Ich bin froh, dich wieder hier zu haben, Kind. Lass mich wissen, wie ich dir helfen kann.«

»Danke, aber ich komme schon klar.«

Sie nahm ein paar Bissen und kaute ausführlich. Damaris fuhr fort, Eier und Pancakes zuzubereiten, Würstchen auf Teller zu drapieren und zu rufen, dass die Bestellungen bereitstanden.

Der Küchenraum war warm, die Hitze, die vom Herd aufstieg, vermischte sich mit dem Dampf aus der Spülmaschine. Töpfe klapperten, Kaffee wurde aufgebrüht, Toastscheiben ploppten aus dem Toaster. In einer Restaurantküche war es alles andere als ruhig, doch es waren wohlige Geräusche. Hier war es sicher. Keine Explosionen weit und breit.

Nachdem sie die riesige Portion verschlungen hatte, fühlte sie sich besser. Nahrung und Koffein sind eine glücklich machende Kombination, dachte sie, stellte den Teller neben der Geschirrspülmaschine ab und füllte ihre Kaffeetasse noch einmal auf. Die Bestellungen waren so weit abgeflaut, dass Damaris die Zeit fand, sich selbst einen Hocker heranzuholen.

»Du hast mir doch etwas zu sagen, oder?«, fragte die Köchin und umfasste ihre Tasse mit einer Hand. »Worum geht es?«

»Wir werden den Restaurantbetrieb am Abend einstellen müssen. Das ist einfach zu teuer.«

Damaris hob ihre freie Hand gen Himmel. »Halleluja. Na endlich.«

»Du bist nicht sauer?«

»Ich habe diese Mahlzeit nie anbieten wollen, das war die

Idee deiner Mutter. Sie wollte sich eine Lizenz für Alkoholausschank besorgen, zumindest, bis sie herausfand, wie viel Arbeit das bedeutete. Wir stehen zu sehr in Konkurrenz zu den Restaurants in der Stadt. Angestellte für so wenige Gäste zu beschäftigen ist die reine Verschwendung.«

»Ich dachte, du würdest böse sein.«

»Nein. Für mich wäre es auch einfacher. Selbst wenn ich keinen Dienst hatte, haben die anderen mich ein paarmal pro Woche angerufen, weil sie Fragen hatten. Idioten.« Sie rollte die Augen hinter ihren Brillengläsern. »Du triffst gute Entscheidungen.«

»Danke für die Unterstützung. Ich werde es heute alle wissen lassen.«

»Da wäre eine Kellnerin, Cammie, die ist wirklich gut. Frag sie mal, ob sie gerne tagsüber arbeiten will.«

Michelle notierte sich den Namen. »Mach ich, danke.«

»Für dich jederzeit.«

Sie umarmten sich kurz, dann machte sich Michelle auf den Weg zurück ins Inn. Als sie auf die Rezeption zuging, warf sie einen Blick durchs Fenster in den Garten. Die Sonne kämpfte gegen die morgendliche Wolkendecke an und es schien noch unklar, wer gewinnen würde. Regen und Licht führten einen gemeinsamen Tanz auf der Wiese auf. Doch was ihre Aufmerksamkeit auf sich zog, war Gabby, die sich mitten auf dem Rasen drehte und drehte, die Arme ausgestreckt, das Gesicht in Richtung Himmel gehoben.

Ihre Füße sind nackt, dachte Michelle lächelnd. Das ultimative Symbol des Sommers. Barfüßige Kinder – so, wie sie und Carly damals.

Sie konnte sich gut daran erinnern, wie sie zusammen durch das Gras gelaufen waren, unbeschwert und frei. Sie waren so unglaublich jung gewesen, berauscht von den Möglichkeiten, die das Leben zu bieten schien, und nicht ahnend, was es noch für sie bereithalten würde.

»Ich fühle ihre Freude von hier aus.«

Michelle wandte sich nach der Sprecherin um, erkannte jedoch die große, gut gekleidete Frau nicht. Sie hatte blondes Haar und strahlte Ruhe und Selbstvertrauen aus.

»Pauline Farley«, sagte die Frau und streckte ihr die Hand hin. »Mein Mann Seth und ich sind die beiden Therapeuten, die hier Seminare abhalten werden.«

»Ach ja, natürlich. Michelle Sanderson.«

Sie schüttelten sich die Hand.

»Wir haben uns gerade mit Carly zusammengesetzt, um die benötigten Zimmer zu reservieren und einen Zeitplan zu erstellen«, sagte Pauline. »Es lief alles noch reibungsloser, als wir zu hoffen gewagt hatten. Vielen Dank.«

»Dafür sollten Sie Carly danken.«

»Das werde ich, doch da Sie die Besitzerin des Inns sind, wollte ich Ihnen gerne sagen, wie sehr wir Carly schätzen. Es ist nie leicht, weit weg von zu Hause zu sein. Zu wissen, dass jemand Kompetentes vor Ort ist und sich um alles kümmert, muss eine Erleichterung für Sie gewesen sein.«

Michelle legte den Kopf schief. »Das war sehr geschickt.«

Pauline sah mehr amüsiert als verärgert als. »Mein subtiles Bohren? Freut mich, dass es Ihnen gefallen hat.«

»Hat Sie jemand darum gebeten, mit mir zu sprechen, oder hat mich meine Körpersprache verraten und Sie konnten einfach nicht anders?«

»Letzteres«, gab Pauline zu. »Mein Onkel war in Vietnam. Als er zurückkam, fing er an, Drogen zu nehmen, und war jahrelang immer wieder in Entzugskliniken. Ich war damals noch ein Kind, doch das hat sich mir eingebrannt.«

»Sind Sie deshalb Psychotherapeutin geworden?«

»Zum Teil, ja. Ich bin aber auch eine gute Zuhörerin und arbeite gerne mit Menschen. Spezialisiert bin ich unter anderem auf posttraumatische Belastungsstörungen, falls Sie Interesse haben.«

»Hab ich nicht.«

Paulines Augen blitzten amüsiert auf. »Solange Sie keine unklaren Gefühle haben, ist alles gut. Und falls Sie Ihre Meinung ändern, ich bin hier. Aber ich will Sie nicht drängen.«

»Doch, das wollen Sie.«

»Schön, ein bisschen vielleicht. Ich hab da so einen Zwang, dem ich nachgeben muss.«

Dass jemand sich um sie kümmerte, war zugleich das Beste und das Schlimmste, was ihr passieren konnte. Sie hätte gerne jemanden gehabt, dem sie alles anvertrauen konnte, dennoch schaffte sie es nicht, sich dazu durchzuringen, einem Menschen das nötige Vertrauen entgegenzubringen.

Sie stellte jedoch fest, dass sie Pauline mochte. »Wenn ich meine Meinung ändere, sage ich Ihnen Bescheid.«

»Gut.«

Sie wandten beide den Blick wieder Gabby zu, die sich so lange weitergedreht hatte, bis sie umgefallen war. Sie lag im Gras und hatte die Arme ausgebreitet, durch das offene Fenster drang ihr Gelächter zu ihnen herein.

»Ich beneide sie um ihr Selbstgefühl und ihre Freiheit«, gab Pauline zu. »Noch einmal so unbeschwert sein zu können …«

»Ich auch«, sagte Michelle.

Bisher war es ihr vorgekommen, als wäre der Pfad in die Normalität nebelverhangen und schwer zu finden. Zum ersten Mal seit Jahren fing sie nun an, sich zu fragen, ob es nicht doch einen Weg zurück gab. Vielleicht nicht mehr in die Welt, in der Gabby lebte, aber es würde ihr schon genügen, dieser Welt ein Stückchen näher zu kommen, falls das möglich war.

14. KAPITEL

Michelle war klar, dass sie sich vermutlich entschuldigen sollte. Carly anzublaffen, obwohl die sich absolut korrekt verhalten hatte, war nicht fair gewesen. Doch bei der Vorstellung, die Worte in ihrem Mund zu formen und sie auszusprechen, zog sich alles in ihr zusammen.

Um punkt zehn Uhr trat Carly durch die geöffnete Bürotür ein. Sie hielt eine Mappe in der Hand.

»Setz dich«, sagte Michelle anstelle einer Begrüßung.

Carly ließ sich ihr gegenüber nieder.

Michelle suchte nach einem Weg, das Wort mit »E« auszusprechen. Sich zu entschuldigen war nie ihre Lieblingsbeschäftigung gewesen und dieser Tage fiel es ihr noch schwerer.

»Das Wetter scheint besser zu werden«, begann sie.

Carly zog die Augenbrauen hoch, sichtlich erstaunt über den ungewohnten Small Talk. »Ja, das ist gut für die Blumen.«

Michelle lehnte sich auf ihrem Stuhl zurück und rollte mit den Augen. »Sag mir bitte, dass die Margeriten die Idee meiner Mutter waren. Sie sind einfach überall. Im Garten geht das ja in Ordnung, damit komm ich klar, aber drinnen? Die Vorhänge, die Kissen und dieses verdammte Wandgemälde, das ist alles so was von hässlich. Jedes Mal wenn ich das Motiv sehe, zucke ich innerlich zusammen.«

Carly wurde steif auf ihrem Stuhl, ihre Wangen färbten sich rot und sie reckte leicht das Kinn in die Höhe. »Ich liebe Margeriten und habe das Motiv selbst für das Inn ausgesucht. Die Wände habe ich auch eigenhändig bemalt, das hat Wochen gedauert.«

Scheiße, Scheiße und nochmals Scheiße.

Michelle unterdrückte ein Stöhnen. »Tut mir leid«, platzte es aus ihr heraus. »Ich wollte eigentlich versuchen, mich zu entschuldigen, aber dann …« Sie hielt inne. »Sie gefallen dir also wirklich?«

»Ja klar, sie sind so fröhlich.«

»Sind es nicht vielleicht ein bisschen zu viele?«

»Das nennst du eine Entschuldigung?«

»Wie? Ach ja, stimmt, tut mir leid. Die Blumen sind toll.«

Carly entspannte sich ein wenig. »Das klang ja so richtig ehrlich.«

»Ernsthaft, ich liebe die Blumen. Lass alles so, wie es ist.«

Carly schien gegen ihren Willen lächeln zu müssen.

»Ich bin froh, dass wir uns da einig sind.«

Sie starrten einander an. Michelle spürte, dass dies der Beginn eines Waffenstillstands sein könnte. Das war die Carly, die sie immer schon besser gekannt hatte als jeder andere Mensch.

»Die Arbeit«, sagte sie. »Wir sollten über die Arbeit reden.«

»Ich stehe bereit.«

Michelle nickte. »Ich habe heute Morgen mit Damaris gesprochen und ihr gesagt, dass wir den Restaurantbetrieb abends einstellen werden. Heute Abend werde ich mit den Angestellten reden, die für die Spätschicht eingeteilt sind, und ihnen sagen, dass Freitag ihr letzter Arbeitstag ist.«

Carly öffnete ihre Mappe und zog ein Blatt Papier daraus hervor. Als sie es ihr überreichte, verfing sich das Licht in ihrem Bettelarmband. Das hieß, in Brendas Bettelarmband.

Michelle war schleierhaft, wie sie ihre Mutter nicht mögen und dennoch verärgert darüber sein konnte, dass Carly ihr Armband trug. Sie ignorierte das Gefühl von Enge in ihrer Kehle und nahm das Blatt entgegen, das Carly ihr hinhielt.

»Was ist das?«, fragte sie.

»Ich habe mit mehreren Restaurant-Managern in der Stadt gesprochen und die offenen Stellen aufgelistet, die sie zurzeit haben. Ich habe ihnen erklärt, wieso wir ein paar Kräfte entlassen müssen, und sie ihnen empfohlen. Das soll den Leuten, die wir wegschicken müssen, helfen, eine neue Anstellung zu finden, aber auch die Dinge für das Inn erleichtern. Wegen der Abfindungen, meine ich.«

»Danke«, murmelte Michelle, der klar wurde, dass sie daran selbst hätte denken sollen. Sie musste ihren Job wieder neu erlernen, was nach so langer Abwesenheit nicht überraschend war.

Sie las die sorgfältig aufgelisteten Namen und Zahlen. »Damaris hat angemerkt, dass wir Cammie fragen sollten, ob sie bleiben will.«

»Daran habe ich auch schon gedacht. Alle sagen, dass es toll ist, mit ihr zusammenzuarbeiten. Möchtest du vielleicht heute Abend mal mit ihr sprechen?«

»Ja, das mach ich.«

Carly hatte sogar eine Liste darüber, welche der geleasten Küchenmaschinen zurückgegeben werden konnten und welche sie bis zum Ende der Leasing-Frist behalten mussten.

»Und hier sind meine Ideen für weitere Einsparungen«, sagte sie und reichte ihr drei Blätter. »Auf der ersten Seite steht, wen wir entlassen können und weshalb, und auf den zwei anderen habe ich Vorschläge aufgeführt, wie wir unsere anderweitigen Kosten reduzieren können. Ich habe lange darüber nachgedacht. Ein paar Ideen sind vielleicht ein bisschen ungewöhnlich, ich weiß, aber ich habe einfach mal alles aufgeschrieben, falls uns etwas davon zu weiteren Ideen anregt.«

Michelle starrte auf Carlys ordentliche Handschrift. Sie spürte, wie ihre neutrale Haltung wich und Ärger in ihr aufstieg.

»Wie kannst du hier arbeiten und nicht wissen, wie man einen Computer benutzt?«, fragte sie, ehe sie sich zurückhalten konnte. »Für jemanden, der behauptet zu wissen, wie das geht, drückst du dich ganz schön davor. Lern endlich Excel, so schwer ist das nicht.«

Carly versteifte sich und ballte ihre zarten Hände zu Fäusten.

»Ich weiß, wie man Excel benutzt«, sagte sie ruhig und reckte das Kinn in die Höhe.

»Und was soll dann das hier?« Michelle wedelte mit den Blättern vor ihrer Nase herum. »Ist das wie bei Charles Dickens? ›Bitte, bitte, ich will noch mehr.‹ Oliver Twist, der um mehr Suppe bittet, obwohl er genau weiß, dass er dafür eins auf den Deckel bekommt? Warum hast du die per Hand geschrieben?«

»Ich habe keinen Computer.«

Michelle spürte, wie ihre Angriffslust nachließ. »Natürlich hast du einen, in deinem Büro.«

»Nein, habe ich nicht. Und der Computer an der Rezeption hat nur die Buchungssoftware drauf. Wir hatten Probleme mit einigen Sommeraushilfen, die zu viel Zeit mit nutzlosen Dingen vertrödelt haben, da hat Brenda alle anderen Programme vom Computer gelöscht. Ich habe immer Brendas Computer benutzt, aber vor ein paar Monaten hat sie ihn mit einem Passwort geschützt und mir nicht gesagt, wie es lautet. Daher hatte ich zu nichts Zugang.«

Michelle hasste es, wenn sie im Unrecht war, und es Carly gegenüber zu sein machte sie richtig fuchsig.

»Wir werden dir einen Computer besorgen«, murmelte sie. »Irgendein billiges Ding, das die Software draufhat, die du brauchst. Sonst bist du mir keine Hilfe.«

»Danke.«

»Danke mir nicht. Das mach ich aus reinem Egoismus.«

»Das glaube ich dir aufs Wort.«

Michelle starrte Carly an, deren Gesicht unbewegt blieb. Sie sah immer noch stoisch aus, wenn auch leicht angestrengt, doch in ihren blauen Augen blitzte Belustigung auf.

Michelle spürte, wie ihre eigenen Mundwinkel zu zucken anfingen.

»Was ist als Nächstes dran?«, fragte sie.

Carly deutete auf die Blätter. »Meine Vorschläge für Einsparungen.«

Michelle überflog die Liste. »Du willst das Reinigungspersonal reduzieren?«

»Die Zimmermädchen haben nicht den ganzen Tag zu tun, obwohl sie für acht Stunden bezahlt werden.« Sie beugte sich vor. »Ich bin alle durchgegangen und habe die Zimmer neu verteilt. Für die zwei größeren Suiten braucht man etwas länger, aber die übrigen Zimmer sind sehr schnell zu reinigen. Die entstehende Lücke kann ich ausfüllen. Das bedeutet, dass ich drei Mal die Woche zwei der kleineren Zimmer übernehme, das ist kein Problem. Im Gegenzug können wir zwei Leute entlassen.«

Obwohl dies nach einer sinnvollen Maßnahme klang, suchte Michelle nach dem Haken. »Du putzt?«

Carly lächelte. »Ich habe hier als Zimmermädchen angefangen, ich weiß, wie das geht. Du kannst meine Arbeit gerne überprüfen, wenn du willst.«

»Ich dachte, du warst schwanger, als du hier angefangen hast.«

»Das war ich auch, im achten Monat.«

»Und da hat Brenda dich putzen lassen?«

Carly zuckte die Achseln. »Ich brauchte Arbeit. Und so schlimm war es nicht.«

Michelle wusste nicht viel über Schwangerschaft, doch den ganzen Tag Bäder zu schrubben erschien ihr mehr, als eine Frau in diesem fortgeschrittenen Stadium tun sollte. Sie hätte geschworen, dass Carly ihr niemals leidtun würde, aber Brenda hatte es geschafft, das zu ändern.

Sie gingen Carlys übrige Vorschläge durch. Alle waren wohldurchdacht und reduzierten die täglichen Ausgaben erheblich. Wenn sie die Abendbelegschaft des Restaurants entließen, und dazu noch zwei der Zimmermädchen, würde die Gehaltsabrechnung sehr viel stärker schrumpfen, als sie gehofft hatte.

»Ich weiß zu schätzen, was du hier tust«, sagte sie, während sie spürte, wie der Schmerz in ihrer Hüfte langsam zunahm. Wenn sie zu lange saß, wurde er meistens schlimmer, wenn sie stand oder lag allerdings ebenso.

»Ich will, dass das Inn finanziell erfolgreich ist. Die Alternative wäre, dass es an die Bank fällt, und damit wäre niemandem geholfen.«

Carly hielt inne, als würde ihr gerade klar werden, dass sie in gefährliche Gewässer trieben. Über die Bank zu sprechen bedeutete, über Ellen zu reden. Michelle ging davon aus, dass in der Vergangenheit irgendetwas zwischen den beiden vorgefallen sein musste.

»Geht's dir gut?«, fragte Carly. »Ich sehe, dass du Schmerzen hast. Kann ich irgendwas für dich tun?«

Michelle schüttelte den Kopf. »Meine Hüfte tut einfach weh. Sie ist dabei zu heilen, doch das braucht Zeit.«

»Hat man dir nichts gegen die Schmerzen gegeben?«

»Klar, aber da nehme ich nicht viel von, sonst fühle ich mich total benebelt.« Außerdem wollte sie lieber etwas trinken können, wenn sie nach Hause kam. Und selbst sie wusste, dass Schmerzmittel und Wodka keine gute Kombination waren.

»Würdest du nicht schneller gesund werden, wenn du nicht so große Schmerzen hättest?«

Michelle blitzte sie warnend an. »Lass gut sein.«

»Ich kann mich nicht daran erinnern, dass du so empfindlich warst, bevor du weggegangen bist.«

»Handle du dir mal eine Schusswunde ein und dann sehen wir, wie empfindlich du bist.« Sie hob entschuldigend eine Hand. »Tut mir leid, ich habe momentan etwas schwache Nerven.«

»Schon okay.«

Michelle riskierte es, die Wahrheit zu sagen: »Weißt du, manchmal fühlt es sich so an, als hättest du mein Leben übernommen, zumindest die guten Anteile. Und als wäre für mich nur noch der Rest übrig.«

»Das stimmt doch nicht.«

»Ein bisschen schon. Du wohnst jetzt in der Eigentümerwohnung.«

Carly blickte betroffen auf. »Wir können umziehen«, sagte sie eilig.

»Nein, das will ich gar nicht. Ich bin glücklich mit dem Zimmer, das ich gemietet habe, die Distanz zum Inn tut mir gerade gut. Außerdem hast du Gabby.« Michelle gelang es zu lächeln. »Sie ist toll.«

»Danke, das finde ich auch.« Carly zögerte, als würde sie mit einer Entscheidung ringen. Dann nickte sie einmal kurz und sprach weiter: »Ich habe Allen aus den falschen Gründen geheiratet, und glaub mir, dafür habe ich gebüßt. Er hat mir alles weggenommen, weil ich so dumm war. Ich war schwanger und hatte keinen einzigen Penny mehr. Arbeit hatte ich auch keine, und anfangs ging es mir so schlecht, dass ich sowieso keine Stelle hätte halten können. Somit hatte ich keine Krankenversicherung. Brenda hat mich eingestellt, als ich im achten Monat war. Sie hat mir einen Ort zum Wohnen gegeben und es war ihr egal, dass ich mehr gewatschelt bin als gegangen. Ich wollte dir deinen Platz nicht wegnehmen, Michelle. Ich war einfach nur verzweifelt und dachte, sie wäre meine Rettung.«

Michelle stellte erneut fest, dass sie Mitgefühl für Carly empfand. »Brenda hat nie jemanden gerettet, außer sich selbst.«

Carly seufzte. »Ja, das habe ich auf die harte Tour lernen müssen.«

Was das betraf, hatte Michelle keine Zweifel. Sie war mit den widersprüchlichen Regeln und der narzisstischen Weltsicht ihrer Mutter aufgewachsen. Etwas, das sie getan hatte, konnte ihre Mutter an einem Tag zum Lachen bringen und ihr am nächsten einen Monat lang Beschimpfungen einhandeln. Alles wurde danach beurteilt, inwiefern es mit Brenda zu tun hatte. Sie gingen selten auswärts essen, doch wenn sie es einmal taten, spielte Brenda ihre Spielchen mit ihr. Wenn sie und ihre Mutter unterschiedliche Gerichte bestellten, wollte Brenda das, was ihre Tochter bestellt hatte, und nahm sich einfach den Teller. Wenn sie das Gleiche bestellt hatten, behauptete Brenda, dass ihr Gericht komisch schmeckte. Dann ließ sie es zurückgehen und bestellte etwas anderes. Brenda sagte ihr immer, sie solle kein Geld für Weihnachts- oder Geburtstagsgeschenke für sie ausgeben, beschwerte sich dann aber bei jedem, der es hören wollte, darüber, dass ihre selbstsüchtige Tochter ihr nie etwas kaufte.

So ungern Michelle es zugeben wollte, sie wusste, dass Carly wirklich mutterseelenallein gewesen war. Mutterseelenallein und verantwortlich für das Kind, das in ihr heranwuchs – vielleicht der Moment im Leben einer Frau, in dem sie am verletzlichsten war.

Brenda hatte die Situation ausgenutzt. Sie hatte der Versuchung nicht widerstehen können, sich jemanden heranzuziehen, der ganz und gar abhängig von ihr war. Jemanden, den sie verbiegen und langsam und genüsslich zerstören konnte.

Gabbys fröhliches Wesen war ein Beweis für Carlys Durchhaltevermögen und für ihre Liebe.

»Wir wurden in einen Hinterhalt gelockt«, sagte sie, nicht sicher, weshalb sie davon anfing. Sogar, als sie versuchte, sich zu stoppen, gelang es ihr nicht. »Da waren mehrere Scharfschützen und eine selbst gebastelte Bombe. Unser Geländewagen flog in die Luft und ein paar von uns wurden rausgeschleudert. Nicht, dass es viel ausgemacht hätte, ob wir die Bombe überlebten oder nicht – wir wurden sowieso von allen Seiten beschossen.«

Während sie sprach, sah sie auf die Blätter, die vor ihr lagen, betrachtete Carlys ordentliche Handschrift und nahm dabei mehr den Kontrast zwischen Tinte und Papier wahr als die Geschichte, die sie erzählte.

»Wir haben alle erwischt bis auf einen. Irgendwann war ich die Einzige, die noch lebte und stand.« Ohne es zu wollen, sah sie Carly an. »Er traf mich an der Hüfte und ich ging zu Boden. Ich konnte schießen, doch er war schneller. Dann ging sein Gewehr kaputt, oder die Munition war alle.«

Sie spürte erneut die Hitze und das Blut auf ihrem Bein, hörte das Geräusch von Schüssen und die Schreie. Staub wirbelte durch die Luft und verklebte ihre Lunge.

Sie erzählte von dem kleinen Mädchen, das sich an seinen Vater klammerte. Davon, wie schwer sich ihr M16-Gewehr in ihren Armen angefühlt hatte – vermutlich eine Folge des Blutverlustes. Von dem Moment, in dem ihr klar wurde, dass ihr die Chance geschenkt worden war, zu überleben. Die Chance auf einen Schuss.

»Ich habe ihn getötet, während seine Tochter an seinem Bein hing. Ich habe geschossen und er war tot.«

An diesem Punkt unterbrach sie ihre Erzählung, hauptsächlich, weil sie den Rest nur noch verschwommen in Erinnerung hatte. Das kleine Mädchen hatte aufgeschrien und war weggerannt. Danach hatte Michelle versucht, zu den anderen Soldaten zu gelangen und so gut wie möglich zu helfen. Dieser Moment mochte eine oder zwei Minuten gedauert haben, es konnten aber auch Stunden gewesen sein.

Das Nächste, woran sie sich erinnerte, war der Sanitäter, der sich über sie beugte und ihr sagte, dass sie verdammt viel Glück gehabt habe. Als sie weggetragen wurde, schaute sie auf den getöteten Mann zurück. Er lag noch immer da. Mit offenen Augen starrte er glasig ins Nichts.

»Kannst du deswegen nicht schlafen?«, fragte Carly.

»Zumindest zum Teil. Glaub mir, wenn die Leute sagen, dass der Krieg die Hölle ist, dann ist das keine Übertreibung.«

»Das tut mir leid.«

Michelle zuckte die Achseln. »Ich bin diejenige, die zur Army gegangen ist. Und ich bin diejenige, die mit Allen geschlafen hat.«

»Aber du gibst trotzdem mir die Schuld.«

Michelle gestattete sich ein kleines Lächeln. »Verrückt, oder? Ich habe mit deinem Verlobten geschlafen und du bist die Böse. Das verstehe ich selbst nicht so ganz.«

Carly machte sich an dem Armband zu schaffen, dann bekam sie den Verschluss auf und legte es auf den Tisch. »Das hier solltest besser du haben.«

»Nein danke.«

»Sie war deine Mutter.«

»Aber sie hatte ihre Gründe dafür, dir ihre Sachen zu hinterlassen.«

»Nein.« Carly stand auf. »Den restlichen Schmuck bringe ich dir später.«

»Behalt ihn. Du hattest eine bessere Beziehung zu ihr, als ich sie jemals hatte. Ich habe das Inn, das genügt mir.«

»Das Inn hat immer schon dir gehört.«

»Ich weiß.«

Carly nickte ihr zu und verließ den Raum. Michelle war sich bewusst, dass sie das Armband in voller Absicht dagelassen hatte. Sie nahm es in die Hand und betrachtete die unterschiedlichen Anhänger, dann ließ sie es in die oberste Schublade ihres Schreibtischs fallen.

15. KAPITEL

Carly hielt sich den Rest des Morgens über beschäftigt. Sie war froh, nicht viel Zeit zu haben, um über ihr Gespräch mit Michelle nachzudenken – hauptsächlich, weil sie nicht wusste, was sie davon halten sollte. Wenn das keine komplizierte Beziehung war.

Einerseits hatte sich ihre ehemalige Freundin, seit sie zurück war, ihr gegenüber äußerst zickig verhalten. Carly hatte sich im Inn abgearbeitet und ihr Bestes gegeben, um mit Brenda klarzukommen. Andererseits war Michelle mit Brendas schwieriger Art und dem emotionalen Missbrauch durch sie aufgewachsen. Sie hatte gelernt, unter den unmöglichsten Bedingungen zu überleben.

Michelle hatte mit Allen geschlafen – etwas, das in die Kategorie »unentschuldbar« fiel. Doch sie, Carly, war bereit zuzugeben, dass Allen vermutlich ebenso schuld gewesen war. Und vielleicht hatte auch sie ihren Anteil daran. Schließlich hatten sie und Michelle beide mit ihm zusammen sein wollen. Und sie hatte ihn letztlich nur für sich gewonnen, indem sie mit ihm geschlafen hatte, was Michelle zu dem Zeitpunkt nicht gewollt hatte. Dann – nach der Verlobung – hatte sie mit ihrem Ring und ihren Heiratsabsichten angegeben und auch noch darauf bestanden, dass Michelle sich für sie freute.

Letzteres lag vor allem daran, dass sie so begeistert gewesen war, endlich jemanden gefunden zu haben, der sie liebte. Ein wenig war es ihr aber auch darum gegangen, es Michelle unter die Nase zu reiben. Nicht gerade ihre glorreichste Tat.

Und nun? Nun waren sie beide erwachsen, und sie musste entscheiden, was wirklich wichtig war und was nicht.

Carly beendete ihre Kontrollrunde durch die gereinigten Zimmer und kehrte zur Rezeption zurück. Pauline und Seth hatten Willkommenspakete für die drei Paare dagelassen, die am Nachmittag einchecken würden. Sie legte sie zu einem Stapel aufeinander, zusammen mit den Zimmerschlüsseln.

Das Leben wäre einfacher, wenn Michelle die ganze Zeit über gemein wäre, dachte sie, während sie in ihr Büro ging. Dann hätte sie sie fröhlich hassen und auf sie herabschauen können, weil sie ihren Job gut machte. Doch so, wie die Dinge standen, steckten sie beide in dem Bemühen fest, sich über die Gegenwart im Klaren zu werden.

Carly konnte sich noch nicht mal mehr hinter ihrer selbstgerechten Empörung verstecken. Schließlich mochte Michelle zwar mit Allen geschlafen und dann die Stadt verlassen haben, aber auf gewisse Art hatte sie das wiedergutgemacht, indem sie in die Army eingetreten war und ihr Leben riskiert hatte.

Carly betrat den kleinen Raum, der ihr als Büro diente, blieb jedoch überrascht stehen, als sie zwei Kartons auf ihrem Schreibtisch entdeckte. Auf dem einen war ein Laptop abgebildet, auf dem anderen ein Drucker.

Ihr Treffen mit Michelle war noch nicht einmal drei Stunden her. War sie danach etwa sofort losgerannt und hatte ihr einen Computer gekauft? Es musste so gewesen sein. Dies waren keine Geräte, die Michelle einfach so aus der Hosentasche zaubern konnte.

Auf dem Computer-Karton lag ein Microsoft-Office-Software-Paket zusammen mit einem Zettel: *Ich hoffe, es war nicht gelogen, dass du Excel kannst.*

»War's nicht«, murmelte Carly, nicht sicher, ob sie lachen oder irgendwas an die Wand pfeffern sollte.

Sie saß auf ihrem Stuhl und schaute die Kartons an. Warum war Michelle nur plötzlich so nett?

Schließlich machte sie sich daran, den Laptop-Karton zu öffnen, doch als sie den Deckel abnehmen wollte, entdeckte sie einen Umschlag mit ihrem Namen darauf.

Sie öffnete ihn – und starrte ungläubig auf den Scheck, der darin steckte.

Gott sei Dank sitze ich schon, dachte sie, und betrachtete die Handschrift. Andernfalls wäre sie sicher in Ohnmacht gefallen und hätte sich den Kopf aufgeschlagen. Doch auch so bekam sie kaum Luft – sie konnte weder blinzeln noch sprechen noch sonst irgendetwas tun, als das Stück Papier anzustarren.

»Ich …«

Ihr Körper fühlte sich taub an, in ihrem Kopf drehte sich alles, ihr wurde schwindlig.

Der Scheck, der von einem privaten Konto auf Michelle Sandersons Namen ausgestellt war, belief sich auf zehntausend Dollar.

Zehntausend.

Zehn.

Tausend.

Carly versuchte aufzustehen, stellte jedoch fest, dass ihre Knie zu sehr zitterten. Es gelang ihr, einen Atemzug zu machen, und dann noch einen.

War der Scheck echt oder ein grausamer Witz? Denn wenn er echt wäre, würde er ihr die finanzielle Sicherheit geben, die sie in ihrem Leben nie gehabt hatte. Sie hätte in dem Fall tatsächlich einen Notgroschen. Wenn man sie feuerte oder sie selbst kündigte, würde ihr das Geld erlauben, umzuziehen und die Kaution für eine Wohnung in Seattle zu bezahlen. Sie könnte Kurse an der Volkshochschule belegen und sich die Zuzahlungen zu ihrer Krankenkasse leisten.

Ihr brannten die Augen und es dauerte einen Moment, bis ihr klar wurde, dass sie gegen Tränen ankämpfte. Was sollte der Scheck? Wie kam Michelle dazu?

Schließlich gelang es ihr aufzustehen. Den Scheck noch immer in der Hand, taumelte sie zu Michelles Büro und drückte die Tür auf.

»Ich verstehe das nicht.«

Michelle sah von ihrem Computer auf. »Das ist alles, was ich dir im Moment geben kann.«

»Ich habe nicht darum gebeten.«

»Nein, aber es steht dir zu. Meine Mutter hat dich die letzten zehn Jahre ausgenutzt. Sogar wenn man bedenkt, dass du hier kostenlos gewohnt und ein paar Mahlzeiten abbekommen hast, hat sie dir kaum mehr als den Mindestlohn gezahlt. Das war nicht richtig und es tut mir leid. Der Scheck soll dich dafür entschädigen. Wie gesagt, es ist alles, was ich momentan habe.«

Carly ließ Michelles Worte auf sich wirken. Konnte es sein, dass sie ehrlich gemeint waren?

»Einfach so?«, fragte sie.

Michelle zuckte mit den Schultern. »Schuldgefühle sind ein mächtiger Antrieb. Mir gefällt nicht, wie sie mit den Leuten umgegangen ist.«

Wie sie mit dir umgegangen ist. Sie sprach es so nicht aus, doch Carly hörte es dennoch.

»Danke«, wisperte sie.

»Gern geschehen.«

Sie wandte sich zur Tür, dann drehte sie sich noch einmal um. »Auch für den Computer.« Nun gingen ihre Mundwinkel nach oben. »Ich weiß wirklich, wie Excel geht.«

»Das will ich dir auch geraten haben.«

Dem neuen Arbeitsplan zufolge war Michelle am Dienstagnachmittag für die Rezeption eingeteilt. Sie lehnte am Hocker, den sie von der Küche hergeschleppt hatte, und fragte sich, ob sie so weit war, sich in der Öffentlichkeit zu zeigen. Schließlich war sie dieser Tage nicht sonderlich liebenswürdig.

Ihre Erschöpfung machte es nicht gerade besser, sie schlief weiterhin sehr wenig. Und wenn sie schlief, kamen ihr im Traum Erinnerungen, die sie am liebsten verdrängt hätte. Da sie schon mal dabei war, konnte sie sich auch gleich noch über den Schmerz in ihrer Hüfte beschweren, aber wozu? Irgendwann würde es leichter werden.

Sie sah ein Auto vorfahren und strich mit nervöser Geste ihre Bluse glatt. Seit sie zurück war, hatte sie jeglichen Kontakt zu Gästen vermieden. Sie hatte vergessen, was man zu ihnen sagte, wie man mit ihnen umging. Carly hätte sie besser gar nicht erst für den Rezeptionsdienst eingeteilt. Nur dass dies *ihr* Inn war, und wenn sie vorhatte, den Laden wieder zum Erfolg zu führen, würde sie eine Menge Dinge tun müssen, bei denen sie sich unwohl fühlte.

Sie beäugte die teure Limousine und das Paar, das daraus ausstieg. Die Frau war Ende dreißig, vielleicht auch Anfang vierzig, und hatte modisch geschnittenes blondes Haar. Michelle hatte seit Jahren in kein Modemagazin mehr geschaut, doch sie wusste genug, um zu erkennen, dass allein das Outfit der Frau locker eine vierstellige Summe gekostet haben musste – Schuhe und Tasche nicht mitgezählt. Der Mann trug einen Pullover um die Schultern gebunden. Sie rollte mit den Augen. Diese affektierten Typen hatte sie gefressen.

Sie unterdrückte ein Schnauben, dann suchte sie im Computer nach der Liste der Gäste, die an diesem Nachmittag ankommen sollten. Die Therapie-Gruppe, wurde ihr klar, als sie die Notizen zu den drei Namenspaaren las.

Michelle blickte wieder zum Fenster hinaus und sah, was sie zuvor nicht bemerkt hatte. Die beiden sprachen weder miteinander noch berührten sie sich, während sie die Treppe heraufkamen. Der Rücken der Frau war vollkommen starr und der Mann sah verloren und zugleich unerträglich traurig aus.

Plötzlich wirkten ihre teure Kleidung und ihr schickes Auto überhaupt nicht mehr so einschüchternd wie auf den ersten Blick.

Dann hielt ein SUV hinter der Limousine und ein weiteres Paar, ungefähr im selben Alter, stieg aus. Michelle nahm alle Kraft zusammen und versuchte zu lächeln.

»Hallo«, sagte sie, als das erste Paar eintrat. »Willkommen im Blackberry Island Inn, ich bin Michelle. Möchten Sie einchecken?«

Der Mann nickte. »Doug und Whitney Farmer.«

Michelle fand die Namen auf der Liste. »Wir haben Sie bereits erwartet.«

Sie nahm die Kreditkarte, die er ihr hinhielt, und zog sie durch das Lesegerät. Sobald die Zahlung bestätigt war, reichte sie ihnen ihren Zimmerschlüssel zusammen mit den Willkommenspaketen, die für sie bereitlagen. Dann informierte sie sie über die Öffnungszeiten des Restaurants und des Geschenkeshops.

Doug und Whitney hörten ihr zu, ohne ein Wort zu ihr oder zueinander zu sagen. Wenn sie sie so sah, konnte sie sich nicht vorstellen, dass sie eine Chance hatten, ihre Ehe zu retten. Nicht, dass sie irgendeine Ahnung von Paartherapie gehabt hätte. Einigen Menschen half sie bestimmt, auch wenn sie nicht sicher war, dass jede Ehe es wert war, gerettet zu werden. Ihre eigene war von Anfang an ein Desaster gewesen, um nicht zu sagen ein Riesenfehler. Sie und ihr Mann waren beide mehr in die Idee der Liebe verliebt gewesen als ineinander. Wenigstens hatten sie keine Kinder bekommen, die in Mitleidenschaft gezogen worden wären. Weniger als vier Monate nach ihrer impulsiven Hochzeit hatten sie schon die Scheidungspapiere unterzeichnet.

Das zweite Paar betrat die Lobby. Die Frau, eine kleine Rothaarige, lächelte breit.

»Ist es nicht reizend hier? Also, ich finde es reizend. Schau, wie schön die Blumen sind. Und hast du den Garten gesehen? Er ist wunderschön. Das wird sicher ganz zauberhaft hier werden.«

Ihre übertriebene Lebhaftigkeit verursachte Michelle Zahnschmerzen. Ein Glück, dass sie nicht an deren Therapie-Sitzungen teilnehmen musste. Sie wäre gezwungen, der Frau eine zu verpassen, und würde damit einen wunderbaren Ausgangspunkt für Diskussionen liefern.

»Willkommen«, sagte sie und begann ihre Begrüßungsrede von Neuem.

Die Robbinses waren aus Bellevue und *so* begeistert, hier zu sein. Zumindest Fay. Michelle checkte sie ein.

In diesem Moment kam Carly dazu und bot ihr an, die Gäste nach oben zu geleiten.

»Ihre Zimmer haben alle einen Kamin«, sagte sie und ging ihnen voraus die Treppe hinauf. »Sie funktionieren mit Gas, Sie brauchen also nur einen Schalter zu betätigen. Im Schrank liegen zusätzliche Kissen und Decken. Sollten Sie irgendetwas zu Hause vergessen haben, rufen Sie die Rezeption an und wir bringen es Ihnen. Wenn ich recht informiert bin, treffen Sie Pauline und Seth heute zum Abendessen in der Stadt. Wir haben Ihnen Wegbeschreibungen ausgedruckt.«

Carlys Stimme wurde immer leiser, während sie die Treppe weiter hinaufstieg.

Fay und ihr Ehemann blieben einen Moment zurück. Die kleine Rothaarige starrte ihren Mann böse an.

»Was?«, fragte er. Seine Stimme klang defensiv.

»Du hast ihr auf die Brüste gestarrt! Wie konntest du nur?«

Mit diesen Worten stolzierte Fay den anderen hinterher. Ihre Schultern bebten, als würde sie weinen. Ihr Mann stand einen Moment lang mit gesenktem Kopf da, ehe er ihr folgte.

Kaum waren sie verschwunden, kam das dritte Paar an. Michelle kümmerte sich um sie und schickte sie dann die Treppe hinauf zu Carly.

Ein paar Minuten später kam Carly zurück ins Foyer.

»Das war schräg«, murmelte sie und warf einen Blick in Richtung Treppe, als hätte sie Sorge, dass jemand sie hören könnte. »Sehe ich das nur so oder waren die alle verdammt traurig?«

»Sie stecken in einer Ehekrise.«

»Ich weiß. Und ich bin froh, dass ihnen geholfen wird, aber es ist irgendwie …«

»Aufwühlend?«

»Ja, und ich weiß nicht genau, weshalb.«

Keine von ihnen war in besonders glücklichen Verhältnissen aufgewachsen, doch Michelle war sich nicht sicher, ob ihre Reaktion sich auf die zerbrechenden Ehen bezog oder auf die Möglichkeit, dass sie eventuell gekittet werden konnten.

»Vielleicht helfen ihnen die paar Tage hier.«

»Ich hoffe es«, murmelte Carly und sah erneut zur Treppe.

»Dann können sie jedes Jahr wiederkommen, um es zu feiern.«

Carly lachte. »Das Happy End gefällt mir. Oh Mann, so eine Ehe ist definitiv nicht einfach.«

Das hätte Michelle ohne Weiteres unterschrieben.

Carlys Ehe war ebenfalls schiefgegangen, fiel ihr ein. Nur gab es in ihrem Fall ein Kind, das davon betroffen war. Ein kleines Mädchen, das nun ohne Vater aufwuchs. Das war etwas, womit sie sich identifizieren konnte.

Sie holte tief Luft. »Es tut mir leid, dass ich mit Allen geschlafen habe.«

Carly wirbelte herum, um sie anzusehen, beide Augenbrauen hochgezogen. »Okay«, sagte sie vorsichtig. »Danke. Ich glaube ja, dass er auch seinen Anteil daran hatte. Einen großen sogar.«

Etwas, das sie damals nicht bereit war zuzugeben, dachte Michelle. Sie war erleichtert, dass Carly einen Schritt auf sie zu tat.

»Ich war wütend«, sagte Michelle und ließ sich auf dem Hocker nieder, um ihre Hüfte zu entlasten. »Du hattest ihn gekriegt, ihr wart verlobt und du wolltest, dass ich daran teilhabe. Womöglich war das freundschaftlich gemeint, aber mir kam es so vor, als wolltest du mir nur dein Glück unter die Nase reiben.«

»Das habe ich auch«, gab Carly zu. »Ein bisschen zumindest. Hauptsächlich war ich einfach nur glücklich. Ich dachte, ich hätte endlich jemanden gefunden, der mich liebt. So lange Zeit hatte ich mich leer und gebrochen gefühlt. Aber da Allen mich liebte, war ich vielleicht nicht ganz verkehrt. Das waren so meine Gedanken. Und außerdem: Sieh mich an, ich bin keine Loserin.«

»Du warst keine Loserin.«

»Doch, war ich«, sagte Carly. »Er hat mich dir nur vorgezogen, weil ich zuerst mit ihm geschlafen habe. Eigentlich glaube ich, dass er in Wirklichkeit dich mehr mochte.«

Michelle wusste nicht, was sie mit dieser Information anfangen sollte. »Wir haben beide einfach nur auf die Umstände reagiert. Aber du sollst wissen, dass es mir leidtut.«

»Mir ebenfalls.«

Ein Moment des – wenn auch zerbrechlichen – Friedens, dachte Michelle und fragte sich, wie lange es dauern würde, bis er zersplitterte wie Zuckerguss.

Sie hätte gerne mehr gesagt und Carly am liebsten erzählt, dass sie noch Jungfrau gewesen war und dass Allen das ausgenutzt hatte, was ihre Schuld wohl geringer machte. Doch wozu? Die Vergangenheit war, wie sie war, und es gab kein Zurück. Man konnte sie nicht ungeschehen machen. Man konnte nur nach vorne sehen und hoffen, dass alles besser werden würde.

16. KAPITEL

Carly stand am Ufer und sah auf das graue Wasser des Puget Sounds hinaus. Der Regen hatte aufgehört, doch ein wütender Wind peitschte die Wellen zu wirbelnden Mustern zusammen. Die Kraniche fegten niedrig über sie hinweg, wohl auf der Suche nach Futter oder vertieft in irgendein kompliziertes Spiel. Spielten Vögel? Fanden sie das Leben lustig oder langweilig und eintönig? Das waren keine Fragen, die sie sich üblicherweise stellte, aber sie dachte auch nicht häufig über die Puget-Sound-Kraniche nach. Wenn Leonard in der Nähe war, gab es jedoch kaum ein anderes Thema.

»Wir sind ihnen kilometerweit aufs Meer gefolgt«, sagte er gerade, wobei er in den Himmel schaute. »Sie haben nach Fischen gesucht.«

»Oder sie wollten euch ärgern«, sagte Carly.

Leonard warf ihr einen Blick zu, die Augen hinter seinen Brillengläsern vor Erstaunen geweitet. »Warum sollten sie das tun?«

»Weil sie es können.«

Er schenkte ihr ein kurzes Lächeln. »Du traust ihnen zu viel zu. In unserer Kultur neigen wir dazu, alles um uns herum zu vermenschlichen. Aber Kraniche haben keinen Sinn für Humor.«

Sie hoffte, dass er falschlag. Wenn man lachen konnte, war das Leben sehr viel lustiger.

»Du solltest mal mit mir rausfahren«, sagte er. »Auf dem Boot.«

Sie schüttelte den Kopf und trat einen Schritt zurück. »Nein danke. Ich gehe nicht ins Wasser und auch nicht auf Boote.«

»Du lebst auf einer Insel.«

»Die Ironie ist mir klar, glaub mir. Aber nein, ich gehe weder auf noch ins Wasser.« Sie betrachtete den Puget Sound. »Aus sicherer Distanz ist es sehr schön und mit Brücken oder Fähren habe ich kein Problem. Doch alles, was kleiner ist? Nein danke.«

»Und wie gehst du dann schwimmen?«

»Ich lasse es.«

»Du gehst nicht schwimmen oder du kannst es nicht?«

»Beides.« Sie schauderte. Sie hatte nie herausgefunden, weshalb sie Angst vor Wasser hatte, doch das machte sie nicht geringer. Allein bei dem Gedanken, in ein Gewässer zu steigen, das tiefer war als eine Badewanne, wurde ihr übel.

»Ich könnte es dir beibringen.«

Es dauerte einen Moment, bis ihr klar wurde, was er da sagte und was sein Angebot implizierte. Leonard wohnte seit beinahe drei Monaten im Inn, sie waren so was wie Freunde geworden. Mehr war da nicht.

Sie drehte sich zu ihm um. Er war groß und gut aussehend, vielleicht etwas dünn, aber mit breiten Schultern. Und er war ein guter Mann. Einer, bei dem man sich sicher fühlen konnte. Einer wie Robert. Sie war umgeben von netten Männern, doch an keinem von ihnen war sie interessiert. Der einzige, der sie bisher in Wallung gebracht hatte, war Mango gewesen, dessen koketter Charme allerdings ein wenig zu geübt rüberkam.

»Leonard«, begann sie mit sanfter Stimme.

Er schob seine Brille hoch und nickte. »Mach dir nicht die Mühe«, sagte er. »Ich weiß schon, was du sagen wirst.«

»Wie kannst du das wissen?«

Er lächelte sie wehmütig an. »Ich bin einfach nicht der Typ, der die Mädchen abkriegt. Vor allem nicht eins wie dich.«

»Das hat gar nichts mit dir zu tun. Ich war mal verheiratet und es hat nicht funktioniert. Und jetzt sieht es so aus, als könnte ich mich mit niemandem mehr einlassen.«

»Liebst du ihn noch?«

»Nein, das ist das Seltsame daran. Ich bin mir nicht mal sicher, ob ich ihn damals wirklich geliebt habe.« Sie zögerte, ehe sie mit der ganzen Wahrheit herausrückte. »Er hat mich betrogen.«

»Mit Michelle?«

»Wie bitte? Wieso fragst du das?«

»Na ja, sie war lange fort, und jetzt ist sie plötzlich zurück und es gibt Spannungen zwischen euch.« Er wurde rot. »Damaris redet gerne.«

»Na, großartig.« Sie fragte sich, welche Geheimnisse die Köchin noch vor den Gästen ausposaunte. »Das war vor langer Zeit. Allen hat mich mit vielen Frauen betrogen.«

»Und du hast ihn trotzdem geheiratet?«

»Ich war dumm.« In Wahrheit war sie schwanger gewesen, doch Leonard hatte schon genug über ihre schmutzige Vergangenheit erfahren.

»Er war dumm, dass er dich verlassen hat.«

Sie lächelte. »Danke, ich weiß das sehr zu schätzen. Aber so gerne ich alle Schuld an unserem Scheitern auf Allen abwälzen würde, ich trage auch einen Teil der Verantwortung.«

»Falls du deine Meinung änderst«, sagte er. »Über, du weißt schon …«

»Du bist wirklich süß.«

»Das heißt also Nein.« Er zuckte mit den Schultern. »Hätte wohl schlimmer kommen können. Zum Beispiel hättest du sagen können, dass ich nett bin.«

»Der ultimative Todesstoß?«

»Du hast ja keine Vorstellung …«

Die Hitze war schon schlimm genug, doch die Heuschrecken waren noch furchtbarer, sie waren überall. Sie knirschten unter ihren Füßen, flogen gegen sie und verfingen sich in ihrem

Haar. Michelle hasste die Heuschrecken und sie hasste die Hitze. Die unerträglich brennende Luft umwaberte sie wie eine dicke Rauchdecke und sog ihr die Luft aus der Lunge. Sie drehte sich um und wollte wegrennen, aber es ging nicht. Ihre Füße hingen fest. Ihr war heiß, so heiß. Sie konnte nicht atmen, konnte sich nicht bewegen. Dann schrie sie. Sie schrie und schrie, bis der Albtraum nachließ und nur noch Dunkelheit sie umgab.

Ihr Atem kam stoßweise. Sie spürte, dass ihr Herz in ihrer Brust hämmerte wie niederschnellende Pferdehufe. Ihr Körper war schweißbedeckt und trotz ihrer glühend heißen Haut zitterte sie in der kühlen Nachtluft.

Sie war so verwirrt, dass es ihr schwerfiel zu denken, die einfachsten Fragen zu beantworten. Zum Beispiel die Frage, wo sie war und ob es ihr gut ging. Das Einzige, was sie wusste, war, dass sie tief geschlafen hatte – so tief, dass die Albträume hatten wiederkommen können. Und dass sie immer noch ein bisschen betrunken war. Was bedeutete, dass nicht allzu viel Zeit vergangen sein konnte.

Sie langte automatisch nach rechts und knipste das Licht an. Die Uhr auf dem Nachttisch zeigte 00:34 an. Sie lag seit weniger als einer Stunde im Bett.

Als ihr dies klar wurde, bekam auch der Raum langsam mehr Kontur. Michelle erkannte die Formen der Möbel und die dunklen Schatten im Wintergarten.

Irgendetwas bewegte sich.

Sie wandte sich zur Tür um – und sah dort Jared stehen.

Er trug eine Jeans und sonst nichts. Goldblondes Haar bedeckte seine Brust und setzte sich in einem schmalen Streifen fort bis zu seinem offenen Hosenbund. Seine Füße waren nackt, sein Haar zerzaust. Unter anderen Umständen hätte sie jetzt gedacht, dass er verdammt sexy aussah, doch sein Blick war wachsam, und er schaute sie nicht an wie ein Mann, der eine Frau begehrte.

»Was zum Teufel machst du hier?«, verlangte sie zu wissen. Sie zog die Decke hoch und blitzte ihn an. »Das ist mein Zimmer. Wenn du meine Privatsphäre nicht respektieren kannst, ziehe ich aus.«

»Jetzt reg dich nicht gleich auf, ich wollte nur nach dir sehen.«

»Warum? Gibt es dir einen Kick, Frauen beim Schlafen zuzusehen?«

»Nicht sonderlich. Ich wollte nur sichergehen, dass es dir gut geht.«

»Wieso sollte es mir nicht …?«

Der Albtraum, dachte sie grimmig. Sie erinnerte sich daran, dass er mit ihren Schreien geendet hatte. Es hatte nicht alles nur in ihrem Traum stattgefunden.

»Habe ich dich geweckt?«, fragte sie, weniger in der Defensive als zuvor, jedoch noch immer nicht gerade erfreut über seine Anwesenheit.

Er zuckte die Achseln. »Kommt schon mal vor.«

Die Schwestern im Krankenhaus hatten ihr gesagt, dass sie häufig im Schlaf schrie. Das war ihr ganz nüchtern mitgeteilt worden. Sie war nicht die Einzige auf der Station, die mit den Folgen dessen zu kämpfen hatte, was sie gesehen oder getan hatte.

»Wie oft?«

»Ein paarmal pro Woche.«

Sie zuckte innerlich zusammen. »Das tut mir leid.«

»Das muss es nicht. Du hast da drüben eine Menge durchgemacht.«

»Es wäre einfacher gewesen, mit einem Hautausschlag zurück nach Hause zu kommen. Das ist wenigstens eine ruhige Krankheit.«

»Es wird schon wieder besser werden.«

»Und woher willst du das wissen? Hat dir das einer von deinen Fischen erzählt?«

Er verlagerte sein Gewicht und lehnte sich an den Türrahmen. Gegen ihren Willen glitt ihr Blick zum offenen Hosenbund seiner Jeans hinab, und dann noch tiefer zu der Stelle, an der er, offensichtlich in Eile, den Reißverschluss nur halb hochgezogen hatte.

Etwas regte sich tief in ihrem Unterleib. Was er wohl darunter trug? Unterhosen? Boxershorts? Gar nichts?

»Ich habe auch mal in der Army gedient.«

Seine Worte standen im krassen Gegensatz zu ihren Gedanken. Sie brauchte einen Moment, um sich daran zu erinnern, was sie gefragt hatte, und als es ihr wieder einfiel, schlug sie sich die Hände vor das Gesicht.

»Tut mir leid, stimmt, das wusste ich eigentlich. Was für ein Desaster.« Sie nahm die Hände herunter und sah zu ihm auf. »Was war deine Aufgabe?«

»Ich war Scharfschütze.«

Scharfschütze …

Sie fluchte innerlich. So viel dazu, dass er ihren Zustand nicht nachvollziehen konnte.

Da war noch mehr. Langsam kamen ihr ein paar Erinnerungsfetzen. Der örtliche Klatsch und Tratsch liebte saftige Geschichten und auch Jared hatte seine fünf Minuten lokalen Ruhms gehabt.

Er war mit einer Ehefrau auf die Insel zurückgekehrt. Sie war jung und hübsch, kam irgendwo aus dem Osten oder der Mitte der USA. Vielleicht aus einem dieser Bundesstaaten, die mit einem Vokal anfingen. Doch ihr hatte das Inselleben nicht genug gefallen, um zu bleiben. Vielleicht wollte sie auch nur nicht mit einem Typen verheiratet sein, der Boote verlieh. Auf jeden Fall verließ sie ihn. All das war geschehen, bevor sie selbst weggegangen war.

»Hast du Albträume?«, fragte sie. »Über deine Zeit in der Army?«

»Nicht mehr, denn ich habe mir helfen lassen. Du brauchst eine Selbsthilfegruppe.«

»Ich will in keine Gruppe.«

»Ich hab nicht gesagt, dass du das toll finden musst. Doch du musst herausfinden, wie du dem Ganzen einen Sinn geben, wie du deine Erlebnisse verarbeiten kannst. Dabei brauchst du Hilfe, Michelle. Such dir irgendwas.«

Seine Stimme klang leise, aber bestimmt. Sie klang sexy.

Michelle ließ den Blick über seinen nackten Oberkörper gleiten. Er war stark und energiegeladen – der Typ Mann, der die Dinge in die Hand nahm. Und der gut oder auch schlecht sein konnte im Bett, je nachdem, wie seine Einstellung war. Sie hatte jedoch das Gefühl, dass Jared zu der guten Sorte gehörte.

Das heiße Kribbeln tief in ihrem Unterleib regte sich erneut.

Was würde er wohl sagen, würde sie ihn einladen, sich zu ihr zu legen? Sie tippte auf »Ja«, doch sie war sich nicht sicher. Soweit sie wusste, hatte er ein Verhältnis mit irgendeiner Frau.

Außerdem standen dem Ganzen noch andere Dinge im Weg. Zum einen musste sie pinkeln. Und zum anderen hätte sie gerne vorher ihre Zähne geputzt und sie wusste nicht, wie sie das unauffällig bewerkstelligen sollte.

»Denk mal drüber nach«, sagte er.

Sie hatte das vage Gefühl, dass er nicht über Sex redete.

Dennoch nickte sie.

»Ich kann dir eine Telefonnummer besorgen«, fügte er hinzu.

»Du hast also rein zufällig Informationen zu Selbsthilfegruppen für Veteranen rumliegen?«

»Du bist nicht mein erster Rodeo-Ritt, Kleine. Du hast doch die Anzeige für dieses Zimmer in der Veteranen-Reha entdeckt, oder?«

»Äh, ja.«

»Ich biete das Zimmer absichtlich nur dort an, denn es ist wiederkehrenden Kriegsveteranen vorbehalten. Ich möchte ihnen einen sicheren Ort zur Verfügung stellen, an dem sie in diese Welt zurückfinden können. Nach allem, was ich selbst durchgemacht habe, möchte ich nun gerne anderen dabei helfen.«

Sie öffnete den Mund und schloss ihn wieder. Na, großartig. Er regte sie dazu an, über Sex mit ihm nachzudenken, und sie weckte bei ihm nur sein Helfersyndrom. Aber lief es nicht immer auf so etwas hinaus?

»Raus«, knurrte sie.

Er überraschte sie mit einem Grinsen.

Sie griff hinter sich und packte ihr Kissen, als sie es in seine Richtung schleuderte, war er bereits verschwunden.

»Blödmann«, murmelte sie, während sie sich zurück auf die Matratze sinken ließ und das Licht ausknipste, doch sie musste ebenfalls lächeln.

Ausnahmsweise einmal erschien ihr die Dunkelheit eher freundlich als feindlich gesinnt.

Carly strich den Bettüberwurf glatt, dann trat sie zurück und betrachtete den Raum.

Die Vorhänge waren geöffnet und erlaubten einem winzigen Sonnenstrahl, sich auf dem Holzfußboden auszubreiten. Die Lampen auf den zwei Nachttischen waren exakt mittig ausgerichtet. Das Bett war frisch bezogen, die Möbel waren entstaubt und der Boden gesaugt.

Auf einem kleinen Tisch an der Wand standen zwei Wasserflaschen, eine Kaffeekanne, Kaffee- und Kekspackungen. Ein paar Postkarten und ein Stadtplan lagen daneben. Im Badezimmer hingen flauschige Handtücher ordentlich nebeneinander, die Haken hinter der Tür waren mit Bademänteln bestückt und das Badewannentablett war üppig dekoriert mit Seife, verschiedenen Badesalzen und Schaumbadzutaten.

Sie hatte vergessen, wie befriedigend es war, ein Zimmer für die nächsten Gäste herzurichten. Es gefiel ihr, dafür zu sorgen, dass alles sauber blitzte und das Bett perfekt gemacht war, und sie liebte es, Kerzen aufzustellen und das Radio auf einen Sender mit klassischer Musik einzustellen. Sie nahm ihre Arbeit ernst.

Normalerweise bekam sie nur noch Listen darüber, welche Snacks am beliebtesten waren und welcher Kaffee am meisten getrunken wurde. Wenn sie die Zimmer selbst machte, konnte sie jedoch mit eigenen Augen sehen, aus welchen Kekspackungen nur ein einziger Keks fehlte, als hätten sie nicht gut genug geschmeckt, um sie zu essen. Die Packungen mussten so oder so ausgetauscht werden, aber es war besser, genau festzustellen, was die Leute eigentlich mochten, statt nur die Packungen auszutauschen, die sie aufgerissen hatten.

Sie machte sich ein paar Notizen in ihrem Heftchen, dann schob sie es in die Hosentasche. Sie hatte es auf sich genommen, an drei Nachmittagen in der Woche Zimmer zu putzen, um dem Inn zu helfen, doch nun war sie dankbar für die Gelegenheit, auf intimerer Ebene mit ihren Gästen in Kontakt zu kommen.

Sie überprüfte noch ein letztes Mal, dass sie keine Putzutensilien zurückgelassen hatte, dann zog sie die Gummihandschuhe aus und ging aus dem Zimmer. Im selben Moment hörte sie unregelmäßige Schritte im Flur und sah kurz darauf Michelle um die Ecke biegen.

»Ich wusste nicht, dass du es die Treppe raufschaffst«, sagte sie anstelle einer Begrüßung.

»Ja, die ist echt gemein, aber ich dachte, ich komme besser mal hoch.«

Carly biss die Zähne zusammen und zerknüllte die Handschuhe, die sie in der Hand hielt. Eigentlich sollte ich gar nicht überrascht sein, sagte sie sich, und trat einen Schritt zurück, um Michelle den Weg in das Zimmer freizugeben, das sie gerade gemacht hatte. Wie die Mutter, so die Tochter.

Sie wusste, was als Nächstes kommen würde. Nicht allzu subtile Vorwürfe sowie Verbesserungsvorschläge, die nichts anderes als ein Machtspielchen darstellten.

Michelle humpelte auf sie zu, dann blieb sie stehen und runzelte die Stirn. »Was ist?«

»Geh ruhig rein.«

»Wofür? Ich bin nur gekommen, weil ich es noch kein einziges Mal die Treppe hochgeschafft habe, seit ich zurück bin. Und du machst hier die Zimmer. Da ist es doch das Mindeste, was ich tun kann, meinen Arsch zu bewegen und sie mir mal anzusehen. Es hätte ja sein können, dass meine Mom das Inn in eins dieser Themen-Hotels verwandelt hat. Bei ihrem beschissenen Geschmack würde mich das nicht überraschen.«

Alle Anspannung wich aus Carly und ließ sie leicht erschlafft zurück. »Oh.«

»Oh? Was ist denn los?«

»Ich dachte, du wärst hochgekommen, um meine Arbeit zu überprüfen.«

»Du hast einfach nur ein Zimmer gemacht, Carly, und du warst mal ein Vollzeit-Zimmermädchen. Was gibt es da zu überprüfen?« Plötzlich runzelte sie die Stirn und fluchte. »Lass mich raten. Noch eine Hinterlassenschaft meiner charmanten Frau Mutter. Bei mir hat sie das auch immer getan. ›Verbesserungsvorschläge‹ angebracht.« Michelle räusperte sich. »›Vielleicht solltest du das Klo besser gegen den Uhrzeigersinn putzen.‹ Das war mein Lieblingssatz. Wieso das denn bitte schön? Kriegt man aufgrund der Erdumdrehung das Klo besser sauber, wenn man es gegen den Uhrzeigersinn schrubbt?«

Carly lachte. »Mir hat sie immer vorgeworfen, dass ich die Sachen auf dem Badewannentablett falsch verteilt hätte. Einmal habe ich mir aufgeschrieben, was sie gesagt hat, und ihr die Notiz das nächste Mal gezeigt, als sie sich beschwerte, damit sie sehen konnte, dass ich alles genau so gemacht hatte, wie sie es angeordnet hatte.«

»Ziemlich mutig von dir. Ich bezweifle, dass sie sehr erfreut darüber war.«

Carly erinnerte sich an Brendas eisigen Blick und die kühle Art, mit der sie gefragt hatte, ob sie, Carly, nicht vielleicht lieber woanders arbeiten wollte. Daran, wie sie darum betteln musste, ihren Job zu behalten.

»Nein, sie war keineswegs erfreut.«

Michelle trat in das Zimmer und sah sich um. »Es ist schön«, sagte sie.

»Aber den Bettüberwurf findest du schrecklich.«

Michelle warf einen Blick auf das mit Margeriten übersäte Bett. »Ja, jeden einzelnen Quadratzentimeter davon. Doch das liegt nur an mir. Ich bin sicher, die Gäste lieben ihn.«

»Zumindest haben sie sich noch nie darüber beschwert.«

»Was so ziemlich aufs Gleiche rauskommt.« Michelle humpelte zum Fenster und sah hinaus. »Wie ich sehe, sind unsere Therapie-Gäste gut beschäftigt.«

Carly trat neben sie und entdeckte die drei Paare auf der anderen Seite des Geländes in der Nähe des Strandes, wo Seth und Pauline zu ihnen sprachen.

»Bisher gab es keine Probleme mit ihnen«, sagte sie. »Sie stehen früh auf und sind den ganzen Tag unterwegs.«

»Ja. Und wahrscheinlich haben sie auch keinen Sex in ihren Betten. Umso besser. Ich habe es immer gehasst, wenn ich Kondome im Mülleimer gefunden habe. Igitt!«

Carly lachte. »Ich bin ganz deiner Meinung, aber wir können ja schlecht von ihnen verlangen, dass sie sie wieder mit nach Hause nehmen, wenn sie abreisen.«

»Warum nicht? Sie haben sie schließlich mit hierhergebracht. Stell dir vor, das hier wäre der Strand. Da soll man doch auch seine leeren Weinflaschen und Bierdosen wieder mitnehmen, wenn man geht. Oder – wie in diesem Fall – gebrauchte Kondome.«

»So funktioniert das aber leider nicht. Sie sind unsere Gäste.«

»Du romantisierst das Geschäft, das ist nie gut.«

Sie lachten beide.

So war es früher auch immer zwischen ihnen gewesen, dachte Carly. Einfach. Damals, als sie Freundinnen waren, als das Leben noch einen Sinn ergab und sie verstand, nach welchen Regeln es ablief. Bevor sich alles verändert hatte.

Sie wollte, dass es wieder so wurde, dass sie und Michelle wieder Freundinnen waren. Dass sie einander vertrauen konnten.

Irgendwo auf dem Parkplatz knallte ein Auspuff. Carly blickte in die Richtung, aus der der Lärm gekommen war, und sah ein Auto zur Ausfahrt fahren.

»Da muss wohl jemand mal seinen …«

Aus Michelles Gesicht war sämtliche Farbe gewichen. Sie brach in Schweiß aus und ein Zucken durchlief sie.

»Ist alles in Ordnung?«, fragte Carly, der nicht ganz klar war, was passiert war.

Michelle sah um sich, als wäre sie nicht mehr sicher, wo sie sich befand. Carly streckte eine Hand nach ihr aus.

»Fass mich nicht an.«

Sie knurrte den Satz mehr, als dass sie ihn aussprach. Carly trat zurück und Michelle ließ sich gegen die Wand sinken.

»Geh einfach«, sagte sie. »Ich komme schon klar.«

Carly zögerte.

»Geh!«

Die fröhliche Stimmung hatte sich in Luft aufgelöst, ebenso wie der Moment der Verbundenheit. Sie sammelte ihre Putzutensilien zusammen und folgte der Aufforderung.

17. KAPITEL

Zitternd flüchtete Michelle. Sie rutschte die Treppen mehr hinunter, als dass sie ging, jeder Körperteil war in Alarmbereitschaft. Das Geräusch der Explosion – keine Explosion, sagte sie sich, das war irgendetwas anderes – klang ihr noch immer in den Ohren.

Sie konnte sich nicht daran erinnern, die Lobby durchquert zu haben, doch das musste sie irgendwie getan haben, denn als sie sich ihrer Umgebung wieder bewusst wurde, befand sie sich im leeren Speisesaal. Sie eilte weiter in Richtung Küche, wo Damaris Vorbereitungen für das Mittagessen traf.

Ihre Freundin warf nur einen Blick auf sie und zog sogleich einen Hocker hervor.

»Setz dich«, befahl Damaris. »Sofort.«

Michelle stolperte vorwärts und ließ sich schwer auf den Hocker fallen, wobei ihre Hüfte protestierend aufschrie.

»Sag Carly nichts davon, dass ich so was hier habe«, sagte Damaris, während sie in die Speisekammer ging und kurz darauf mit einer Flasche Whiskey in der Hand wieder herauskam. Sie goss zwei Fingerbreit in ein Glas, warf ihr einen prüfenden Blick zu und goss dann noch ein wenig mehr ein.

»Trink«, befahl sie, als sie ihr das Glas reichte.

Michelle nahm einen großen Schluck und ließ das angenehme Brennen in ihrer Kehle die letzten Reste ihrer Angst auslöschen.

»Was ist passiert?«

Michelle atmete tief durch. »Nichts eigentlich, es war so albern. Ich war oben und dann hat der Auspuff von irgendeinem Auto geknallt. Und ich dachte …«

Damaris rückte näher und legte die Arme um sie. »Armes Kind. Du hast zu viel durchgemacht, das ist nicht in Ordnung. Frauen sollten nicht zur Army gehen.«

Das brachte Michelle zum Lachen. »Du bist ungefähr siebzig Jahre im Rückstand, die Zeiten haben sich geändert.«

»Dann sind die Zeiten falsch. Warum musstest du überhaupt weg von hier?«

Michelle zog die Augenbrauen hoch.

»Schön, du wolltest vielleicht einfach weg. Aber ausgerechnet zur Army? Und gleich für zehn Jahre?« Damaris ließ sie los. »Sieh dich mal an, so verletzt und humpelnd. Aber du wirst schon wieder gesund werden.«

Michelle war sich nicht sicher, ob das eine Frage oder eine Feststellung war. »Ich gebe mir Mühe.« Sie trank das Glas leer und stellte es auf der Küchentheke ab. »Was ist das heutige Tagesgericht?«

»Gegrilltes Hähnchen mit getrockneten Tomaten auf Focaccia-Brot. Und Käse.« Damaris kräuselte die Nase. »Diese Psycho-Leute waren bei mir.«

»Seth und Pauline?«

Die Köchin nickte. »Sie haben mich gebeten, im Mittagsmenü mehr gesunde Gerichte anzubieten.«

»Und das ist deine Antwort darauf?«

»Hähnchen ist doch gesund.«

Michelle wusste nicht, ob sie lachen oder aufstöhnen sollte. »Konntest du dir nicht einen Salat einfallen lassen?«

»Salat ist keine richtige Mahlzeit.«

Michelle war nicht bereit, deswegen einen Streit anzufangen.

Sie warf einen Blick aus dem Fenster und sah besagte Psychologen ihre Gruppe durch irgendeine Art von Übung führen. Die Frauen standen den Männern gegenüber, und jedes Mal, wenn die Frauen eine Bewegung machten, imitierten die Männer sie.

»Völlig idiotisch.« Damaris, deren Blick ihrem gefolgt war, schnaubte. »Wenn man verheiratet ist, bleibt man auch verheiratet, so ist es nun mal. Und ob man dabei glücklich ist oder nicht, liegt nur an einem selbst. Ein Mann kann eine Frau nicht glücklich machen, das ist, als würde man von einer Katze verlangen zu fliegen. Es liegt nicht in ihrer Natur. Das Glück ist nur hier drin zu finden.« Sie klopfte sich auf die Brust. »Je eher die Frauen akzeptieren, dass die Männer sich nicht verändern, desto glücklicher werden sie sein. Ich habe meinen Mann an meinem achtzehnten Geburtstag geheiratet. Wenn ich erwartet hätte, dass er mich glücklich macht, wäre ich vor lauter Warten schon längst gestorben. Man muss sich ein Leben aufbauen, eine gute Ehefrau sein, Kinder haben. Das ist das wahre Glück. Sieh dir deinen Vater an. Hat der deine Mutter vielleicht glücklich gemacht? Natürlich nicht.«

»Er hat sie verlassen.«

»Genau. Er ist von einem Tag auf den anderen verschwunden, und darüber ist sie nie hinweggekommen. Ich sage nicht, dass es richtig war, was er getan hat, aber nachdem er weg war, hatte sie eine Wahl.«

Das war eine etwas verdrehte Logik, doch Michelle musste Damaris zustimmen, was Brenda betraf. Ihre Mutter hätte darüber hinwegkommen können. Stattdessen hatte sie sich dafür entschieden zu leiden.

»Mom hat es sehr schwergenommen«, murmelte sie und fragte sich, wie ihr Leben ausgesehen hätte, wenn ihre Mutter ein anderer Mensch gewesen wäre. Oder war es schon zu viel, diese Frage zu stellen, so, als verlangte sie von einer Katze zu fliegen?

»Brenda ist mir egal«, sagte Damaris. »Man soll von Toten ja nicht schlecht reden, aber du bist diejenige, um die ich mir Sorgen mache. Du musstest zu früh zu viel auf dich nehmen. Deine Mutter hätte sich um dich kümmern sollen, stattdessen hast du dich um sie gekümmert.«

Hauptsächlich aus Schuldgefühlen heraus, dachte Michelle. Weil sie tief in ihrem Herzen gewusst hatte, dass ihr Vater sie mehr geliebt hatte als seine Frau, und weil ihr schon als Kind klar gewesen war, dass das so nicht richtig war. Auch wenn die Liebe zu seiner Tochter ihn nicht davon abgehalten hatte zu gehen.

Sie war sechzehn gewesen, als sie ihren Vater mit Carlys Mutter im Bett erwischte. Das Bild hatte sich in ihr Gedächtnis eingebrannt – zwei Erwachsene, die sie geliebt und denen sie vertraut hatte und die sie nun allesamt betrogen. Sie erinnerte sich noch genau an den Anblick von Lanas nackten Brüsten, die hüpften und wogten, an ihren aufgebäumten Körper, an Franks Kopf zwischen ihren gespreizten Beinen.

Zunächst hatte sie gar nicht begriffen, was die beiden da taten. Sie hatte dagestanden und sie angestarrt, anfangs vollkommen verwirrt, schließlich mit einem immer größer werdenden Gefühl von Scham und Entsetzen. Sie musste irgendein Geräusch von sich gegeben haben, denn plötzlich hatten sie sich ihr zugewandt und sie angesehen, der erschrockene Gesichtsausdruck der beiden vermutlich ein Spiegelbild ihres eigenen.

Sie war weggerannt, die Treppen hinunter und aus dem Inn hinaus, hatte es gerade bis zum Straßenrand geschafft, ehe sie sich erbrach. Dann war sie weitergerannt, bis die Kälte und der Regen sie dazu zwangen, langsamer zu werden.

Die Tränen liefen ihr jedoch weiter über das Gesicht. Als ihr Vater sie schließlich fand, weinte sie noch immer.

»Es tut mir leid, dass du das sehen musstest«, sagte er.

Näher an eine Entschuldigung war er nie herangekommen. Er hatte sie nie gefragt, ob es ihr gut ging, und nicht einmal erklärt, warum er seine Frau mit deren bester Freundin betrog, der Mutter ihrer besten Freundin. Stattdessen sprach er darüber, wie wichtig es war, dass sie Stillschweigen bewahrte.

»Deine Mutter wird das nicht verstehen«, hatte er zu ihr gesagt.

Michelle wollte schreien, dass *sie* es ebenso wenig verstand, dass einfach nicht in Ordnung war, was er tat.

»Du bist doch mein bestes Mädchen. Es ist wirklich wichtig, dass du das für dich behältst.«

Dann hatte er ihr erklärt, weshalb das so wichtig war, aber sie war nicht in der Lage gewesen, sich noch mehr anzuhören. Schließlich hatte sie eingewilligt – eher, weil sie sich nicht vorstellen konnte, über das zu reden, was sie gesehen hatte, als dass sie mit seinen Erklärungen einverstanden gewesen wäre.

Sie war immer ein Papakind gewesen. Als sie klein war, war ihr Dad es, der sie ins Bett brachte und der ihr Geschichten vorlas. Bei ihm hatte sie sich stets sicher und geborgen gefühlt.

All das verschwand mit einem Schlag an dem Nachmittag, an dem sie ihn mit Carlys Mutter im Bett erwischte.

Michelle hatte daraufhin vorgegeben, die Grippe zu haben, und sich für zwei Tage in ihrem Bett verkrochen. Sie war unfähig gewesen, ihrem Vater ins Gesicht zu sehen und mit ihrer Mutter umzugehen. Langsam, ganz langsam hatte sie ihr normales Leben wieder aufgenommen und sich befohlen, so zu tun, als wäre nie etwas passiert.

Im darauffolgenden Jahr, als Carly und sie beide kurz davor gewesen waren, ihr letztes Highschool-Jahr anzutreten, waren ihr Vater und Lana zusammen durchgebrannt. Sie verschwanden bei Nacht und Nebel und hinterließen lediglich einen Abschiedsbrief. Ihre Liebe sei zu groß, um verleugnet zu werden, hatten sie geschrieben.

Dieser weitere Verrat brachte sie schließlich dazu, die Wahrheit zu sagen. Sie erzählte sowohl Brenda als auch Carly, was sie gesehen hatte. Sie hatte erwartet, dass sie alle gemeinsam trauern würden, stattdessen hatten Brenda und Carly sich verbündet und ihr alle Schuld gegeben. Ihre Mutter hatte felsenfest behauptet, Frank wäre nicht gegangen, wenn sie ihr gleich alles erzählt hätte, dass Brenda ihn irgendwie hätte aufhalten können. Und Carly hatte ihr zugestimmt.

Michelles Beziehung zu ihrer Mutter war nie besonders eng gewesen, und als Frank ging, wurde sie noch schlechter. Viel verheerender jedoch war der Verlust ihrer besten Freundin. Carly war gänzlich aus ihrem Leben verschwunden. Michelle hatte ihr letztes Highschool-Jahr vollkommen allein durchstehen müssen, nachdem sie innerhalb weniger Stunden Mutter, Vater und Freundin verloren hatte.

Damaris schob ihr das Glas wieder hin. »Trink«, befahl sie erneut. »Wir sollten darüber gar nicht reden, du hast genug Probleme. Da musst du dich nicht auch noch mit der Vergangenheit plagen.«

»Das stimmt«, erwiderte Michelle, wusste jedoch, dass es dafür zu spät war. »Er hat mich übrigens angerufen.«

»Wer? Dein Vater?«

Sie nickte. »Ein paarmal schon. Ich weiß nicht, wie er an meine Handynummer gekommen ist.«

»Sieh mich nicht so an, ich würde sie ihm niemals geben.«

»Ich weiß.«

»Vielleicht hat er sie ja von Carly.«

Michelle war sich da weniger sicher. »Hat sie Kontakt zu ihrer Mutter?«

»Woher soll ich das wissen? Wir sprechen ja kaum miteinander.«

»Ihr arbeitet zusammen.«

Damaris schnaubte. »Wir arbeiten beide im Inn, aber wir hatten nie einen freundschaftlichen Umgang. Sie kommt ständig hier rein und will mir sagen, was ich zu tun habe. Ich ignoriere sie einfach.«

Etwas, das sich ändern muss, überlegte Michelle. Carly hatte sich ihre Position im Inn hart erarbeitet. Sie dachte an die handgebastelten Willkommensgrüße und die Sorgfalt, mit der Carly die Zimmer gemacht hatte. Wenn sie ehrlich war, hatte sie verdammt großes Glück, dass Carly hier eine Stelle angenommen und so lange geblieben war.

Damaris goss ihnen beiden noch mehr Whiskey ein. »Du kennst ihre Vergangenheit. Einmal Hure, immer Hure.«

»Nein«, sagte Michelle bestimmt. »Ich weiß, dass sie nicht rumhurt. Carly liebt ihre Tochter zu sehr, als dass sie es riskieren würde, ihr wehzutun. Sie weiß besser als so ziemlich jeder andere, was das mit einer Familie anrichten kann. Außerdem macht sie ständig Überstunden. Wann sollte sie die Zeit finden, mit Männern ins Bett zu gehen?«

»Ich meine ja auch nicht jetzt, sondern früher, in der Highschool. Ihr Ehemann hat gut daran getan, sie zu verlassen.«

Damaris hatte eine unerschöpfliche Ausdauer, wenn es um dieses Thema ging, war jedoch nicht mit viel Faktenwissen gesegnet.

»Die Highschool ist schon lange her.«

»Mag sein, aber Carly hat sich nicht verändert, vertrau mir da.«

Das ist genau das Problem, dachte Michelle später am Nachmittag, als sie in ihrem Büro saß. Sie vertraute Damaris. Doch Carly vertraute sie ebenfalls. Das brachte sie in die unangenehme Situation, nicht zu wissen, wem sie glauben sollte.

»Wir sollten den Laden dichtmachen«, sagte Michelle brummelig, die in der Mitte des Geschenkeshops stand, die Hände in die Hüften gestemmt.

»Solange du offen für Neues bleibst …«, erwiderte Carly. »Komm schon, es hat doch keinen Sinn, einfach zuzumachen.

Außerdem haben wir noch Warenbestand, um den wir uns kümmern müssen. Einiges davon können wir zurückgeben, aber es fällt eine Rücknahmegebühr an, daher würden wir auf jeden Fall Geld verlieren. Und wenn wir nicht wissen, wie wir die Räume verwenden wollen, geht uns die Miete durch die Lappen.«

»Wieso Miete?«

»Zahlt der Laden dem Inn denn keine Miete? Das war doch Sinn und Zweck der Sache. Er sollte ein separates Geschäft sein, das nichts mit dem Inn zu tun hat. Es war Brendas Idee, in den Einzelhandel zu gehen.«

Carly hatte Einwände erhoben und angemerkt, dass der Laden sie zu sehr vom Kerngeschäft ablenken und zu viel Geld schlucken würde. Das war natürlich noch zu einer Zeit gewesen, als sie dachte, sie würde sich in eine Eigentümerposition hocharbeiten. Brenda hatte geschworen, dass der Geschenkeshop auf eigenen Füßen stand.

Sobald er eingerichtet war, stellte Carly fest, dass es ihr Spaß machte, ein paar Stunden pro Woche im Shop zu arbeiten, doch das hieß nicht, dass es eine gute geschäftliche Entscheidung war.

Michelle lehnte sich an die Kassentheke und seufzte. »Sie hat gelogen. Gott, bin ich es leid, das zu sagen. Kann ich das vielleicht endlich mal aus dem System kriegen? Worüber auch immer wir in Zukunft sprechen, was auch immer passiert – wenn es irgendwas mit meiner Mutter zu tun hat, hat sie gelogen. Sie hat gelogen und es tut mir leid.«

Carly blinzelte amüsiert. »Das war gut. Offen und ehrlich, mit einer Spur Weinerlichkeit. Ich glaube, es geht dir langsam besser.«

Michelle kniff leicht die Augen zusammen. »Machst du dich über meine posttraumatische Belastungsstörung lustig?«

»Nein, nur über dich. Vor deiner posttraumatischen Belastungsstörung habe ich den größten Respekt.«

Carly wappnete sich, während Michelle sie musterte. Die Situation konnte sich in jegliche Richtung entwickeln. Michelle konnte lachen und sie könnten einen weiteren winzigen Schritt in Richtung Freundschaft machen, oder sie konnte sie mit Steingut im Brombeer-Design bewerfen.

»Leck mich«, sagte Michelle grinsend.

»Oh, là, là, so nah waren wir uns ja noch nie.« Carly stieß die Luft aus, die sie angehalten hatte. »Okay, Geschenkeshop-Fakten-Check. Da der Laden keine Miete bezahlt hat, gehe ich davon aus, dass es auch keine separate Buchführung gibt und er kein eigenes Unternehmen ist?«

»Nichts dergleichen.«

»Kann man das irgendwie ändern?« Carly hielt eine Hand hoch. »Warte mal. Ich schätze, die wichtigere Frage ist, ob das hilfreich wäre oder eher schaden würde. Oder vielleicht die Mühe nicht wert ist, da wir ihn sowieso dichtmachen. Aber wenn du mich fragst, ich glaube, dass wir was daraus machen können.«

Michelle ließ den Blick durch den Laden schweifen. »Du hast recht, es wäre dumm, einfach dichtzumachen. Soweit ich sehen konnte, nehmen wir ein bisschen Geld mit dem Laden ein und ich möchte die Fläche nicht ungenutzt lassen. Wir haben allerdings einen Haufen Artikel, die sich nicht verkaufen.«

Carly breitete ein paar Ausdrucke auf der Theke aus. »Ich bin die Listen durchgegangen und habe markiert, was gut ankommt und was überhaupt nicht geht.«

»Gibt es auch eine Spalte für die hässlichen Sachen? Davon haben wir hier nämlich jede Menge.«

»Lass mich raten. Du findest alles furchtbar, wo Margeriten drauf sind, und willst sie aussortieren.«

»Das wäre schon mal ein Anfang. Mit Brombeeren unterstützen wir zumindest die Insel.«

»Margeriten sind doch hübsch.«

»Aber Brombeeren kann man essen.«

»Hat etwas nur einen Wert, wenn es essbar ist? Das verleiht dem Gedanken an das örtliche Baseball-Team einen leicht obszönen Beigeschmack.«

Michelle lachte. »Ein paar der Spieler sind so süß, dass sie bestimmt köstlich schmecken. Zählt das?«

»Eigentlich sollte es das.« Carly wandte ihre Aufmerksamkeit wieder den Ausdrucken zu. »Die Puppen sind unsere größte Sorge.« Sie ging in den entsprechenden Teil des Ladens und Michelle folgte ihr.

»Sie sind ein Spezialartikel«, fuhr Carly fort. »Die Durchschnittstouristen sind nicht an ihnen interessiert und die ernsthaften Sammler wissen nicht, dass wir welche haben.«

»Du magst sie nicht?«

»Nein, ich finde sie unheimlich mit ihren kleinen Händen. Ich habe Angst, dass sie eines Nachts lebendig werden, in mein Zimmer kommen und mir das Hirn aussaugen.«

Michelle legte den Kopf schief. »Wirklich?«

»Nein, nicht wirklich. Ich bin bloß kein Puppenfan. Ich habe ein bisschen rumtelefoniert und einen Puppenladen in Bellingham gefunden. Die Besitzerin ist interessiert an unserer Ware. Sie wäre bereit, hierherzukommen, sie abzuholen und uns zu zahlen, was wir gezahlt haben. Dabei würden wir kein Geld einnehmen, aber wir würden auch keins verlieren.«

»Ich wünschte eher, es gäbe eine Möglichkeit, an ihnen zu verdienen.«

»Ich auch, aber wir haben in den letzten zwei Monaten keine einzige Puppe verkauft. Die meisten haben wir sogar schon seit über einem Jahr hier.«

»Das war ein idiotischer Einkauf.« Michelle seufzte. »Lass mich raten. Die Idee meiner Mutter.«

»Ja. Und ich habe alles mit Margeriten darauf ausgesucht.«

»Willst du die Schuld gerecht aufteilen?«

Carly klimperte mit den Wimpern. »Ein paar der Margeriten-Artikel sind unsere Bestseller.«

Michelle deutete auf das Porzellan-Service mit Margeriten-Dekor. Es gab einige Teller, doch der Großteil des Regals war vollgestellt mit Serviergeschirr, Salz- und Pfefferstreuern, Serviettenhaltern und Kuchenplatten. »So was wie die da?«

»Ja, die verkaufen sich wirklich gut, wir könnten den Bereich also erweitern und sogar noch mehr Teile anbieten.«

»Das genießt du gerade richtig, oder?«

»Ein bisschen, ja.« Carly tätschelte ihr den Arm. »Sag dir einfach, dass die Leute Freaks sind. Dann fühlst du dich gleich besser.«

»Dafür wird es etwas mehr brauchen.«

Carly spielte mit dem Gedanken anzumerken, dass sie ein paar der Stücke selber zu Hause hatte, doch sie befand, dass sie Michelle schon genug aufgezogen hatte. Es gefiel ihr, dass sie inzwischen in der Lage waren, wie Kolleginnen miteinander zu reden statt wie Feindinnen. Und sie wusste es zu schätzen, dass ihre Chefin ihren Rat bezüglich ihrer Kleidung angenommen hatte und sogar ein wenig Mascara trug. Sie war zwar so dünn, dass es wehtat, aber das würde vermutlich auch besser werden, wenn die Schmerzen in ihrer Hüfte nachließen.

Michelle seufzte. »Okay, schön, wir behalten das hässliche Geschirr. Was noch?«

Carly deutete auf die Stoffballen. »Boston Flemming ist eine Stoffkünstlerin aus der Gegend, sie bemalt die Stoffe per Hand. Sehr exklusiv, sehr teuer. Unser Laden ist das einzige Geschäft, in dem man sie kaufen kann. Wenn sie nicht direkte Kundenbestellungen bearbeitet, spielt sie mit neuen Ideen herum und wir dürfen die Resultate anbieten.«

»Schön«, sagte Michelle. »Sieht nicht billig aus.«

»Fast hundert Dollar der Meter.«

Michelle blinzelte. »Da hab ich doch gleich ein bisschen weniger Lust, mir mein Sofa neu beziehen zu lassen.«

Sie arbeiteten sich weiter durch die Inventarliste. Sie waren sich darin einig, dass die Bücher bleiben sollten und sie noch mehr Künstler aus der Gegend präsentieren wollten. Was die Touristen-Souvenirs betraf, so waren sie nicht der gleichen Meinung. Michelle wollte sie loswerden.

»Wir sind ein beliebtes Urlaubsziel, da will die Oma ihren Enkeln was von hier mitbringen können«, sagte Carly. »Damit machen wir unser Geld.«

»Na gut«, brummelte Michelle. »Du hast recht.«

»Das zu hören wird man doch nie leid.«

Michelle öffnete den Mund, um etwas zu erwidern, aber dann richtete sich ihr Blick auf etwas anderes. Ihre Augen weiteten sich und ihre Lippen verzogen sich zu einem freudig überraschten Lächeln.

Bevor Carly begriff, was los war, hastete Michelle an ihr vorbei, sie rannte beinahe, die Arme weit geöffnet.

Carly wandte sich um und sah, wie sie einem großen dunkelhaarigen Mann um den Hals fiel, der gerade den Geschenkeshop betreten hatte.

»Ich habe das ›Geschlossen‹-Schild einfach mal ignoriert«, sagte er und umarmte sie, als sie sich in seine Arme fallen ließ.

»Du bist hier!«, rief Michelle glücklich. »Ich kann nicht fassen, dass du wirklich hier bist.«

»Ich bin gekommen, um dich zu besuchen, wie ich es versprochen habe.«

Sie lachten und der Mann wirbelte Michelle durch die Luft.

Carly konnte die Zuneigung zwischen den beiden spüren, ihre Freude, wieder beieinander zu sein.

Dann hat Michelle also einen Mann in ihrem Leben, dachte sie, während sie sich umdrehte und leise den Raum verließ, um ihnen ein wenig Privatsphäre zu gönnen. Einen attraktiven Mann mit lächelnden Augen. Manche Frauen hatten einfach alles Glück auf dieser Welt.

18. KAPITEL

»Ich kann nicht fassen, dass du hier bist«, sagte Michelle und umarmte Sam noch einmal. »Warum hast du mir nichts davon gesagt, dass du kommst?«

»Habe ich doch gerade.«

Sein lockeres Grinsen, die niedlichen Falten um seine Augen, wenn er lächelte – all das war ihr so vertraut. »Es tut gut, dich zu sehen.«

»Dich auch.«

Sie führte ihn aus dem Laden hinaus und durch den Flur zum Restaurant. Es war noch nicht geöffnet, doch sie geleitete ihn zu einem Tisch und ging eine Kanne mit wärmendem Kaffee holen.

»Du setzt dich hin«, sagte er und lief ihr hinterher. »Ich kann den Kaffee holen.«

»So schlimm sehe ich also aus?«

»Du humpelst und ich sehe nicht gerne, dass du Schmerzen hast.«

Seine Worte gaben ihr ein Gefühl von Sicherheit und Geborgenheit – eine Seltenheit dieser Tage.

»Wann bist du hier angekommen?«, fragte sie, als er zum Tisch zurückkam. »Mit der Morgenfähre?«

»Ich bin schon seit ein paar Tagen hier«, erwiderte er und setzte sich ihr gegenüber.

»Wie bitte? Und da hast du mich nicht angerufen?«

»Ich wollte mich erst mal umsehen, die Lage sondieren.« Er schob ihr den Zucker hin. »Du hast mir so viel von diesem Ort erzählt – ich musste sichergehen, dass das berühmt-berüchtigte Blackberry Island so großartig ist, wie du immer gesagt hast.«

»Und?«

»Die Insel gefällt mir.«

»Und du konntest mich nicht als Erstes mal besuchen kommen? Du musstest vorher meinen Heimatort für gut befinden?«

»Ich habe mich hier für eine Stelle beworben, deshalb wollte ich mir alles ansehen. Geht das in Ordnung für dich?«

Mit seinen dunkelblauen Augen suchte er ihren Blick, während er auf eine Antwort wartete. Sie wusste, dass er die Insel sofort wieder verlassen würde, wenn sie ihn darum bäte, dass er nie etwas tun würde, das sie verletzen könnte oder ihr unangenehm wäre. Er war immer schon einer von den Guten gewesen.

»Was ist das denn für eine Stelle?«

Das Grinsen kehrte auf sein Gesicht zurück. »Musst du das wirklich fragen?«

»Sheriff.«

»Stellvertretender Sheriff. Sheriff werde ich noch früh genug.«

»Man war sicher begeistert von deinem Lebenslauf.«

»Ja, sie waren durchaus beeindruckt.«

Sam hatte zwanzig Jahre lang in der Army gedient, die meiste Zeit bei der Militärpolizei. Er hatte sämtliche Ausbildungen durchlaufen und Erfahrungen gesammelt, die der Sheriff einer Stadt sich nur wünschen konnte.

»Brauchst du ein Leumundszeugnis?«, fragte sie.

»Noch nicht.«

»Du hättest mir trotzdem mal sagen können, dass du hier bist.«

»Es sollte eine Überraschung sein, dass ich mich für die Stelle bewerbe, daher habe ich gewartet, bis ich sicher war.« Er langte über den Tisch und griff nach ihrer Hand. »Wie geht es dir?«

»Gut.«

Sein Lächeln verschwand und er fixierte sie mit seinen dunklen Augen.

»Igitt.« Sie befreite ihre Hand aus seiner. »Wirklich, mir geht's gut. Wie geht's dir denn? Bist du bereit für ein Leben als Vollzeit-Zivilist?«

Er strich sich durchs Haar, das noch immer den vorgeschriebenen Army-Schnitt aufwies. »An manche Dinge werde ich mich erst wieder gewöhnen müssen. Und du, kannst du schlafen?«

»Warum reden wir eigentlich die ganze Zeit nur über mich? So interessant bin ich nicht.«

»Für mich bist du das aber. Also, kannst du schlafen?«

»Nein. Das heißt manchmal.« Sie umfasste ihre Kaffeetasse mit beiden Händen. »Ich hab Albträume, das ist richtig ätzend.«

»Bist du in einer Selbsthilfegruppe?«

Sie stöhnte. »Du nicht auch noch.«

»Das heißt also Nein.«

Sie senkte die Wimpern und sah ihn an. »Hab ich gesagt, ich freue mich, dich zu sehen? Das war wohl etwas voreilig.«

»Nein, war's nicht.«

Er hatte recht. Sam war einer der wenigen Menschen, denen sie hundertprozentig vertraute. Ihn in der Nähe zu haben bedeutete, jemanden zu haben, der ihr den Rücken freihielt.

»Wenn du nicht über dein Gefühlsleben reden willst …«

»Will ich nicht«, unterbrach sie ihn eilig.

»Wie geht's deiner Hüfte?«

»Besser. Sie tut weh und macht schnell schlapp, aber ich bin immerhin von den verschreibungspflichtigen Schmerzmitteln runter und schlucke nur noch die frei verkäuflichen.« Und ihre neue beste Freundin aus der Flasche, doch das brauchte er nicht zu wissen. »Es gibt …«

Sie hielt inne und sah ihn stirnrunzelnd an. »Warte mal kurz. Wenn du schon seit ein paar Tagen auf der Insel bist, wo hast du dann gewohnt? Hier jedenfalls nicht.«

»Als ich angerufen habe, hat man mir gesagt, ihr seid ausgebucht.«

»Du hättest nach mir fragen sollen. Ich hätte jemanden für dich rausgeschmissen.«

Er lachte leise. »Ich bin zutiefst gerührt, aber das ist nicht nötig. Ich wohne im Tidewater Inn, ein Stück die Straße runter.«

»Unser Frühstück ist besser.«

»Das werde ich morgen gleich testen.«

»Das will ich auch meinen. Und ich gehe mal die Reservierungen durch, irgendwas sollte sich schon finden.«

»Nur keinen Stress, ich fühle mich wohl da, wo ich bin.«

»Ich bestehe drauf.«

»Na schön, wenn es dir so wichtig ist.«

Sie lächelte. »Es tut gut, dich zu sehen.«

»Weil ich auch so verdammt gut aussehe, oder? Das Problem habe ich ständig. Die Frauen wollen mich einfach nicht wieder gehen lassen.«

Sie lehnte sich auf ihrem Stuhl zurück und lachte. Das Lachen kam tief aus ihrem Bauch und vibrierte in ihrem Brustkorb. Es füllte sie aus, sprudelte aus ihr hervor und brachte den unablässigen Schmerz in ihrer Hüfte zum Schweigen. Sie lachte, bis sie keine Luft mehr bekam und nach Atem ringen musste.

»Danke«, gelang es ihr schließlich hervorzustoßen, während sie sich die Tränen aus den Augen wischte.

»Das ist wohl mein Charme.«

»Ja, du bist ein wahrer Charmebolzen.«

Sie erkundigte sich nach seinen Eltern, die nach ihrer Pensionierung nach Austin in Texas gezogen waren, und nach seiner Schwester. Während sie sprach, bemerkte sie, dass seine Aufmerksamkeit von etwas angezogen wurde, das sich jenseits des Fensters abspielte.

»Was ist da?«, fragte sie und drehte sich um. »Wir haben hier gerade drei Paare, die eine Art Therapie-Programm absolvieren. Sind sie wieder draußen unterwegs und machen ihre komischen Übungen?«

Doch keiner ihrer Gäste war in Sicht. Die einzigen Personen, die sie sah, waren Carly und Gabby, die Margeriten pflückten.

Michelle sah Sam an. »Oh nein.«

»Wieso denn nicht? Sie ist süß.«

»Süß? Wo sind wir denn bitte hier, auf der Highschool?«

»Ich dachte, du wolltest nicht, dass ich das vor dir irgendwie anders ausdrücke.«

»Was schert mich, wie du das ausdrückst?«

»Warum guckst mich dann so böse an?«

Michelle entspannte bewusst ihre Gesichtsmuskeln. »Ich guck gar nicht böse.«

»Doch. Tust du. Was ist das Problem, ist sie verheiratet?«

»Nein, aber wie du sehen kannst, hat sie ein Kind.«

»Na und? Ich mag Kinder.«

»Seit wann das denn? Halt dich jedenfalls bitte fern von ihr.«

»Ich glaube nicht, dass ich auf dich zu hören habe.«

»Es wird dir leidtun, wenn du es nicht tust.«

»Und wieso?«

Das war eine Frage, die sie nicht beantworten konnte. Noch beunruhigender war, dass sie nicht sicher war, wen sie zu schützen versuchte – Sam, Carly oder sich selbst.

»Ich weiß, dass ich eine dumme Gans bin«, sagte die Frau mit zittriger Stimme, Tränen liefen ihr über die Wangen. »Ich sage mir immer wieder, dass ich stark sein muss, dass ich ihn verlassen sollte. Das ist es doch, was Sie denken, oder? Dass ich eine dumme Gans bin?«

»Nein, natürlich nicht.«

Carly tätschelte der Frau mitfühlend die Schultern und hoffte, dass sie ungezwungener aussah, als sie sich fühlte. Sie war in den Lounge-Bereich gegangen, um sicherzustellen, dass frisches Holz im Kamin war. Seth und Pauline wollten den Raum am Abend nutzen und es sollte kalt werden. Carly fand, ein knisterndes Feuer würde die Gäste zum einen wärmen und ihnen zum anderen einen kleinen Schubs in Richtung Romantik geben.

Was sie neben einem üppigen Holzvorrat vorgefunden hatte, war einer ihrer weiblichen Gäste. Die Frau hatte sich auf dem Sessel beim Fenster zusammengerollt und schluchzte vor sich hin. Und zu allem Überfluss konnte Carly sich nicht an ihren Namen erinnern, es war irgendetwas mit M. Mary? Marti? Nein, er hatte mehr Silben. Martina? Carly suchte nach einer höflichen Art, sie zu fragen.

Die Frau, die Mitte bis Ende dreißig sein mochte, tupfte sich die Tränen vom Gesicht. »Er betrügt mich, deshalb bin ich hier. Meine Mom sagt, ich soll meine Sachen packen und gehen, aber ich habe zwei Kinder. Sie lieben ihn, und ich will keine alleinerziehende Mutter sein. Außerdem ist der Rest der Beziehung gar nicht so schlecht. Ich hoffe einfach nur, dass ich ihm eines Tages genügen werde.« Ihr kamen erneut die Tränen.

Carly saß da, in dem Wissen, dass sie die Frau gerade unmöglich nach ihrem Namen fragen konnte. Ebenso wenig hatte sie einen Ratschlag für sie parat.

»Ich bin so eine Versagerin«, sagte die Frau.

»Nein, das sind Sie nicht. Sie befinden sich in einer sehr schwierigen Lage. Sie müssen die richtige Entscheidung für sich und Ihre Kinder treffen. Aber das ist allein Ihre Entscheidung und von niemandem sonst.«

Die Frau nickte. »Er liebt mich. Ich weiß, dass er mich liebt.«

»Ich bin mir sicher, dass er das tut.«

Die Frau sah sie an. »Sie glauben, dass ich mir etwas vormache, oder? Dass, wenn er mich lieben würde, er mich nicht betrügen würde.«

»Das habe ich nicht gesagt.«

»Das müssen Sie auch nicht, das sehe ich an Ihrem Blick.«

»Dann sehen Sie das Falsche. Nur Sie können wissen, was zwischen Ihnen und Ihrem Mann ist. Sonst niemand.«

Die Frau verbarg ihr Gesicht in den Händen. »Ich bin so eine Idiotin. Warum kann ich nicht aufhören, ihn zu lieben? Warum muss ich nur so dumm sein?«

»Sie sind nicht dumm. Und Sie sind nicht allein. Wir tun alle Dinge, die in den Augen der anderen keinen Sinn ergeben.«

Die Frau nahm ihre Hände vom Gesicht und starrte sie ungläubig an. »Sie sehen nicht so aus, als könnten Sie jemals einen derartigen Fehler machen.«

»Ich habe jede Menge Fehler gemacht. Mein Mann hat mich zwei Tage vor unserer Hochzeit mit meiner besten Freundin betrogen.« Sie zuckte die Achseln. »Und ich habe ihn trotzdem geheiratet.«

Carly hatte das Gefühl gehabt, in der Falle zu sitzen. Sie war schwanger und dachte damals, keine Wahl zu haben, dass es besser wäre, Allen zu heiraten, als allein zu sein.

Es hat so viel Geschrei gegeben, dachte sie. Sie wollte sich nicht daran erinnern, konnte die Bilder jedoch nicht wegschieben. Zunächst einmal hatte sie die beiden zusammen im Bett erwischt. Allen hatte dagestanden, splitternackt, und geschworen, dass das alles nicht seine Schuld gewesen sei, dass Michelle ihn verführt habe. Er sei betrunken gewesen und habe nicht begriffen, was er da tat.

Sie hatte seine Geschichte akzeptiert, auch wenn sie den Verdacht gehegt hatte, dass er log. Ihn damit zu konfrontieren und die Wahrheit herauszufinden – nun ja, sie war sich nicht sicher gewesen, ob sie das wollte.

»Hat er Ihnen erklärt, wie es dazu gekommen ist?«, fragte die Frau.

»Er hatte eine Geschichte parat, ja. Ich war mir zwar ziemlich sicher, dass er log, aber …«

»Sie hatten eine Hochzeit geplant, da konnten Sie nicht einfach so weglaufen.«

»Ist es nicht wichtiger, den Richtigen zu heiraten als einen, von dem man betrogen wird? Die Hochzeit gleich abzusagen wäre um einiges leichter gewesen, als sich hinterher scheiden zu lassen.«

Außerdem hätte sie dann jetzt noch das Haus ihres Vaters. Hätte sie Allen nicht geheiratet, hätte er es ihr nicht wegnehmen können.

»Es war, wie es war«, sagte sie. »Würde ich mich heute anders entscheiden? Ich bin mir nicht sicher …«

Die Frau biss sich auf die Unterlippe. »Und schließlich haben Sie ihn doch verlassen?«

»Oh nein, er hat mich verlassen – und alles mitgenommen.« Es hatte keinen Sinn, weiter ins Detail zu gehen. Für einen einzigen Morgen hatte sie schon genug Erniedrigendes über sich selbst erzählt.

»John wird mich niemals verlassen«, sagte die Frau. »Das weiß ich, das ist nicht seine Art.«

Carly gelang es, sie anzulächeln. »Dann müssen Sie sich darüber ja keine Gedanken machen.«

»Genau. Ich schätze, ich sollte dankbar sein für das, was ich habe, und aufhören, ihm Treue abzuverlangen.«

Carly fand nicht, dass das die Lektion war, die es zu lernen galt, war sich jedoch nicht sicher, ob sie das sagen sollte.

»Pauline sagt, bevor ich irgendeine Entscheidung treffen kann, muss ich erst lernen, mich selbst zu respektieren«, vertraute die Frau ihr an. »Als hätte ich auch nur die geringste Ahnung, wie das geht.«

Carly kannte Pauline nicht gut, doch ihr Respekt für diese Frau stieg sogleich um ein paar Grad. Selbstachtung war nicht leicht zu erlangen, und sie selbst hatte auch immer noch damit zu kämpfen. Obwohl sie lange genug dafür gebraucht hatte, Robert zu sagen, dass sie sich nicht mehr gegenseitig dazu benutzen durften, sich vor anderen zu verstecken, hatte sie das dem, was sie eigentlich wollte, bereits ein Stückchen näher gebracht.

Die Frau sah sie an. »Ist es sehr hart? Allein zu sein, meine ich.«

»Manchmal ja.«

»Und würden Sie ihn zurücknehmen?«

»Nein.«

»Das ist es eben«, gab die Frau zu. »Ich möchte ihn nicht verlieren.«

»Dann bleiben Sie bei ihm.«

Sie lächelte. »Ich glaube, Sie haben recht. Ich bin nicht so mutig wie Sie, ich will nicht alles alleine machen müssen. Und was ich habe, ist schließlich besser als gar nichts. Danke fürs Zuhören!« Sie stand auf und verließ die Lounge.

Carly sah ihr nach.

Sie war selbst nie besonders erfolgreich im Beziehungsfach gewesen, aber sie hatte nicht das Gefühl, dass »besser als gar nichts« irgendeinen Menschen glücklich machen konnte.

Am Samstag spazierte Michelle durch den Garten. Nachmittags war die Sonne herausgekommen und die Temperaturen lagen bei um die siebzehn Grad. Beinahe schon eine Hitzewelle, dachte sie und beäugte die Margeriten, die sich in der leichten Brise wiegten.

Lag es an ihr oder waren die Blumen noch bunter als sonst? Die Rot-, Gelb- und Pinktöne hoben sich strahlend vom Braun der Erde und dem Grün des Rasens ab. Die Gäste fanden sie zweifelsohne schön, doch irgendetwas an den verdammten Margeriten ging ihr mächtig auf die Nerven. Am liebsten würde sie sie zur Unterwerfung zwingen, indem sie sie zertrampelte oder zumindest mitsamt den Wurzeln ausriss.

Nicht, dass sie das ernsthaft vorhatte, denn das hätte bedeutet, dass man sie nicht mehr nur sanft dazu überredet, sondern sie gewaltsam gezwungen hätte, endlich einer Selbsthilfegruppe beizutreten.

Die Hintertür des Inns öffnete sich und Gabby kam herausgetanzt. Es gab kein anderes Wort, um ihre freudigen Bewegungen zu beschreiben – Pirouetten drehend hüpfte sie barfuß über die Terrasse zum Rasen.

Das Mädchen hielt ein dickes Buch unter dem Arm. Sogar über den Rasen hinweg erkannte Michelle das Cover eines Harry-Potter-Romans, auch wenn sie nicht hätte sagen können, welcher es genau war.

Gabby erspähte sie und winkte, dann lief sie über das Gras auf sie zu.

Michelle beobachtete sie voller Neid wegen ihrer leichten Bewegungen. Sie erinnerte sie an sich selbst in dem Alter. Damals war das Leben sehr viel weniger kompliziert gewesen.

»Weißt du was?«, rief Gabby, als sie näher kam. Das Mädchen rannte auf sie zu und kam schliddernd vor ihr zum Stehen. »Ich war schon dreimal draußen und habe gelesen und hatte kein Essen dabei und die Kraniche haben mich in Ruhe gelassen.« Sie grinste glücklich. »Sie kommen immer noch gucken, aber wenn sie sehen, dass ich nichts zu essen habe, gehen sie weg. Ich habe auch mit Leonard darüber geredet.« Sie kräuselte die Nase. »Er sagt, sie haben sich irgendwie untereinander erzählt, dass ich keine Nahrungsquelle bin.« Sie kicherte. »Das ist wahrscheinlich so was wie ein Supermarkt für Vögel. Und dann haben wir über die Kraniche geredet. Leonard weiß viele interessante Sachen, zum Beispiel, wie sie das mit ihren Eiern und Babys machen. Er hat gesagt, ich könnte mal mit ihm rausfahren und die Küken ansehen. Aber das wäre mit so einem kleinen Boot und ich hab Angst vor Wasser. Aber vor den Kranichen hatte ich ja früher auch Angst, vielleicht brauch ich vorm Wasser also eigentlich gar keine zu haben.«

Sie hielt inne und holte Luft.

Michelle starrte das Mädchen verblüfft an und dachte an das verängstigte Kind, das sie vor weniger als einem Monat kennengelernt hatte.

Fast hätte sie gesagt, dass das doch nur Kraniche waren und es keine große Leistung war, keine Angst vor ihnen zu haben. Sie war jedoch ganz sicher nicht in der Position, sich kritisch über die Probleme anderer zu äußern. Außerdem beneidete sie das Kind um seine Fähigkeit, Beängstigendes so schnell und leicht beiseitezuschieben. Wenn sie das doch nur auch tun könnte.

Ihr Blick fiel auf Gabbys nackte Füße. Noch einmal so unschuldig sein zu können.

»Ich bin froh, dass du keine Angst mehr vor den Kranichen hast. Und vor Wasser keine Angst zu haben wäre wahrscheinlich nicht das Schlechteste. Schließlich leben wir auf einer Insel.«

Carly hatte immer Angst vor Wasser gehabt. Als Kind hatte sie sich geweigert, auch nur den kleinen Zeh in den Puget

Sound zu tunken, und egal, wie heiß es war, sie ging nie ins Schwimmbad. Hatte Gabby das von ihr?

»Hast du gesehen, dass die Sonne scheint?«, fragte Gabby.

»Ja, hab ich.«

»Ich mag sonnige Tage. Und wir suchen uns gerade unsere Sommerfilme aus. In den Sommerferien gehen wir jede Woche ins Kino.« Sie tänzelte aufgeregt auf der Stelle, während sie dies sagte.

Sie und Carly waren in den Sommerferien auch jede Woche ins Kino gegangen, erinnerte sich Michelle. Sie waren zu Fuß zum einzigen Kino der Stadt gelaufen und hatten sich mit den anderen Kindern in die Schlange gestellt. Als das große Multiplex-Kino gebaut wurde, kam es ihnen fast vor wie ein Vergnügungspark, so aufregend war es dort. Zehn Filme auf einmal, aus denen man auswählen konnte.

Michelle erkannte eindeutig Carly in Gabby. Die gleiche Augenform und -farbe, dasselbe Lächeln. Es gab vermutlich auch Anteile von Allen, doch die schienen weniger dominant zu sein.

»Kino ist super«, sagte Gabby gerade. »Und Mom sagt, wenn ich zehn werde, kriege ich Lipgloss zum Geburtstag.«

»Das ist ja toll.«

Gabby nickte eifrig. »Ich wünsch mir ein Handy, aber Mom will nicht, dass ich eins hab. Die meisten von meinen Freundinnen haben auch keins.« Sie schwieg kurz. »Ich wollte dir übrigens noch sagen, dass mir das leidtut mit Grandma Brenda. Dass sie gestorben ist, als du weg warst, mein ich. Da warst du bestimmt ganz traurig.«

»Danke, das ist lieb«, erwiderte Michelle. Sie war überrascht, dass Gabby ihre Mutter erwähnte. »Vermisst du sie?«

Gabby zögerte. »Manchmal hat Mom wegen ihr geweint, das fand ich doof. Aber sie konnte auch nett sein. Ich glaube, wir waren schon irgendwie Freundinnen.«

Michelle verspürte eine Mischung aus Mitleid und Wut. Sogar aus dem Grab heraus richtete ihre Mutter noch Schaden an.

Sie legte eine Hand auf Gabbys kleine Schulter. »Es ist in Ordnung, wenn du verwirrt bist. Du liebst deine Mom und willst sie beschützen, genauso wie sie dich beschützt. Du kannst dich aber auch an die guten Seiten von Oma Brenda erinnern. Menschen sind eben kompliziert.«

»Ich soll eigentlich gar nicht darüber reden«, gab Gabby flüsternd zu. »Hat Mom gesagt.«

»Ich werd's nicht weitersagen.«

Gabby schenkte ihr ein breites Lächeln.

Sie schlenderten gemeinsam zurück zum Inn, und Gabby plapperte über ihre Freunde und das Sommerferienprogramm, an dem sie teilnehmen würde. Die Outdoor-Aktivitäten gefielen ihr nicht so, aber das Computerprogrammieren machte ihr großen Spaß. Als sie im Haus angekommen waren, sprang Gabby los, um nach Carly zu suchen. Michelle ging zur Rezeption und sah Ellen Snow die Lobby betreten.

»Hallo«, sagte Ellen lächelnd. »Ich hatte heute Morgen ein paar Besorgungen zu machen und dachte, ich komme mal kurz vorbei, um zu hören, wie es so läuft.«

Michelle war sich nicht sicher, ob es sich um einen Privat- oder um einen Geschäftsbesuch handelte.

»Es läuft super, wir sind das ganze Wochenende über ausgebucht.«

»Das überrascht mich nicht«, erwiderte die groß gewachsene Blondine. »Du hast hier so ein Kleinod, ich liebe es, hier zu sein. Und wenn meine Freunde aus Seattle mal ein schönes Wochenende außerhalb der Stadt verbringen wollen, bringe ich sie immer bei euch unter.«

»Sie sind hier jederzeit willkommen.«

Sie gingen zu den Sofas, die vor den Fenstern am Eingang standen, und nahmen einander gegenüber Platz. Ellen trug Jeans und einen leichten Pullover über einem maßgeschneiderten Hemd, ihre Stiefel hatten mindestens sieben Zentimeter hohe Absätze. Michelle war es ein Rätsel, wie sie auf ihnen laufen konnte, doch sie war gerne bereit zuzugeben, dass sie verdammt gut an ihr aussahen.

»Ich wollte eigentlich schon viel früher mal vorbeikommen«, gab Ellen zu. »Die Zeit rinnt mir nur so durch die Finger. Vielleicht könnten wir mal zusammen Mittag essen gehen oder so?«

»Klar«, sagte Michelle, die beschloss, dass es besser war, höflich zu sein, als zuzugeben, dass sie normalerweise nicht wirklich »Mittag essen ging«. Sie hatte zu arbeiten.

Ellen sah sich um, dann beugte sie sich vor. »Ist mit Carly alles gut?«

»Klar. Wieso?«

»Ich weiß doch, dass ihr beide euch nicht versteht. Wer könnte es dir auch verdenken?«

Michelle rutschte unruhig auf dem Sofa hin und her. »Du bist diejenige, die darauf bestanden hat, dass sie hierbleibt und ich mit ihr zusammenarbeite.«

»Nein«, sagte Ellen eilig und setzte einen mitfühlenden Blick auf. »Das war nicht ich. Unser Kreditgremium fand das wichtig. Ich habe versucht, es ihnen auszureden, konnte aber nichts erreichen, und Carlys Vergangenheit wollte ich lieber nicht zur Sprache bringen. Daher haben wir sie jetzt beide an der Backe.«

Ellen schlug die Beine übereinander und zuckte die Achseln. »Ich weiß, dass du in Wirklichkeit diejenige bist, die den Laden hier schmeißt. Carly ist nur gut darin, die Gäste anzulächeln. Solange sie nicht allzu offen mit ihnen schläft, funktioniert das sicher ganz gut.«

Michelle fiel fast vom Sofa. »Wie bitte? Carly schläft nicht mit unseren Gästen.«

Ellen lachte. »Na ja klar, nicht mit allen. Aber sie kommt auch nicht aus der Übung, sagen wir es mal so.«

»Ich bin jetzt bereits seit ein paar Wochen zurück und kann nichts anderes sagen, als dass Carly ihre Arbeit gut macht.«

Ellen seufzte. »Du bist erstaunlich loyal, das bewundere ich. Ich hätte sie schon vor Jahren rausgeschmissen. Du weißt doch noch, wie sie in der Highschool war.« Sie lachte erneut, aber diesmal klang es spitzer. »Sie kam praktisch täglich mit Teppichflechte auf dem Rücken in die Schule. Im Ernst, gab es einen einzigen Typen, mit dem sie nicht geschlafen hätte?«

»Das ist doch ewig her.«

»Menschen verändern sich nicht.« Ellens Gesichtsausdruck verhärtete sich. »Glaub mir, Carly ist so, wie sie immer schon war. Was ich sagen wollte, ist, dass es mir leidtut, dass du hier mit ihr zusammengepfercht bist. Ich werde das ändern, sobald es mir möglich ist, dann wirst du die Genugtuung haben, sie zu feuern.«

Michelle fühlte sich nicht wohl in ihrer Haut. Ellen tat alles, um sich mit ihr zu verbünden und ihr zu zeigen, dass sie auf ihrer Seite stand, doch nichts an diesem Gespräch fühlte sich richtig an.

»Wir haben einen Arbeitsvertrag abgeschlossen«, sagte sie äußerlich ruhig, innerlich jedoch hin und her gerissen.

Ellen grinste. »Und ich habe einen guten Anwalt. Keine Sorge, wir sind Freundinnen – ich würde dich niemals auch nur eine Minute länger als nötig mit jemandem wie ihr zusammensperren.« Sie erhob sich. »Ich habe heute zehntausend Dinge zu erledigen. Ich wollte nur mal kurz vorbeikommen und Hallo sagen. Wenn ich irgendwas tun kann, um dir zu helfen, lass es mich bitte wissen.«

Michelle stand auf und knickte beinahe weg, als der brennende Schmerz ihre Hüfte durchbohrte. Ellen winkte ihr zu und ging hinaus.

Michelle blieb mit der Frage zurück, was Carly getan hatte, dass Ellen sie so sehr hasste – und stellte überrascht fest, dass sie überlegte, was dagegen zu tun war.

19. KAPITEL

Carly packte einen Armvoll Bettwäsche und bewegte sich rückwärts aus dem Wäscheraum. Sie konnte nicht sehen, wohin sie ging, und als sie gegen etwas Hartes stieß, dachte sie, sie habe die Richtung falsch eingeschätzt und sei gegen die Wand gerannt. Doch dann legten sich zwei große, warme Hände auf ihre Hüften. Männerhände.

Beim unerwarteten Körperkontakt zuckte sie zusammen. Sie wirbelte herum, um zu sehen, wer sie da anfasste, und blickte in das Gesicht von Michelles Freund, der auf sie herabgrinste.

»Du sahst aus, als bräuchtest du Hilfe«, sagte er. Seine blauen Augen blitzten amüsiert und sein Mund war zu einem leichten, sexy Lächeln verzogen. »Und ich habe einen Schwur geleistet, Damen in Not zu helfen.«

Sie drückte ihm den Haufen Bettwäsche in die Arme. »Gut zu wissen. Willst du die hier tragen?«

»Ich lebe für nichts anderes. Wohin bringen wir sie?«

»Ans Ende des Flurs.«

»Ich bin übrigens Sam«, sagte er, während er neben ihr herging.

»Carly.«

Sam war groß und schlank und hatte jede Menge Muskeln. Er war gut aussehend genug, um interessant für eine Frau zu sein, aber auch nicht so schön, dass sich ebenjene Frau Sorgen machen müsste, dass er mehr Zeit vor dem Spiegel verbrachte als sie. Was Carly jedoch am meisten reizte, war die Kompetenz, die er ausstrahlte. Er wirkte wie ein Mann, der wusste, wie man die Dinge in die Hand nahm. Nachdem sie jahrelang allein hatte klarkommen müssen, fand sie das ziemlich sexy.

Sie erreichten den Haushaltsraum, in dem die Zimmermädchen sich zusammensuchten, was sie für den Tag so brauchten.

»Du kannst die Bettwäsche dort auf den Tisch legen«, sagte sie.

Er legte den Stapel ab und trat zurück, während sie ihn sortierte.

»Du weißt jetzt wahrscheinlich nicht genau, was du als Nächstes fragen sollst«, sagte er. »Lass mich dir helfen. Ich bin ein Freund von Michelle und wegen eines Bewerbungsgesprächs auf der Insel. Ich habe gerade nach zwanzig Jahren meinen Dienst bei der Army quittiert, wo ich hauptsächlich bei der Militärpolizei eingesetzt war. Ich rufe meine Mom jede Woche an, halte Frauen gerne die Tür auf und glaube, dass beim ersten Date der Mann zahlen sollte. Was wohl bedeutet, dass ich recht altmodisch bin.«

Carly trennte die Laken von den Kissenbezügen und stapelte sie ordentlich aufeinander. Dann prüfte sie, ob genügend Handtücher, kleine Seifenstücke und Cremetuben da waren. Schließlich wandte sie sich zu Sam um.

Er stand selbstbewusst vor ihr, wohl wissend, was er ihr für ein Angebot machte. Sie kannte diesen Typ Mann – er mochte die Frauen und sie mochten ihn ebenfalls, was sie an Allen hätte erinnern müssen. Nur dass ihr Ex eher an dem interessiert gewesen war, was materiell bei ihr zu holen war – und sie hatte das Gerücht gehört, dass nicht jeder Mann so war.

Merkwürdig, dass sie zehn Jahre lang ohne das geringste sexuelle Prickeln hatte zubringen können und nun innerhalb von zwei Wochen gleich zwei Männer traf, die ihr gefielen. Am liebsten hätte sie einen kleinen »Meine weiblichen Körperteile leben noch«-Tanz aufgeführt, wusste jedoch, dass so ein Gebaren jegliche Zuschauer nur erschrecken würde.

»Du hältst dich wohl für charmant«, sagte sie.

»So was habe ich schon ein, zwei Mal gehört, ja.«

»Verheiratet?«

»Geschieden.«

Sie verschränkte die Arme vor der Brust und wartete.

»Okay, zweimal geschieden«, fügte er achselzuckend hinzu. »Manchmal bin ich eben kein Schnellmerker. Es waren beide Male Spontan-Ehen. Inzwischen lasse ich es ruhiger angehen, ich will mich in einer neuen Stadt niederlassen. Apropos, ich würde gerne mehr von ihr sehen. Vielleicht könntest du mich ja mal rumführen, so als Einheimische, die sich gut auskennt?« Sein charmantes, verführerisches Lächeln war wieder da. »Einfach als nachbarschaftliche Geste.«

In seiner Stimme schwang ein leichter Südstaatenakzent mit, so, als wäre er da geboren oder als hätte er viel Zeit dort verbracht. Ihr schwante, dass er an mehr als nur einer Inselführung interessiert war.

Sie hatte kein Date mehr gehabt, seit sie damals mit Allen zusammengekommen war. Das letzte Mal Sex hatte sie gehabt, als sie im fünften Monat schwanger gewesen war, und zwar mit ihrem Ehemann. Seitdem hatte sie ihr Leben in einer kargen Wüste verbracht, was Männer und Sex betraf.

Mango hatte sie jedoch daran erinnert, was möglich war. Und Sam weckte nun bei ihr den Wunsch nach einer Probefahrt. Er brachte sie dazu, sich ihres Körpers wieder bewusst zu werden – vor allem ihrer bereits genannten »weiblichen Körperteile«. Am liebsten hätte sie die Tür zugeknallt, die frischen, sauberen Handtücher auf den Boden geschmissen und ihn zu einer kleinen Privatparty eingeladen. Zugleich war ihr bewusst, dass es jede Menge Gründe gab, weshalb sie ihm widerstehen sollte. Um keine Dummheit zu begehen, trat sie einen Schritt zurück.

»Wieso will sich ein Mann wie du an einem Ort wie diesem niederlassen?«, fragte sie. »Wie hast du uns überhaupt gefunden?«

»Michelle hat mir viel von der Insel erzählt. Das klang, als sei es nett hier. Also bin ich hergekommen, habe sie mir angesehen und beschlossen zu bleiben.«

Michelle. Carly hatte sie und ihre glückliche Wiedervereinigung mit Sam beinahe vergessen.

»Du gehörst zu Michelle«, bemerkte sie und sagte sich, dass ihre Stelle wichtiger war als jeder Mann. Sie nahm sich das sogar selbst ab. Sich flachlegen zu lassen würde ihr nicht dabei helfen, ihre Rechnungen bezahlt zu bekommen, es sei denn, sie wechselte den Beruf. Doch was entscheidender war, Michelle war ihr wichtig.

»Wir sind alte Freunde.« Er zog eine Augenbraue hoch. »Aber wir sind nicht zusammen, falls es das ist, was du dachtest. Wir waren es mal, vor langer Zeit, ungefähr eine Viertelstunde lang war es heiß zwischen uns. Ich hätte dich nicht um ein Date gebeten, wenn wir noch was miteinander hätten. So einer bin ich nicht.«

Er nahm die Hände hoch. »Wir sind wirklich nur Freunde, das schwöre ich. Du kannst sie selbst fragen.«

»Das wäre etwas unangenehm«, murmelte Carly, die ihm gerne glauben wollte, jedoch nicht ganz überzeugt war.

Er ließ die Hände sinken. »Ich bin einer von den Guten. Da kannst du gerne meine Mom fragen.«

»Ich kenne deine Mom nicht.«

Er zog sein Handy aus der Tasche. »Wir können sie anrufen.«

»Nein danke, da frage ich dann doch lieber Michelle.«

»Mach das. Und sobald sie dir bestätigt hat, was ich sage, zeigst du mir die Stadt?«

»In Ordnung.«

Er grinste. »Ich freue mich drauf.«

Carly freute sich ebenfalls, war sich jedoch nicht sicher, ob das gut oder sehr, sehr schlecht war.

Michelle begann jeden Tag gleich. Sie fuhr frühmorgens zum Inn und parkte ihren Pick-up, dann ging sie ins Restaurant und frühstückte mit Damaris. Die Köchin hielt immer einen Teller für sie bereit und es gab jede Menge Kaffee. Tolles Essen, tolle Gespräche und viel Koffein. Sie bezweifelte, dass es eine bessere Art gab, in den Morgen zu starten.

Heute machte sie kurz halt im Speisesaal und sah sich um. Jeder Tisch ist besetzt, dachte sie glücklich und konnte beinahe schon die Kasse klingeln hören. Die Gespräche der Gäste vermischten sich mit dem Klappern des Geschirrs und der sanften Musik, die im Hintergrund lief.

Auch wenn es momentan bewölkt war, hatte der Wettermann geschworen, dass später die Sonne herauskommen würde. Was noch wichtiger war, er hatte ein regenfreies Memorial-Day-Wochenende versprochen.

Michelle hätte ihm gerne geglaubt, doch sie war hier aufgewachsen und wusste, dass der Regen die Insel mit Vorliebe an den langen Sommerwochenenden heimsuchte. Dennoch, der Gedanke an ein volles Inn an einem sonnigen Wochenende stimmte sie fröhlich.

Sie durchquerte den Saal weiter in Richtung Küche und lächelte den Gästen im Vorbeigehen zu. Als sie noch auf der Highschool war, hatte es im Restaurant nur zwölf Tische gegeben, erinnerte sie sich geistesabwesend. Jetzt waren es mindestens doppelt so viele. Als sie an der Küchentür ankam, drehte sie sich um und zählte sie schnell durch.

Es waren sogar mehr als doppelt so viele, insgesamt zweiunddreißig Tische. Wenn auch nur die Hälfte von ihnen zweimal hintereinander besetzt wurde, ergab das achtundvierzig Rechnungen an diesem Vormittag. Am Wochenende würde es noch voller werden.

»Sprich mich bloß nicht an«, sagte Damaris, als sie in die Küche kam. »Was ist nur los? Gibt's das Frühstück heute bei uns umsonst? Ich kriege viel zu viele Bestellungen rein.«

Michelle lachte. »Vergiss nicht, dass das etwas Gutes ist.«

»Für dich vielleicht, für mich ist es nur mehr Arbeit.« Doch die Köchin grinste, als sie das sagte. »Du musst dir heute selbst was machen.«

»Kein Problem.«

Michelle goss sich eine Tasse Kaffee ein, dann griff sie sich eine Zange, um nach einem Stück Speck zu angeln.

»Wir sind das ganze Wochenende über ausgebucht«, sagte sie. »Alle Zimmer sind belegt.«

»Ich weiß.« Damaris wendete gekonnt ein paar Pancakes in der Luft, ehe sie einen Löffel Frischkäse und Avocado in ein Omelett rührte. »Carly kam gestern vorbei, um mir das zu sagen. Als könnte ich mir nicht selbst denken, dass wir an einem Feiertagswochenende gut zu tun haben werden.«

Sie verteilte das Essen auf Teller und rief: »Bestellung fertig«, bevor sie Michelle wieder ansah. »Sie wollte sichergehen, dass ich genügend Vorräte habe, dass ich daran gedacht habe, mehr zu bestellen als sonst. Was soll das? Meint sie etwa, fünfundzwanzig Jahre Kocherfahrung sind für die Katz? Oder denkt sie, ich bin vergesslich?«

»Das ist meine Schuld«, sagte Michelle, die sich genötigt sah, Carly zu verteidigen. »Ich habe sie gebeten, noch mal zu überprüfen, dass wir gut vorbereitet sind.«

»Es ist nett von dir, dass du sie verteidigst«, sagte Damaris, »aber sie hat es nicht verdient. Wusstest du, dass sie zu mir gesagt hat, wir könnten sonntags einen Brunch anbieten? Einen

Brunch! Sie hat gesagt, das wäre eine Sonderaktion und wir würden Reservierungen dafür annehmen. Kannst du dir das vorstellen?«

»Das ist gar keine so schlechte Idee.«

Damaris rollte mit den Augen. »Du bist die Chefin hier, nicht sie. Warum lässt du zu, dass sie so was veranstaltet?«

»Sie macht nur ihre Arbeit, Damaris, damit musst du klarkommen.«

Damaris grummelte etwas vor sich hin und sagte dann: »Schön, aber gefallen muss es mir nicht.«

Michelle steckte Brot in den Toaster und musste an Ellens Besuch denken. Ellen hasste Carly, und Damaris war ganz offensichtlich auch kein großer Fan von ihr, doch die übrige Belegschaft liebte sie. Wer hatte also recht?

»Es wird dich schon nicht umbringen«, sagte Carly und versuchte Michelle durch die offene Tür zu schieben. Sie wünschte, sie wäre stark genug, um sie wirklich in Bewegung zu bringen.

»Doch, das könnte es durchaus.«

»Du bist so ein Weichei. Das ist ein Treffen der ›Geschäftsfrauen von Blackberry Island‹, und du bist eine Geschäftsfrau.«

»Die auf Blackberry Island lebt«, grummelte Michelle. »Ich verstehe die Logik ja, aber ich will da nicht hingehen.«

»Ich akzeptiere kein Nein.«

»Du bist so herrisch, das ist nicht gerade attraktiv. Nur falls du dir die Frage mal gestellt hast.«

Carly seufzte. »Sogar Gabby ist reifer als du und die ist erst neun.«

»Fast zehn. Und sie freut sich übrigens sehr auf den Lipgloss, hat sie mir erzählt.«

Carly gab es auf, Michelle durch die Tür schieben zu wollen, und atmete tief durch. »Hab ich mich eigentlich bei dir dafür bedankt, dass du ihr geholfen hast, ihre Angst vor den Kranichen zu überwinden?«

Michelle sah sie an. »Das war doch keine große Sache.«

»Für sie und mich schon.«

Michelle seufzte. »Ja, ja, vergiss es einfach.«

»Du hast immer noch Probleme damit, ein Kompliment anzunehmen, und schieb das jetzt bitte nicht auf die posttraumatische Belastungsstörung.«

»Hast du nicht gesagt, du hast Respekt vor meiner Krankheit?«

»Das hab ich auch, nur vor dir hab ich keinen.«

Michelle antwortete mit einem Stöhnen. »Verdammter Arbeitsvertrag. Ich sollte dich so was von feuern.«

»Ohne mich wärst du verloren.«

»Kann sein.« Sie sah zu den Frauen, die sich im Konferenzraum des Inns versammelt hatten. »Sag mir doch bitte noch mal, warum wir hier sind.«

Carly lachte, dann schob sie Michelle endgültig in den Raum.

Einmal im Monat kam die Gruppe der »Geschäftsfrauen von Blackberry Island« hier zusammen, um sich über alles Mögliche auszutauschen – angefangen bei potenziellen Wachstumsmöglichkeiten bis hin zu den verschiedenen Problemen, mit denen jede Einzelne zu kämpfen hatte. Carly war der Gruppe vor etwa fünf Jahren beigetreten und empfand sie als hilfreiche Stütze. Sie stellte die Räumlichkeiten zur Verfügung und Yvette, die eine Bäckerei besaß, brachte ein paar Leckereien mit.

»Hallo zusammen«, sagte sie, als sie und Michelle den kleinen Konferenzraum betraten. »Wie ihr seht, ist unsere tapfere Kriegerin zurückgekehrt. Ihr wisst ja alle, dass das Inn Michelle Sanderson gehört.«

Michelle warf ihr einen warnenden Blick zu, der Rache für den »Tapfere-Kriegerin«-Kommentar versprach. Nicht im Mindesten beeindruckt, zwinkerte Carly ihr zu.

»Chelsea kennst du ja noch von der Highschool, sie führt das ›Scoop and Stretch‹, das hiesige Pilates- und Yoga-Studio. Yvette gehört die ›Seaswept Bakery‹, Ariel leitet die ›Villa auf dem Hügel‹. Kim besitzt den dazugehörigen Blumenladen, und Beckys Boutique in der Stadt heißt ›Island Chic‹. Normalerweise ist auch Boston Flemming, die Textilkünstlerin, dabei, aber sie hat gerade ein Baby bekommen.«

Carly blieb nahe bei Michelle stehen, während sie ihr die Frauen in der Gruppe vorstellte. Trotz ihrer kleinen Sticheleien war sie sich bewusst, dass ihre Chefin mit einer Menge Probleme zu kämpfen hatte – ihre Hüfte war noch das geringste davon. Es gab zu viele Faktoren, die sie urplötzlich an Kriegsschauplätze zurückversetzen konnten, darunter laute Geräusche. Mehrere neue Leute auf einmal kennenzulernen bedeutete für jeden Menschen Stress. Und für Michelle schien das noch ein ganzes Stück schwieriger zu sein.

Daher blieb sie lieber in ihrer Nähe. Sie übernahm die Vorstellungsrunde, erledigte den Small Talk, führte ihre Freundin zu einem leeren Stuhl und nahm neben ihr Platz.

Yvette, die inoffizielle Wortführerin, begann das Treffen mit einer Frage zur Sommer-Saison.

»Ich habe Ware nachgeordert«, erzählte Becky. »Die Geschäfte laufen gut.«

Sie war eine hübsche Rothaarige, die sich kleidete wie ein Model aus der *Vogue*. Neben ihr fühlte Carly sich immer ein wenig schäbig und modisch zurückgeblieben. Becky konnte mit einem Schal einen größeren Effekt erzielen als die meisten Frauen mit ihrer gesamten Garderobe.

»Diesen Sommer sind mehr Hochzeiten auf der Insel geplant

als sonst«, verkündete Kim. »Letztes Jahr waren es zwanzig und in diesem werden es sechsunddreißig sein. Ich habe schon zwei Studenten zur Unterstützung angeheuert.«

Dann verlagerte sich das Gespräch auf die neue Ampel an der Brücke und schließlich zum Kampf des Bio-Restaurants mit dem Ordnungsamt. Man wollte dort gerne ein Schwein halten dürfen, das die fressbaren Abfälle vernichtete.

Michelle hörte zu, nippte am Kaffee und knabberte an einem der Brownies herum, die Yvette mitgebracht hatte. Nach zwanzig Minuten lehnte sie sich zu ihr herüber.

»Danke«, murmelte sie.

Carly wusste nicht genau, ob sie ihr dankte, weil sie sie hierher mitgenommen hatte oder weil sie so nah an ihrer Seite geblieben war. Doch das war unwichtig. Beides war ihr recht.

20. KAPITEL

Michelle parkte ihren Wagen vor Jareds Haus und machte sich auf in Richtung Hintertür. Ihrer Hüfte ging es besser, sie schmerzte weniger und war weniger steif. Ihre Physiotherapiestunden fingen tatsächlich langsam an, sich auszuzahlen. Wenn es doch nur die gleiche Art von Training für ihren Kopf gäbe. Eines, bei dem sie sämtliche Albträume und Flashbacks einfach ausschwitzen könnte. Bloß ein paar Gewichte heben und nicht mehr bei jedem lauten Geräusch zusammenzucken, das wäre toll. Sie war kein großer Fan von körperlichen Schmerzen, aber emotional im Ungleichgewicht zu sein war schlimmer. Und jetzt, da der ständige Schmerz sie nicht ablenkte, wurden ihr ihre psychischen Aussetzer umso bewusster.

Sie erklomm die Rampe zur Tür und schloss auf. Jared stand in der Küche und füllte eine Kühlbox mit Eis und Bier.

Seit der Nacht, in der er in ihr Zimmer gekommen war, um nach ihr zu sehen, war sie ihm nicht mehr begegnet. Typisch Mann, dachte sie, während sie ihn beäugte. Erst sie verrückt machen und dann einfach von der Bildfläche verschwinden. Obwohl genau genommen sie es gewesen war, die ihn gemieden hatte, doch die Schuld jemand anderem zu geben war immer leichter.

»Hey«, sagte er und warf ihr einen kurzen Blick zu. »Du kannst schon viel normaler gehen.«

»Ja, die Hüfte wird langsam besser.«

Er trug ein ausgewaschenes T-Shirt über einer abgewetzten Jeans. Der Mann muss dringend mal shoppen gehen, dachte sie, obwohl es ihr gefiel, wie das enge T-Shirt über seinen Schultern und seiner Brust spannte. *Verdammt.* Er sah gut aus. So stark und selbstbewusst. Und was noch besser war, er war kein großer Redner. Ihrer Meinung nach wurde Konversation im Allgemeinen maßlos überschätzt.

Sie war sich seiner Anwesenheit überdeutlich bewusst und auch der Gedanken, die sie erst ein paar Nächte zuvor gehabt hatte. Zu dumm, dass sie nicht einfach zu ihm rübergehen und ihn küssen konnte. Nun ja, das könnte sie natürlich, doch sie bezweifelte, dass er darauf so reagieren würde, wie sie es sich wünschte. Er hatte mehr als deutlich gemacht, dass er hier eine Art Resozialisierungseinrichtung leitete und sie lediglich die aktuelle Insassin war. Jedenfalls war er nicht auf Sex aus – wenn das mal nicht traurig war.

»Ich fahre mit meinem Boot raus«, verkündete er. »Die See ist ruhig und es wird sicher einen schönen Sonnenuntergang geben. Willst du mit?«

Sie schaute aus dem Fenster. Die Wolken waren verschwunden und hatten einen strahlend blauen Himmel zurückgelassen. Um diese Zeit des Jahres waren die Tage lang, und auch wenn Jared sie nicht flachlegen wollte, war er nette Gesellschaft. Mit ihm zusammen zu sein war sicher – sie musste nicht nachdenken, bevor sie sprach. Sie wusste nicht genau, weshalb sie so fühlte. Oder vielleicht doch. Die Tatsache, dass sie nicht mehr als eine Art Pflegefall für ihn war, bedeutete, dass sie sich frei fühlen konnte, sie selbst zu sein. Sexuelles Desinteresse hatte demnach auch seine Vorteile – das musste ihr zwar nicht gefallen, aber sie konnte ihren Nutzen daraus ziehen.

»Gern«, erwiderte sie spontan.

»Ich hole uns ein paar Sandwiches fürs Abendessen. Während ich das tue, kannst du dich umziehen.«

Sie blickte hinab auf das Strick-Shirt und ihre schicke schwarze Hose, die sie heute Morgen angezogen hatte. In der Tat nicht gerade das passende Outfit für eine Bootstour.

»Gib mir zehn Minuten«, meinte sie.

»Okay, wir treffen uns dann hier.«

Sie eilte in ihr Zimmer. Der größte Teil ihrer Kleidung und ihres persönlichen Hab und Guts lagerte in Kartons im Inn. Sie hatte sich nicht die Mühe gemacht, viel auszupacken. Für ihre Bücher und Bilder hatte sie keinen Platz hier und ihre Klamotten waren ihr mindestens eine Größe zu groß.

Sie wog etwa zwanzig Pfund weniger als zu der Zeit, da sie Blackberry Island verlassen hatte. Im Ausbildungslager hatte sie ungefähr sieben Pfund verloren – ein regelmäßiges Trainingsprogramm hatte nun mal derlei Auswirkungen auf eine Frau. Die nächsten acht waren ihr abhandengekommen, nachdem sie angeschossen worden war. Und sie vermutete, seit sie nach Hause gekommen war, hatte sie weitere fünf Pfund abgenommen. In letzter Zeit nahm sie mehr flüssige als feste Nahrung zu sich.

Ein Problem, um das ich mich irgendwann werde kümmern müssen, sagte sie sich. Nur nicht heute.

Sie schälte sich aus ihrer Arbeitskluft und trug Sonnencreme auf ihre blasse Haut auf. Dann zog sie verschiedene Schubladen auf, um etwas zu suchen, das sie anziehen konnte.

Die Auswahl war nicht groß. Sie entschied sich schließlich für ein Paar Jeans, Turnschuhe und ein Trägertop. Auf dem Weg zur Tür schnappte sie sich noch ein Jeans-Hemd, da es auf dem Wasser kühler werden konnte.

Jared war bereits zurück und wartete in der Küche auf sie.

»Du isst ganz schön viele Sandwiches«, sagte sie und nahm die Tüte an sich, während er die Kühlbox mit dem Bier hochnahm.

»Sie sind einfach zu beschaffen, und wenn ich plötzlich doch Lust auf etwas anderes bekomme, halten sie zur Not ein paar Tage.«

»Du brauchst eindeutig eine Frau.«

»Die hatte ich schon.«

»Okay, dann brauchst du eben noch eine.«

»Unrealistisch.«

Sie folgte ihm raus zu seinem Wagen, dort blieb sie stehen und starrte die Fahrerkabine an. Sie fragte sich, wie sie da hineinkommen sollte. Ihr Pick-up war klein und sie konnte sich so gerade eben reinhieven. Jareds aber war größer und hatte einen Rücksitz. Sie bekam ihre Beine nicht hoch genug, um einzusteigen, und wenn sie das Trittbrett nutzte, würde sie im falschen Winkel einsteigen.

Er kam um den Wagen herum zur Beifahrerseite und nahm ihr die Sandwiches ab. Nachdem er die Tüte auf die Rückbank geworfen hatte, packte er sie an der Taille, hob sie hinein und setzte sie auf den Sitz.

»Alles in Ordnung?«, fragte er.

Sie nickte. Auf keinen Fall würde sie zugeben, dass ihre Haut wie verrückt kribbelte, wo er sie angefasst hatte. So viel also noch mal zu der Frage, ob sie auf ihn stand. Ganz offensichtlich war ihre Hüfte nicht ihr einziges Körperteil, das sich langsam erholte. Es war wohl an der Zeit, einen Massage-Duschkopf in ihrem Bad einzubauen und die Dinge selbst in die Hand zu nehmen.

Sie fuhren zum Jachthafen. Michelle war sich nicht sicher, was sie zu erwarten hatte, ob sie mit einem seiner großen Ausflugsboote rausfahren würden. Stattdessen führte er sie zu einem zehn Meter langen Motorboot mit Kabine. Sie ächzte, als sie den Namen des Bootes sah.

»Sag mir bitte, dass du das gebraucht gekauft hast«, sagte sie.

»Ja, hab ich.« Er folgte ihrem Blick. »Wieso?«

»*Margerite?* Dein Boot heißt *Margerite*? Lass mich raten. Du glaubst, dass es Unglück bringt, den Namen eines Bootes zu ändern, oder?«

»Nein, es war mir einfach egal. Ist doch nur ein Name.«

»Aber *Margerite*? Ich hasse Margeriten.«

»Wie kann man denn eine Blume hassen?«

»Ich tu's halt.«

»Du nörgelst zwar nicht rum wie andere Frauen, aber dafür bist du sehr viel griesgrämiger.«

»Das macht meinen Charme aus.«

»Rede dir das nur weiter ein.«

Er nahm ihr die Sandwich-Tüte ab, stellte sie auf die Kühlbox und griff nach ihrer Hand.

Michelle wappnete sich innerlich für die Berührung, doch dann sagte sie sich, dass es langsam mal genug war. Sie war kein vorpubertäres Mädchen bei seinem ersten Date, sie war eine erwachsene Frau. Und wenn Jared sie antörnte, konnte sie damit umgehen.

Womit sie allerdings nicht umgehen konnte, war der Bootssteg. Dessen Holzplanken schaukelten wild auf dem Wasser, ebenso wie das Boot. Vom Steg aus musste sie zwei Stufen zum Boot erklimmen, dann ein Bein über die Reling schwingen und auf der anderen Seite hinabsteigen. Sie betrachtete den unerwarteten Hindernislauf und schüttelte resigniert den Kopf.

»Ich glaube, das schaffe ich nicht.«

Jared folgte ihrem Blick. »Das glaub ich auch. Warte mal, Kleines.«

Er streckte die Arme nach ihr aus. Im einen Moment stand sie noch und spürte das Ziehen in ihrer Hüfte, während sie versuchte, das Schaukeln auszugleichen, im nächsten hatte er sie schon hochgehoben.

Auf der anderen Seite ließ er sie sanft wieder herunter. Als sie stand, holte sie aus, um ihm einen Faustschlag in den Magen zu verpassen, und zwar einen kräftigen, doch er bekam ihre Faust zu packen, ehe sie ihn berühren konnte.

Seine Augen blitzten belustigt auf. »Nichts zu danken.«

»Wie wär's mit einer kleinen Vorwarnung, ehe du eine Frau einfach hochwuchtest wie ein Packstück.«

»Und wie willst du später wieder vom Boot runterkommen?«

Sie ignorierte ihn, humpelte zu einer Sitzbank und setzte sich. Nachdem sie eine Bierflasche aufgeploppt und sie halb leer getrunken hatte, funkelte sie ihn böse an.

»Außerdem hat es dir gefallen, als ich dich in den Wagen gehoben habe.«

»Ich habe es zugelassen, das ist was ganz anderes.«

Jared lachte leise.

Er benötigte ungefähr drei Minuten, dann war das Boot startklar. Er machte die Leinen los und sie verließen den Hafen.

Michelle tat ihr Bestes, ihn zu ignorieren. Sie hielt ihr Gesicht in den Wind und schloss die Augen. Die Kombination aus Seeluft und wärmenden Sonnenstrahlen entspannte sie. Sie stellte das Bier in eine Halterung und löste ihr Haar aus dem Zopf. Es würde hinterher verfilzt sein, doch das war ihr egal. Jetzt gerade wollte sie sich nur frei fühlen – was auch immer es war, das sie eingeengt hatte.

Jared fuhr hinaus auf den Puget Sound. Als sie mehrere Meilen vom Ufer entfernt waren, machte er den Motor aus und ließ das Boot treiben.

»Halt die Augen offen«, sagte er. »Wir sind zwar nicht in der Fahrrinne der großen Schiffe, aber es sind jede Menge Vergnügungsboote unterwegs. Mit denen wollen wir auch nicht auf Tuchfühlung gehen.«

»Wer sagt denn, dass ich mit dir rede?«

»Du bist kein nachtragender Typ.«

»Woher willst du das wissen?«

»Lieg ich denn falsch?«

»Nein, jedenfalls nicht bei dir.« Mit Carly war das eine andere Sache.

Er reichte ihr ein Sandwich, nahm sich ein Bier und setzte sich auf die Bank ihr gegenüber.

Sie packte ihr Abendessen aus und nahm einen Bissen. »Du könntest ruhig mal lernen zu kochen«, sagte sie, während sie kaute und schluckte.

»Könnte ich, werde ich aber nicht.«

»Typisch Mann.«

»Kochst du denn?«

»Ein bisschen. Jedenfalls mehr als du.«

»Na ja, das ist ja auch nicht schwer.«

Sie sah ihn schräg von unten an. »Triffst du dich zurzeit mit jemandem?«

»Fragst du mich jetzt nach meinem Liebesleben?«

»Ja, falls du eins hast.«

Er nippte an seinem Bier. »Ich lasse mich gerade lieber in nichts verwickeln.«

»Weil deine Ex dir das Herz gebrochen hat?«

»Nein, das ist lange her. Uns war beiden nicht klar, worauf wir uns einließen. Sie hasste alles an der Insel, und irgendwann hat sie angefangen, mich zu hassen. Aber es ist nun mal schwierig, ein Unternehmen, das auf das Meer angewiesen ist, nach Nebraska zu verlagern. Keiner von uns war bereit, einen Kompromiss einzugehen. Ich hab gehört, jetzt ist sie mit einem Typen verheiratet, der Versicherungen verkauft, und dass sie ein paar Kinder haben. Ich bin mir sicher, dass sie mit ihm glücklicher ist.«

Sie stellte fest, dass er ihre Frage nicht richtig beantwortet hatte. Traf er sich mit jemandem? »Sich in nichts verwickeln lassen« bedeutete ja nicht unbedingt, dass er nicht etwas Lockeres laufen haben konnte. Auch wenn sie sich sagte, dass das nicht weiter wichtig war, war sie dennoch neugierig.

Sie aßen ihre Sandwiches und ließen sich von der Strömung treiben. Ein paar Kraniche flogen über sie hinweg. Michelle beäugte sie misstrauisch, nicht sicher, ob sie ausreichend Distanz wahren würden.

»Was macht das Inn?«, fragte er. »Ausgebucht am Feiertagswochenende?«

»Jedes einzelne Zimmer. Glückliche Zeiten für den Tourismus.«

Er lachte. »Wir haben auch gut zu tun, sämtliche Boote sind vermietet. Morgen und Freitagabend gibt's Sonnenuntergangsfahrten. Ich hoffe, es wird nicht regnen.«

»Soll es eigentlich nicht.«

»Das hab ich schon oft genug gehört.«

Sie aßen schweigend ihre Sandwiches auf. Michelle verlagerte ihr Gewicht auf der Sitzbank, sodass sie das linke Bein besser abstützen konnte, und starrte in den Himmel.

Die Sonne war noch zu sehen, bewegte sich jedoch bereits in Richtung Horizont. Kraniche zogen gemächliche Kreise über dem Wasser. Tatsächlich war sie gerade fasziniert von ihnen und hatte keine feindseligen Gefühle für sie. Vermutlich lag das daran, dass sie etwas gegessen hatte. Oder am Bier. Wie auch immer, sie fühlte sich sehr viel leichter.

»Du musst dir wirklich eine Selbsthilfegruppe suchen.«

Jareds ruhig ausgesprochene Worte machten ihre entspannte Stimmung mit einem Schlag zunichte. Ihr Körper verkrampfte sich und sie bereute bereits, dass sie das Sandwich gegessen hatte, das ihr nun plötzlich wie ein Stein im Magen lag.

»Du klingst wie eine kaputte Schallplatte. Fahr zur Hölle.«

»Wo ich die Nacht verbringe, wird nichts an der Tatsache ändern, dass du schreist.«

Scham stieg in ihr auf, sie spürte, wie sie rot anlief. »Wenn das ein Problem für dich ist, kann ich auch ausziehen.«

»Ich hab nicht gesagt, dass es ein Problem ist. Ich hab nur gesagt, du musst mit jemandem darüber reden, was dir passiert ist.«

»Meldest du dich freiwillig?« Sie warf ihm einen schnellen Blick zu.

Er zuckte die Achseln. »Ich bin nur ein Typ mit einem Boot. Du brauchst jemanden, der dich durch diesen Prozess begleiten kann.«

»Es gibt keinen Prozess«, blaffte sie. »Das Einzige, was man machen kann, ist weiterzuleben, und das tue ich.«

»Das wird dir leichterfallen, wenn du darüber redest.«

»Wieso? Woher weißt du das so genau?«

»Wenn du so gut alleine klarkämst, wie du sagst, hättest du keine Albträume.«

Logik, dachte sie. Es war typisch Mann, sie gegen sie zu verwenden.

»Mir geht's gut.«

»Ich bin nicht derjenige, den du überzeugen musst.«

Sie drehte sich ihm zu und sah ihn böse an. »Ich vermute, du warst selbst in irgendeiner Selbsthilfegruppe, als du zurückkamst?«

»Nein. Und das ist einer der Gründe, weshalb meine Frau mich verlassen hat. Es war nicht sehr lustig, mit mir zusammenzuleben. Dann starb auch noch mein Großvater und ich übernahm das Geschäft und kam überhaupt nicht mehr klar. Von da an war ich praktisch auf einer sechsmonatigen Sauftour.«

Sie besah das Bier, das er in der Hand hielt. »Aber du trinkst doch nach wie vor.«

»Der Alkohol war das geringste Problem, Kleines. Irgendwann bin ich im Knast aufgewacht und hatte keine Ahnung, wie ich dort gelandet war. Ich brauchte drei höllische Tage, um auszunüchtern, und weitere sechs Wochen, bis ich nach dem Entzug nicht mehr zitterte. Da wurde mir klar, dass ich die Wahl hatte. Ich konnte mich entweder den Dingen stellen, die ich durchgemacht hatte, oder einer von diesen Typen werden, die auf der Straße leben.« Seine Mundwinkel gingen leicht nach oben. »Bisschen schwierig, ein zwölf Meter langes Fischerboot in einen Einkaufswagen zu kriegen.«

»Ich bin nicht in Gefahr, obdachlos zu werden.«

»Das wahrscheinlich nicht, aber du bist dabei, alles kaputt zu machen, was dir wichtig ist. Du wurdest angegriffen, deine Freunde wurden getötet. Du hast einen Mann erschossen, und das nicht aus sicherer Entfernung. Du hast ihm in die Augen gesehen, als er starb. In dem Moment, in dem es darum geht, ob er am Leben bleibt oder du, ist die Entscheidung klar. Erst später fängt man an, sich selbst infrage zu stellen.«

Er hat recht, dachte sie und nahm noch einen Schluck Bier. Sie stellte sich selbst infrage, obwohl sie wusste, dass sie keine Wahl gehabt hatte. Wenn nur das kleine Mädchen nicht dabei gewesen wäre.

»Ich werd darüber nachdenken«, sagte sie, da sie nicht weiter über ihre Gefühle sprechen wollte. Sie wartete darauf, dass er erwidern würde, sie müsse mehr tun, als darüber nachzudenken. Er schwieg jedoch.

»Du machst das doch andauernd«, sagte sie. »Irgendeinen verwundeten Kriegsveteranen aufnehmen, meine ich. Und dann? Schickst du ihn irgendwann wieder weg? Wirst du mich rausschmeißen, sobald ich die Nacht durchschlafe?«

Jared sah sie ruhig an. Seine dunklen Augen waren undurchdringlich. Das war vermutlich auch besser so. Insgeheim wünschte sie, dass er daran dachte, wie gerne er sie nackt sehen wollte. Was er wahrscheinlich in Wahrheit dachte, war, dass sie zu viele Probleme mit sich rumschleppte und viel zu beschädigt war.

»Ich schmeiße niemanden raus«, beantwortete er ihre Frage. »Wenn du so weit bist, wirst du von selbst gehen.«

»Das klingt beinahe schon spirituell.«

»Damit hab ich kein Problem.«

Ihr Handy klingelte. Sie zog es aus der Tasche und sah sich um. »Wo ist denn hier ein Handymast?«

»Da drüben.« Er deutete auf eine kleine felsige Insel nördlich von ihnen. Sie erblickte das Metallgerüst, das in den Himmel ragte. »Er ist eigentlich für die Küstenwache und die Rettungsboote gedacht, aber die Fischer nutzen ihn, um Bescheid zu geben, dass sie auf dem Weg nach Hause sind.«

Ihr Handy klingelte immer weiter.

Sie warf einen Blick auf das Display und erkannte die Nummer. Ihr Vater. Sie drückte seinen Anruf weg.

»Eines Tages wirst du wohl rangehen müssen«, sagte Jared.

»Du weißt doch gar nicht, wer das war.«

»Aber ich weiß, dass du vor etwas davonläufst. Und das funktioniert nie. Früher oder später musst du dich deinen Dämonen stellen.«

»Töten oder getötet werden?«, fragte sie und bemühte sich vergebens, ihre Stimme unbeschwert klingen zu lassen.

»Falls nötig, ja.«

»Ich kann ihn aber nicht umbringen.«

»Das musst du auch nicht. Es genügt mitunter schon, einem Dämon ins Auge zu blicken.«

Sie wollte Sex und er wollte über Dämonen sprechen. Das nannte man wohl eine perfekte Verbindung. »Hast du noch mehr so gute Ratschläge? Du bist nicht mein Shaolin-Meister und ich nicht deine gelehrige Schülerin.«

Jared lachte. »Aber ich habe doch so viel Weisheit weiterzugeben.«

»Nur bitte nicht an mich.«

Er hörte auf zu lachen. Etwas blitzte in seinen Augen auf, Heißhunger. Es war jedoch so schnell wieder verschwunden, dass Michelle dachte, sie hätte es sich nur eingebildet.

»Vielleicht hast du recht«, sagte er und stand auf. »Bereit für die Rückfahrt?«

Nicht wirklich. Hier draußen zu sein, weit weg von allem, bewirkte, dass sie sich wie ein Ganzes vorkam. Als wäre das Gefühl, aus zerbrochenen Einzelteilen zu bestehen, lediglich eine vorübergehende Unannehmlichkeit und kein bleibender Zustand.

»Klar«, sagte sie. »Lässt du mich ans Steuer?«

»Nein.«

Sie grinste. »Angsthase.«

»Wenn es um mein Boot geht? Da kannst du einen drauf lassen.«

21. KAPITEL

Am Feiertagswochenende war so viel los, wie Carly gehofft hatte. Alle Zimmer waren belegt und die Stadt war so voll von Touristen, dass ihr kein Moment blieb, um einmal tief durchzuatmen, geschweige denn nachzudenken. Wenn sie nicht gerade frische Handtücher holte oder Restaurants empfahl, nahm sie neue Reservierungen an und organisierte Wandertouren.

Gabby unternahm etwas mit einer Freundin und deren Familie. Am kommenden Tag würde sie den Vormittag mit Robert verbringen und am Nachmittag würde Brittany, ihre Lieblingsbabysitterin, zu ihnen nach Hause kommen. Am Montag gab es dann ein spezielles Ganztagsprogramm für Kinder im Stadtpark, für das Gabby endlich alt genug war.

»Das ist perfekt«, sagte Mrs. Mitchell und nahm die Inselkarte entgegen, die Carly ihr anbot. »Wir sind so gerne hier. Letztes Jahr haben wir in einem furchtbaren kleinen Motel die Straße runter gewohnt. Und jedes Mal, wenn wir an Ihrem Inn vorbeikamen, waren wir so traurig, dass wir nicht hier ein Zimmer reserviert hatten.«

»Wir freuen uns sehr, Sie dieses Wochenende bei uns zu haben«, sagte Carly. »Falls wir irgendetwas tun können, um Ihren Aufenthalt noch unvergesslicher zu gestalten, lassen Sie es uns wissen.«

»Das werden wir.« Das Paar wandte sich zum Gehen, doch dann wirbelte Mrs. Mitchell zu ihr herum. »Gibt es in der Nähe eine Gärtnerei? Ich liebe Ihre Margeriten! Kann man die hier irgendwo kaufen?«

»Natürlich.« Carly nannte ihr den Namen und winkte dem Paar hinterher.

Michelle kam an die Rezeption. »Das habe ich gehört.«

»Nicht alle hassen Margeriten.«

»Es gibt auch Leute, die halten Wrestling für einen richtigen Sport und nicht für reine Unterhaltung.«

Carly hielt in einer abwehrenden Geste die Hände hoch. »Mir ist ganz egal, was du sagst – ich habe ein tolles Wochenende. Wir sind ausgebucht, unsere Gäste sind entzückend und geben jede Menge Geld im Restaurant und im Geschenkeshop aus. Ich bin vollkommen tiefenentspannt und das will ich auch bleiben.«

»Du klingst aber aufgeräumt.«

»Ich gebe mir Mühe.«

»Ich bin sicher, dass die Gäste das zu schätzen wissen. Wie sehen eigentlich die Reservierungen für die nächsten zwei Wochen aus? Ich habe mir überlegt, dass Sam vielleicht lieber hier wohnen würde.«

Carly umrundete die Rezeption und setzte sich an den Computer. »Am Wochenende sind wir schon voll. Ansonsten haben wir mindestens ein Zimmer unter der Woche frei.«

Michelle atmete tief durch. »Okay. Ich glaube, ich will niemanden rauswerfen, der eine Reservierung hat.«

Carly machte sich an einem Glas mit Stiften zu schaffen. »Ähm, Sam wirkt wirklich nett.«

»Das ist er auch. Ich hab ihn vor vier oder fünf Jahren kennengelernt. Es gab eine Schlägerei in einer Bar, die er schlichten wollte. Als irgendwer mich in das Handgemenge zog, warf Sam sich dazwischen.«

»Wie romantisch«, sagte Carly und musterte sie in der Hoffnung, Anhaltspunkte darüber zu finden, in welcher Beziehung sie heute zueinander standen.

»Nicht wirklich, aber es hat mir gezeigt, dass er ein toller Mann ist. Ich vertraue ihm blind.«

»Und was sagen deine übrigen Sinne über ihn?«, fragte Carly, bevor sie sich zurückhalten konnte.

»Nicht so viel. Wir hatten mal was miteinander, aber als Freunde funktionieren wir besser. Doch so spannend er sein mag, ich habe etwas anderes mit dir zu besprechen.«

»Klar, was denn?«

Michelle ließ mehrere Blätter Papier neben der Tastatur auf den Tisch fallen. »Es gibt ein Problem mit dem Restaurant.«

»Was meinst du? Es läuft doch super, es ist jeden Morgen voll.«

»Ja, ich weiß. Und das ist genau das Problem. Wir haben zweiunddreißig Tische, also müssten wir auch mindestens zweiunddreißig Frühstücksrechnungen ausstellen. Aber einige Tische werden sogar mehr als einmal besetzt, manche Gäste kommen früher oder später als der Rest. Wir müssten also eigentlich fünfundvierzig, vielleicht sogar achtundvierzig Abrechnungen ausgestellt haben.«

»Das klingt logisch.«

Michelle deutete auf eine Liste mit Quittungen. »Gestern waren es jedoch genau zweiunddreißig. Und genauso am Tag davor.«

Carlys einzige Erfahrung mit dem Restaurant bestand darin, dass sie von Zeit zu Zeit die Gäste begrüßte und Kaffeetassen auffüllte. Für den Betrieb war immer Brenda zuständig gewesen. Und die wenigen Male, die Carly versucht hatte, herauszufinden, wie es lief, hatte Damaris ihr sogleich klargemacht, dass sie ihre Kompetenzen überschritt.

»Ich bin die Quittungen von einem ganzen Monat durchgegangen«, sagte Michelle. »Es gibt nie mehr, als wir Tische haben. Und ich kann mir nicht vorstellen, dass nie einer zweimal besetzt ist.«

»Wer gibt denn die Bestellzettel an die Kellner raus? Oder holen sie sie sich die einfach selbst?«

»Darum kümmert sich Isabella.«

»Dann solltest du mal mit ihr reden.«

»Das kann ich nicht, sie ist Damaris' Schwiegertochter. Damaris würde es niemals zulassen, dass im Restaurant irgendetwas Krummes läuft. Es liegt ihr etwas an mir und am Inn ebenfalls.«

Carly hatte keine Argumente dagegen, dass Damaris etwas an Michelle lag, das war zu offensichtlich. Dennoch sah es so aus, als würde jemand das Inn bestehlen.

»Vielleicht weiß Damaris ja gar nichts davon. Und womöglich ist es gar nicht Isabella, obwohl sie eigentlich diejenige sein sollte, die die Bestellzettel ausgibt. Vielleicht tut sie es ja gar nicht, sie könnten auch irgendwo auf einem Stapel liegen. Das würde es einem oder mehreren Kellnern leicht machen, sie verschwinden zu lassen. Jeder von ihnen könnte die Belege einbehalten, wenn die Kunden bar bezahlen.«

Michelle nickte. »Daran habe ich nicht gedacht. Ich sollte …« Sie starrte auf einen Punkt hinter Carly. »Ich bin gleich wieder da.«

Carly sah sich um und erblickte durch das Fenster Isabella auf dem Weg, der vom Haus wegführte. Michelle ging ihr nach. Da sie feststellte, dass die Lobby leer war, folgte sie Michelle nach draußen.

Isabella kam Michelle entgegen. Ihr dunkles Haar glänzte in der Sonne und sie lächelte.

»Wir grillen heute Abend und ich mariniere gerade Rippchen. Ich muss kurz nach Hause und sie wenden.« Sie lachte. »Dauert nur zehn Minuten.«

»Klar, du hast ein Anrecht auf eine Pause«, sagte Michelle, »mach dir keine Sorgen deswegen. Aber bevor du gehst, habe ich eine kleine Frage.«

»Gerne.«

»Es geht um die Bestellzettel fürs Frühstück.«

»Auf denen die Kellner die Bestellungen notieren?«

»Ja, genau die. Wie läuft das? Gibst du sie aus?«

Carly beobachtete Isabella. Sie hätte schwören können, dass sie sich bei der Frage versteift hatte, obwohl sie weiterhin lächelte.

»Ja, sie werden im Vorratsraum neben der Küche aufbewahrt. Ich hole sie jeden Morgen.«

»Sind sie eingeschlossen? Und weißt du, welche Kellner welche Tische übernehmen?«

Isabellas Lächeln verschwand. »Nein. Ich lasse sie einfach in einem Stapel neben meinem Empfangstisch liegen und die Kellner nehmen sie sich, wenn sie sie brauchen. Wieso?«

»Interessiert mich nur. Und wie oft werden Tische neu besetzt?«

»Nicht sehr oft. Manchmal ist viel los und wir besetzen Tische mehrfach, meistens eher zur Frühstücks- als zur Mittagszeit.«

Isabella sah genervt aus und Michelle schien nicht zu wissen, was sie als Nächstes fragen sollte. Also trat Carly einen Schritt vor.

»Führst du eine Liste mit den Endnummern auf den Bestellzetteln?«

Isabella sah sie stirnrunzelnd an, dann wandte sie sich Michelle zu und machte damit deutlich, dass sie die Einzige war, mit der sie bereit war zu reden. »Es gibt keine Liste, und das war noch nie ein Problem. Warum fragt ihr das alles?«

»Bongst du alle Bestellungen selbst ein?«, hakte Carly nach. »Bist du die Einzige, die Zugang zur Registrierkasse hat?«

Isabella presste die Lippen zusammen, ihre Wangen verfärbten sich rot. »Was redest du denn da?« Sie funkelte Michelle wütend an. »Ist Carly jetzt meine neue Vorgesetzte? Darf sie so mit mir sprechen? Ich dachte, ich würde für dich arbeiten und nicht für sie.«

Nun war Carly an der Reihe, sich angegriffen zu fühlen. »Es gab Unregelmäßigkeiten bei den Belegen im Restaurant.«

Isabellas Augen weiteten sich. »Beschuldigst du mich etwa des Diebstahls? Das würde ich niemals tun. Ich gebe alles in die Kasse ein, so wie ich es immer schon getan habe.« Ihre Lippen begannen zu zittern. »Ich glaub das einfach nicht. Was hat sie dir über mich erzählt? Ich mache meine Arbeit gut, frag Damaris. Wir waren hier und haben für dich gearbeitet, Michelle, wir haben uns um alles gekümmert.«

Carly hätte gerne darauf hingewiesen, dass sie das ebenso getan hatte, wusste jedoch, dass das gerade nichts zur Sache tat. Worum es ging, waren die fehlenden Belege.

»Ich weiß, dass ihr das habt«, sagte Michelle. »Tut mir leid, ich hätte nichts sagen sollen.«

»Wie bitte?« Carly sah sie böse an. »Es tut dir leid? Jemand beklaut dich vielleicht und du entschuldigst dich?«

»Es ist aber nicht Isabella.«

»Woher weißt du das so genau?«

»Weil ich Damaris kenne.« Sie tätschelte Isabellas Arm. »Du musst nach deinen Rippchen sehen.«

Isabella nickte erleichtert und eilte davon.

Carly wartete, bis sie außer Hörweite war. »Bist du verrückt? Sie sagt, sie ist es nicht, und du glaubst ihr einfach? Was, wenn sie lügt?«

»Sie lügt nicht.«

»Macht dein Militärtraining dich etwa zur Expertin in Sachen Lügen? Sie hat doch zugegeben, dass sie die Einzige ist, die Zugang zur Registrierkasse hat!«

»Die ist aber kein Banktresor«, schnauzte Michelle sie an. »Sie hat nur einen Schlüssel, den man umdrehen muss, das ist alles. Jeder könnte an sie rankommen.«

»Vielleicht ab und zu. Du sagst jedoch, Belege verschwinden

regelmäßig. Würde Isabella es nicht bemerken, wenn jemand anders das tut?«

»Nicht, wenn die Kellner die Belege der Leute zerreißen, die bar zahlen. Wenn jemand bar bezahlt und kein Wechselgeld bekommt, gibt es keine Spur. Sobald die Bestellung in der Küche zubereitet ist, geht der Beleg mit dem Teller wieder raus.«

»Das System muss geändert werden. Du musst einen Weg finden, die ausgestellten Rechnungen mit den Bestellungen abzugleichen. Sie müssten nummeriert sein. Dann hätten wir ein fortlaufendes Nummernsystem und es wäre leicht, festzustellen, ob Bestellzettel verwendet wurden, ohne dass für das bestellte Essen Geld eingegangen ist.«

Michelle sah hinaus aufs Meer und dann wieder zum Inn. »Isabella ist es nicht. Damaris würde nie zulassen, dass sie mir wehtut.«

»Deshalb sollte es ihr auch nicht wehtun, wenn du ein Kontrollsystem einführst.«

Eigentlich hätte sie von Michelle die Einsicht erwartet, dass es hier ums Geschäft ging und nicht darum, ob jemand sich verletzt fühlte. Doch die üblichen Regeln galten nicht für Damaris.

»Möchtest du, dass ich mir ein System überlege?«, fragte Carly.

»Ich mache das«, erwiderte Michelle und wandte sich in Richtung Inn. »Es ist besser, wenn es von mir kommt.«

»Es sieht dir gar nicht ähnlich, den Schwanz einzuziehen«, sagte Carly und hätte dabei am liebsten vor Wut mit dem Fuß aufgestampft. »Du bist doch eigentlich viel stärker.«

Michelle machte sich nicht die Mühe, sich noch einmal zu ihr umzudrehen. »Jeder hat mal einen schlechten Tag.«

22. KAPITEL

Um halb drei am Montagnachmittag fuhren die letzten Gäste ab. Carly stand auf der Veranda und sah zu, wie das Auto um die Straßenbiegung verschwand. Dann gab sie ihrer Erschöpfung nach und ließ sich in einen der Korbsessel fallen.

Bisher hatte sie an diesem Tag einen Stadtrundgang organisiert, einem Paar, das in den Osten des Staates Washington zurückfuhr, nette Orte für Zwischenstopps genannt, die abreisenden Gäste ausgecheckt. Und sie hatte nicht eins und auch nicht zwei, sondern drei Zimmer gereinigt und die Bettwäschebestellung erledigt. Michelle hatte die Nachmittagsschicht im Geschenkeshop übernommen, sie lag also ebenso wenig auf der faulen Haut.

Seit Freitagmorgen, als die ersten Gäste angereist waren, um eins der seltenen sonnigen langen Wochenenden im Inn zu genießen, waren sie durchgehend beschäftigt gewesen. Eins der Hausmädchen hatte sich am Tag zuvor wegen einer Autopanne abgemeldet, was bedeutete, dass sie neben ihren üblichen Pflichten am Sonntag zehn Zimmer gereinigt hatte. Ihr Rücken schmerzte, doch ihre Füße taten ihr noch mehr weh. Alles, was sie sich wünschte, waren ein Schaumbad und ungefähr zwölf Stunden in ihrem Bett.

Um fünf Uhr würde sie Gabby abholen und erfahren, wie der Tag ihrer Tochter im Sommerlager verlaufen war. Mit etwas Glück hatten die Betreuer sie mit ihren Aktivitäten müde gemacht und sie konnten beide um acht im Bett liegen.

»Ich muss weitermachen«, murmelte sie und hoffte auf ein wenig Motivation. Schließlich würden gegen vier Uhr bereits neue Gäste anreisen. Stattdessen ließ sie den Kopf in die Kissen sinken und seufzte. Kein Wunder, dass die Leute den Großteil ihrer Abende hier verbrachten, es war ganz schön gemütlich.

Sie kickte ihre Schuhe von den Füßen und legte sie auf den Polsterhocker. Die Augen fielen ihr zu. Sie hörte den Ruf der Kraniche und Gelächter in der Ferne. Ihre Muskeln entspannten sich und sie fühlte, wie sie dahintrieb, immer weiter weg.

Plötzlich berührte etwas Weiches und Warmes ihren Mund.

Ein Kuss, dachte sie vage. Sie atmete den Geruch von Minze und Sonnenschein ein und wusste, dass sie die Augen nicht aufmachen wollte. Schöner konnte ein Traum nicht sein.

Der Kuss verweilte auf ihren Lippen, sein Druck verstärkte sich leicht. Gerade genug, um ihr klarzumachen, dass sie nicht schlief und dies kein Traum war, sondern … *Was zum Teufel?*

Sie schlug die Augen auf und sah Sam vor sich, der über sie gebeugt stand.

»Hey, schlafende Schönheit«, sagte er grinsend. »Du solltest einen Mann nicht so in Versuchung führen.«

Sie öffnete den Mund und schloss ihn sogleich wieder, als ihr klar wurde, dass sie zu fassungslos war, um etwas zu sagen. Sie wich zurück, doch der Sessel hinderte sie daran, zu entkommen.

Sam richtete sich auf und hielt entschuldigend die Hände hoch. »Tut mir leid, ich wollte dich nicht erschrecken. Alles okay?«

Sie spürte ein Kribbeln an Körperstellen, die schon vor Gabbys Geburt nicht mehr in Aktion gewesen waren. Zählte das als okay?

»Mir geht's gut«, gelang es ihr hervorzustoßen.

Er blieb vor ihr stehen, als wollte er ganz sichergehen.

»Wirklich«, sagte sie, diesmal mit festerer Stimme. »Das war nur unerwartet.« Sie lächelte. »Aber nett.«

Er schüttelte den Kopf. »Das lasse ich nicht gelten. Kein Mann hört gerne, dass irgendetwas an ihm *nett* ist.«

Ihr Lächeln wurde breiter. »Mehr als nett habe ich gerade nicht zu bieten.«

»Verdammt.« Er setzte sich auf den Sessel neben ihrem. »Das bringt mich um, das weißt du, oder?«

»Tut mir leid.«

»Wie war dein Wochenende?«, fragte er.

»Geschäftig – wir waren völlig ausgebucht. Das war der Start der Sommersaison, von jetzt bis zum Labour Day Anfang September wird die Hölle los sein. Aber das ist auch gut so. Wir müssen genug verdienen, um durch die mageren Wintermonate zu kommen.«

Wie Eichhörnchen, die Nüsse sammeln, dachte sie. Mehr über die finanzielle Situation des Inns preiszugeben war sie nicht bereit. Sie wusste nicht, wie viel Michelle ihrem Freund erzählt hatte, und wollte keine Geheimnisse ausplaudern.

»Und was hast du so gemacht?«, fragte sie.

»Ich bin gestern mit einem Fischerboot rausgefahren, das habe ich seit Jahren nicht getan.« Er sah sie an, seine Augen funkelten amüsiert. »Zu viele Einsätze ohne Zugang zum Meer.«

»Du hättest zur Navy gehen sollen.«

»Das hast du jetzt nicht gesagt.«

»Eure Erbfeinde, oder wie?«

Er lehnte sich in seinem Sessel zurück. »Nein, die sind einfach nicht so gut wie wir.«

»Warum beschleicht mich nur das Gefühl, dass sie dasselbe über euch sagen würden?«

»Das würden sie wahrscheinlich wirklich. Seeleute sind eben unfähig, selbstständig zu denken.«

»Wenn du dich hier niederlässt, kannst du regelmäßig fischen gehen und dir vielleicht sogar ein Boot kaufen.«

»Wenn ich hierbleibe, kann ich viele Dinge tun …«

Flirtete er mit ihr? Sie war schon so lange Single, dass sie sich nicht sicher war. Neben Gabby und ihrer Arbeit blieb keine Zeit für einen Mann, aber es war auch nicht gerade so, als hätte sie reihenweise Anwärter abweisen müssen. Bis auf Robert und Leonard waren die meisten Männer, die sie kennenlernte, mit einer Frau zusammen auf einem Wochenend-Trip. Und mit den Männern aus der Gegend auszugehen reizte sie eher weniger. Fast alle kannte sie noch von der Highschool, was bedeutete, dass sie Erwartungen an sie stellten, die sie nicht die geringste Absicht hatte zu erfüllen. Jeder annehmbare Mann, der neu auf die Insel zog, wurde sogleich weggeschnappt. Nicht, dass sie wirklich auf der Suche gewesen wäre.

»Was denkst du gerade?«, fragte er. »Du runzelst so die Stirn.«

»Nichts Wichtiges.« Ihren peinlichen Mangel an jedweder Art von Liebesleben zu erwähnen erschien ihr unklug. »Wie gefällt dir unsere Stadt denn bisher?«

»Es ist nett hier und die Leute sind sehr freundlich. Du schuldest mir übrigens immer noch einen Rundgang.«

»Gerne, nur nicht heute.« Sie wackelte mit den Zehen. »Ich habe gerade kaum ein Körperteil, das mir nicht wehtut.«

»Du warst drei Tage lang durchgehend auf den Beinen, oder?«

Länger als das, dachte sie und versuchte, das beharrliche Pochen an einer bestimmten Stelle ihres Körpers zu ignorieren. »Das ist Teil meines Jobs.«

Sam zog von seinem Sessel auf den Polsterhocker um. Bevor er sich setzte, packte er ihre Füße und legte ihre Fersen auf einem seiner Oberschenkel ab. Als sie sie wegziehen wollte, hielt er ihren rechten Fuß bereits in seinen großen Händen und massierte gekonnt ihre zarte Haut.

Sie wollte ihm sagen, dass er aufhören sollte, dass sie für alle sichtbar waren und dies wohl kaum als professionelles Verhalten durchging. Doch dann presste er seine Daumen in ihren Fußballen, fand die Stelle, die am meisten wehtat, und massierte sie ausgiebig.

»Du bist gut«, flüsterte sie und unterdrückte ein Stöhnen.

»Ich hatte auch viel Gelegenheit zu üben.«

»Die zwei Ehefrauen, die du erwähnt hast?«

Er lachte. »Unter anderem. Du wärst erstaunt, was eine gute Fußmassage einem Mann so alles einbringen kann.«

»Verführung durch Massage?«

»Oh ja.«

Er drückte ihre Zehen, danach bearbeitete er ihre Ferse mit den Daumen.

»Ich kann mir vorstellen, wie das funktioniert«, murmelte sie, schloss die Augen und gab sich ganz seiner Berührung hin.

Nur noch ein paar Minuten und sie würde ihm sagen, dass er aufhören sollte. Sie würde sich zusammenreißen und stark sein. Doch jetzt gerade konnte sie sich einfach nicht dazu durchringen, Nein zu sagen. Jeder Mensch hatte eine Schwäche, und ihre waren anscheinend Fußmassagen.

Sie kannte Sams Typ – allerdings eher instinktiv als aus der Praxis. Er war charmant und man konnte Spaß mit ihm haben, und für den Moment war er mit Leib und Seele dabei. Er war jedoch nicht der Typ Mann, der sich dauerhaft auf eine einzige Frau einließ. Nicht, dass sie auf der Suche nach Mr. Right gewesen wäre. Doch falls sie auf sein Angebot einging, würde sie sich in Erinnerung rufen müssen, dass das nur ein vorübergehender Zeitvertreib sein konnte – nicht mehr.

Er ging zu ihrem anderen Fuß über, wiederholte dort die gleiche Prozedur und brachte sie so dazu, sich völlig zu entspannen. Ihre Augenlider wurden schwer und sie driftete in Richtung Schlaf.

Ihr war warm und wohlig zumute, die Sonne schien verspielt durch die Blätter der Bäume, eine sanfte Brise streichelte ihre Haut. Doch dann holte leises Gelächter sie ins Hier und Jetzt zurück.

Als sie die Augen aufschlug, stellte sie fest, dass Sam aufgestanden war.

»Komm«, sagte er und hielt ihr die Hand hin.

»Was ist?« Sie blinzelte verwirrt. Ihre Schuhe steckten wieder an ihren Füßen. Wie war das denn passiert?

»Du bist dabei, einzuschlafen. Du brauchst ein Nickerchen.«

»Das geht nicht, ich hab zu tun.«

»Nein, heute nicht mehr.«

Sie ließ zu, dass er sie auf die Beine zog. Währenddessen wurde ihr klar, dass er nicht weit weg von ihr stand, was bedeutete, dass sie, sobald sie sich aufrichtete, sehr dicht beieinander wären. Nahe genug, um die unterschiedlichen Blautöne in seiner Iris zu erkennen. Nahe genug, um die winzigen Narben auf einer seiner Augenbrauen und auf seinem Kinn zu sehen. Nahe genug, um die Hitze seines Körpers zu spüren. Eine Hitze, die sie lockte, die sie in Versuchung führte, die bei ihr den Wunsch weckte, sich auf einen äußerst gefährlichen Weg zu begeben.

»Vielleicht sollte ich mich wirklich einen Moment hinlegen«, murmelte sie, trat einen Schritt zurück und versuchte, tief durchzuatmen.

Das ist verrückt, sagte sie sich. Sicher, sie war schon lange nicht mehr mit einem Mann zusammen gewesen, aber na und? Sie war es gewohnt, ohne all das auszukommen. Sam um sich zu haben stellte kein Problem für sie dar!

Nur dass sie jeden seiner Atemzüge überdeutlich wahrnahm, ebenso wie die leichte Berührung seines Arms, der sie streifte. Ihr Kopf füllte sich mit Bildern davon, wie er sie in den Armen hielt und sie berührte. Sie wollte – nein, sie gierte nach Hautkontakt mit ihm. Ein Mann über ihr, in ihr, ein Mann, der sie nahm.

Ein Schauer durchlief sie, während ihre Sehnsucht immer spürbarer wurde. Wenn das nicht verwirrend war. Anders als ihr Ruf besagte, war sie nie ein großer Fan von Sex gewesen. Nun ja, den heutigen Tag nicht mitgezählt.

»Ist dir kalt?«, fragte er und legte einen Arm um sie. »Wo sind deine Schlüssel? Kannst du selbst heimfahren oder soll ich dich bringen?«

»Ich wohne hier«, sagte sie. »Hinten im Haus.«

Das war vermutlich nicht die schlauste Antwort angesichts ihres Gefühlszustands, sagte sie sich, während er sie in den hinteren Bereich des Inns führte.

»Zeig mir den Weg«, sagte er.

Sie gehorchte und sie gingen gemeinsam den Flur hinunter. An der Tür mit der Aufschrift »Privat« fummelte sie nervös am Schloss herum, bis es ihr endlich gelang, die Tür aufzuschließen.

Sam führte sie hinein und blieb in der Mitte des Raums stehen.

»Angesichts der Umstände«, sagte er, »gehe ich mal besser bis hierhin und nicht weiter. Dich bettfertig zu machen würde mich einer Prüfung unterziehen, die ich definitiv nicht bestehen könnte.«

Er verlagerte sein Gewicht von einem Bein aufs andere und stemmte die Hände in die Hüften. »Aber sobald du ausgeruhter bist, würde ich mich sehr über eine kleine Tour mit dir freuen.«

Carly war sich nicht sicher, ob er damit die Stadt oder vielleicht mehr als das meinte. Sie wusste jedoch, was sie gerne geglaubt hätte, fragte sich jedoch, ob das reines Wunschdenken ihrerseits war.

Er sah ihr tief in die Augen und fluchte. »Nur noch einmal«, flüsterte er. »Schlag mich, wenn du willst, aber ich muss dich einfach noch mal …«

Er beugte sich zu ihr herunter, seine Lippen näherten sich ihren. Carly hatte den Kuss kommen sehen und hätte ausreichend Zeit gehabt, Sam auszuweichen. Zu widerstehen. Von wegen, dachte sie, und schlang die Arme um seinen Nacken.

Sie hatte das Gefühl, dass er lediglich vorhatte, den Kuss von vorhin zu wiederholen. Da sie jedoch nicht sicher war, wann sie das nächste Mal einen Mann umarmen würde, beschloss sie, die Situation auszunutzen.

Als sein Mund auf ihren traf, war sie bereit. Sie neigte den Kopf und beugte sich leicht vor, bis sie sich vollständig mit dem Körper berührten.

Gott, fühlte er sich gut an. Er war schlank und muskulös. Sie hatte ganz vergessen, wie es war, in den starken Armen eines Mannes zu liegen und den Druck seiner Lippen auf ihrem Mund zu spüren.

Es dauerte nicht lange, bis die Botschaft bei ihm ankam und er den Kuss vertiefte. Als sie spürte, wie seine Zunge ihre Unterlippe berührte, öffnete sie den Mund und gab sich der Berührung vollkommen hin.

Ihr Blut floss so heiß und schnell in ihren Unterleib, dass es beinahe wehtat. Ihre Brüste schienen anzuschwellen und ihre Brustwarzen schrien schmerzhaft nach seiner Liebkosung. Ihre Lust steigerte sich explosionsartig, ihr Begehren nahm immer mehr zu, füllte sie aus und weckte bei ihr den Wunsch, sich an ihn zu krallen und nach mehr zu verlangen. Wenn sie ihn mit Haut und Haaren hätte verschlingen können, sie hätte es getan.

Doch wie die Dinge lagen, konnte sie ihn nur festhalten und hoffen, dass der Kuss genügen würde.

Sam wich ein Stück zurück und legte seine Hände an ihr Gesicht. »Carly, bist du …?«

Sicher? Bereit? In Stimmung? Sie hatte keine Ahnung, was er sagen wollte, und mit einem Mal war es ihr auch vollkommen egal. Sie brauchte ihn, und zwar jetzt sofort. Sie wollte ihn nackt und bereit, sie so schnell wie möglich zu nehmen. Für den Fall, dass bei ihm Unklarheit über ihre Absichten herrschte, zog sie sich den Pullover über den Kopf herunter, warf ihn eilig beiseite und öffnete ihren BH. Dann packte sie seine Hände und legte sie auf ihre nackten Brüste.

»Du bist eine Frau, wie ich sie liebe«, flüsterte er, bevor er sie so fordernd küsste, dass es sogar in ihren Fußspitzen kribbelte.

Es stellte sich heraus, dass er ein Mann war, wie sie ihn liebte. In ungefähr sechzehn Sekunden hatte er sie ausgezogen, dann schloss er die Tür ab, befreite sich eilig von seinen Klamotten und führte sie zum Sofa.

Er küsste sie am ganzen Körper und hielt sich dabei besonders lange zwischen ihren Beinen auf. Sie drängte sich ihm entgegen, spürte den perfekten Rhythmus seiner Zunge und verlor sich in einem Orgasmus, der sie wie flüssige Lust durchströmte.

Sam widmete sich ihren Brüsten. Saugte neckend an ihren Brustwarzen und rieb gleichzeitig ihre Klitoris mit den Fingern. Erneut kam Carly, diesmal noch länger und heftiger. Als er schließlich in seinen Jeans-Taschen fiebrig nach einem Kondom suchte, hatte sie sich wieder so weit gefangen, dass es ihr gelang, Sam neben dem Couchtisch auf den Boden zu drängen.

Er rollte sich das Kondom über; sie setzte sich auf ihn und ritt ihn, bis sie beide atemlos aufstöhnten.

Kleine Schweißerlen benetzten ihren Rücken und ihre Brüste. Sie spürte, dass ihr Körper gerötet und an einigen Stellen leicht wund war. Ein kurzer Blick auf die Uhr verriet ihr, dass weniger als zehn Minuten vergangen waren, seit sie und Sam die Wohnung betreten hatten. Sie hätte vermutlich peinlich berührt sein müssen. Und das würde sie auch sein. Morgen. Doch jetzt gerade fühlte sie sich einfach zu gut.

Sie glitt von ihm herunter auf den Teppich. Ihre Kleider waren überall verteilt, die leere Kondomhülle lag vor ihrem Knie. Sie hob sie auf und hielt sie hoch.

»Ehemaliger Pfadfinder, was?«

Sam richtete sich neben ihr auf und streckte die nackten Beine aus. »Das ist eine alte Tradition bei mir. Seit ich ein hoffnungsvoller Teenager war, habe ich immer eins bei mir gehabt.«

»Es ist aber nicht mehr das von damals, oder?«

Er grinste sie befriedigt an. »Nein, es ist nicht das von damals.«

Sie wusste, dass sie einige Schwangerschaftsstreifen hatte und dass ihre Brüste nicht mehr ganz so keck vorstanden wie noch vor ein paar Jahren. Ihr Bauch war nicht flach und sie hasste ihre Oberschenkel, wie die meisten Frauen auf dieser Welt es taten. Doch jetzt gerade war ihr das vollkommen egal. Außerdem war Sams Körper straff genug für sie beide.

Vermutlich hätte sie etwas sagen sollen, hätte erklären sollen, dass sie normalerweise keinen Sex mit fremden Männern hatte und auch lange nicht so … orgastisch war. Dann beschloss sie jedoch, dass das keine Rolle spielte. Sie waren beide erwachsen und ungebunden und hatten zudem ein Präservativ benutzt. Das Ganze ging außer ihnen niemanden etwas an.

»Ich muss zurück an die Arbeit«, erklärte sie.

»Willst du dich nicht vielleicht vorher wieder anziehen? Die männlichen Gäste würden deinen nackten Anblick sicher genießen, aber ich weiß nicht, wie ihre Ehefrauen dazu stehen.«

»Stimmt, da ist was dran. Also erst anziehen, dann arbeiten.«

Er stand auf und half ihr auf die Beine, anschließend zog er sie an sich und küsste sie noch einmal.

»Danke«, sagte er.

»Gern geschehen. Ich brauchte das gerade.«

»Lass es mich jederzeit wissen, falls du es wieder mal brauchst.«

»Du bist so überaus großzügig.«

»Ja, so bin ich nun mal.«

Sie wusste seine unbeschwerte Art zu schätzen. Ihr Geist war noch immer vernebelt, daher wollte sie so wenig wie möglich sagen. Sam war großartig und sie war hin und weg von der intimen Begegnung mit ihm, aber sie war sich nicht sicher, ob sie mehr wollte oder brauchte. Es war besser, Vorsicht walten zu lassen.

Sie zogen sich an, dann küsste er sie ein letztes Mal und schlüpfte zur Tür hinaus. Sie würde die Wohnung ein paar Minuten später verlassen.

Während sie wartete, lehnte sie sich gegen die Tür und lächelte. Das war perfekt, dachte sie, ihre Beine zitterten nach wie vor leicht. Egal, was noch passieren würde, der heutige Tag war ein guter.

Am Montagabend blieb Michelle länger im Büro, um die Einnahmen des Wochenendes durchzugehen. Sie hatten in sämtlichen Bereichen des Inns ein gutes Geschäft gemacht.

Im Geschenkeshop boten sie nun viele Waren reduziert an – die Rabatte waren nicht hoch, sie lagen bei zehn bis fünfzehn Prozent. Doch die großen Aktionsplakate zeigten Wirkung. Sie hatten beinahe dreitausend Dollar Umsatz gemacht.

Das Restaurant war stets voll besetzt gewesen, zum Frühstück und zum Mittagessen hatten Leute sogar um einen Tisch angestanden. Carly hatte vor jeder Schicht den Kellnern die Bestellzettel eigenhändig ausgegeben. Soweit sie sehen konnte, stimmten sie eins zu eins mit den Eingaben in die Registrierkasse überein, was eine große Erleichterung war. Bis zum nächsten Morgen würde eine hübsche Summe auf dem Konto des Inns gelandet sein, was bedeutete, dass Rechnungen beglichen und die Überschüsse für den Winter beiseitegelegt werden konnten.

Carly kam in ihr Büro, eine Flasche Rotwein in der einen und zwei Gläser in der anderen Hand. Sie hielt beides in die Höhe.

»Komm«, sagte sie, »ich gebe dir einen aus.«

Michelle zögerte, dann nickte sie, fuhr den Computer runter und folgte Carly auf die hintere Terrasse.

Es war beinahe neun Uhr. Die Sonne war gerade untergegangen und der Himmel bestand aus einer Mischung aus Pink- und Blautönen mit einem Hauch Orange am Horizont. Die Luft war unbewegt und nicht zu kühl.

Zwischen zwei gepolsterten Liegestühlen stand ein kleiner Tisch, darauf lag ein Korkenzieher. Dazu stand ein Teller mit Brownies bereit.

»Das sieht gut aus«, sagte sie, setzte sich und streckte die Beine aus. Der dumpfe Schmerz in ihrer Hüfte ließ nach und war nun erträglich.

»Ich wollte eigentlich früh ins Bett gehen«, gab Carly zu, während sie sich an der Weinflasche zu schaffen machte. »Gabby und ich haben die Brownies nach dem Abendessen gebacken. Sie war total erschöpft vom Sommerlager und ist danach gleich schlafen gegangen, aber ich war auf einmal nicht mehr müde.« Sie reichte ihr ein gefülltes Glas.

Carly ließ sich auf dem Liegestuhl nieder und nahm sich einen Brownie. »Die sind ohne Nüsse«, sagte sie. »Ich habe mich dran erinnert, dass du keine magst.«

»Danke.«

»Gern geschehen.« Carly nippte an ihrem Wein, dann biss sie ein Stück vom Brownie ab. »Das Wochenende ist super gelaufen.«

»Ja, das ist es. Das Restaurant lief spitzenmäßig. Und ich bin dir sehr dankbar, dass du die Belege mit den Kellnern durchgegangen bist.«

»Sämtliche Einnahmen wurden also eingegeben?«

»Ja.«

»Gut. Ich hatte schon erwartet, dass es proppenvoll werden würde. Das war kein Wochenende, an dem man große Verluste machen konnte.«

»Ich werde morgen die anstehende Kreditrate bezahlen«, sagte Michelle. »Und dazu noch sämtliche Rückstände ausgleichen. Danach bin ich dann vollkommen blank, aber das ist es mir wert.«

Carly warf ihr einen Blick zu. »Es tut mir leid, dass Brenda das alles verbockt hat. Wirklich. Ich wünschte, ich hätte sie davon abhalten können.«

Michelle nickte langsam. »Ich glaube dir. Ein Teil von mir will annehmen, dass sie sich nur dumm angestellt hat, doch ein anderer Teil fragt sich, ob sie es nicht sogar mit Absicht getan hat. Das Inn hat mir immer mehr bedeutet als ihr. Für mich war es die Zukunft. Ich fürchte, sie hat sich eher gefangen darin gefühlt.«

»Du hast dir hier den Arsch abgearbeitet«, sagte Carly. »Damals, während der Highschool, das weiß ich noch. Sobald der Unterricht aus war, bist du hergekommen. Es war, als hättest du eine Vollzeitstelle gehabt.«

»Ich hatte das Gefühl, keine Wahl zu haben.«

»Und jetzt bist du zurück und es läuft großartig. Du wirst den Kredit abbezahlen und dich dann entspannen können.«

Michelle nickte. Sie knabberte an ihrem Brownie und ließ den saftigen Schokoladenteig auf der Zunge zergehen. Als sie einen Schluck Wein dazu nahm, wusste sie, dass sie dem Himmel an diesem Tag nicht noch näher kommen konnte.

»Mir war irgendwie klar, dass meine Mom sich nicht richtig um das Inn kümmern würde«, gab sie zu. »Stellt sich leider raus, dass ich recht behalten habe.« Sie seufzte. »Du hast es besser gemacht, damals während der Highschool. Du hast einfach mit deinen Freunden rumgehangen.«

»Ich hätte viel lieber mit dir rumgehangen«, erwiderte Carly. »Du bist doch auch immer hergekommen und hast mir geholfen.«

»Bis auf das letzte Highschool-Jahr.«

Als alles den Bach runterging, dachte Michelle.

Carly musste denselben Gedanken gehabt haben, denn sie sagte: »Wir waren beide ziemlich neben der Spur.«

»Ich schätze, das passiert eben, wenn Eltern plötzlich verschwinden.«

»Du hättest es uns sagen sollen.«

Carlys Bemerkung, diese sechs schlichten Worte, trafen Michelle wie ein unerwarteter Schlag in die Magengrube. Sie setzte sich ruckartig auf, schwang die Füße auf den Boden und sah sie an.

»Fang gar nicht erst damit an«, sagte sie leise. Ihre gute Stimmung hatte sich in nichts aufgelöst wie Nebel im Sonnenschein.

»Warum nicht?« Carly setzte sich ebenfalls auf. »Wir hätten sie vielleicht aufhalten können.«

»Wie das denn? Wir waren siebzehn Jahre alt, was hätten wir denn tun sollen? Uns an ihr Auto ketten? Sie waren diejenigen, die uns betrogen haben. Sie waren diejenigen, die sich mitten in der Nacht davongemacht haben, ohne es irgendjemandem zu sagen. Nicht ich.«

»Ich weiß«, sagte Carly, »das sage ich mir auch immer. Aber es war so furchtbar, als meine Mom plötzlich weg war.«

»Meinst du, für mich war es besser?«, fragte Michelle. »Ich saß auf einmal nur noch mit Brenda hier.«

»Die dich die meiste Zeit ignoriert hat.«

»Genau wie dein Vater dich. Er war doch dauernd zu betrunken, um überhaupt mitzubekommen, ob du da warst.«

Michelle hätte die beiden letzten Sätze am liebsten zurückgenommen. Das Alkoholproblem von Carlys Vater war immer ein Tabuthema. Sie war Carlys Freundin gewesen und wusste, wie sehr ein Kind sich dafür schämen konnte, einen Säufer als Vater zu haben.

Carly stellte ihr Glas auf den Tisch und wischte sich die Hände an ihrer Jeans ab. Dann stand sie auf.

»Meistens war er nicht allzu betrunken, aber nachdem sie weg war, fing er an, mich zu schlagen. Und er schrie herum, dass es meine Schuld sei. Dass sie mich nicht geliebt habe, dass sie deswegen weggegangen sei. Wegen mir. Und dass er mich eigentlich auch nie geliebt habe.« Carly starrte in den Himmel und sah dann wieder sie an. »Deshalb bin ich den ganzen Jungs hinterhergerannt. Damit ich mir einreden konnte, dass ich irgendjemandem doch etwas bedeute.«

Michelle hätte beinahe gesagt: Mir hast du etwas bedeutet. Das, was Carly gesagt hatte, lenkte sie jedoch ab. »Du hast einfach mit jedem geschlafen.«

Carlys Mund verzog sich zu etwas, das vermutlich ein Lächeln sein sollte. »Nein«, sagte sie ruhig. »Ich habe sie geneckt, ich habe sie ein wenig an mich rangelassen, aber ich hatte nie Sex mit ihnen. Mit keinem von ihnen bin ich bis zum Äußersten gegangen.« Ihr gekünsteltes Lächeln erstarb. »Mein erstes Mal hatte ich mit Allen. Ich habe ihm meine Jungfräulichkeit geschenkt, um ihn dir abzuluchsen. Ein verdammt schlechter Deal.«

Nach diesem Geständnis wandte sie sich um und ging zurück ins Haus.

Michelle sah ihr nach und spürte, wie sich Wut und Frustration in ihr aufstauten. Sie hätte ihr am liebsten hinterhergeschrien, dass sie log. Doch sie wusste, dass Carly keinen Grund hatte, die Unwahrheit zu sagen.

Allen hatte sie im wahrsten Sinne des Wortes beide aufs Kreuz gelegt. Er hatte ihnen ihre Jungfräulichkeit genommen und sich als unwürdiger Bastard erwiesen. Sie waren so durcheinander gewesen wegen dem, was ihre Eltern getan hatten, davon, wie sie sich verhalten hatten. Ihr ganzes Leben hatten sie aufeinander zählen können, doch im entscheidenden Moment, als sie sich am nötigsten gebraucht hätten, gingen sie getrennte Wege.

Michelle saß da in der zunehmenden Dunkelheit und kämpfte gegen ein Gefühl von Hilflosigkeit an. Mit beinahe allem konnte sie umgehen, nur nicht damit. Schließlich brachte ihre innere Unruhe sie auf die Beine. Sie packte die Weinflasche und schleuderte sie so weit von sich, wie es ihr möglich war. Sie landete auf der Wiese und blieb dort unbeschadet liegen.

Doch das genügte nicht. Sie musste mehr tun, die rasende Wut herauslassen. Nichts fühlte sich mehr richtig an. Sie war noch nicht einmal in der Lage, das Problem genau zu benennen, geschweige denn, es zu lösen.

Fieberhaft sah sie sich nach einem Feind um. Nach jemandem, dem sie die Schuld geben, den sie verletzen, den sie zerstören konnte. Und dann erblickte sie sie. Die unzähligen Reihen von bunten Margeriten, die ihre fröhlichen Gesichter dem Himmel zuwandten.

Als Erstes lief sie zu denen, die in Töpfe gepflanzt waren, packte so viele, wie sie konnte, nah an der Wurzel und richtete sich ruckartig auf. Sie vernahm ein befriedigendes Schmatzen, als sie sie aus der Erde rupfte. Danach ging sie weiter von Topf zu Topf und wandte sich dann den Beeten zu.

Stängel, Blätter und Blumenerde warf sie hinter sich. Ihre Hüfte schmerzte wegen der gebeugten Haltung, doch das war ihr egal. Sie riss die Blumen heraus und vernichtete sie, bis alle auf dem Gras lagen – verstümmelt wie sterbende Soldaten auf einem Schlachtfeld.

Dann fing sie an zu weinen.

23. KAPITEL

Carly wachte früh auf, ihr Kopf schmerzte. Sie hätte das gerne auf den Wein geschoben, doch sie hatte nicht genug davon getrunken, um wirklich betrunken zu sein. Nein, dieser Schmerz kam von tiefer. Er beruhte auf dem, was in ihrer Vergangenheit geschehen war, und auf ihrer Unfähigkeit, alte Wunden vollständig heilen zu lassen.

Den größten Teil der Nacht hatte sie sich im Bett herumgewälzt, unfähig zu schlafen. Ihre gute Laune und die nachhallende Lust nach ihrer Begegnung mit Sam waren von der hässlichen Realität und noch schlimmeren Erinnerungen weggeätzt worden. Sie hätte Michelle nicht in ein Gespräch über die Vergangenheit verwickeln sollen und, noch wichtiger, ihr nicht die Schuld dafür geben sollen, dass ihre Eltern sie verlassen hatten. Sie hätte die Beziehung, die sie gerade neu aufbauten, nicht im Keim ersticken sollen. Wozu nur? Um im Recht zu sein?

Carly setzte sich auf und rieb sich den Schlaf aus dem Gesicht. Sie wünschte, sie könnte die Erinnerungen ebenso leicht wegwischen.

»Mom, Mom!«

Gabby kam in ihr Zimmer gelaufen und flog auf ihr Bett. Carly zog sie an sich und umarmte sie.

»Morgen«, sagte sie und fragte sich, wie viel Ibuprofen sie benötigen würde, um ihre Kopfschmerzen loszuwerden.

»Wie hast du geschlafen?«, fragte Gabby, die noch immer bettwarm war.

Sie trug einen Pyjama, der mit Bildern von Katzenbabys bedruckt war, ihre Füße waren nackt.

»Ich habe gut geschlafen und draußen scheint die Sonne. Hast du's schon gesehen? Ein richtig schöner Tag!«

Carly warf einen Blick zum Fenster. Licht drang durch die Vorhangritzen. »Toll, ich freue mich, dass heute schönes Wetter ist.«

»Ich auch. Nach der Schule gehe ich Leonard helfen, die Kranichküken zu zählen. Dabei müssen wir ganz vorsichtig sein, die sind nämlich jung und zart.«

Gabby sprang auf dem Bett herum – das übliche morgendliche Energiebündel. Carly gab sich Mühe, nicht zusammenzuzucken, als jemand einen Presslufthammer direkt hinter ihren Augen anzusetzen schien.

Gabby kletterte vom Bett hinunter. »Frühstück, Frühstück!« Ihr lauter Singsang war die reinste Folter.

»Ich komme sofort«, versprach Carly und tat erneut ihr Bestes, um nicht zusammenzufahren.

Gabby rannte zur Tür, dann drehte sie sich noch einmal um. »Mom, bist du krank?«

So viel dazu, wie gut sie schauspielern konnte. »Ich hab Kopfschmerzen.«

»Oh.« Gabby senkte die Stimme zu einem Flüsterton. »Ich bin ganz leise.«

»Danke, das ist lieb.« Carly ging in die Küche und schaltete die Kaffeemaschine ein, dann gab sie Getreideflocken und Milch in eine Schüssel. Gabby steckte Brot in den Toaster und sie holte ein wenig Obst.

Das Familienritual beruhigte sie. Sicher, ihre Vergangenheit war beschissen gewesen, doch jetzt hatte sie Gabby; ihre Tochter war jeden Preis wert. Das war wohl kaum ein einzigartiges Gefühl. Empfanden nicht alle Eltern so für ihre Kinder? Doch nicht alle verhielten sich dementsprechend. Michelles Vater hatte seine Tochter über alles geliebt und ständig jedem erzählt, wie wichtig sie ihm war – und dann hatte er sie trotzdem verlassen. Ihre eigene Mutter war ebenfalls ohne die geringste

Vorwarnung einfach abgetaucht. Es hatte drei Jahre gedauert, bis sie zum ersten Mal wieder von ihr gehört hatte. Selbst jetzt sprachen sie nur ein, zwei Mal pro Jahr miteinander und tauschten ansonsten nur Weihnachtskarten aus. Das war alles. Lana hatte ihre Enkelin erst ein einziges Mal gesehen.

Komplikationen, dachte Carly und trat mit ihrem Kaffee ans Fenster. Das Leben bestand aus nichts als Komplikationen. Sie zog den Vorhang auf – und hätte beinahe ihre Tasse fallen lassen.

Von ihrem Küchenfenster aus konnte sie den östlichen Bereich des Hofs sowie einen Teil des Gartens sehen. Anstelle eines Meers bunter Margeriten waren dort nur noch Erdhügel und die kläglichen Überreste der Blumen zu sehen, die sie so liebevoll gehegt und gepflegt hatte.

Noch immer barfuß und nur mit einem T-Shirt bekleidet, ging sie zur Hintertür und stieß sie auf.

»Mom, wo gehst du hin?«, fragte Gabby.

»Du bleibst drinnen!«, rief Carly ihr über die Schulter zu und rannte zum Ort der Zerstörung.

Sie erreichte die Ecke des Inns, von wo aus sie den gesamten Garten überblicken konnte.

Jede einzelne Blume war aus der Erde gerissen, zerrupft und einem kläglichen Tod überlassen worden. Stängel, Blätter und Blüten bedeckten den Rasen, sodass ein Teppichmuster aus grünen, weißen, roten und gelben Farbtönen entstand. Die Blumentöpfe waren leer, nur ein paar abgebrochene Stiele ragten standhaft daraus hervor, als hätten sie noch nicht begriffen, was passiert war.

Ihr war jedoch gleich klar, was vorgefallen war – sie wusste, wer dahintersteckte. Michelle hatte ihr wehtun wollen, und das hatte sie verdammt gut hinbekommen. In dem Wissen, dass sie zu ihrer Tochter zurückgehen, dass sie verhindern musste, dass

Gabby all das sah, wandte sie sich um. Erst, als sie ins Stolpern geriet, bemerkte sie, dass sie weinte.

Michelle parkte ihren Pick-up vor der Bank. Sie fühlte sich an diesem Morgen nicht gerade zu Gesprächen aufgelegt. Sie hatte eine lange, harte Nacht hinter sich und war danach kaum in der Lage gewesen, aus dem Bett zu steigen. Nur der Gedanke daran, dass sie die zweite Hälfte der überfälligen Kreditraten abbezahlen würde, hatte sie in Gang gebracht. Das und drei Tassen Kaffee.

Jedes Mal, wenn sie daran dachte, was am Vorabend passiert war, wurde ihr übel. Die Scham hatte einen bitteren Geschmack und drückte ihr auf den Magen. Es war schon schlimm genug, sich wie die letzte Irre zu verhalten. Das aber so zu tun, dass alle Welt es sehen konnte, machte es noch demütigender.

Es würde Fragen geben, ein Garten voller zerstörter Blumen blieb nicht unbemerkt. Was würden die Leute denken? Nein, nicht die Leute. Was würde Damaris denken? Und Gabby? Dass die Botschaft bei Carly angekommen war, wusste sie bereits. Sie hatte etwas kaputt gemacht, das ihr wichtig war. Es brauchte keinen Abschluss in Psychologie, um das richtig zu interpretieren.

Michelle nahm den Umschlag mit den Schecks und stieg aus ihrem Pick-up. Ihre Hüfte schmerzte wie schon lange nicht mehr. Schuldgefühle, dachte sie. Oder die Tatsache, dass sie sich hingekniet hatte, um die Margeriten auszurupfen.

Sie betrat die Bank und ging geradewegs zu Ellens Büro. Die saß hinter ihrem Schreibtisch und sah auf, als sie eintrat.

»Guten Morgen«, sagte Ellen lächelnd. »Wie geht's dir? Hattest du ein schönes langes Wochenende? Ich habe die vielen Autos auf dem Parkplatz des Inns gesehen. Freut mich für dich.«

»Ja, es lief gut.« Michelle setzte sich auf den Stuhl, den Ellen ihr anbot, erleichtert, ihre Hüfte entlasten zu können. Dann legte sie den Umschlag auf den Tisch und schob ihn ihr zu. »Hier, bitte schön. Die Raten für den Juni und die zweite Hälfte der Rückstände.«

Ellen zog die Augenbrauen hoch. »Ich bin beeindruckt.« Sie öffnete den Umschlag und zog die Schecks hervor. »Ich stelle dir Quittungen dafür aus.«

»Nimm's mir nicht übel, aber ich freue mich, wenn ich die Bank endgültig vom Hals habe.«

»Was meinst du damit?«

»Diese ganzen Regeln. Sobald ich mit den Zahlungen auf dem aktuellen Stand bin, greifen sie nicht mehr.«

Ellen schüttelte den Kopf. »Ich fürchte, das stimmt so nicht. Die anderen Vereinbarungen gelten noch für die nächsten zwei Jahre«. Ihr Lächeln kehrte zurück. »Habe ich dir das nicht erläutert? Das steht alles in dem Vertrag, den du bei Abschluss des Kredits unterschrieben hast. Ach nein, Moment. Den hat ja deine Mutter für dich unterschrieben, oder?«

Michelle hätte am liebsten irgendwas an die Wand gepfeffert – vorzugsweise Ellen. Noch zwei Jahre würde sie die Bank an der Hacke haben? Sogar, nachdem sie alle Rückstände aufgeholt hatte?

»Tut mir leid. Das hätte ich deutlicher machen sollen, als wir uns das letzte Mal gesprochen haben. Ich dachte, du wüsstest das.« Ellen seufzte. »Es ist frustrierend, es gibt so viele neue Regeln und Vorschriften. Die Gesetze machen alles so kompliziert.« Sie beugte sich vor, ihr Gesichtsausdruck wirkte besorgt. »Ist es wegen Carly? Ist es hart für dich, mit ihr zusammenzuarbeiten? Ich sage ›arbeiten‹, aber wir wissen natürlich beide, dass sie kaum einen Finger rührt …«

»Doch, um ehrlich zu sein, tut sie das. Wir haben Sparmaßnahmen eingeführt und sie übernimmt jetzt noch mehr Aufgaben. Ein paar Nachmittage in der Woche reinigt sie Zimmer, um auszuhelfen.«

Ellen lachte. »Ich würde Eintritt dafür zahlen, das sehen zu dürfen.«

»Warum magst du sie eigentlich nicht?«

»Wir wissen ja beide, was sie für eine ist. Carly gehört zu den Frauen, die durchs Leben gehen und sich einfach nehmen, was sie wollen, und wer ihnen dabei in den Weg kommt, darf zur Hölle fahren. Du weißt doch noch, wie sie mit Allen war. Sie hat ja praktisch eine Parade abgehalten, um vor allen mit ihrem Ring anzugeben.«

Daran erinnerte Michelle sich in der Tat, sie war jedoch überrascht, dass Ellen das mitbekommen hatte. »Ich wusste nicht, dass du sie so gut kennst.«

»An Carly kommt man schwer vorbei. Aber genug von ihr, lass uns über angenehmere Dinge reden. Zum Beispiel darüber, wie großartig es im Inn läuft. Ich bin überwältigt. Wir hatten letzte Woche ein Gremiumstreffen und ich habe alle auf den neuesten Stand gebracht. Ich habe erzählt, dass du zurück bist und die Dinge im Inn in die Hand genommen hast.« Sie nahm die Schecks und wedelte damit herum. »So viel dazu, dass die große, böse Bank immer gewinnt.«

»Ich weiß es zu schätzen, dass du auf meiner Seite bist«, sagte Michelle, auch wenn sie sich gerade fragte, ob Ellen das tatsächlich war.

»Auf jeden Fall, meine Kunden haben Vorrang. Und wir kennen uns schon so lange. Ich hoffe, jetzt, wo du zurück bist, können wir wieder Freundinnen sein.«

Michelle konnte sich nicht daran erinnern, dass sie jemals befreundet gewesen wären. »Ähm, klar.«

»Großartig. Lass uns mal zusammen Mittag essen gehen. Wie wär's nächste Woche?«

Michelle nickte und floh. Als sie zum Inn zurückfuhr, beschloss sie, zuallererst die Kreditverträge herauszusuchen und sie gründlich durchzulesen. Sie wollte keine weiteren Überraschungen bezüglich ihres Geschäfts erleben.

Was Ellen betraf, so war sie sich immer noch nicht sicher, ob die ihr wirklich eine Freundin war oder ob da irgendetwas anderes lief. Zu blöd, dass es keinen Vertrag gab, in dem das Kleingedruckte dieser Freundschaft nachzulesen war.

Und was den Rest anging … Sich bei Carly zu entschuldigen schien unmöglich, doch sie würde etwas unternehmen müssen, und zwar bald.

»Glaubst du, das waren irgendwelche durchgedrehten Teenager?«, fragte Leonard, während er einen Packen zerstörter Blumen in die Mülltonne warf.

»Ich weiß es nicht.« Carly war sich nicht sicher, wieso sie log. Michelle zu schützen war schwachsinnig, doch sie konnte sich nicht dazu durchringen, irgendjemandem die Wahrheit zu sagen.

»Sie haben jede einzelne Pflanze ausgerupft, aber nur im hinteren Garten. Ich verstehe das nicht.«

Carly vermutete, dass Michelles Wut irgendwann nachgelassen hatte oder dass die Schmerzen in ihrer Hüfte zu stark geworden waren, als dass sie vor dem Haus auch noch alle Blumen hätte ausreißen können. Vielleicht war der Grund auch nur, dass sie zwar ihr eins auswischen, jedoch nicht die ankommenden Gäste verschrecken wollte.

Sie nahm einen weiteren Armvoll toter Blumen und trug sie zur Mülltonne.

So viel harte Arbeit für nichts und wieder nichts. Sie erinnerte sich an die unzähligen Stunden, die sie damit zugebracht hatte, das Internetangebot von Gärtnereien zu durchforsten, um genau die Sorten zu finden, die sie wollte. Der Garten gehörte zu den Dingen, die sie an ihrer Arbeit liebte. Und die Blumen hatten jeden Tag aufs Neue ihre Stimmung gehoben, sie mit Farben und Freude beschenkt. Nun war nur noch rohe Erde übrig und das Gefühl, dass Michelle sie persönlich angegriffen hatte.

»Geht es dir gut?«, fragte Leonard und schob seine Brille auf der Nase hoch.

»Ich bin traurig, weil das passiert ist.«

»Ich kann dir gerne helfen, ein paar neue zu pflanzen. Es wird nicht mehr genauso wie früher sein, aber vielleicht trotzdem ganz hübsch.«

Sie zwang sich zu einem Lächeln. »Das ist lieb von dir, danke. Ich weiß noch nicht, wann ich dazu komme, sie zu ersetzen. Wenn es so weit ist, sage ich dir gerne Bescheid.«

»Was hat Gabby gesagt, als sie es gesehen hat?«

»Sie hat es zum Glück nicht mitbekommen.« Carly hatte ihre Tochter zur Vordertür hinausgeschickt, als sie zur Schule musste. Wenn sie zurückkäme, würde sie irgendeine Erklärung parat haben müssen, sie hatte jedoch noch keine Ahnung, welche das sein sollte.

»Wer auch immer das getan hat, war ernsthaft sauer. Oder besoffen.« Leonard sah sich verschämt um. »Oder beides.«

So betrunken war Michelle nicht gewesen, überlegte Carly, allerdings war sie ständig wütend. Carly wusste, dass sie das nächstliegende Angriffsziel war, doch sollte angesichts ihrer gemeinsamen Vergangenheit nicht sie diejenige sein, die ihrem Zorn freien Lauf ließ?

»Alles okay bei dir?«, fragte Leonard.

»Wird schon. Ich habe heute einen vollen Tag und das hilft.«

Er stand unbeholfen da, als würde er gerne noch mehr sagen, noch mehr tun. Carly tätschelte ihm den Arm.

»Danke für deine Hilfe, aber jetzt musst du zu deinen Kranichen. Wer weiß, was die sonst ohne deine Aufsicht so aushecken?«

»Ich könnte auch hierbleiben.«

Sie schüttelte den Kopf. »Nein, mir geht's gut.« Oder zumindest würde es ihr wieder gut gehen. Wenn das Leben sie etwas gelehrt hatte, dann war es, wie man harte Zeiten durchstand. Und dies war nicht mal annähernd das Schlimmste, das sie erlebt hatte.

Leonard machte sich auf den Weg. Carly rollte die Mülltonne zurück an ihren Platz, ging ins Haus und duschte.

Den Morgen verbrachte sie im Geschenkeshop, beriet Kunden und überprüfte das Inventar. Sie würde neue Ware bestellen müssen, um zu ersetzen, was verkauft worden war. Das war eine gute Aufgabe, um sich abzulenken.

Sie hatte ihren Laptop mitgebracht und nutzte die ruhigen Momente, um ihre Ideen aufzuschreiben, dann mailte sie sie an Michelle. Nach dem Mittagessen ging sie in die obere Etage, um die gereinigten Zimmer zu überprüfen, bevor die neuen Gäste eincheckten. Als sie das erste betrat, bemerkte sie eine Bewegung draußen im Garten. Sie trat ans Fenster und sah hinaus.

Michelle kniete auf dem Rasen, umgeben von Kisten voller Margeriten. Es waren Dutzende Pflanzen, vielleicht sogar Hunderte. Nicht so viele unterschiedliche Sorten, wie sie sie über die Jahre entdeckt hatte, aber sie leuchteten in sämtlichen Farben. Michelle hielt eine kleine Schaufel in der Hand und setzte jede einzelne Blume vorsichtig in die Erde ein.

Carly lehnte die Stirn an den Fensterrahmen und sah ihr zu. Ihre Kopfschmerzen ließen ein wenig nach, ebenso wie die Anspannung in ihrem Körper. Sie hatte sich schon gefragt, ob Michelle sich entschuldigen würde, doch in gewisser Weise war dies sogar besser. Taten anstelle von Worten.

Sie wusste nicht genau, weshalb Michelle die Blumen ausgerissen hatte, aber vielleicht musste sie das auch nicht wissen. Vielleicht genügte es, dass sie neue pflanzte.

Nach der Frühstücksschicht zählte Michelle die Belege nach und war überhaupt nicht zufrieden mit dem Ergebnis. Obwohl sie Isabella gesagt hatte, dass die den Kellnern die Bestellzettel persönlich übergeben und sie fortlaufend nummerieren sollte, war dies nicht geschehen. Die Nummern waren willkürlich verteilt worden, es fehlten Bestellzettel und es waren weniger Quittungen da, als sie erwartet hatte. Irgendetwas ging da vor sich.

Während sie den inzwischen leeren Speisesaal durchquerte und zur Küche ging, kam es ihr vor, als wäre die Arbeit im Inn früher einfacher gewesen. Als Teenager hatte sie sich um keinen Geschenkeshop kümmern müssen und das Restaurant war im Vergleich zu heute winzig gewesen. Nicht, dass damals weniger zu tun gewesen wäre, es war nur alles klarer. Und nun gab es lauter Komplikationen, schwierige Persönlichkeiten und Dramen.

Sie betrat die Küche. Damaris sah vom Knoblauch auf, den sie gerade hackte, und hielt in gespielter Abwehr die Hände hoch.

»Was ist los?«, fragte die Köchin grinsend. »Bist du gekommen, um meine Töpfe und Pfannen aus den Schränken zu zerren und sie zu zertrampeln?«

»Sehr witzig.«

»Ich bin immer noch beeindruckt davon, was du mit den Blumen angestellt hast. Zu schade, dass du sie wieder zurückgetan hast.«

»Zurückgetan« hatte sie sie nicht gerade. Diejenigen, die sie ausgerupft hatte, waren nicht mehr zu retten gewesen. Stattdessen hatte sie neue gekauft und sie eingepflanzt – was ihre Hüfte um mehrere Tage zurückgeworfen hatte. Mango hatte sie angebrüllt und ihr gesagt, dass Gartenarbeit nicht das Mittel der Wahl war, wenn sie gesund werden wollte. Sie hatte sich nicht die Mühe gemacht, ihm zu erklären, dass das eine einmalige Aktion gewesen war.

»Bewundere mich nicht dafür«, sagte Michelle. »Ich bin ausgerastet. Kein Grund, stolz zu sein.« Sie wusste immer noch nicht genau, weshalb sie das eigentlich getan hatte.

Wenn ich doch nur schlafen könnte, dachte sie und fragte sich, wie lange es dauern würde, bis die Albträume endlich nachließen. Bis sie sich nicht mehr betrinken musste, um vergessen zu können. Bis sie bei lauten Geräuschen nicht mehr zusammenzucken oder urplötzlich nicht mehr wissen würde, wo sie gerade war.

»Iss eine Zimtschnecke«, sagte Damaris.

Trotz allem musste Michelle grinsen. »Essen löst nicht jedes Problem.«

»Das sollte es aber.«

Sie nahm sich einen kleinen Teller und eine Brombeer-Zimtschnecke. Der zimtbraune Zuckerguss war dick und klebte an ihren Fingern. Sie nahm einen Bissen.

»Die schmecken großartig«, sagte sie.

»Geheimrezept. Gib's zu, ohne mich wärst du verloren.«

In Damaris' Worten hallte ihre eigene Witzelei mit Carly wider. Carly, die sie aus Gründen verletzt hatte, die sie nicht benennen konnte. Carly, deren größte Sünde es gewesen war, sich aufopferungsvoll um das Inn zu kümmern.

»Im Restaurant fehlen Belege«, sagte Michelle. »Ich habe Isabella gebeten, die Bestellzettel durchzunummerieren, doch das hat sie nicht getan. Sie hat sie auch nicht in die Kasse getippt, wie ich ihr gesagt hatte, daher habe ich keine Möglichkeit festzustellen, welcher Kellner welche Bestellungen aufgenommen hat.«

Damaris machte sich daran, ein halbes Dutzend Zwiebeln zu schneiden. »Und?«

»Nun ja, es fehlt Geld.«

Damaris hielt den Blick auf das Schneidebrett gerichtet. »Bist du sicher? Isabella ist ein gutes Mädchen, ich vertraue ihr. Vielleicht war es ja einer der Kellner oder Carly. Die geht hier doch ständig rein und raus.«

»Wann das denn? Ich sehe sie nie im Restaurant, außer wenn sie Isabella vertritt.«

»Sie hätte schon Gelegenheit dazu.« Damaris sah auf. »Du machst dir zu viele Gedanken. Wir nehmen Geld ein und die Gäste sind zufrieden. Führ du das Inn und überlass das Restaurant mir. Ich stehe auf deiner Seite, Michelle.«

»Ich weiß.«

Michelle vertraute Damaris und Damaris vertraute Isabella. War das nicht eine einfache Rechenaufgabe? Wenn a gleich b und b gleich c war, dann war doch a gleich c. Was bedeutete, dass sie Isabella vertrauen sollte. Nur tat sie das nicht.

24. KAPITEL

Michelle sah zu, wie Pauline und Seth das letzte abreisende Paar per Handschlag verabschiedeten. Der Mann und die Frau – die noch vor ein paar Tagen kaum ein Wort miteinander gewechselt hatten – lächelten und lachten einander glücklich an. Zudem berührten sie sich ununterbrochen. Michelle beobachtete, wie die freie Hand des Mannes leicht über den Hintern seiner Frau strich. Eine intime Geste, wie man sie bei langjährigen Paaren häufig sah. Es war ein Moment der Nähe, der eine starke Verbundenheit erahnen ließ. Ihnen dabei zuzusehen tat ihr auf eine Art und Weise weh, die nichts mit ihren physischen Wunden zu tun hatte, sondern mit einer Sehnsucht, die sehr viel tiefer ging.

Das Paar stieg in seinen Sportwagen und verschwand die Auffahrt hinunter. Seth zog unterdessen sein Handy aus der Tasche, sah auf das Display und sagte etwas zu Pauline. Obwohl Michelle zu weit weg war, um ihn hören zu können, sah sie den Ausdruck auf seinem Gesicht. Er besagte, dass er den Anruf annehmen musste.

Einer spontanen Eingebung folgend trat Michelle aus der Tür und ging auf Pauline zu. Die Therapeutin winkte ihr lächelnd und kam ihr entgegen.

»Ein weiterer erfolgreicher Workshop?«, fragte Michelle.

»Ja, sehr. Die meisten Paare, die zu uns kommen, wollen ihre Beziehung wirklich kitten – leider stecken sie in unproduktiven Mechanismen fest und wissen nicht, wie sie da wieder rauskommen sollen. Wir haben einfache Techniken, die ihnen zeigen können, dass ihre Liebe unter alldem noch immer vorhanden ist.«

»Und wenn sie das nicht mehr ist?«

»Dann haben sie einige schwierige Entscheidungen zu treffen.« Pauline deutete auf die Stühle, die auf der Veranda standen. »Seth braucht einen Moment. Wollen Sie sich vielleicht so lange zu mir setzen?«

»Gerne.«

Sie nahmen auf den gepolsterten Stühlen Platz. Michelle streckte die Beine aus und spürte ein angenehmes Ziehen in der Hüfte, eins, das sich mehr nach Heilung anfühlte als nach Schmerz.

»Sie können sich inzwischen viel leichter bewegen«, stellte Pauline fest.

»Ja, es geht mir auch schon besser. Zumindest körperlich.«

»Und was ist mit dem Rest?«

»Ich bin nicht auf der Suche nach einer Therapeutin.«

»Natürlich nicht.«

»Ich will einfach nur höflich sein und mich ein bisschen unterhalten. Nicht mehr.«

»Ich verstehe.«

Michelle musterte die andere Frau und versuchte herauszufinden, ob sie das ehrlich meinte oder ironisch. Paulines Blick war unbeirrt – aus ihren blauen Augen sprach Interesse, nichts anderes. Diese verdammten Seelenklempner, dachte Michelle missmutig, gegen die kommt ein normaler Mensch einfach nicht an.

»Ich habe die Blumen ausgerissen«, sprudelten die Worte plötzlich unerwartet aus ihr hervor. »Das war ich.«

»Ich hatte mich schon gefragt, wer den Garten so massakriert hat.«

»Ich war wütend und ich hasse Margeriten.«

»Ja, die können irritierend sein.«

Michelle seufzte. »Damit wollen Sie mir vermutlich sagen, dass ich verrückt bin.«

»Nein, das sind Sie nicht. Ist das enttäuschend zu hören?«

Michelle dachte über die Frage nach. »Ich bin unschlüssig.«

Pauline lächelte. »Sie sind zumindest ehrlich. Mochte Ihre Mutter Margeriten?«

»Sie hat sie geliebt. Nicht so sehr, wie Carly es tut, aber …« Sie hielt inne, dann fluchte sie. »Woher wissen Sie von meiner Mutter?«

»Ich war mir ziemlich sicher, dass Sie nicht einfach aus einem Ei geschlüpft sind.« Pauline zuckte die Achseln. »Na ja, und ich schleiche mich manchmal nachmittags in die Küche, um ein Stück von Damaris' Kuchen zu stibitzen. Sie redet gerne und ich bin eine gute Zuhörerin.«

»Was hat sie Ihnen denn noch erzählt?«

»Sie glaubt, dass Isabellas Kind noch nicht so weit ist, aufs Töpfchen zu gehen.«

»Sie wissen, was ich meine.«

»Ja, ich weiß, was Sie meinen.«

Michelle wartete, doch Pauline sagte nichts mehr. Sie atmete tief durch. »Ich wollte Carly wehtun, deshalb habe ich die Blumen ausgerissen. Und wahrscheinlich wollte ich auch meine Mutter verletzen. Ihr den ganzen Scheiß heimzahlen, den sie mir angetan hat.«

Sie schilderte kurz das finanzielle Desaster, das sie zu Hause vorgefunden hatte. »Und es ist niemand da, dem ich die Schuld geben könnte«, beendete Michelle ihre Erzählung. »Carly hat wirklich ihr Bestes gegeben.«

»Und das nehmen Sie ihr übel. So haben Sie keinen Feind mehr, den Sie bekämpfen können, das ist frustrierend. Da ist all diese Wut in Ihnen und Sie wissen nicht, wohin damit. Und dann stehen da diese Blumen im Garten rum und verspotten Sie.«

Michelle grinste. »Sie sind also auch schon mal von Blumen verspottet worden?«

»Im übertragenen Sinne, ja.« Pauline sah sie an. »Es ist nicht falsch, Gefühle zu haben, die haben wir alle. Erst, wenn wir uns unangemessen verhalten, überschreiten wir eine Grenze. Das wissen Sie selbst. Sie spüren, dass das nicht gesund und nicht gut für Sie ist. Und Sie schämen sich, das öffentliche Ergebnis eines Kontrollverlusts vor sich zu sehen, den Sie als Schwäche einstufen. Aber betrachten Sie es mal andersherum. Sie brauchten ein Ereignis, das Sie wachrüttelt, und Sie haben es bekommen. Ab jetzt werden Sie Wege finden, besser mit Ihren Gefühlen umzugehen. Es ist in Ordnung, etwas zu verbocken – es ist das, was wir danach tun, das uns definiert.«

Zum ersten Mal, seit sie nach Blackberry Island zurückgekehrt war, spürte Michelle, dass ihre Augen sich mit Tränen füllten, ohne dass eine unbändige Wut sie erfüllte. »Danke«, flüsterte sie.

Pauline drückte ihr den Arm. »Ich bitte Sie, Michelle, holen Sie sich Hilfe. Sie stehen an einer Kreuzung, an der Sie in zwei unterschiedliche Richtungen abbiegen können. Doch ich glaube, unsere Welt wäre eine bessere, wenn Sie Ihren Weg in sie zurückfänden. Werden Sie nicht zu einer verlorenen Seele, davon haben wir schon genug.«

Michelle ging an der Längsseite des Inns durch den Garten und beäugte die Margeriten in dem Wissen, dass sie, wenn sie sie noch einmal ausrisse, von der Kategorie »schrullig« in die Kategorie »geistig umnachtet« aufstiege. Sie war dankbar für Paulines Rat und hatte sogar vorgehabt, ihn zu befolgen. Bis zu diesem Moment.

Sie hatte Beweise. Keine, die sie der Polizei hätte vorlegen können, doch sie hatten ihr ausreichend Klarheit darüber verschafft, wer das Inn bestahl und wie.

Die Gesamtzahl der abgerechneten Belege ging immer an den Tagen herunter, an denen Isabella arbeitete. Sie hatte noch eine weitere Woche abgewartet, ehe sie zu diesem Schluss gekommen war. An jedem einzelnen Tag hatte sie die Anzahl der belegten Tische zur Frühstückszeit gezählt. So wusste sie genau, wie viele von ihnen mehrfach besetzt worden waren und wie viele Quittungen es hätte geben müssen. Die Kellner wechselten, die Wochentage wechselten – die einzige Konstante war Isabella.

Sie zu entlassen war die logische Konsequenz, doch Michelle konnte sich nicht vorstellen, Damaris das anzutun. Isabella war ein Mitglied ihrer Familie, natürlich würde Damaris ihr glauben. Es würde einen Riesenstreit und Anschuldigungen in alle Richtungen geben, und wenn sie ehrlich war, würde sie lieber auf Streifendienst gehen, als sich mit alldem auseinanderzusetzen.

»Du siehst wütend aus«, sagte Sam, der gerade um die Hausecke kam. »Das gefällt mir.«

»Spiel nicht den Charmeur, ich bin nicht in Stimmung dafür.«

»Für Charme ist immer der richtige Moment. Genau wie für Wackelpudding.« Er zupfte an einer ihrer Haarsträhnen. »Komm schon, Michelle. Erzähl Onkel Sam, was los ist.«

»Igitt«, sagte sie. »Sag bitte nicht Onkel, das klingt so schmierig.«

»Na gut. Dann erzähl es einem alten Freund, dem du wichtig bist.«

Sie atmete tief durch. »Personalprobleme. Aber ich will nicht darüber reden.« Sie sah ihn an. Sam war ein gut aussehender Typ – zu dumm, dass sie nicht mit ihm schlafen wollte. Er wäre sicher glücklich, es ihr einen oder zwei Nachmittage lang zu besorgen und anschließend seiner Wege zu ziehen. Keine Versprechungen, keine Fragen. Bloß konnte sie einfach kein Interesse für ihn aufbringen.

»Ich habe dich vernachlässigt, oder?«, fragte sie und überlegte, ob die Liste ihrer Verfehlungen jemals kleiner werden würde. »Wie lange bist du jetzt schon hier, zwei Wochen? Oder noch länger? Und wir haben bisher gar nichts miteinander unternommen, tut mir leid.«

»Das muss es nicht, ich war auch so ganz gut beschäftigt.«

»Will ich ihren Namen wissen?«

Sam grinste. »Nicht nur mit einer Frau. Ich habe die Stelle angeboten bekommen.«

»Was?« Sie umarmte ihn. »Das ist ja großartig! Und hast du angenommen? Ich meine, ist es offiziell, können wir das feiern?«

»Ich habe sie angenommen und ja, feiern wäre super. Ich fange nächste Woche an und habe auch schon eine Wohnung. Meine Sachen sind gerade von Texas unterwegs hierher.«

Er führte sie zu den Stühlen auf der Veranda und bedeutete ihr, sich zu setzen. Dann nahm er ihr gegenüber Platz und streckte seine langen Beine aus.

Sam hatte das vergangene Jahr in Fort Hood verbracht – von Texas in den pazifischen Nordwesten war es ein langer Weg.

»Meinst du, du wirst dich an den Regen gewöhnen können?«, fragte sie neckisch.

»Ich kann mich an so einiges gewöhnen. Jedenfalls bin ich so weit, wieder Zivilist zu werden.«

»Das warst du schon seit zwanzig Jahren nicht mehr. Woher weißt du, dass es dir gefallen wird?«

»Früher hat es mir doch auch gefallen. Außerdem kann ich jetzt endlich mal wieder ausschlafen.«

»Kannst du das?«

Sein Blick schwenkte langsam auf ihr Gesicht. »Schlafen meinst du? Klar. Du nicht?«

»Noch nicht so richtig.«

»Albträume?«

Sie nickte. »Und bei lauten Geräuschen zucke ich zusammen.«

»Ich auch, aber ich bin besser darin geworden, es zu verbergen. Es ist nicht leicht, durchzumachen, was du durchgemacht hast, und dann hierher zurückzukommen. Du hast den Großteil der letzten zehn Jahre entweder im Irak oder in Afghanistan verbracht, da gab es sogar bei einem Weichei-Job wie deinem gewisse Gefahren.«

Sie funkelte ihn böse an. »Ich hatte keinen Weichei-Job.«

»Doch, hattest du. Und das weißt du.«

»Okay, ich war in keiner Kampfeinheit«, gab sie zu. »Aber du auch nicht.«

»Ich hatte trotzdem meine Ration an Feindkontakten.«

Sie hatte nur den einen gehabt, doch er sprach von mehr als einem Hinterhalt. Er wollte sie daran erinnern, dass es andauernd Raketenangriffe gegeben hatte, dass es niemals ruhig gewesen war.

Sie war hier aufgewachsen, auf Blackberry Island, wo das Leben vom Wechsel der Jahreszeiten und von den Migrationsströmen der Touristen bestimmt war. Nie hätte sie gedacht, dass sie mal alle drei Monate zum Schießtraining gehen würde oder dass sie es mit sommerlichen Temperaturen von über fünfzig Grad im Schatten zu tun bekäme und ihre Kleidung auf Walzenspinnen untersuchen müsste.

Auch wenn ihr Job lediglich darin bestanden hatte, die kontinuierliche Versorgung der Truppe sicherzustellen, hatte sie nie so tun können, als wäre sie nicht in einem Kriegsgebiet. Die Army hatte sie zwangsläufig zur Soldatin gemacht, doch in Herz und Seele war sie immer Zivilistin geblieben. Sie hatte gedacht, dass dies es ihr leichter machen würde, in die normale Welt zurückzukehren, aber damit hatte sie falschgelegen.

»Du hast das Richtige getan«, sagte Sam. »Du musstest ihn töten, du hattest keine andere Wahl.«

»Aber seine Tochter war bei ihm, sie hat sich an ihn geklammert, und jetzt wird sie mit diesem Bild aufwachsen, mit dem Bild seines Todes, und das ist nur meine Schuld.«

»Wärst du lieber selber tot?«

»Nein, aber …«

»Es gibt kein Aber – das war die Wahl, die du hattest. Entweder du tötest ihn oder er tötet dich. Und das ist auch der Grund, weshalb er an jenem Tag an jenem Ort war. Er war nicht auf dem Weg zum Markt oder zu einem Besuch bei seinem besten Freund. Er war dort, weil er feindliche Soldaten angreifen und töten wollte. Und er ist derjenige, der sich dazu entschieden hat, sein Kind mit dorthin zu nehmen. Was für ein Vater tut so etwas? Warum hat er seine Tochter nicht zu Hause gelassen, wo sie hingehört? Das hatte nichts mit dir zu tun, Michelle. Das Ganze auf dich zu beziehen macht es dir nur schwerer, es hinter dir zu lassen.«

Sie wusste, dass er mit allem recht hatte, was er sagte, doch das schien nichts zu ändern.

»Du musst mit jemandem darüber reden«, sagte er.

»Du bist nicht der Erste, der mir diesen Rat gibt, den habe ich schon öfter gehört.«

»Und du warst immer schon ein Dickkopf. Meistens ist dieser Charakterzug ganz nützlich, aber in diesem Fall macht er dich fertig.« Ausnahmsweise einmal sah Sam ernst und entschlossen aus. »Du weißt, dass du mir wichtig bist, oder?«

»Ja.«

»Dann hör mir zu, ich hab das oft genug gesehen. Man kommt nicht mehr klar und versucht, das irgendwie zu kompensieren. Vielleicht trinkt man ein bisschen mehr, nimmt Drogen oder fährt zu schnell Auto. Dann kommt man irgendwann noch weniger klar, und ehe man sich's versieht, ist man so richtig verloren und hat auf einmal auch noch den Arsch voll mit anderen Problemen. Nimmst du welche?«

»Was, Drogen? Nein, aber ich trinke.« Sie verzog das Gesicht. Das hatte sie eigentlich nicht zugeben wollen.

»Such dir Hilfe. Wenn du es alleine hinkriegen könntest, dass es dir wieder gut geht, dann wäre das schon längst passiert.«

Er hatte nicht gänzlich unrecht, ebenso wie Pauline. Anscheinend versuchte ihr jemand von irgendwoher eine Nachricht zukommen zu lassen. »Ich weiß, ich werde mir eine Gruppe suchen.«

»Lass mich raten. Ganz bald? Sobald du dazu kommst? Gleich Montagfrüh?«

»Warst du immer schon so penetrant?«, fragte sie, in der Hoffnung, ihn abzulenken.

»Nein, aber es ging dir auch noch nie so schlecht wie jetzt. Du bist dabei, daran kaputtzugehen. Es fehlt nicht mehr viel und du stürzt endgültig in den Abgrund.«

Sie hätte erwartet, dass Zorn in ihr hochkochte – wütend zu werden hätte ihr Stärke verliehen. Stattdessen wurde sie von einer plötzlichen Welle der Traurigkeit überflutet. Beinahe erwartete sie, im nächsten Moment die Dementoren aus den Harry-Potter-Büchern auftauchen zu sehen. Furcht einflößende, durch die Lüfte schwebende Kreaturen, die alle Fröhlichkeit aufsaugten, wären zumindest eine logische Erklärung für ihren Zustand. Und eine sehr viel einfachere als die Wahrheit.

»Was, wenn es mir niemals besser geht«, fragte sie, während sie gegen Tränen ankämpfte. »Was, wenn ich das nicht kann?«

Sam rollte mit den Augen. »Du meinst, weil du so etwas Besonderes bist? Komm endlich in die Pötte und arbeite daran, dann wird es dir auch wieder gut gehen.«

Ohne nachzudenken, stand sie auf und überwand den wenigen Raum, der zwischen ihnen lag. Sie ballte die Rechte zur Faust und holte zum Schlag aus. Sie war sich nicht sicher, wo sie ihn treffen wollte, doch sie wusste, dass es schmerzvoll für ihn sein sollte.

Schneller, als sie es jemals für möglich gehalten hätte, war er ebenfalls auf den Beinen, packte ihre Faust und nutzte ihren eigenen Schwung gegen sie, um sie mit Leichtigkeit von sich abzuwenden. Kaum eine Sekunde später hielt er sie eng an sich gepresst und drückte seinen Arm an ihren Brustkorb, sodass sie vollkommen bewegungsunfähig war.

Leises Gelächter erfüllte ihr linkes Ohr. »Du bist schlecht in Form, falls du vorhast, es mit mir aufzunehmen.«

»Du hast mich wütend gemacht.«

»Das habe ich schon kapiert.« Er ließ sie los, dann strich er ihr leicht über die Wange. »Hol dir Hilfe.«

»Das werde ich«, sagte sie widerwillig, fragte sich jedoch, ob sie die Wahrheit sagte.

Er umarmte sie und sie klammerte sich an ihn, saugte seine Stärke in sich auf. Als er sie losließ, sah sie zu ihm auf, um ihm zu danken. Doch seine Aufmerksamkeit lag nicht bei ihr, sein Blick war auf das Inn gerichtet.

Nein, sein Blick war nicht nur auf das Inn gerichtet, er scannte es regelrecht ab. Sie folgte seiner Blickrichtung und sah eine Bewegung im Haus. Carly überprüfte gerade ein paar Zimmer.

»Was machst du denn …?« Sie hielt inne und starrte ihn an.

Sie erkannte den Ausdruck in seinen Augen, das langsame, sexy Grinsen, die freudige Erwartung. Verdammt noch mal.

»Du interessierst dich für Carly?«, fragte sie.

»Klar, wieso nicht? Hast du sie dir mal angeschaut?«

»Ich kann ihr ja schlecht entkommen«, murmelte Michelle, der klar war, dass Carly eine attraktive Frau war. Klein, blond, jede Menge Kurven und eine mädchenhafte Art. Ihr musste man nicht sagen, wie sie sich anzuziehen hatte und wie damit umzugehen war, wenn man nachts schreiend aufwachte oder zu viel trank. »Ich hasse sie.«

»Tust du nicht.«

»Das sollte ich aber.«

»Sie ist deine Geschäftspartnerin und deine Freundin.«

»Verwirr mich nicht mit den Fakten. Ich kann nicht fassen, dass du mit ihr ausgehen willst.«

In seinem Gesichtsausdruck lag plötzlich so etwas wie männliche Befriedigung. Michelle spürte, wie ihr die Kinnlade heruntersackte.

»Du schläfst mit ihr?« Ihre Stimme klang schrill vor Empörung. »Wann und wie das denn?«

»Es ist nichts Regelmäßiges«, gab er zu.

»Aber das hättest du gern. Mann, sie arbeitet hier.«

»Na und?«

»Sie arbeitet hier und außerdem hat sie eine Tochter.«

»Ich mag Kinder.«

»Wann warst du das letzte Mal mit einem Kind zusammen?«

»Muss man dafür eine Prüfung ablegen?«, fragte er. »Was ist denn dein Problem?«

Sie war sich nicht sicher, was es ihr so schwer machte, diese Frage zu beantworten. Sie hätte ihm gerne gesagt, dass es nicht richtig war und dass er Carly nie wiedersehen dürfe – doch wenn sie das täte, würde Sam sie nur auslachen.

»Warum bist du so verärgert?«

»Bin ich gar nicht.«

Er betrachtete sie schweigend.

»Bin ich wirklich nicht«, wiederholte sie. »Es fühlt sich nur merkwürdig an, es gefällt mir irgendwie nicht.«

»Dann sieh einfach nicht hin.«

Sie verpasste ihm einen Schubser. »Hab ich schon mal erwähnt, dass ich dich nicht besonders mag?«

»Du liebst mich und ich liebe dich, das werde ich immer. Aber das heißt nicht, dass du ein Mitspracherecht in meinem Privatleben hast.«

Sie seufzte. »Ich weiß.«

Carly streute vorsichtig das letzte Glitterpulver auf die handgearbeitete Karte, dann wedelte sie sie durch die Luft, damit der Kleber trocknete. Sie arbeitete vor und produzierte die Karten in Chargen. Das Motiv vorne war nicht auf die einzelnen Gäste persönlich abgestimmt, doch sie sorgte dafür, dass die Nachricht im Inneren es war. Im Sommer, wenn das Inn die meiste Zeit über ausgebucht war, schaffte sie das nicht mehr.

Vierzig fertig gestaltete Karten lagen auf ihrem Schreibtisch. Sie sammelte die Bastelutensilien ein und verstaute sie in einer Kiste, dann schob sie sie in das oberste Fach des Bücherregals in ihrem Büro.

Der Schreibtisch und das Regal waren für sie, der Rest des Raums diente als zusätzlicher Lagerraum, in dem Papiervorräte, Druckerpatronen und Festtagsdekorationen aufbewahrt wurden.

Früher hatte sie sich immer ein größeres Büro gewünscht, das professioneller wirkte und vielleicht sogar so etwas wie ein Fenster hatte. Doch in letzter Zeit stellte sie fest, dass sie zufrieden war mit dem, was sie hatte. Es mochte nicht groß sein, aber sie hatte ausreichend Platz für alles, was sie zu tun hatte. In

Wahrheit war sie ohnehin viel lieber draußen bei den Gästen, statt sich hier drin mit Zahlen herumzuschlagen. Ihr brennendes Verlangen, das Sagen zu haben, hatte sich verflüchtigt.

Das lag zum Teil daran, dass es einfacher war, mit Michelle zusammenzuarbeiten als mit Brenda. Michelle hatte zwar auch so ihre Probleme – wie der Zwischenfall mit den Margeriten bewies –, doch ihre Ausbrüche waren nicht so unvorhersehbar und boshaft wie die von Brenda. Bei Brenda war sie die Zielscheibe für deren Angriffe gewesen. Bei Michelle war sie nur ein Kollateralschaden.

Sie stellte ihren Laptop auf den Schreibtisch und fuhr ihn hoch. Während das Gerät surrte und brummte, dachte sie weiter darüber nach, dass Michelle alle Margeriten ausgerissen hatte. Eigentlich hätte sie noch wütend deswegen sein müssen, aber sie hatte die Sache bereits hinter sich gelassen. Michelle hasste die Blumen und hatte in diesem Moment ihren Zorn einfach an etwas oder jemandem auslassen wollen. Und so hatten die Margeriten dran glauben müssen.

Das hätte ihr wohl was ausmachen sollen, doch das tat es nicht. Vermutlich, weil es so eine unverhohlene Aktion gewesen war. Brenda hatte sich gerne von hinten angeschlichen, um unerwartet anzugreifen. Michelles stumpfe Gewaltausbrüche hingegen waren in keiner Weise subtil. Über deren Intention und deren Bedeutung bestand keinerlei Zweifel.

Ihr Computer war nun vollständig hochgefahren und der Startbildschirm baute sich auf, Icons, die über ein Foto von Gabby mit Margeriten in der Hand verteilt waren. Carly fing an zu lachen. Okay, vielleicht hatte sie wirklich übertrieben mit ihrer Blumendeko. Es konnte wohl nicht schaden, das Ganze etwas herunterzufahren.

Michelle trat in ihr Büro und klopfte leise an die Tür.

»Hast du mal eine Sekunde?«

»Klar.« Carly deutete auf den schmalen Holzstuhl vor ihrem Schreibtisch. »Was gibt's?«

Michelle starrte sie einen Moment lang an. »Es tut mir leid wegen der Blumen, ich bin ein bisschen durchgedreht.«

»Ja, das war schon ein beeindruckendes Gemetzel.«

»Du bist nicht sauer?«

»Nein, ich kann es fast verstehen. Vielleicht habe ich das Margeriten-Thema im Inn etwas zu weit ausgewalzt. Ich werde die Deko reduzieren.«

Michelle verzog peinlich berührt den Mund. »Sag nicht so etwas. Eigentlich solltest du sauwütend auf mich sein.«

»Nein, tut mir leid, ich verstehe es wirklich. Zumindest, wenn man die Umstände bedenkt.«

Michelles dunkle Augen wurden schmal.

»Du bist so ein Plagegeist. Hör endlich auf, nett zu sein. Ich bin überhaupt nicht nett, ich bin sogar richtig furchtbar zu dir und du sitzt immer noch hier und hältst mir den Rücken frei. Sei doch auch mal ein Arsch, verdammt!«

Carly stand auf. »Was ist denn dein Problem?«

»Nichts. Alles. Ach, ich kann einfach nicht ...« Sie fluchte leise, dann zog sie etwas aus ihrer Gesäßtasche. Sie ließ es auf den Schreibtisch fallen, drehte sich um und ging.

Carly nahm das Blatt Papier, entfaltete es und begriff, dass es ein Foto war.

»Oh nein«, hauchte sie, ihr wurde heiß und kalt zugleich. Ihre Finger zitterten so sehr, dass sich auch das Bild in ihrer Hand bewegte.

Das Motiv war schlicht. Es zeigte Michelle in einem weißen Spitzenkleid und einem Brautstrauß in der Hand. Sie stand neben einem großen Mann im Anzug.

Ein Hochzeitsbild, dachte Carly ungläubig. Und der Bräutigam war Sam.

25. KAPITEL

Carly gelang es, nach dem Mittagessen für einen Moment aus dem Inn zu entkommen. Gabby würde erst in zwei Stunden zu Hause sein und die ersten neuen Gäste checkten normalerweise nicht vor drei Uhr ein. Sie rief Sam auf dem Handy an und bat ihn, sich mit ihr im Coffeeshop am Jachthafen zu treffen. Als sie dorthin kam, wartete er bereits.

Nachdem sie einen Extraschuss Espresso für ihren Latte macchiato bestellt hatte, ging sie zu ihm auf die Terrasse. Es war ein grauer Nachmittag, doch es herrschten mindestens zwanzig Grad. Ein paar Kraniche drehten kreischend Kreise in der Luft. Sie fragte sich, ob Leonard in der Nähe war, und wünschte, sie hätte mit ihm Sex haben wollen. Das hätte ihr Leben um einiges weniger kompliziert gemacht.

Sam stand auf, als sie näher kam, und rückte ihr einen Stuhl zurecht.

»Endlich«, sagte er. »Ich hatte schon langsam das Gefühl, du wolltest mir etwas damit sagen, dass du dich nicht gemeldet hast.«

Er hatte sie angerufen und gefragt, ob sie mit ihm ausgehen wolle. Sie hatte eingewilligt, doch aufgrund ihrer vielfältigen Aufgaben im Inn und mit Gabby hatte sie ihm keinen bestimmten Tag und keine bestimmte Zeit nennen können. Aber eigentlich war der Grund eher, dass sie nicht sicher war, ob sie ihn wiedersehen wollte. Ihn um sich zu haben veranstaltete Dinge mit ihrem Körper, die ihr nicht gefielen – oder ihr vielleicht zu sehr gefielen. Die Kontrolle zu behalten, eine verantwortungsvolle Erwachsene und Mutter zu sein, war wichtig für sie. Der ungeplante Sex auf ihrem Sofa war in dieser Hinsicht nicht ihre weiseste Entscheidung gewesen.

Sie schob ihm das gefaltete Bild rüber. Er faltete es auseinander und grinste.

»Das hab ich doch schon mal gesehen«, sagte er.

»Das überrascht mich nicht, angesichts der Tatsache, dass du an dem Tag ja irgendwie anwesend warst.« Sie setzte ihre Kaffeetasse ab und beugte sich zu ihm hinüber. »Du warst mal mit Michelle verheiratet.«

»Ist das eine Feststellung oder eine Frage?«

»Eine Feststellung. Du warst mit ihr verheiratet und hast es mir nicht erzählt.«

»Na und?«

»Meinst du nicht, dass ich diese Information vielleicht gerne gehabt hätte?«

»Warum schreist du nicht Michelle an? Die hat es dir doch auch nicht erzählt.«

»Ich schreie nicht.« Sie senkte bewusst die Stimme, dann sah sie sich um, um sicherzugehen, dass niemand nah genug saß, um sie zu belauschen. »Außerdem habe ich nicht mit Michelle geschlafen, ich habe mit dir geschlafen. Und sie ist meine Chefin. Verstehst du jetzt vielleicht, weshalb es hilfreich für mich gewesen wäre, das zu wissen?«

»Ich denk schon. Tut mir leid, ich wollte kein Geheimnis daraus machen. Michelle und ich haben uns vor drei Jahren getrennt, aber wir sind Freunde geblieben. So passt es einfach besser zwischen uns. Wir hätten gar nicht erst heiraten sollen.«

Es klingt so locker, wie er darüber redet, dachte sie grimmig. Wohingegen sie ihm am liebsten schreiend an den Kopf geworfen hätte, dass er sie angelogen hatte. Genau genommen hatte er das zwar gar nicht, doch er hatte sich eindeutig der Unterlassung schuldig gemacht.

»Ist sie sauer?«, fragte er.

»Sagen wir, sie ist nicht gerade erfreut.«

Er runzelte die Stirn. »Normalerweise ist es ihr egal, mit wem ich schlafe.«

»Michelle und ich haben eine gemeinsame Vergangenheit.« Da war vor allem die Allen-Geschichte. Dachte Michelle etwa, sie hätte mit Sam geschlafen, um sich an ihr zu rächen? Das war zwar nicht ganz das Gleiche – ein geschiedener Ehemann war etwas anderes als ein Verlobter – und doch war die Situation nicht unähnlich.

»Du hättest es mir sagen sollen«, wiederholte sie.

»Hätte das etwas an dem geändert, was zwischen uns passiert ist?«

»Ja.«

»Dann bin ich froh, dass ich es nicht getan habe. Ich mag dich, Carly, und ich möchte Zeit mit dir verbringen.«

»Ich kann nicht.«

»Weshalb nicht? Wegen Michelle? Was hat sie denn damit zu tun?«

»Ich arbeite für sie.«

»Na und?«

»Und sie ist meine Freundin. Das ist einfach zu schräg.«

»Sie ist nicht auf die Art an mir interessiert. Außerdem kannst du doch dein Leben nicht nach etwas ausrichten, das vor so vielen Jahren passiert ist.«

»Das muss ich aber. Ich will nicht, dass sie sich deswegen unwohl fühlt.«

Er stand auf und ließ das Bild auf den Tisch fallen. »Du machst das größer, als es ist. Glaub mir, ihr ist das egal.«

»Mag sein, aber mir nicht.«

Er sah sie lange an. »Na schön. Ich schätze mal, wir sehen uns irgendwie.«

Er ging davon, ohne sich noch einmal umzublicken. Carly sah ihm nach. Sie wusste, dass sie die richtige Entscheidung getroffen hatte. Michelle mochte das nicht zu schätzen wissen, doch das war in Ordnung, moralische Überlegenheit war ihr wichtig. Sie war es leid, Taten zu rechtfertigen, die sie nicht mehr ändern konnte. Besser, sie handelte von Anfang an richtig.

Am Mittwochmorgen stand Michelle am Fenster und beobachtete die drei Paare auf dem Rasen. Jeweils einem der Ehepartner waren die Augen verbunden worden und der andere führte ihn umher. Pauline hatte ihr erklärt, dass die »Vertrauensübung« die Paare wieder näher zusammenbrachte. Sie wollte dies gerne bezweifeln, doch sie hatte mit eigenen Augen gesehen, dass diese Technik funktionierte.

Carly trat zu ihr. »Was ist los?«

Michelle deutete auf die Paare. »Würdest du das machen? Dir von irgendeinem Typen die Augen verbinden und dich herumführen lassen?«

»Klar, wieso nicht?«

»Ich könnte das nicht. Männer sind alle Idioten.«

Carly lachte. »Vielleicht, aber sich mit verbundenen Augen rumführen zu lassen ist doch gar nichts. Wenn du verheiratet bist, bist du ständig total verletzbar. Dein Partner könnte dich einfach im Schlaf umbringen.«

»Okay, das ist jetzt allerdings eine verdrehte Logik.«

»Das liegt an meiner schillernden Persönlichkeit. Ich treffe mich übrigens nicht mehr mit Sam.« Sie hielt ihr das Foto hin. »Ich habe mit ihm gesprochen und ihm gesagt, dass ich nicht interessiert bin.«

Michelle ignorierte das Bild. »Wieso hast du das getan?«

»Weil du mit ihm verheiratet warst.«

»Ich habe nie gesagt, dass du die Sache mit ihm beenden sollst.«

»Indirekt schon.«

»Nein.«

Carly atmete tief durch. »Doch, hast du. Und ich wollte dir nur sagen, dass wir nicht miteinander ausgehen werden.«

»Solange es nicht wegen mir ist.«

Carly wedelte mit dem Foto. »Willst du es nun zurück oder nicht?«

»Du klingst genervt.«

»Das liegt wohl daran, dass du mir auf die Nerven gehst. Es ist dir ganz offensichtlich nicht egal, ob ich ihn sehe oder nicht. Andernfalls hättest du eine andere Art gewählt, mir zu sagen, dass ihr zwei mal verheiratet wart. Du hast voll auf Schockwirkung gesetzt. Hat funktioniert, freu dich.«

Michelle konnte sich nicht erinnern, wann sie sich das letzte Mal gefreut hatte. In letzter Zeit fühlte sie so gut wie gar nichts. Ein wenig innere Unruhe vielleicht. Sehr viel weniger Schmerzen. Meistens jedoch war sie wie betäubt – als wäre der Teil in ihr, der ihre Gefühle produzierte, gestorben. Sie hätte sich gerne damit beruhigt, dass es ein Fortschritt war, nichts zu fühlen. Doch sie vermutete, dass dies nur ein weiterer Schritt in Richtung eines Zustands war, in dem es ihr richtig schlecht gehen würde.

»Du kannst dich ruhig mit ihm treffen«, sagte sie bedächtig und merkte, dass sie es wirklich ernst meinte. »Du hast recht, ich habe auf Schockwirkung gesetzt. Aber eigentlich nicht, weil ich wütend war, es kam eher so überraschend. Herauszufinden, dass du mit ihm geschlafen hast, meine ich.«

Carly wurde rot. »Ich hatte das nicht geplant.«

»Sam ist ein sexy Typ.«

»Ähm, ja. Aber es ist vorbei.«

»Deine Entscheidung.«

»Ich sollte dir echt eine reinhauen.«

Michelle lächelte. »Versuch's doch.«

»Vielleicht besser nicht«, erwiderte Carly. »Du bist ja ein Profi.«

»Genau.« Sie wandte sich vom Fenster ab. »Sam und ich waren nur ein paar Monate zusammen. Wir haben spontan geheiratet, uns wurde jedoch schnell klar, dass wir uns zu ähnlich sind, was für eine Freundschaft großartig ist, aber nicht für eine Ehe.«

»Danke, dass du mir das erzählt hast«, sagte Carly steif.

Michelle starrte sie einen Moment lang wütend an. »Schön, dann reden wir jetzt über die Arbeit. Ich werde Isabella rauswerfen.«

»Wie bitte?«

»Sie ist diejenige, die das Restaurant bestiehlt.« Michelle hatte ihr Bestes gegeben, vor der Wahrheit davonzulaufen, solange sie konnte. »Wir nehmen mehr Geld ein, wenn sie nicht arbeitet, als wenn sie arbeitet. Ich habe versucht herauszufinden, wer es sonst sein könnte, aber Isabella ist die einzige Erklärung. Damaris wird am Boden zerstört sein.«

»Das tut mir leid. Wann willst du sie entlassen?«

Michelle warf einen Blick auf ihre Uhr. »Jetzt, noch vor der Mittagsschicht.«

»Ich begleite dich. Als moralische Unterstützung.«

Michelle lehnte Carlys Angebot nicht ab. Vielleicht war es gut, wenn jemand dabei war. Jemand, der objektiv war.

Sie gingen in den Speisesaal. Isabella telefonierte gerade. Als sie sie sah, beendete sie das Gespräch und steckte ihr Handy in die Tasche.

»Damaris ist in der Küche«, sagte sie.

»Wir wollen nicht zu ihr«, erwiderte Michelle. »Wir sind hier, um mit dir zu reden.«

»Okay?«

Michelle wollte das nicht tun. Sie wollte es nicht aussprechen, sie wollte keine Vorwürfe machen und die Konsequenzen tragen müssen. Kurz, sie wollte nicht die Böse sein. Warum genügte es Isabella nicht, einfach ihre Arbeit zu machen und sich ihren Gehaltsscheck abzuholen?

»Ich muss dich entlassen«, sagte sie leise. »Ich weiß, dass du dem Restaurant Geld gestohlen hast. Ich weiß, dass du die Belege der Kunden verschwinden lässt, die bar bezahlen, und das Geld einsteckst. Ich habe alle überprüft, die hier arbeiten, und der einzige gemeinsame Nenner bist du.«

Isabellas dunkle Augen blitzten wütend auf, doch sie sagte nichts. Stattdessen drehte sie sich um und eilte in die Küche. Sekunden später kam sie zurück und zerrte Damaris hinter sich her.

»Was ist los?«, fragte die Köchin und trocknete sich die Hände an ihrer Schürze ab. »Ich bin beschäftigt, ich koche gerade Suppe.«

»Sag's ihr«, sagte Isabella zu Michelle und verschränkte die Arme vor der Brust. »Sag ihr, was du mir gesagt hast.«

Michelle sah zwischen den beiden hin und her, nicht sicher, was eigentlich ablief. »Ich entlasse Isabella, weil sie gestohlen hat.«

»Ich habe dir gesagt, dass sie es rausfinden wird«, sagte Isabella zu ihrer Schwiegermutter. »Ich hab dir gesagt, dass wir damit aufhören müssen, aber hast du auf mich gehört? Nein, du weißt es immer besser.« Sie funkelte Michelle böse an. »Du bist so dumm. Nicht ich bin es, sie ist es. Ich mache nur, was sie mir sagt, alle in der Familie tun das. Ja, ich lasse die Belege verschwinden, wenn die Kunden bar zahlen. Aber das war nicht meine Idee.«

Michelle begriff nicht. Natürlich, die Worte ergaben einen Sinn und sie konnte sich sogar vorstellen, dass Isabella eher ein Mitläufer als ein Drahtzieher war, doch Damaris? Nein, das war einfach unmöglich.

»Sei still«, sagte Damaris. »Lass mich das erklären.«

»Schön, ich bin dann auch fertig hier.«

Isabella holte ihre Tasche vom Empfangstresen und stürmte

hinaus. Nun starrte Michelle ungläubig die Frau an, die mehr als ein Jahrzehnt lang ihre Freundin gewesen war.

»Wie konntest du nur?«

Damaris schob ihre Brille auf den Kopf, dann hielt sie abwehrend beide Hände hoch. »Jetzt warte mal. Deine Mutter hat mich jahrelang ausgenutzt, du weißt, wie wenig sie mir gezahlt hat. Und ich hatte eine Familie zu versorgen. Die Leute kommen wegen mir hierher, wegen meines Essens. Das habe ich ihr gesagt und sie hat gesagt, wenn ich gehen wollte, könnte ich ja gehen. Aber das wollte ich nicht.« Damaris berührte ihren Arm. »Ich bin deinetwegen hiergeblieben.«

Michelle nahm die vertraute Schockstarre wahr, die jeden ihrer Flashbacks begleitete. Nur dass diesmal keine Schüsse zu hören waren und es nicht erstickend heiß war. Da waren nur Lügen. Und die waren in gewisser Weise tödlicher als eine Kugel.

»Ich habe dir doch eine Gehaltserhöhung gegeben«, sagte sie. Die Worte purzelten unkontrolliert über ihre tauben Lippen. »Und ich habe mit dir darüber geredet, dass hier gestohlen wird.«

»Ich weiß, ich hätte nicht mehr so viel nehmen sollen. Ich dachte, du würdest es nicht merken. Das war mein Fehler.«

Carly trat näher. »Nein, Damaris, das war nicht dein Fehler. Dein Fehler war, dass du deine Arbeitgeberin bestohlen hast. Brenda und Michelle haben dir beide vertraut. Ich kann verstehen, wenn Brenda dir scheißegal war, aber du behauptest, dass Michelle dir wichtig ist und dass du dich immer um ihre Belange gekümmert hast. Das ist eine seltsame Art, das zu zeigen.«

»Das hier hat nichts mit dir zu tun«, sagte Damaris, ihre Augen funkelten vor Zorn. »Ich arbeite nicht für dich.«

»Nun ja, das macht das hier für mich einfacher, nicht wahr?«

Carlys Stimme war kontrolliert, als wäre sie völlig Herrin der Lage. Michelle war froh darüber, dass eine von ihnen das war. Sie selbst konnte kaum noch atmen. Sie wollte nicht hier sein, wollte nicht, dass passierte, was gerade passierte.

»Du wirst jetzt ganz ruhig gehen«, sagte Carly. »Den Leuten wirst du erzählen, dass du eine berufliche Veränderung brauchst. Du wirst dich nicht arbeitslos melden, du wirst nichts Schlechtes über das Inn oder das Restaurant sagen und Isabella genauso wenig. Wenn du diesen Bedingungen nicht zustimmst, wird Michelle zur Polizei gehen und dich anzeigen.«

Damaris' Wangen färbten sich rot. »Droh du mir ja nicht. Michelle würde das niemals tun.« Sie wandte sich ihr zu. »Sag's ihr. Sag ihr, dass ich dir wichtig bin! Okay, ich hätte das Geld nicht nehmen dürfen, das passiert nie wieder. Aber ich kann dich nicht alleinlassen, du brauchst mich doch.«

Wenn Michelle eine Liste aller Leute hätte erstellen sollen, denen sie vertrauen konnte, so hätte Damaris darauf ganz weit oben gestanden. Sam wäre vermutlich an erster Stelle gekommen, doch Damaris an zweiter oder dritter Stelle. An wievielter Stelle Carly gekommen wäre, hätte sie nicht sagen können. Bis jetzt.

Diese plötzliche Verlagerung, die Veränderung ihrer Realität ließ ihre Beine schwach werden. Sie musste sich an etwas festhalten, sich einen Moment lang besinnen, um zu begreifen, was hier gerade geschah.

»Sie braucht dich nicht«, sagte Carly und klang dabei immer noch ruhig und vernünftig. »Was sie braucht, sind Menschen, denen sie vertrauen kann. Und für dich ist es jetzt an der Zeit zu gehen.«

Damaris stemmte die Hände in die Hüften. »Nun?«, forderte sie Michelle heraus.

Michelle schüttelte den Kopf, verletzt und zugleich unfassbar traurig. Nein, es war sogar noch schlimmer. »Du kannst nicht bleiben. Nach dem, was du getan hast, will ich dich nicht mehr hierhaben.«

Damaris riss sich die Schürze vom Leib und schmiss sie auf den Boden. »Du wirst es niemals schaffen ohne mich. Das Restaurant wird untergehen.«

»Bis morgen früh um neun habe ich ein Schreiben aufgesetzt«, sagte Carly. »Dann wirst du mit Isabella hier auf der Matte stehen, um es zu unterzeichnen. Wenn nicht, rufe ich die Polizei.«

»Das kannst du nicht machen.«

»Doch, das kann ich. Sieh mir in die Augen, Damaris. Hast du irgendwelche Zweifel an meiner Entschlossenheit, deinen Arsch hinter Gitter zu bringen?«

Damaris trat zu Michelle. »Das lässt du sie durchziehen? Du lässt einfach zu, dass sie mir das antut?«

Michelles Augenblick der Tapferkeit war vorbei, sie zitterte nur noch. Ihre Hüfte tat weh wie seit Wochen nicht mehr und ihre Knie fühlten sich an wie Wackelpudding. Sie war sich nicht sicher, ob sie ohnmächtig werden oder sich übergeben würde.

»Hau ab.«

Damaris fluchte, wandte sich um und stampfte in die Küche.

»Ich pass auf, dass sie nichts kaputt macht«, sagte Carly und ging ihr nach. »Kommst du klar?«

»Ja«, gelang es Michelle hervorzustoßen.

Sie wartete, bis Carly durch die Schwingtür verschwunden war, schlug die andere Richtung ein und ging davon, so schnell sie konnte. Sie durchquerte die Lobby und schleppte sich über den Flur in ihr Büro. Sobald sie drin war, schloss sie die Tür hinter sich und setzte sich an ihren Schreibtisch.

Ihre Hände zitterten so stark, dass sie die oberste Schreibtischschublade kaum aufbekam, doch schließlich gelang es ihr. Eine fast volle Flasche Wodka lag auf ein paar Heftern. Sie nahm sie, drehte den Verschluss auf und trank, bis das Zittern nachließ.

26. KAPITEL

Carly stand in der Mitte der Küche und redete sich ein, dass sie das schaffte. Dass sie die Mittagsschicht im Restaurant ohne Köchin und ohne Empfangsdame bewältigen konnte. Wenigstens würden drei Kellner hier sein.

Auf der Tafel an der Wand waren die Tagesgerichte aufgelistet. Heute gab es Quiche und Huhn-Tortilla-Suppe. Ein schneller Gang zum Kühlschrank sagte ihr, dass die Quiches bereits vorbereitet waren und nur noch in den Ofen geschoben werden mussten. Eine Brühe köchelte auf dem Herd vor sich hin und die meisten weiteren Zutaten für die Suppe lagen in unterschiedlichen Stadien der Vorbereitung bereits daneben. Damaris hatte beim Kochen nie in ein Rezept geschaut, hatte sie jedoch alle auf dem Computer, dessen war sich Carly sicher. Sie erinnerte sich daran, wie Brenda die Köchin gedrängt hatte, regelmäßig Back-ups zu machen, nachdem sie sich einmal krankgemeldet hatte.

Carly ging zu dem alten Computer im Vorratsraum und fand die Rezepte. Sie druckte diejenigen aus, die sie brauchen würde, und sah nach, wie lange die Quiches im Ofen bleiben mussten.

»Hallo.«

Sie wandte sich ruckartig in die Richtung, aus der die Stimme kam, und sah Cammie in der Tür stehen. Die kleine Rothaarige war bereits für ihre Mittagsschicht gekleidet.

»Ich habe gehört, was passiert ist, und wollte fragen, ob ich helfen kann.«

»So schnell verbreiten sich die Neuigkeiten hier also?« Carly sagte sich jedoch, dass dies keine große Überraschung war.

»Isabella und ich haben eine gemeinsame Freundin. Sie rief mich an, um zu fragen, ob ich davon wüsste. Da bin ich gleich hergekommen. Ich dachte, du könntest vielleicht Hilfe gebrauchen.«

»Danke.« Carly deutete in Richtung Küche. »Wir müssen das Mittagessen zusammenbekommen. Ich vermute, du bist keine heimliche Superköchin?«

»Nein, tut mir leid. Aber ich weiß, wie man ein Sandwich macht.«

»Das ist doch schon mal was.«

Sie machten sich gemeinsam an die Arbeit. Zum Glück war die Speisekarte recht simpel. Viele Sandwiches und Salate, die Tagesgerichte und ein paar weitere warme Speisen. Carly war bewusst, dass sie mit keinem komplizierten Rezept klarkommen würde, und strich daher einige Gerichte, die sie heute nicht servieren würden. Cammie wusste, wie man den Herd bediente, das war eine große Hilfe. Mit einem kleinen Stoßgebet und viel Glück würden sie die Mittagskarte hinbekommen. Doch was war mit morgen und übermorgen?

Carly nahm das Telefon in die Hand und wählte die Nummer von Michelles Büro.

»Was ist?«

»Wir brauchen einen provisorischen Koch, um …«

»Kümmere du dich drum«, erwiderte Michelle, dann hängte sie auf.

»Na schön.«

Carly legte ebenfalls auf.

Sie lebten auf einer Insel. Es war nicht so, als könnte sie einfach eine Arbeitsvermittlung anrufen und bis zwei Uhr drei Bewerber auf der Matte stehen haben. Außerdem befanden sie sich schon mitten in der Hochsaison. Beinahe jeder, der arbeiten wollte, tat dies bereits. Und dann kam noch dazu, dass sie jemanden brauchten, der gut kochen konnte. Sogar als Damaris nur in Urlaub gefahren war, war das ein einziger Albtraum für das Inn gewesen. Bis auf letztes Jahr.

Carly tippte wieder etwas in den Computer ein. Als sie gefunden hatte, wonach sie suchte, griff sie zum Telefon und wählte.

»Hallo?«

Die Stimme klang so schroff und zupackend, wie sie sie in Erinnerung hatte. »Helen?«

»Ja?«

»Hier ist Carly Williams vom Blackberry Island Inn. Sie haben letztes Jahr für uns gearbeitet, als unsere Köchin in Urlaub war.«

»Ja, ich erinnere mich. Ich mag zwar schon über das Pensionsalter hinaus sein, junge Dame, aber ich bin noch nicht senil. Macht Ihre Köchin wieder Ferien?«

»Nicht wirklich.«

Carly erklärte ihr, dass Damaris unerwartet gekündigt hatte und sie eine Vertretung brauchten.

Helen war eine Schullehrerin im Ruhestand, die für ihr Leben gern kochte. Brenda hatte sie über eine gemeinsame Bekannte ausfindig gemacht.

»Wie lange brauchen Sie mich?«, fragte Helen.

Carly hatte nicht die leiseste Ahnung. »Ähm, vielleicht einen Monat?« Das sollte ihnen mehr als genug Zeit geben, um einen dauerhaften Ersatz zu finden.

Einen Moment herrschte Schweigen. »Ich hätte gern ein Zimmer im Inn, eins mit schöner Aussicht. Und ich müsste meine Katze mitbringen. Ich kann Mr. Whiskers unmöglich so lange bei einem Katzensitter lassen.«

Oh nein. Sie waren an den Wochenenden vollständig ausgebucht, was bedeutete, dass sie bereits angemeldete Gäste in einem anderen Hotel würden unterbringen müssen. Und eine Katze im Inn? Wie sollte das funktionieren? Die verschiedenen logistischen Herausforderungen schossen ihr durch den Kopf, während sie durchrechnete, was das größere Übel war – enttäuschte Gäste, die nicht wiederkommen würden, oder ein Restaurant, das keinen Umsatz machte. Mathe mochte nie ihr liebstes Fach gewesen sein, doch selbst sie konnte sich die Antwort auf diese Frage ausrechnen.

»Wir stellen Ihnen gerne ein Zimmer zur Verfügung«, sagte sie. »Ihnen und Mr. Whiskers.«

Falls Michelle sie später dafür umbringen wollte, würde sie sie an ihr »Kümmere du dich drum«-Gespräch erinnern.

Sie und Helen handelten ein Honorar und die Stundenanzahl aus. Helen versprach, am nächsten Tag vor der Mittagsschicht da zu sein, was bereits sehr viel mehr war, als sie erwarten durften. Carly erklärte sich bereit, ein Katzenklo und Streu zu besorgen, und legte auf – in der Hoffnung, die richtige Entscheidung getroffen zu haben.

Die folgende Stunde verging im Nu. Carly sah immer wieder ängstlich auf die Uhr, während der Ofen für die Quiche vorheizte. Um Viertel nach elf war das Restaurant schließlich so bereit wie nur irgend möglich.

In diesem Moment kam Michelle herein. Sie war blass und wackelig auf den Beinen, sie humpelte so stark wie seit Wochen nicht mehr.

»Was machst du da?«, fragte sie. »Warum bist du hier?«

»Wir müssen das Restaurant für die Mittagsschicht vorbereiten.«

»Mach doch einfach dicht.« In ihrem Blick lag Resignation. »Wozu soll das gut sein?«

»Wir haben hier Vorräte, die sonst verderben, und Leute, die bereit sind, für eine Mahlzeit zu zahlen«, erklärte Carly ihr. »Dazu soll das gut sein. Wir können es uns gerade nicht leisten, dichtzumachen.«

Sie packte Michelle am Arm und schleifte sie in den Vorratsraum. Nachdem sie die Tür hinter ihnen geschlossen hatte, sah sie ihrer Chefin geradewegs ins Gesicht.

»Ich werde das Restaurant jetzt nicht schließen. Wir brauchen die Einnahmen und das Restaurant steigert den Wert des Inns.«

»Aber ohne Damaris …«

»Sie ist nicht die einzige Köchin auf dieser Erde. Das Mittagessen krieg ich hin, Cammie hilft mir.«

Michelle lehnte sich mit dem Rücken an die Einbauregale und blinzelte, als würde sie nicht ganz begreifen.

»Du wirst das Mittagessen kochen?«

»Ja, das habe ich doch gerade gesagt.« Carly blickte sie prüfend an. »Bist du betrunken?«

»Nein. Vielleicht. Spielt das eine Rolle?«

Carly fand eigentlich, dass das eine große Rolle spielte, doch weshalb sollte sie sich ausgerechnet jetzt auch noch so ein Gespräch antun?

»Das mit Damaris tut mir wirklich leid, aber wir müssen da durch. Ich weiß, dass wir das schaffen können. Ich habe für den Übergang eine Köchin engagiert, die Damaris schon einmal vertreten hat. Sie kommt für einen Monat.« Carly schluckte. Das Folgende sprach sie äußerst ungern aus. »Dafür will sie ein Zimmer im Inn, eins mit schöner Aussicht. Und sie bringt ihre Katze mit.«

Sie machte sich auf ein Donnerwetter gefasst, doch Michelle nickte nur. »Klar, wie auch immer.«

»Was ist denn los mit dir?«

Statt zu antworten, ging Michelle zurück in die Küche. »Gib mir was zu tun«, sagte sie, als Carly ihr folgte.

»Du kannst die Sandwiches machen«, sagte Carly, beschloss jedoch, sicherzugehen, dass bereits alle Zutaten geschnitten waren. Auf keinen Fall würde sie Michelle in ihrem Zustand ein Messer in die Hand geben. *Gott, was für ein Schlamassel.*

Sie wusste, dass Damaris' Verrat ihre Freundin tief erschüttert hatte und Michelle am Boden zerstört war, dennoch verstand sie ihre Reaktion nicht. Michelle war eher der Typ, der in so einer Situation einen Stuhl durchs Fenster schmiss oder ein ganzes Blumenbeet plattmachte. Die Reaktionen Betrunkener waren unvorhersehbar. Sie hatte genügend Erfahrung mit ihrem Vater sammeln können, um das zu wissen.

Ein Problem, das sie ein andermal angehen würde, sagte sie sich, während sie Michelle zum Spülbecken führte, damit die sich die Hände wusch, bevor sie sich Handschuhe überzog. Danach reichte sie ihr eine Schürze.

Helen würde am folgenden Tag anreisen. In weniger als vierundzwanzig Stunden würde die Krise vorüber sein. Erst dann würde sie ihren persönlichen Zusammenbruch erleiden. Und zwar einen, der definitiv Schokolade und Wein beinhaltete.

Michelle nahm wahr, wie die Zeit verging, wie Bestellungen in die Küche kamen und fertige Teller sie verließen. Sie ging methodisch vor und stellte die Sandwiches aus der Reihe von Zutaten zusammen, die vor ihr lagen. Die Rezeptanweisungen waren simpel und die jeweiligen Mengen schätzte sie einfach. So weit sie es mitbekam, gab es keine Beschwerden darüber.

Der Wodka hatte nicht genügend Wirkung gezeigt. Sie brauchte schnell mehr davon, denn sie spürte bereits wieder jeden einzelnen blank liegenden Nerv und sämtliche Schnittwunden in ihrem Herzen. Gerade schien sie jedoch zu nichts anderem in der Lage zu sein, als in Bewegung zu bleiben; sie wusste, dass sie von außen wie ein Roboter wirken musste, doch ihr Inneres war ein einziger qualvoller Schrei.

»Hier kommt die letzte Bestellung«, sagte eine Kellnerin, die in die Küche geeilt kam. »Quiche und Suppe. Ihr habt das großartig gemacht! Niemand hat gemerkt, dass Damaris nicht da ist. Ich habe ein paar Gespräche belauscht, aber keiner hat irgendwas dazu gesagt. Die Nachricht scheint sich also noch nicht verbreitet zu haben.«

Gut möglich, dass sie weiterredete, doch Michelle hörte nicht mehr zu. Sie hatte genug erfahren, um zu wissen, dass sie nun gehen konnte.

Nachdem sie sich die Handschuhe ausgezogen und sie auf die Theke geschmissen hatte, löste sie die Schleife der Schürze und ließ sie zu Boden gleiten. Dann humpelte sie in Richtung Tür.

Carly kam ihr hinterher. »Warte mal, was machst du denn da?«

»Ich gehe.«

»Aber wir müssen reden. Über das, was passiert ist, meine ich. Wir müssen überlegen, was wir jetzt machen wollen.«

»Kümmere du dich einfach darum.«

»Ich muss ein Zimmer für Helen auswählen und die Buchung eines Gastes stornieren. Und Helen wird erst morgen nach dem Frühstück hier sein. Das heißt, wir müssen das Ganze hier noch mal machen.«

Michelle blieb stehen und sah sie an. Der Schmerz war überall und machte es ihr schwer zu denken oder zu sprechen. Am liebsten hätte sie Gott im Himmel angeschrien und eine Erklärung verlangt. Wie hatte sie sich nur so sehr täuschen können? Wie hatte sie ihr Vertrauen in die falsche Person setzen können? Und wenn Damaris nun nicht mehr Teil ihres Lebens war, wen hatte sie dann überhaupt noch?

Bisher hatte sie sich so gut geschlagen. Zumindest dachte sie, dass sie auf dem Wege der Besserung war. Doch Pauline hatte recht. Sie wanderte auf einem schmalen Grat und konnte jede Sekunde in die eine oder die andere Richtung abrutschen. Soeben hatte sie wohl herausgefunden, welche das war.

»Michelle?«

Michelle wandte sich von Carly ab und humpelte weiter. Sie gelangte zu ihrem Büro, fand dort ihre Schlüssel und ging zu ihrem Wagen. Sie fuhr langsam und vorsichtig, parkte vor Jareds Haus, lief außen herum zum Hintereingang und betrat die Küche.

Es war früher Nachmittag, daher hatte sie erwartet, das Haus für sich zu haben. Stattdessen stieß sie auf Jared, der gerade in den leeren Kühlschrank starrte.

»Ich muss endlich mal lernen, wie man kocht«, sagte er, schloss die Kühlschranktür und grinste sie an. »Oder heiraten.«

Er hat einen Witz gemacht, dachte sie, während sie sich an ihm vorbeidrückte und zum Küchenschrank ging. Sie hätte wohl lachen, irgendeine Art von Regung zeigen sollen, doch das war zu schwer. Alles, was sie wollte, war, dass der Schmerz nachließ, und das Versprechen, dass ihr nie mehr etwas passieren würde, das so sehr wehtat. Lieber hätte sie sich auch noch in die andere Hüfte schießen lassen, als so etwas wie das hier durchmachen zu müssen.

»Michelle?«

Sie fand eine volle Flasche Wodka und drehte eilig den Schraubverschluss auf. Ohne sich die Mühe zu machen, nach einem Glas zu suchen, nahm sie einen großen Schluck gleich aus der Flasche und dann noch einen. Der Alkohol brannte wohltuend in ihrer Kehle. Als sie die Flasche zum dritten Mal an die Lippen führen wollte, hielt eine starke, warme Hand sie davon ab. Als sie hinabsah, stellte sie fest, dass Jared sie am Arm gepackt hatte, direkt über dem Ellbogen.

»Lass los«, verlangte sie.

»Was ist passiert?«

Sie stellte die Flasche auf der Küchentheke ab und überlegte, ob sie es mit ihm aufnehmen konnte. Sam hatte ihr beigebracht, wie man schmutzig kämpfte. Glücklicherweise hatte sie selten einsetzen müssen, was sie von ihm gelernt hatte, doch sie erinnerte sich an fast alle Kniffe.

Er ließ ihren Arm los. »Komm, erzähl's mir.«

Seine Worte klangen sanft, mehr wie eine Bitte als wie ein Befehl. Sie schüttelte den Kopf, da sie wusste, dass sie diesen Moment nicht noch einmal durchleben konnte. Zumindest nicht, ohne die Kontrolle zu verlieren.

»Hat es etwas mit dem Inn zu tun?«

Sie hatte vorgehabt, einfach zu gehen und sich in ihr Zimmer einzuschließen, bis er sie in Ruhe ließ. Stattdessen fingen ihre Lippen plötzlich ganz von alleine an sich zu bewegen, und dann konnte sie nicht mehr aufhören zu reden.

»Es ist wegen Damaris«, sagte sie und sprach sehr schnell, »unserer Köchin. Ich kenne sie, seit ich sechzehn war. Ich habe sie selbst eingestellt und vertraute ihr voll und ganz. Während ich weg war, schickte sie mir Päckchen und erzählte mir, was so im Inn los war – sie machte sich die ganze Zeit Sorgen um mich und betete für mich. Das hat meine Mutter nie getan, die ganzen Jahre über hat sich niemand um mich geschert. Niemand außer Damaris.«

Jared war auf einmal verschwommen und sie brauchte eine Sekunde, um zu begreifen, dass sie weinte. Jedoch nicht leise, nicht wie ein Mädchen, sondern mit tiefen Schluchzern, die ihren Körper schüttelten und ihr die Luft zum Atmen nahmen.

»Ich habe ihr geglaubt«, sagte sie, während sie nach Luft schnappte, »und ich habe ihr vertraut. Die ganze Zeit über war ich von ihr abhängig, jeden Morgen hat sie mir das Frühstück gemacht. Ich dachte, sie wäre die Mutter, die ich immer haben wollte. Doch das war alles nur eine Riesenlüge. Sie hat mich bestohlen! Sie hat gestohlen und gelogen, und dann ist sie einfach gegangen, als wäre ihr das alles total egal, als wäre ich ihr überhaupt nicht wichtig.«

Sie beugte sich vor und stützte die Hände auf den Knien ab. Noch immer schluchzend und zitternd versuchte sie, wieder zu Atem zu kommen. Sie wusste, dass sie im nächsten Moment zusammenbrechen und auf dem Küchenboden liegen bleiben würde wie ein verletztes Tier.

Doch dann spürte sie, wie zwei starke Arme sie packten. Jared zog sie an sich und hielt sie fest. Sie schlug um sich, wehrte sich gegen die körperliche Nähe und seinen Griff, aber es war, als würde sie auf eine Mauer einschlagen, nichts geschah. Schließlich gab sie nach und ließ sich in seine Arme sinken.

Sie wusste nicht genau, wie lange sie geweint hatte. Selbst nachdem das Schluchzen aufgehört hatte, liefen die Tränen unaufhaltsam weiter. Er rieb ihr den Rücken und murmelte beruhigende Worte, ohne dabei wirklich etwas zu sagen – es waren mehr beschwichtigende Laute. Allmählich ließen die Tränen nach und ihre Atmung beruhigte sich. Als sie spürte, dass sie sich wieder etwas mehr unter Kontrolle hatte, löste sie sich von ihm.

»Tut mir leid«, sagte sie und wischte sich das Gesicht mit dem Ärmel ab. »Normalerweise lasse ich mich nicht so gehen.«

»Natürlich tust du das, du verbirgst es nur hiermit.« Er hielt die Wodka-Flasche hoch. »Austicken tust du trotzdem. Du glaubst, dass es einfacher ist, dich zu betrinken, dass das bedeutet, dass du die Oberhand hast. Aber die hast du nicht. Du hast dich vollkommen verloren und jeder kann das sehen, nur du nicht.«

Sie wartete auf die Wut, auf die selbstgerechte Empörung, die ihr normalerweise Kraft verlieh. Stattdessen herrschte nichts als Leere in ihr. Ein klaffendes Loch, das drohte, ihre Seele zu verschlingen und nur eine leere Hülle zurückzulassen.

»Ich kann das nicht«, flüsterte sie, nicht sicher, ob sie meinte, dass sie sich selbst nicht wiederfinden oder ob sie ihr selbstzerstörerisches Verhalten nicht ändern konnte.

»Sicher kannst du das.« Sein Blick war ebenso fest wie seine Stimme und genauso mitleidslos. »Hör auf, dir selbst leidzutun, und unternimm endlich was.«

Dann war er weg, und sie blieb alleine zurück mit ihrer einzigen Freundin. Sie griff nach der Flasche und ging in ihr Zimmer. Mit der Zeit und mit einem kleinen Drink würde sie schon alles vergessen. Zumindest für diese Nacht.

27. KAPITEL

Carly stand schon um halb sechs Uhr morgens im Restaurant. Obwohl es so früh war, dass sogar Gott noch nicht auf sein konnte, hatte die Sonne bereits ihren Auftritt gehabt.

Sie nahm den ungewöhnlich wolkenlosen Himmel als Zeichen dafür, dass sie es schaffen würde, für die ungefähr hundert Leute, die bald hungrig auf der Matte stehen würden, Frühstück zu machen. Und hoffte inständig, dass sie sich nicht selbst etwas vormachte.

Am Abend zuvor hatte sie Gabbys Lieblingsbabysitterin angerufen, und Brittany hatte versprochen, schon vor sieben Uhr vorbeizukommen, um die Kleine für das Sommerlager fertig zu machen. Gabby hatte ihre Erklärung, dass Damaris das Inn plötzlich verlassen habe, akzeptiert, ohne viele Fragen zu stellen. Die beiden hatten sich nie besonders nahegestanden.

Carly war lange nicht ganz klar gewesen, weshalb Damaris ihr so sehr grollte. Sie hatte stets vermutet, dass es etwas mit deren Loyalität Michelle gegenüber zu tun hatte. Doch nun fragte sie sich, wie viel von Damaris' Ablehnung wohl aus der Angst geboren worden war, sie könnte dahinterkommen, was sie im Restaurant trieb.

Damit musste sie sich jedoch ein andermal beschäftigen. Sehr viel dringlicher war gerade die Frage, ob sie es hinbekommen würde, ein Omelett zuzubereiten, das zum einen gut schmeckte und zum anderen halbwegs ansehnlich auf einem Teller angerichtet werden konnte.

Als sie in die Küche kam, brannten sämtliche Lampen und Cammie war bereits an der Arbeit.

»Schlechte Neuigkeiten«, sagte sie. »Zwei von Damaris' Hilfsköchen wollen nicht mehr kommen. Sie haben auf den Anrufbeantworter gesprochen, dass sie kündigen.«

Carly warf einen Blick auf das blinkende Licht am Telefon, das auf neue Nachrichten hinwies.

»Okay«, sagte sie und befeuchtete ihre trockenen Lippen. »Dann müssen wir wohl wieder selbst ran.«

Cammie klopfte ihr auf die Schulter. »Wir schaffen das. Schließlich kochen wir beide schon seit Jahren für unsere Kinder und die sind um einiges wählerischer als unsere Gäste.«

Carly nickte nur, da sie fürchtete, laut loszuschreien, sobald sie den Mund aufmachte. Angst und Panik schnürten ihr den Brustkorb zu und machten es ihr schwer zu atmen.

»Ich gehe die Rezepte holen«, sagte Cammie. »Wir lassen heute einfach das Frühstücksangebot des Tages weg, das wird die Sache vereinfachen. Es geht also nur um Eier, Pancakes und French Toast mit Zimt. Das Zimtbrot ist schon gebacken. Damaris hat immer etwas mehr gemacht und es aufgetaut, wenn sie es brauchte. Wir haben noch für ein paar Tage davon im Gefrierschrank.«

Carly räusperte sich. »Gute Idee. Ich gehe die Speisekarte durch, um zu sehen, ob was draufsteht, an das wir uns nicht ohne die Hilfe eines Profis heranwagen sollten.«

In diesem Moment schwang die Küchentür auf und Robert trat ein.

Carly starrte ihn überrascht an. »Was machst du denn hier?«

»Ich hab mitbekommen, was passiert ist«, erwiderte er, »und ich kann auch was übernehmen. Nicht kochen«, fügte er eilig hinzu und beäugte ängstlich den Herd, »aber zum Beispiel Gäste platzieren und Kaffee nachschenken.«

»Das verstehe ich nicht. Wie hast du davon erfahren?«

Er sah kurz zu Cammie und schnell wieder weg. »Ich hab's von einer Freundin gehört. Ihr habt doch jetzt jede Menge Arbeit, und ich kann problemlos die Werkstatt ein paar Tage lang etwas später aufmachen.«

Carly verspürte den unbändigen Wunsch, sich hinzusetzen und den Kopf zwischen den Beinen hängen zu lassen. Eventuell würde die Welt dann aufhören, sich in rasender Geschwindigkeit um sie zu drehen. Wenigstens war Robert hier – womöglich, weil er die Neuigkeit von Cammie erfahren hatte. Sie dachte zwar eigentlich, dass sich die beiden nur flüchtig kannten, doch vielleicht hatte sich das geändert.

»Atme«, sagte Cammie. »Du musst atmen.«

Persönliche Probleme nachher, sagte sie sich. Jetzt ist erst mal das Frühstück dran.

»Okay«, fing sie an. »Wir müssen uns organisieren.«

Zwanzig Minuten später hatte sie zumindest die Illusion, alles einigermaßen unter Kontrolle zu haben. Cammie fing an, die erste Runde an Frühstücksspeck zu braten, während sie alle weiteren Zutaten auf der Küchentheke verteilte, die sie benötigen würden. Sie hatten die vier kompliziertesten Gerichte von der Speisekarte gestrichen und nur die Klassiker draufgelassen. Cammie hatte sich bereit erklärt, die Omeletts zu übernehmen, und sie würde alles Übrige zubereiten. Kellner hatten sie genügend, und zusammen mit Robert, der die Gäste platzierte und die Registrierkasse bediente, waren sie somit im vorderen Bereich gut aufgestellt. In der Küche konnten sie jedoch noch helfende Hände gebrauchen.

Gerade, als sie Brittany anrufen und sie fragen wollte, ob sie sich dieser Herausforderung gewachsen fühlte, kam Michelle herein.

Sie sah schlechter aus als sonst. Ihre Kleidung war in Ordnung, doch ihr Gesicht war so grau, als wäre sie für Halloween geschminkt. Dunkle, tiefe Schatten ließen ihre Augen eingesunken erscheinen und ihre Lippen waren beinahe so farblos wie ihre Haut.

»Hast du auch nur eine Minute geschlafen?«, fragte Carly.

Michelle schüttelte den Kopf. »Ich will nicht darüber reden. Sag mir einfach, was zu tun ist.«

Carly beschloss, sie beim Wort zu nehmen, und wies sie an, die fertigen Gerichte auf den Tellern zu arrangieren. Ein kurzer Blick auf die Uhr sagte ihr, dass es bereits sieben war und somit Zeit, sich an die Arbeit zu machen. In diesem Moment kam eine der Kellnerinnen mit der ersten Bestellung des Morgens herein.

Die zwei Stunden, in denen Frühstück serviert wurde, vergingen im Nu. Als sie vorüber waren, fühlte Carly sich, als wäre sie einen Marathon gelaufen, und hatte keine Ahnung, wie sie den Rest des Tages überleben sollte. Mit Kaffee, dachte sie, während sie die letzten Butter- und Milchreste wegräumte. Ganz viel Kaffee.

Sie ging in den Speisesaal, wo Robert ihr den Schlüssel zur Registrierkasse überreichte.

»Lass es mich wissen, falls irgendwelche Probleme bei der Abrechnung auftauchen«, sagte er.

»Erwartest du denn welche?«

Er lächelte. »Einfaches Zusammenrechnen kriege ich eigentlich noch hin, aber ich will lieber auf Nummer sicher gehen.«

»Danke, dass du gekommen bist. Ich weiß deine Hilfe wirklich zu schätzen.«

»Gern geschehen.« Er wurde ernst. »Du brauchst jemanden, der sich um dich kümmert, Carly. Du kannst nicht alles alleine schaffen.«

»Warum nicht? Andere tun das doch auch.«

»Du bist etwas Besonderes. Das werde ich niemals anders sehen können.«

Im Moment fühlte sie sich überhaupt nicht wie etwas Besonderes, aber sie respektierte die Gefühle, die hinter seiner Aussage steckten.

»Wie lange triffst du dich schon mit Cammie?«, fragte sie.

Er trat von einem Fuß auf den anderen. »Wir sind ein paarmal miteinander ausgegangen, sie ist sehr nett. Und ihre Kinder sind toll.«

Er hielt inne, als müsste er überlegen, was er als Nächstes sagen wollte. Sie beeilte sich, ihm zuvorzukommen. »Ich hoffe, du weißt, was für eine fantastische Frau sie ist. Cammie hat einen guten Mann verdient. Und du brauchst auch so jemanden, Robert. Jemanden, der will, was du willst.«

Das war jetzt nicht sehr subtil, dachte sie. Doch es war ihr wichtig, dass ihre Botschaft ankam. Sie hatte ernst gemeint, was sie zu ihm gesagt hatte – sie würde sich nicht mehr von ihm abhängig machen.

»Ich könnte immer noch …«, begann er.

»Nein, das könntest du nicht. Und ich auch nicht. Lass uns einfach Freunde sein, Robert.«

»Aber ich mache mir Sorgen um dich.«

»Tu auch das nicht.«

Er sah nicht überzeugt aus, nickte jedoch schließlich. »Du kannst ein echter Dickkopf sein.«

»Das macht meinen ganzen Charme aus.«

Michelle war nicht in der Stimmung, die Rezeption zu betreuen. Es war schon schlimm genug, dass sie aufstehen und beim Frühstück hatte helfen müssen. Nun musste sie auch noch lächeln und freundlich zu Leuten sein, die sie nicht kannte und vermutlich auch nicht mögen würde.

Ich muss weg hier, sagte sie sich, einfach woandershin. Doch sie liebte das Inn – zumindest hatte sie das mal getan. Außerdem, wo sollte sie sonst hin?

Ein weißer Toyota Corolla fuhr vor. Es war gerade mal zehn Uhr morgens und ihr war nicht danach, so früh schon Gäste einzuchecken. Sie würde ihnen sagen, dass sie um drei wiederkommen mussten, wie es ihnen angekündigt worden war. *Idioten.*

Eine große, schlanke Frau mit kurz geschnittenem grauem Haar stieg in perfekter Haltung aus. Dann ging sie um das Auto herum und holte einen Katzenkorb vom Beifahrersitz.

Plötzlich erinnerte sie sich vage. Carly hatte etwas von einer Übergangsköchin gesagt, die sie angeheuert hatte. Das musste sie sein.

Die Frau kam begleitet von verzweifeltem Katzengeschrei in die Lobby.

»Hallo«, sagte sie, als sie näher kam. »Ich bin Helen Swift.« Sie stellte die Transportbox auf die Rezeptionstheke. »Und das ist Mr. Whiskers. Er reist nicht gern.«

»Michelle Sanderson.«

Sie gaben sich die Hand.

Helen nahm den Korb herunter. »Ich bringe Mr. Whiskers gleich aufs Zimmer, dann können Sie mir die Küche zeigen. Wenn ich heute schon das Mittagessen kochen soll, bleibt nicht viel Zeit.«

Der Austausch von Höflichkeiten wird eindeutig überbewertet, dachte Michelle. Ihr gefiel die ältere Dame.

»Sie sind also im Ruhestand?«, fragte sie. Sie reichte Helen den Zimmerschlüssel und deutete auf die Treppe.

»Ja. Ich habe fünfunddreißig Jahre an der Schule unterrichtet, in der Mittelstufe.« Helen zog die Augenbrauen hoch und ihre braunen Augen blitzten fröhlich auf. »Hauptsächlich Mathematik. Man hat mir die schwierigen Schüler gegeben, die waren mir lieber als die schlauen. Ich mochte immer schon die Herausforderung.«

»Kann ich Ihnen etwas abnehmen?«, fragte Michelle.

»Das schaffe ich gerade noch«, erwiderte Helen. »Gehen Sie einfach vor.«

Sie gingen in den ersten Stock. Carly hatte eine der Suiten nach Westen raus für Helen reserviert, mit Blick auf den Puget Sound. Sie bestand aus einem kleinen Wohnzimmer mit gemütlicher Sitzbank in der Fensternische, einem Schlafzimmer und einem großen Bad. An der einen Seite des Wohnzimmers stand ein Schreibtisch, darunter ein mit Streu gefülltes Katzenklo neben einem Nachtlicht. Vor dem Kleiderschrank im Schlafzimmer lag ein Platzdeckchen, auf dem zwei leere Näpfe standen.

»Sehr hübsch«, sagte Helen, während sie den Katzenkorb auf das Bett stellte und das Türchen aufmachte.

Ein schlanker schwarz-weißer Kater stolzierte heraus und warf ihnen einen vernichtenden Blick zu. Helen streichelte ihm den Rücken.

»Da hinten gibt es ein nettes Fensterplätzchen für dich, Mr. Whiskers«, sagte sie mit liebevoller Stimme. »Leb du dich schon mal schön ein, ich bin in ein paar Stunden zurück.«

Sie füllte einen der Näpfe mit Wasser und stellte ihn auf den Boden.

»So, jetzt zeigen Sie mir mal die Küche.«

»Hier entlang.«

Sie gingen die Treppe hinunter, liefen durch den Flur und durchquerten den Speisesaal. Helen blieb kurz stehen, um sich umzusehen.

»Es gefällt mir, wie viel Licht durch die Fenster fällt«, sagte sie. »Sehr nett.« Als sie in die Küche gelangten, drehte sie eine Runde. »Ja, ich erinnere mich. Alles sehr gut eingerichtet.«

Sie begutachtete den Kühlschrank, die Vorratskammer und die Gefriertruhe. Nachdem sie auch die Speisekarte studiert hatte, nickte sie.

»Sehr gut. Ich schreibe Ihnen eine Liste mit den Vorräten, die ich am dringendsten benötige. Für das Mittagessen heute reichen sie aus, aber in Zukunft würde ich gerne mehr anbieten als nur die üblichen Gerichte. Sobald ich durchgesehen habe, was in der Vergangenheit serviert wurde, werde ich mir neue Tagesgerichte ausdenken. Ich freue mich, dass Sie mich auszuhelfen gebeten haben. Ich bin ein Mensch, der gerne noch zu etwas nütze ist, der Ruhestand war eher schwierig für mich.« Sie presste die schmalen Lippen zusammen. »Es ist ein Jahr her, seit ich meinen Mann verloren habe, und die Tage können ziemlich lang sein ohne ihn.«

»Das tut mir leid«, sagte Michelle verlegen.

»Danke, das hier wird mir guttun. Ein netter Tapetenwechsel!«

»Sie werden eine Assistentin haben, ich glaube, es ist Cammie – sie war mal Kellnerin hier. Carly wird Ihnen alles erklären.«

»Das geht in Ordnung. Ich kann mit beinahe jedem arbeiten, solange er bereit ist, auf mich zu hören.«

Michelle lachte leise. »Sie erinnern mich an ein paar Sergeants, mit denen ich mal die Ehre hatte.«

Plötzlich lächelte Helen, sie strahlte regelrecht. »Mein Mann war beim Militär. Daher war das jetzt ein besonderes Kompliment für mich, vielen Dank.«

In den mittleren zehn Junitagen geschah nichts Bemerkenswertes. Carly war dankbar für die Atempause und sah zugleich ängstlich der nächsten Krise entgegen, denn die würde nicht ausbleiben, da war sie sich sicher.

Helen hatte sich gut eingelebt, ihre ruhige und strukturierte Art kam bei den Kellnern gut an. Damaris hatte das Kündigungsschreiben unterzeichnet, das Carly für sie erstellt hatte, und Isabella ebenso. Es war eine neue Empfangsdame eingestellt und Cammie dauerhaft der Küche zugeteilt worden. So lief beinahe alles rund. Alles außer Michelle.

Carly machte sich Sorgen um sie, wusste jedoch nicht, was sie tun sollte. Michelle verbrachte die meiste Zeit in ihrem Büro und sprach nur selten mit jemandem. Sie konnte ihrer ehemaligen Freundin keine qualifizierte Hilfe anbieten und sie auch nicht zwingen, sie sich woanders zu suchen. Verworren, dachte sie, während sie die Broschüren im Ständer am Eingang glatt strich.

Gabby hatte in der Woche zuvor ihr Schuljahr beendet und besuchte nun ihr heiß geliebtes Kinder-Ferienprogramm. Zudem hatte sie in Mr. Whiskers ihre wahre Liebe gefunden, und der Kater schien ihre Zuneigung zu erwidern. Er ließ sogar zu, dass Gabby ihm Puppenkleider anzog und ihn in ihrem alten Puppenwagen herumschob.

Carly warf einen Blick nach draußen und stellte fest, dass die Sonne sich einen Weg durch die Wolken gebahnt hatte. Die Temperaturen lagen endlich bei über zwanzig Grad und der warme Nachmittag lockte sie hinaus. Sie beschloss, seinem Ruf zu folgen und sich für ein paar Minuten auf die Veranda zu setzen.

Sie ließ sich gerade auf den Stufen nieder, als ein Wagen vom Sheriff-Department vorfuhr, aus dem im nächsten Moment Sam ausstieg.

Er sah verdammt sexy aus in seiner kakifarbenen Uniform und mit seiner Pilotensonnenbrille. Selbstbewusst kam er auf sie zu. Hätte sie gestanden, hätte sie Sorge haben müssen, weiche Knie zu bekommen. Doch so musste sie sich lediglich auf die Zunge beißen, um ihn nicht anzuflehen, sie hier und jetzt zu nehmen, vor den Augen Gottes und aller anderen.

»Officer«, sagte sie lächelnd.

»Ma'am.«

Sie zuckte betont zusammen. »Ich finde, ich bin noch nicht in dem Alter, in dem ich ›Ma'am‹ genannt werden sollte.«

»Das ist nur ein Zeichen meines Respekts.« Er deutete auf die Stufen. »Darf ich mich zu dir setzen?«

Sie nickte.

Er ließ sich neben ihr nieder. Seine Schulter streifte ihre, und sie spürte, wie eine Hitzewelle sie durchflutete, die nichts mit dem Sommer zu tun hatte.

»Wie läuft's?«, fragte sie. »Lebst du dich in deinem neuen Job gut ein?«

»Gut läuft's. Ich mag die Insel und die Leute hier. Und ich fange an zu verstehen, weshalb sie sich über die Touristen beschweren. Das ist genau das, was ich gesucht habe.«

»Schön.«

»Ich habe dich vermisst.«

Sie wandte sich ihm zu. Er hatte seine Sonnenbrille abgenommen, was ihn noch attraktiver machte. Die Versuchung nagte an ihr, aber sie befahl sich, stark zu sein. Oder zumindest vernünftig.

»Wir haben doch kaum Zeit miteinander verbracht«, sagte sie unverblümt. »Was gibt es da zu vermissen?«

Er grinste. »Ich mag deine vorlaute Art. Dann lass es mich anders formulieren. Ich habe viel an dich gedacht. Ich respektiere, was du mir bezüglich Michelle gesagt hast, aber ich bin anderer Meinung. Ich würde dich gerne mehr sehen, Carly. Wir können es ja langsam angehen lassen. Wie wär's, wenn wir mal mit deiner Tochter zusammen eine Amphibienboot-Tour machen würden?«

Aufs Meer hinauszufahren war so ziemlich das Letzte, was sie reizte, doch die Amphibienboote waren ihr sicher genug. Sie fuhren durch die Stadt und dann die Bootsrampe hinunter direkt ins Wasser. Das Fahren war dabei gar kein Problem, es war eher der Teil der Tour, der auf dem Wasser stattfand, gegen den sie etwas hatte. Doch solange sie in der Nähe der Rettungswesten saß und zum Horizont sah statt auf das Wasser, würde es ihr gut gehen.

»Gerne«, sagte sie. »Gabby liebt die Amphibienboote.« Robert hatte sie letzten Sommer mal auf eines mitgenommen und sie hatte danach tagelang von nichts anderem mehr geredet. Gabbys ererbte Angst vor Wasser bezog sich eindeutig nicht auf Boote, die auch an Land fahren konnten.

»So einfach ist das?«, fragte er. »Ich dachte, ich würde dich überreden müssen.«

»Michelle ist es angeblich egal, ob wir miteinander ausgehen oder nicht.« Momentan war Michelle so ziemlich alles egal.

»Gut zu wissen.«

»Ich mache mir Sorgen um sie. Sie isst nichts, und ich glaube, dafür trinkt sie umso mehr. Sie sieht furchtbar aus, als hätte sie seit Wochen nicht geschlafen.«

»Ich weiß. Aber ich habe ihr schon alles gesagt, was ich dazu zu sagen habe.«

Carly rollte mit den Augen. »Hast du sie in letzter Zeit mal getroffen?«

»Nein.«

»Es geht ihr immer schlechter. Ich habe Fernsehberichte gesehen, mir ist klar, dass es für Soldaten schwierig ist, zu Hause wieder klarzukommen. Doch hier geht es um mehr, sie braucht unbedingt Hilfe.«

Sam runzelte die Stirn. »So, wie du das sagst, klingt es ernst.«

»Ich glaube, das ist es auch.«

Sam starrte in den Himmel. »Manche Menschen müssen erst ganz unten ankommen, ehe es wieder aufwärtsgehen kann.«

»Vielleicht«, sagte Carly. »Hör mal, sag ihr bitte nicht, dass ich dir das erzählt habe. Das wird sie nur in die Defensive treiben und wütend machen.«

Sam streckte die Beine aus. »Ich habe in meinem Leben einige Schwesternpaare kennengelernt, aber ihr zwei habt wirklich die seltsamste Beziehung zueinander, die ich je gesehen habe.«

»Wir sind keine Schwestern.«

»Deine Mutter hat doch ihren Vater geheiratet, oder sehe ich das falsch?«

»Ja, das stimmt.« Sie waren schon seit Jahren verheiratet.

Schwestern. Carly starrte hinaus in den Garten, während sie dem Klang des Wortes in ihrem Kopf lauschte. Sie und Michelle waren Schwestern. Schön, Stiefschwestern, aber dennoch. Sie hatte ihre Beziehung nie unter diesem Blickwinkel gesehen, hatte ihre familiäre Bindung – wenn man das so nennen konnte – nie bedacht.

Sie fragte sich, ob es etwas ändern würde, dem Kind einen Namen zu geben. Keine von ihnen hatte Verwandte, denen sie nahestanden. Daher müsste ihnen doch eigentlich daran gelegen sein, wenigstens einander zu haben.

28. KAPITEL

Michelle saß am Rand des Piers und ließ ihre in Tennisschuhen steckenden Füße über dem Wasser baumeln. Es war später Nachmittag. Sie hätte eigentlich im Inn sein müssen, da Wochenende war und sie alle Hände voll zu tun hatten, aber sie war geflüchtet. In letzter Zeit kam sie mit der ganzen Verantwortung nicht klar. Ihr war bewusst, dass sie immer mehr Aufgaben Carly überließ, doch sie konnte weder genügend Interesse noch Besorgnis darüber aufbringen.

Jared saß neben ihr. Er war einfach aufgetaucht und sie hatte nicht die Kraft gehabt, ihm zu sagen, dass er gehen sollte. Solange er seinen Mund hielt, würden sie schon miteinander auskommen.

Seit ihrem emotionalen Zusammenbruch hatte sie ihn nicht viel gesehen. Was wohl hauptsächlich daran lag, dass sie ihn mied – wie jeden anderen Menschen auch.

»Wie läuft's im Inn?«, brach Jared schließlich das Schweigen.

»Gut.« Sie wollte eigentlich dazu ansetzen, ihm zu sagen, dass sie nicht darüber reden wollte, stattdessen entschlüpfte ihr: »Es ist alles im Arsch.«

»Nein, nicht alles. Nur du bist im Arsch.«

Sie schlug entnervt die Hände vors Gesicht. »Fang jetzt nicht wieder mit mir an, ich will's nicht hören.«

»Es geht dir doch immer schlechter, nicht besser. Sieh dich doch mal an. Deine Kleider schlabbern nur so an dir runter. Wenn du so weitermachst und noch mehr an Gewicht verlierst, landest du irgendwann im Krankenhaus.«

Bei ihrem letzten Physiotherapie-Termin hatte Mango ihr genau dieselbe Standpauke gehalten. Deshalb ging sie auch nicht mehr in die Veteranen-Reha.

»Und ich weiß, dass du nicht schläfst«, fügte er hinzu.

Sie rappelte sich auf die Füße, wünschte jedoch augenblicklich, sie wäre vorsichtiger gewesen, da stechender Schmerz ihre Hüfte und ihr Bein hinabschoss.

»Hör auf«, schrie sie. »Hör einfach auf! Du bist nicht meine Mutter. Die würde sich sowieso einen Dreck um all das scheren und jetzt gerade klingt das richtig angenehm. Wenn du willst, dass ich ausziehe, sag es einfach und ich bin sofort weg.«

Jared starrte sie mit einem unergründlichen Ausdruck auf dem Gesicht an. »Ich will nicht, dass du ausziehst.«

»Dann lass mich in Ruhe. Du hast mir einen perfekten Nachmittag verdorben.«

Sie wandte sich um und ging zurück zum Hafen. Ihre Knie fühlten sich schwach an, was dieser Tage häufig vorkam. Außerdem war ihr leicht schwindelig. Vielleicht sollte sie doch mal etwas essen. Hatte Jared nicht immer irgendein blödes Sandwich im Kühlschrank?

Sie hatte es beinahe bis zum Ende des Piers geschafft, als sie hörte, wie er ihr hinterherrief: »Wozu hast du eigentlich den Krieg überlebt, wenn du nur nach Hause gekommen bist, um zu sterben?«

Seine Worte verfolgten sie, doch sie reagierte nicht, wurde nicht langsamer, drehte sich nicht um. Sie ging einfach weiter. Das war alles, was sie tun konnte.

Carly sah auf und bemerkte, dass Michelle in der Tür ihres kleinen Büros stand und sie wütend anstarrte.

Sie betrachtete ihre fahle, gräulich schimmernde Haut, ihre leicht blutunterlaufenen Augen, ihre hervorstehenden Wangenknochen und spürte, wie sich ihr Magen vor Sorge zusammenzog. Ihr Vater mochte gestorben sein, weil er sein Auto gegen einen Baum gefahren hatte, doch das war nur ein Detail gewesen. In Wahrheit hatte der Alkohol ihn umgebracht. Er hatte ähnlich ausgesehen wie Michelle jetzt.

»Du brauchst Hilfe.«

»Du bist wohl kaum qualifiziert dafür.«

»So darfst du nicht weitermachen«, sagte Carly. »Du musst doch merken, dass es dir statt besser immer schlechter geht. Ich bitte dich, Michelle, hol dir Hilfe. Vielleicht kann Jared ...«

»Halt ihn da raus!«, gab Michelle zurück, ihre Augen glühten vor Zorn. »Sprich nicht mit ihm, sieh ihn nicht an, tu einfach so, als würde es ihn nicht geben! Hast du das verstanden?«

Carly bekam es langsam mit der Angst zu tun. Michelle war noch schlimmer dran, als sie zunächst gedacht hatte. War es möglich, dass jemand in einen tiefen Abgrund rutschte und den Weg nach oben nicht mehr fand?

»Ich werde nicht in seine Nähe kommen«, sagte Carly eilig. Sie presste die Hände auf den Schreibtisch und überlegte fiebrig. Gab es jemanden, den sie kontaktieren konnte? Sie musste etwas unternehmen. Vielleicht hatte Sam ja eine Idee.

Michelle atmete tief durch. »Hör mal, ich weiß, dass du dir Sorgen machst. Aber es ist nicht so schlimm, wie du denkst. Mir geht's gut.«

Michelles Handy klingelte. Sie zog es aus der Tasche und starrte auf das Display. Während sie die Nummer betrachtete, verzog sie ihr Gesicht zu einer Grimasse. Sie verengte die Augen zu Schlitzen und verzerrte den Mund.

»Hör endlich auf, mich anzurufen«, schrie sie das Handy an, dann schmiss sie es quer durch den Raum. Es knallte gegen einen Stapel Kisten, landete auf dem Boden und klingelte dort weiter. »Hör auf, hör auf!«

Carly erhob sich, nahm das Handy und drückte den Anruf weg. Das Klingeln verstummte.

Sie standen in dem kleinen Raum und sahen einander an. Michelle wandte als Erste den Blick ab.

»Tut mir leid«, murmelte sie. »Das war mein Dad. Ich weiß nicht, wieso er mich die ganze Zeit anruft. Er soll mich einfach in Ruhe lassen.«

»Du redest nicht mit ihm?«

»Nein, warum sollte ich? Du sprichst doch auch nicht mit deiner Mutter.«

»Doch. Nicht oft, aber ein paarmal im Jahr. Einmal ist sie sogar zu Besuch gekommen. Ich wünschte, sie würde sich mehr um Gabby kümmern, aber das wird wohl nie passieren.«

»Wie kannst du nur?« Michelles Stimme klang vorwurfsvoll. »Sie haben uns verlassen. Das sind furchtbare, selbstsüchtige Leute. Sie haben es nicht verdient, Teil unseres Lebens zu sein.«

Michelle riss ihr das Handy aus der Hand und ließ es auf den Boden fallen, dann trampelte sie darauf herum, als wollte sie es vollständig zerstören.

»Ich will, dass sie abhauen. Sie sollen einfach nur abhauen.«

Carlys Furcht nahm zu, jedoch nicht um sich selbst. Sie hatte keine Sorge, dass Michelle ihr Gewalt antun würde. Sie war besorgt um ihre Freundin.

»Michelle«, begann sie.

»Nein, sag's nicht, sei einfach still.« Michelle drehte sich im Kreis, als steckte sie in der Falle und suchte nach einem Fluchtweg. Ihre Augen waren weit aufgerissen, ihr Gesicht aschfahl. »Ich kann nicht hier sein, ich kann das alles nicht. Geh weg, geh einfach nur weg.«

Und dann rannte sie in den Flur. Carly eilte ihr nach. Michelle lief schnell, ihrer Hüfte ging es offensichtlich sehr viel besser. Sie gelangte zu ihrem Pick-up und warf ihn an. Danach fuhr sie mit röhrendem Motor vom Parkplatz und verfehlte dabei um ein Haar den Baum an der Einfahrt.

»Mom?«

Carly entdeckte ihre Tochter mit Mr. Whiskers auf dem Arm. »Ja, mein Schatz?«

»Was ist los mit Michelle?«

»Ich weiß es nicht«, gab Carly zu, strich Gabby übers Haar und zwang sich zu einem Lächeln. »Aber es wird ihr sicher bald wieder besser gehen.«

»Versprochen?«

Carly fragte sich, wie schlimm es war, ein Kind zu belügen. Doch es war schließlich nicht so, als hätte sie eine Wahl. Gabby war zu jung, um mit der Wahrheit klarzukommen.

»Ja, versprochen.«

Michelle saß zitternd auf einem Hocker in der hintersten Ecke der Bar. Sie war sich nicht sicher, wie lange sie schon da war und wie viel sie getrunken hatte. Beinahe erwartete sie, dass der Barkeeper sich weigerte, sie noch weiter zu bedienen, doch er schien nicht zu bemerken, wie kurz davor sie war, abzudrehen. Was zählte, war anscheinend nur, ob ihre Kreditkarte funktionierte.

Sie sagte sich, dass sie etwas essen müsste, auch wenn sich ihr allein bei dem Gedanken daran, Nahrung zu sich zu nehmen, der Magen zusammenkrampfte. Sie war dabei, unterzugehen – das konnte sie fühlen. Jeder Tag war schwerer als der vorhergehende. Es ging noch nicht einmal mehr um das, was in Afghanistan passiert war, obgleich die Erinnerung an die Ereignisse sie nach wie vor verfolgte. Nein, es war alles andere. Hier zu sein, einfach nur hier zu sein, war zu qualvoll.

Sie hatte sonst keinen Ort, an den sie gehen könnte. Was bedeutete das? Dass es an der Zeit war, ganz von der Bildfläche zu verschwinden? War das etwa die Lösung?

Sie schloss die Augen, öffnete sie aber gleich wieder. Die Dunkelheit war beinahe ebenso beängstigend wie das Licht. Sie griff nach ihrem Glas, zitterte jedoch zu sehr, um es an die Lippen zu heben. Ein Gefühl der Schwäche überkam sie. Sie überlegte, ob sie nicht einfach an Ort und Stelle sterben konnte. Keiner würde wissen, woran.

»Komm.«

Die Stimme kam von jemandem, der vor ihr stand. Sie blinzelte ein paarmal und erkannte schließlich Jared.

»Was ist?«

»Komm, wir gehen.«

Er packte sie am Arm, zog sie auf die Füße und geleitete sie halb zur Tür, halb trug er sie.

Er wird mich dazu bringen, etwas zu unternehmen, dachte sie. Sie zwingen, sich mit allem auseinanderzusetzen, was falschlief, und etwas dafür zu tun, dass es ihr besser ging. Er würde nicht zulassen, dass sie sich herausredete. Mit der Erkenntnis überkam sie zugleich Angst und Erleichterung. Vielleicht konnte er ihr einen anderen Ausweg zeigen.

»Wohin gehen wir?«, fragte sie.

»Nach Hause.«

Nicht in ein Krankenhaus? Nicht in eine Entzugsklinik?

»Wozu? Ich werde abhauen und wieder herkommen.« Sie wollte ihrer Stimme einen trotzigen Klang geben, merkte jedoch, dass sie zu schwach auf der Brust war.

»Deine Entscheidung.«

Die Fahrt zurück zum Haus dauerte weniger als fünf Minuten. Jared half ihr vom Beifahrersitz und führte sie zur Hintertür.

Sie wusste, dass er ihr eine Standpauke halten würde, und ein Teil von ihr hoffte sogar, dass er zu ihr durchdrang. Allerdings hatte sie so ihre Zweifel. Was könnte er ihr sagen, das sie sich nicht schon selbst gesagt hatte? Er war schließlich kein Zauberer, er war nur ein Typ mit einem Faible für Menschen in Not.

Obwohl es bereits nach neun Uhr abends war, war es noch so hell draußen, dass sie alles klar erkannte. Auch den Hund, der neben der Tür angebunden war.

Sie blieb stehen und starrte ihn an. Er hatte eine gute Größe – vermutlich ein Mischling mit einer großen Portion Labrador und möglicherweise ein wenig Schäferhund. Er hatte kurzes, helles Fell wie ein Labrador Retriever, dazu eine dunkle Schnauze und dunkle Ohren. Als er sie erblickte, duckte er sich und wich so weit zurück, wie die Leine um seinen Hals es erlaubte. Dabei drehte er sich ein wenig zur Seite.

Michelle schnappte entsetzt nach Luft. Seine Flanke war voller Striemen und jede einzelne seiner Rippen war zu erkennen. Das Tier strahlte pure Angst aus. Es fing so stark an zu zittern, dass es zusammenbrach, dann rappelte es sich wieder auf und versuchte, in die hinterste Ecke der kleinen Veranda zu gelangen.

Ihr war übel. »Was ist mit ihm passiert?«

»Das weiß niemand genau. Ein Freund von mir arbeitet beim Tierschutzbund. Der Kleine hier wurde heute Abend eingesammelt. Anscheinend wurde er misshandelt und ausgesetzt. Ich habe ihn mitgenommen. Er braucht jemanden, der sich um ihn kümmert, ihn füttert und pflegt.«

Michelle löste den Blick von dem Hund und starrte Jared an. »Und das willst du machen?«

»Nein, du wirst das machen. Er hat sonst auf der ganzen Welt niemanden, Michelle.«

Sie wich einen Schritt zurück. »Aber ich hab gar keine Ahnung von Hunden.«

»Dann wirst du dir das ganz schnell aneignen müssen. Der Tierarzt sagt, er ist nicht krank, nur verwundet und ausgehungert. Und wahnsinnig verängstigt. Die Leute, die sich um ihn hätten kümmern müssen, haben es nicht getan. Vielleicht haben sie ihn sogar absichtlich gequält, wir wissen es nicht.« Jared fischte seinen Schlüssel aus der Hosentasche und ging zu seinem Wagen.

»Im Haus ist ein bisschen Hundefutter. Den Rest findest du schon irgendwie raus.«

29. KAPITEL

Carly trug das Tablett mit Gläsern, Tassen, Besteck und Servietten zum nächsten Tisch. Am Wochenende vor dem Unabhängigkeitstag am vierten Juli quoll die Insel über vor Touristen. Der Personalverlust durch Damaris' Rauswurf und die Überbrückungsmaßnahmen zwangen sie dazu, sich abzurackern, um alles erledigt zu bekommen. Eigentlich war Michelle an diesem Sonntagmorgen für die Arbeit im Restaurant eingeteilt gewesen, doch seit der Begegnung mit ihr am Nachmittag zuvor war sie nicht mehr gesehen worden.

Carly war sich nicht sicher, was sie tun sollte. Jared anrufen und ihn fragen, ob es ihr gut ging? Die Polizei anrufen? Oder einfach den Mund halten? Sie rief sich ins Bewusstsein, dass sie es bereits erfahren hätte, wenn Michelle etwas Schlimmes zugestoßen wäre. Sam hätte sie informiert. Doch die Sorge um Michelle war ihr ständiger Begleiter, sie nagte unablässig an ihr und machte es ihr schwer, sich auf irgendetwas anderes zu konzentrieren.

Sie wandte sich dem Tisch zu und arrangierte mechanisch Servietten, Besteck, Gläser und Tassen. Wenigstens lief alles andere im Inn reibungslos. Der Betrieb im Restaurant war so groß wie eh und je. Helen, die ein wahres Himmelsgeschenk war, kochte hervorragend und ersann ständig aufs Neue verlockende Tagesgerichte. Jedes Mal, wenn sie ihren Hähnchensalat auf Focaccia-Brot machte, war er am Ende ausverkauft. Carly hatte sich vorgenommen, mit Michelle darüber zu sprechen, ob sie ihn nicht auf die reguläre Karte setzen wollten. Vorausgesetzt, Michelle würde jemals wieder auftauchen, um mit ihr über das Geschäft zu reden.

Sie trat an den nächsten Tisch, da ging die Restauranttür auf. Carly wandte sich um und setzte gerade an, dem Eintretenden mitzuteilen, dass sie erst in einer Stunde Essen servierten, verstummte jedoch schlagartig, als sie Ellen erkannte.

Die gut gekleidete Blondine kam lächelnd auf sie zu. In ihrem maßgeschneiderten Anzug und ihren hochhackigen Schuhen sah sie attraktiv und professionell aus, doch Carly konnte die Raubtierzähne hinter ihrem Lächeln erkennen. Sie machte sich für den unvermeidlichen Angriff bereit, straffte die Schultern und zwang sich, ein freundliches Gesicht zu zeigen.

»Hallo, Ellen.«

»Carly. Du bist ja immer noch hier, ich bin überrascht.«

Wie bitte? Meinte sie immer noch bei der Arbeit im Restaurant oder immer noch im Inn? »Ich verstehe nicht, was du meinst.«

»Ich dachte, Michelle hätte dich längst gefeuert. Du bist ja wohl kaum ein Gewinn für das Geschäft.«

»Michelle kann mich gar nicht feuern, dafür hast du doch gesorgt. Du hast ihr gesagt, dass euer Kreditgremium darauf besteht, dass …« Sie hielt inne, denn plötzlich begriff sie, wie das Spiel lief. »Es war gar nicht das Gremium, oder? Es gibt gar kein Komitee, das Michelle vorschreibt, was sie zu tun und zu lassen hat, stimmt's? Jetzt, wo der Kredit weiter abbezahlt wird, gibt es keine Regeln mehr. Nur das kranke Spiel, das du spielst.«

Ellens freundlicher Ausdruck wich nicht von ihrem Gesicht. »An deiner Stelle wäre ich vorsichtig. Du willst doch nicht genau den Menschen verärgern, der dein Schicksal in Händen hält, oder? Das wäre sehr dumm von dir. Vor allem angesichts der Tatsache, dass du ein kleines Kind zu versorgen hast. Wenn du die Stelle hier nicht mehr hättest, wo würdest du dann hingehen, was würdest du tun?« Ihr Lächeln wurde noch breiter. »Ich habe die Geschäftsbücher gelesen, Carly, das gehört zu meiner Sorgfaltspflicht. Ich weiß also, wie erbärmlich wenig du verdienst. Und wenn man bedenkt, dass du auch noch einen

Babysitter bezahlen musst, muss es ganz schön schwer für dich sein, über die Runden zu kommen. Und auf der hohen Kante wirst du wohl nicht viel haben? Es wäre also eine ziemliche Katastrophe für dich, wenn du deinen Job und somit gleichzeitig dein Zuhause verlierst.«

Noch vor drei Monaten wäre es das tatsächlich gewesen, dachte Carly bitter. Ellen wusste nichts von den zehntausend Dollar. Sie wusste nicht, dass sie es zwar schrecklich finden würde, ihre Arbeit zu verlieren, dass es sie aber nicht in einen Abgrund stürzen würde, wie es zuvor der Fall gewesen wäre. Dank Michelle würden sie und Gabby nun klarkommen.

»Ich werte dein Schweigen als Zustimmung«, sagte Ellen. »Nach all der langen Zeit stehst du mit gar nichts da, du bist einfach nur ein Nichts. Rache ist mies, stimmt's?«

»Nicht nur Rache«, sagte sie ruhig. Sie weigerte sich, Ellen spüren zu lassen, wie erschüttert sie war.

»Ich will, dass du dich jeden Tag erinnerst«, fuhr Ellen fort, »wie nahe du daran bist, jederzeit alles zu verlieren.«

Sie winkte ihr zum Abschied zu und ging.

Carly wartete, bis sie allein war, ehe sie sich erlaubte, kurz die Hände zu Fäusten zu ballen. Dann machte sie weiter damit, die Tische einzudecken.

Das ist eigentlich eine gute Nachricht, sagte sie sich mit Entschiedenheit. Ellens Bedingungen bezüglich des Inns waren vermutlich nicht legal, was bedeutete, dass sie nicht einklagbar waren. Andererseits hieß dies jedoch auch, dass Michelle sie nicht mehr hierbehalten musste. Doch das war vielleicht in Ordnung so. Sie wusste, dass sie sich mehr als bewährt hatte. Warum sollte Michelle sie jetzt noch loswerden wollen?

Helen kam in den Speisesaal. »War gerade jemand hier? Ich dachte, ich hätte Stimmen gehört.« Sie lächelte. »Allerdings keine, die mich ernsthaft beunruhigt hätte.«

Carly lachte und spürte, wie ihre Anspannung nachließ. »Gut zu wissen.«

»In meinem Alter muss man das unterscheiden können. Also, wer war unsere Besucherin?«

»Das war Ellen. Ihre Bank hat die Kredite gewährt, mit denen das Inn belastet ist. Sie ist vorbeigekommen, um mich ein wenig zu quälen, das ist ihr Hobby.«

Helen schnaubte. »Wichtigtuer konnte ich noch nie leiden. Aber du musst dir keine Sorgen machen, die kann dir nichts anhaben.«

»Sie könnte Michelle negativ beeinflussen.«

»Das glaube ich nicht, Michelle braucht dich. Du bist ein fester Bestandteil des Inns. Sie kümmert sich um den Teil des Geschäfts, der hinter den Kulissen abläuft, du bist für die Gäste jedoch das Gesicht des Inns. Und die mögen dich, das ist unschätzbar viel wert.«

Carly hoffte, dass Helen recht damit hatte. Doch sogar wenn sie ihren Job verlor, würden sie und Gabby zurechtkommen.

»Warum kann Ellen dich nicht leiden?«

»Wegen einiger Dinge, die in unserer Highschool-Zeit vorgefallen sind. Ich habe ihr damals den Freund ausgespannt.«

»Manche Menschen leben gerne in der Vergangenheit«, sagte Helen. »Reine Zeitverschwendung, wenn du mich fragst. Was passiert ist, kann man nicht mehr ändern.«

»Das ist nicht Ellens Philosophie.«

»Und das wird noch zum Problem für sie werden, aber nicht für dich. Nicht, wenn du es nicht zulässt. Jetzt gehe ich besser wieder an die Arbeit, sonst kriegen die Leute heute kein Mittagessen.«

Helen ging zurück in die Küche und Carly deckte weiter die Tische. Die Erkenntnis, dass Ellen versuchte, Michelle zu manipulieren, hätte sie eigentlich nicht überraschen sollen, dennoch war es so. Wie Helen gesagt hatte, konnte man die Vergangenheit nicht ändern. Irgendwann musste Ellen das begreifen und endlich loslassen. Doch leichter gesagt als getan, dachte sie.

Trotzdem würde sie Michelle von den neuesten Entwicklungen berichten müssen, auch wenn die das – nach ihrem letzten Gespräch zu urteilen – sicher nicht gut verkraften würde. Carly wollte jedoch keine Geheimnisse vor ihr haben – egal, wie schwierig es werden würde, sie ihr beizubringen.

Michelle saß in ihrem Zimmer auf dem Boden, Nachmittagslicht drang in den Raum. Die Fenster standen weit offen und ließen warme Luft herein. Doch die Tatsache, dass die Temperatur endlich auf siebenundzwanzig Grad hochgeklettert war, änderte nichts daran, dass sie zitterte wie Espenlaub.

Sie hielt eine Hand hoch und beobachtete das Zittern ihrer Finger. Nicht, dass der Anblick nötig gewesen wäre, um ihr zu bestätigen, was sie bereits in jeder einzelnen Zelle ihres Körpers spürte. Ihr war abwechselnd heiß und kalt, mal wollte sie sich übergeben, mal schnürte es ihr den Brustkorb so zusammen, dass sie beinahe keine Luft bekam.

Sie hatte so viel getrunken in letzter Zeit, dass es vermutlich Wochen her war, seit ihr Körper völlig alkoholfrei gewesen war. Wodka half ihr zwar nicht beim Vergessen, doch er ließ die Erinnerungsbilder so weit verschwimmen, dass die Flashbacks erträglich wurden. Mit dem Trinken aufzuhören bedeutete, sich voll und ganz der Realität zu stellen. Und das war nichts, auf das sie sich freute.

Sie streckte die Beine aus und betrachtete ihre dünnen Oberschenkel und knochigen Knie. Sie lag bereits fünf Kilo unter dem Gewicht, das als modisch schlank galt. Inzwischen glich sie einem Kriegsflüchtling. Ihre Beine waren voller blauer Flecken – was vermutlich eher an ihrer Mangelernährung lag als daran, dass sie sich gestoßen hatte. Ihre Füße waren schmutzig, ihre Zehennägel zu lang. Und sie hatte sich seit Wochen nicht die Beine rasiert. Weshalb sie die Entscheidung, Shorts zu tragen, noch einmal überdenken sollte – auch wenn gerade ohnehin niemand sie zu Gesicht bekam.

Ein leises Jaulen holte sie aus ihren Gedanken. Der Hund lag auf einem provisorischen Lager, das sie aus mehreren Decken gebaut hatte, und war endlich eingeschlafen.

Keiner von ihnen hatte in der vergangenen Nacht viel Schlaf bekommen. Sie hatte die ganze Zeit auf dem Boden gesessen und darauf gewartet, dass der Alkohol in ihrem Körper sich abbaute. Währenddessen hatte der Hund sich in die Ecke gekauert, die am weitesten von ihr weg war, wo er offensichtlich die nächste Runde seiner Qualen erwartete. Er hatte das Futter verschlungen, das sie ihm angeboten hatte, ein wenig Wasser geschlabbert und dann einfach dagestanden und sie angesehen.

Irgendwann nach Mitternacht hatte sie ihm das Halsband angelegt, das sie auf dem Bett vorgefunden hatte. Der Hund war beinahe zusammengebrochen vor Angst, als sie sich ihm näherte, und hatte die ganze Zeit über gezittert, während sie die Schnalle schloss. Dann hatte sie die Leine daran festgemacht und ihn praktisch nach draußen zerren müssen, damit er sein Geschäft verrichtete. Am Morgen hatten sie die Prozedur noch einmal wiederholt.

Irgendwann um Mittag herum war er schließlich zu dem Deckenhaufen gekrochen und hatte sich hingelegt. Er hatte sie aus seinen traurigen braunen Augen beobachtet, bis seine Lider sich langsam schlossen und er einschlief. Seitdem war sie so ruhig wie möglich sitzen geblieben.

Nun beobachtete sie, wie er im Schlaf zuckte und im Traum leise wimmerte. Sie wusste nicht viel über Hunde und noch weniger darüber, was in ihrem Kopf vor sich ging, doch sie ahnte, dass sein Schlaf ihm Albträume bescherte. Etwas, das ihr nur allzu vertraut war.

Unsicher, was sie tun sollte, fing sie an zu summen, in der Hoffnung, dass ihn das Geräusch beruhigen würde. Stattdessen schreckte er hoch.

»Hey«, flüsterte sie, ohne sich vom Fleck zu rühren. »Es ist alles gut. Na ja, okay, stimmt nicht, nichts ist gut. Es ist sogar alles zum Kotzen, aber du bist jetzt in Sicherheit, ich tu dir nichts.« Sie sah, wie er sie beobachtete. »Es würde dir jetzt wahrscheinlich mehr bringen, wenn du Englisch sprechen würdest.«

Der Hund hielt den Kopf tief, sein Körper war angespannt.

»Wir sitzen schon wieder eine ganze Weile hier«, murmelte sie. »Du musst vermutlich mal, und wir sollten beide etwas essen.«

Sie stand auf und griff nach der Leine. Der Hund erhob sich ebenfalls und wich in seine Ecke zurück.

»Ist ja gut«, sagte sie. »Sch-sch. Wir gehen jetzt raus, alles ist gut.«

Er fing an zu zittern, als sie sich ihm näherte, lief jedoch nicht weg. Sie klinkte die Leine am Halsband ein und ging zur Tür, doch der Hund stemmte sich dagegen.

»Komm mit.« Sie öffnete die Tür und klopfte auf ihr Bein. »Wir gehen Gassi.«

Der Blick seiner verletzten Augen bohrte sich in ihren, als versuchte er herauszufinden, welche Bedrohung von ihr ausging. Gerade, als sie sicher war, dass sie ihn wieder würde rausschleifen müssen, machte er einen Schritt auf sie zu.

»Guter Junge, so ist's fein. Lass uns rausgehen.«

Er machte noch einen Schritt.

Schließlich schafften sie es bis nach draußen. Sie ging zu der Seite des Gartens, die er zuvor schon benutzt hatte, und wartete, während er sein Geschäft verrichtete. Als sie zurück ins Haus kamen, machte sie die Leine los und legte sie auf die Küchentheke.

»So, jetzt kriegst du was zu essen.«

Sie hatte raten müssen, wie viel Nahrung er benötigte. Auf der Tüte mit Trockenfutter waren die Mengenangaben für verschiedene Gewichtsklassen aufgeführt, doch sie hatte keine Ahnung, wie viel er wog. Schließlich hatte sie entschieden, dass mehrere kleine Mahlzeiten vermutlich besser für ihn waren als eine große. Er hatte ganz offensichtlich gehungert. Ihm zu viel auf einmal zu fressen zu geben hätte seinen Magen womöglich überlastet.

Sie stellte ihm das Futter hin, dann ging sie zum Kühlschrank. Nicht, dass sie ernsthaft erwartete, Essen darin vorzufinden. Sie hatte sich nie die Mühe gemacht einzukaufen, und Jared aß meistens auswärts. Doch als sie die Tür öffnete, war sie überrascht zu sehen, dass das oberste Fach beinahe voll war. Da waren Flaschen mit Orangensaft, Gingerale und Sprite. Daneben lagen drei Sandwiches, jedes davon fein säuberlich beschriftet, und darunter stand ein Plastikbehälter mit Kartoffelsalat.

Im Schrank fand sie Kekse und Chips. Zucker und Salz, dachte sie. Anscheinend war Jared sehr viel mehr daran interessiert, sie zu mästen, als sie angenommen hatte.

Sie wusste, dass die Getränke für ihren Flüssigkeitshaushalt gedacht waren. Der enthaltene Zucker würde gegen das Zittern während des Entzugs helfen. Genau wie der Hund würde sie es jedoch langsam angehen lassen müssen.

Sie goss sich ein großes Glas Orangensaft ein. Dann nahm sie das Puten-Sandwich, den Kartoffelsalat und eine Gabel und brachte alles auf ihr Zimmer. Der Hund folgte ihr. Sie stellte das Essen auf ihren Nachttisch und schaltete den Fernseher ein.

Als sie sich umdrehte, um sich auf das Bett zu setzen, stieß sie mit dem Hund zusammen. Sie erschraken beide, und er duckte sich und wich in Richtung Ecke zurück.

»Warte«, rief sie. »Es tut mir leid.«

Er blieb stehen und sah sie an.

Er war immer noch so nahe, dass sie ihn berühren konnte. Sie streckte langsam den Arm aus, doch er wich einen Schritt aus. Sie rutschte behutsam über den Fußboden auf ihn zu und murmelte, dass sie ihm nicht wehtun würde. Jetzt sah er sie nur an, den Kopf gesenkt, den Schwanz zwischen die Beine geklemmt.

Schließlich gelang es ihr, ihm mit den Fingern leicht über den Rücken zu streicheln. Er schauderte, rührte sich aber nicht.

»Guter Junge«, flüsterte sie und streichelte ihn sanft weiter, mied jedoch dabei die noch nicht verheilten Wunden an seiner Flanke. »So ist's besser.«

Sie tätschelte ihm den Rücken, ohne seinem Kopf zu nahe zu kommen, und kraulte ihm ein wenig den Nacken. Er hob ein bisschen den Kopf und bewegte seinen langen Schwanz leicht.

»Ah, das gefällt dir, oder? Das merke ich mir fürs nächste Mal.«

Sie ging zurück zum Bett. Er trottete zu seinem Deckenhaufen und legte sich hin. Sie hatte erwartet, dass er etwas von ihrem Mittagessen würde abhaben wollen, doch er ignorierte die Tatsache, dass sie Nahrung zu sich nahm, schloss die Augen und schlief ein.

Irgendwann nach Mitternacht schreckte Michelle aus dem Schlaf. Sie hatte geträumt, dass sie wieder in Afghanistan war. Gott sei Dank nicht bei der Schießerei, doch allein sich dorthin zurückversetzt zu fühlen, genügte, um ihr Herz rasen zu lassen.

Sie setzte sich auf und stellte fest, dass sie sich etwas besser fühlte. Weniger zittrig. Vielleicht hatte der Alkohol ihren Körper nun vollständig verlassen, oder es lag am Essen. Am Abend hatte sie ein weiteres Sandwich gegessen, dazu einen Großteil der Chips. Sie hatte auch Eiscreme im Gefrierfach gefunden und entschieden, dass Jared es eindeutig verdiente, zur Heiligsprechung vorgeschlagen zu werden. Nicht, dass er da gewesen wäre, um das Angebot anzunehmen. Seit er sie von der Bar nach Hause gebracht hatte, hatte sie ihn nicht mehr gesehen.

Sie warf einen Blick auf den Hund und sah, dass er sie beobachtete. Er hatte ebenfalls gegessen und geschlafen. Das letzte Mal, als sie mit ihm rausgegangen war, hatte er ruhig dagestanden, während sie ihn anleinte. Es schien, als hätten sie ein gewisses Einvernehmen gefunden.

»Komm, wir gehen raus«, sagte sie und stand vom Bett auf.

Er erhob sich von seinem Lager und kam zu ihr. Sie beugte sich hinunter, um ihn zu streicheln. Zunächst zuckte er vor ihrer Berührung zurück und sein Fell stellte sich leicht auf, aber dann blieb er ruhig stehen. Er hob ein wenig den Kopf und sah sie an.

Langsam näherte sie sich mit der Hand seiner Wange und rieb sie sanft. Eine Vertrauensübung für uns beide, dachte sie. Sie konnte ihn schlagen, doch er konnte ihr die Hand abbeißen. Nichts davon geschah.

Sie hob die Leine auf und er ließ zu, dass sie sie befestigte, ohne dass er sich wegduckte. Ein weiterer Fortschritt.

Später, als er sein Geschäft erledigt hatte und sie zurück in ihrem Zimmer waren, kletterte sie ins Bett. Sie ließ das Licht an, für ihn ebenso wie für sich selbst. Dann rollte sie sich auf die Seite und wollte gerade die Augen schließen, als sie seinen Blick im Rücken spürte.

Als sie sich umdrehte, stand er am Bett und sah sie an.

»Was ist?«, fragte sie und stützte sich auf dem Ellbogen auf. War er hungrig? Sollte sie ihn noch einmal füttern? »Ich glaube, ich brauche eine Bedienungsanleitung für dich.«

Er starrte sie weiter an und sprang plötzlich mit einem einzigen Satz auf das Bett. Dann ließ er sich am Fußende fallen und rollte sich ein, das Hinterteil an ihren Füßen.

Eine unerwartete Entwicklung.

»Normalerweise dauert es ein bisschen länger, ehe ich mit einem Typen ins Bett gehe«, sagte sie zu ihm.

Der Hund zeigte sich davon völlig unbeeindruckt. Er schloss die Augen und seufzte.

»Ich weiß genau, wie du dich fühlst«, sagte sie und legte den Kopf aufs Kissen.

Das Gewicht am Ende der Matratze fühlte sich gut an. Zumindest war so keiner von ihnen mehr alleine. Sie würden schon einen Weg finden, sich gegenseitig gesund zu pflegen – was vermutlich von Anfang an Jareds Plan gewesen war.

30. KAPITEL

Carly saß an der Rezeption. Sie waren zehn Tage lang durchgehend ausgebucht, vom Wochenende vor dem Unabhängigkeitstag am vierten Juli bis zum Wochenende danach. Dass der Feiertag dieses Jahr auf einen Mittwoch fiel, stellte sich als äußerst günstig für das Geschäft heraus.

An diesem Sonntagmorgen hatte sie bereits Restaurants empfohlen – inklusive ihres eigenen –, Weinproben und Touren durch Antikläden organisiert und einen Künstler angebettelt, seine Galerie früher zu öffnen.

Seit Freitag war sie rund um die Uhr beschäftigt, doch wenn alles gut ging, würde sie am Nachmittag ein paar Stunden freihaben. Dann würden keine Gäste mehr einchecken und das Putzpersonal würde sich um die Zimmer kümmern. Die Möglichkeit, sich mit ihrer Tochter zu entspannen und einfach nur mal durchzuatmen, kam ihr sehr gelegen.

Ihr Blick fiel auf das Telefon und sie fragte sich, ob Michelle sich wohl melden würde. Nicht, dass ihre Chefin dafür ihr Handy hätte benutzen können. Das lag in Einzelteile zerlegt in einer Plastiktüte. Carly hatte sie alle eingesammelt, nachdem Michelle vor einigen Tagen so durchgedreht war. Sie war sich nicht sicher, was sie mit ihnen tun würde, doch wenigstens waren sie so nicht verloren.

Warmes Licht drang in den Eingangsbereich. Es war ihnen ein größtenteils sonniger Vormittag versprochen worden, erst am Nachmittag sollten ein paar Wolken aufziehen. Für den kommenden Tag war Regen angesagt, was die Gäste dazu veranlassen könnte, früher abzureisen. Darüber sollte sie eigentlich nicht glücklich sein, doch gegen ein wenig zusätzliche Zeit, um vor der nächsten Charge Gäste die Zimmer zu machen, hatte sie nichts einzuwenden. Am Dienstag würde auch eine neue Therapiegruppe eintreffen. Diesmal würden die Paare ihre Probleme also am Nationalfeiertag bearbeiten, was interessant zu werden versprach.

Sie hörte ein vertrautes Motorengeräusch, und als sie aufblickte, sah sie, wie Michelle um das Gebäude herum zum Angestelltenparkplatz fuhr. Sofort verspürte sie sorgenvolle Anspannung. Ging es Michelle besser oder schlechter? War sie jetzt endgültig übergeschnappt oder hatte sie es geschafft, sich Hilfe zu holen? Es gab nur einen Weg, das herauszufinden.

Carly blieb an ihrem Platz an der Rezeption und gab sich Mühe, beschäftigt auszusehen. Nach ein paar Minuten hörte sie Schritte, die von einem seltsamen Klicken begleitet wurden. Sie blickte auf und sah Michelle auf sich zukommen, an ihrer Seite ein großer, magerer Hund, dessen Flanke mit unverheilten Wunden übersät war und der einen furchtbar verängstigten Ausdruck in den Augen hatte.

»Hi«, sagte Michelle.

Sie sieht besser aus, befand Carly, während sie sie musterte. Weniger grau, wenn auch noch sehr blass. Ihr Blick war klarer und ruhiger, doch ihre Hände, in denen sie die Leine hielt, zitterten.

»Hi.«

»Tut mir leid, dass ich einfach abgetaucht bin. Ich musste mich um ein paar Dinge kümmern.«

»Okay.« Carly war unsicher, ob sie Michelle fragen sollte, ob sie noch immer von der Rolle war oder ob sie es besser mit der Zeit selbst herausfinden sollte.

»Ich habe jetzt einen Hund.«

»Das kann ich sehen. Ich bin mir nicht sicher, ob Mr. Whiskers das gutheißen wird. Er hat sich hier den Rang einer Autorität erobert.«

Michelles Mundwinkel bewegten sich in der Andeutung eines Lächelns nach oben, das jedoch sogleich wieder verschwand.

»Er ist ein Rettungshund. Sein Besitzer hat ihn misshandelt und einfach ausgesetzt. Ich bin mir ziemlich sicher, dass Mr. Whiskers ihn problemlos kaltmachen könnte.«

Carly trat hinter der Rezeption hervor. »Ich habe nie verstanden, wie es Menschen geben kann, die Tieren wehtun.«

Sie ging neben dem Hund in die Hocke. Er zitterte und wich zur Seite. Sie blieb, wo sie war, und hielt ihm ihre Finger hin, damit er daran schnüffelte. Als sich seine Schnauze ihrer Hand näherte, fing sie an, ihm mit der anderen Hand sanft über den Rücken zu streicheln.

»Hey du«, murmelte sie. »Ich weiß, es ist gerade alles verdammt hart für dich, aber es wird besser werden. Du bist an einem guten Ort gelandet. Ich glaube, dich werden hier alle verwöhnen, und das findet doch jeder Hund toll, oder?«

Er starrte sie aus traurigen Augen an, es schien ihr, als würde er ein bisschen weniger verängstigt aussehen.

Sie erhob sich. »Bist du, ähm, heute hier?«

Michelle nickte. »Ja. Aber bevor ich mich an die Arbeit mache, brauche ich kurz deine Hilfe bei etwas.«

Sie ging voraus in ihr Büro, der Hund folgte ihnen an seiner Leine. Dabei blickte er sich fortwährend um, ganz offensichtlich in panischer Angst davor, dass jemand irgendwo hervorgesprungen kommen und ihm wehtun könnte.

Als sie ins Büro kamen, reichte Michelle ihr die Leine. »Halt ihn mal bitte einen Moment.«

Sie fing an, Schubladen aufzuziehen, Bücher zu verschieben und Wodka-Flaschen aus allen möglichen Verstecken zu holen. Als sie fertig war, standen sechs Flaschen auf dem Schreibtisch aufgereiht – einige voll, einige fast leer.

»Schmeiß die für mich weg«, sagte Michelle, wobei sie die Flaschen anstarrte, statt sie anzusehen. »Und dann sieh regelmäßig nach, ob neue da sind. Ich habe nicht vor, wieder welche zu verstecken, aber zu wissen, dass du nachsehen wirst, ist mir eine große Hilfe.«

Carly nickte. »Natürlich. Kann ich noch etwas für dich tun?«

»Ich weiß es nicht. Mir ist nicht ganz klar, was ich machen soll. Und es tut mir leid, dass ich einfach so verschwunden bin und dich mit allem hier allein gelassen habe, wo wir doch ein volles Wochenende haben.«

»Ja, wir sind ausgebucht und das ist gut so. Mach dir keine Gedanken, wir haben das hingekriegt. Alle haben an einem Strang gezogen. Helen leistet wunderbare Arbeit, die Leute lieben ihr Essen. Es gab einen wahren Ansturm auf ihren Hähnchensalat auf Focaccia-Brot. Du solltest ihn mal probieren.«

Michelle lächelte. »Ist das ein Wink mit dem Zaunpfahl?«

»Du hast viel an Gewicht verloren.«

»Ich habe ja auch praktisch nichts gegessen. Inzwischen geht's schon besser. Der Hund und ich … wir müssen beide wieder zu Kräften kommen.«

»Behältst du ihn?«

Michelle nickte langsam. »Ja, ich glaube, wir brauchen einander. Ich habe vorher nie drüber nachgedacht, mir einen Hund anzuschaffen, aber jetzt habe ich ihn verdammt gerne um mich.« Sie holte tief Luft. »Ich weiß, das ist gerade ungünstig, doch ich muss leider noch mal weg. Zu einem Treffen.«

»Wir haben Sonntag.«

»Ja, dort trifft man sich sonntags.«

Carlys Blick glitt zu den Flaschen. »Oh, die Art von Treffen.«

Michelle lachte. »Nein. Ich glaube, der Alkohol war ein Symptom, aber er ist nicht das eigentliche Problem. Ich gehe zu einer Selbsthilfegruppe für Kriegsveteranen.«

»Soll ich solange auf deinen Hund aufpassen?«

»Ich hatte vor, ihn mitzunehmen. Danach komme ich zurück und arbeite. Ach ja. Sag mal, weißt du, wo es einen Laden für Tierbedarf gibt? Er braucht Futter und ein Bett, vielleicht auch ein bisschen Spielzeug. Was mögen Hunde denn so? Bälle?«

»Das kann ich erledigen«, bot Carly an. »Ich wollte mich heute Nachmittag sowieso für ein paar Stunden aus dem Staub machen. Ich kann mit Gabby zur Tierhandlung fahren, sie wird begeistert sein.«

»Bist du sicher? Also, wenn es dir wirklich nichts ausmacht, dann gerne. Ich werde hierbleiben und mich um das Inn kümmern. Ich gebe dir später zurück, was du ausgelegt hast.«

»Das Geld ist unwichtig.« Carly holte tief Luft. »Ich bin froh, dass du wieder da bist. Ich habe mir wirklich Sorgen gemacht.«

»Ich weiß. Du hast nur versucht, mir zu helfen. Ich hätte dankbarer sein sollen.«

»Warum jetzt auf einmal damit anfangen?«

Michelle grinste. »Da hast du auch wieder recht.« Sie hob die Tüte mit den Einzelteilen ihres Handys hoch. »Das sollte ich wohl mal reparieren lassen.«

»Ich weiß nicht. Wenn du wirklich keine Anrufe mehr bekommen willst, hast du doch die perfekte Lösung dafür gefunden.«

»Na ja, ich glaube, ein Handy wäre schon praktisch. Ich kümmere mich gleich morgen früh darum.«

Einen Moment schwiegen sie, dann sagte Michelle: »Danke. Für alles. Ich weiß, dass es nicht leicht war mit mir. Und

Damaris hat mir den Rest gegeben. Ich dachte, ich könnte ihr voll und ganz vertrauen, und dabei war alles nur eine Lüge. Ich wusste nicht, wie ich damit umgehen sollte. Und du warst für mich da.«

»Gern geschehen«, sagte Carly und musste plötzlich gegen Tränen ankämpfen. »Ich möchte dir helfen und jemand sein, auf den du dich verlassen kannst.« Beinahe hätte sie hinzugefügt, dass sie schließlich Schwestern waren und füreinander da sein sollten, doch vielleicht war es dafür zu früh. Sie hatte diese Erkenntnis selbst noch gar nicht richtig verarbeitet.

»Auch auf die Gefahr hin, dass du dich ärgerst«, sagte sie vorsichtig, »ich muss dir eine Sache erzählen. Es ist nichts wirklich Schlimmes«, fügte sie hinzu. »Es ist nur schräg.«

Michelle atmete tief durch. »Okay, was ist es? Ist ein Ufo im Garten gelandet? Haben sich die Margeriten nachts weggeschlichen und Leute abgemurkst?«

»Ellen ist vorbeigekommen. Sie hat sich mir gegenüber wie üblich unangenehm verhalten, was ich ja schon gewöhnt bin. Doch dann hat sie angedeutet, dass die Bedingungen, die sie dir gestellt hat, nicht von irgendeinem Kreditgremium oder dem Vorstand der Bank kamen. Sie hat sie sich selbst ausgedacht als eine Art Machtspiel.«

»Kann sie das so einfach?«

»Ich weiß es nicht, ich hab keine Erfahrung mit Banken. Ich wollte dir nur erzählen, was passiert ist.«

»Das ist nichts, womit ich mich heute auseinandersetzen könnte«, gab Michelle zu. »Das geht momentan weit über meine Gehaltsklasse. Noch etwas, das ich wissen sollte?«

»Mom, Mom, bist du …«

Gabby kam um die Ecke gelaufen, blieb dann jedoch mit aufgerissenen Augen stehen.

»Mom, ist das da ein Hund?« Ihre Stimme war so voller Ehrfurcht, als wäre ihr gerade die ganze Welt zu Füßen gelegt worden.

»Ja. Michelle kümmert sich um ihn. Sei vorsichtig, er …«

Sie hatte nicht genügend Zeit, den Satz zu beenden und ihre Tochter davor zu warnen, dass das bedauernswerte Tier möglicherweise nicht gut auf den Überschwang eines Kindes reagieren würde. Gabby stürmte mit ausgebreiteten Armen auf ihn zu. Der Hund wimmerte und wich zurück, die Leine hielt ihn jedoch an Ort und Stelle.

Dann erreichte Gabby ihn. Sie schlang beide Arme um ihn und legte ihren Kopf auf seinen Rücken.

Carly hatte sich bereits in Bewegung gesetzt, um Gabby vor einem Biss zu schützen, der ganz sicher folgen würde. Doch statt sie anzugreifen, stand der Hund ruhig da, als würde die Berührung der kleinen Hände ihn beruhigen. Sein langer, magerer Schwanz begann, sich langsam und zögernd hin und her zubewegen.

Gabby richtete sich auf, ein breites Grinsen auf dem Gesicht. »Er ist so schön! Hat er einen Namen? Kann ich mit ihm Gassi gehen? Glaubst du, er mag Mr. Whiskers? Darf ich ihm Kleider anziehen?«

Michelle lachte. »Beeindruckend, Kleine, das ist mal ein Fragenkatalog. Also, lass uns mal sehen. Er hat noch keinen Namen, aber ich habe überlegt, ihn Chance zu nennen.«

»Das gefällt mir«, sagte Gabby. Sie wandte sich wieder dem Hund zu. »Hallo, Chance, ich bin Gabby. Wir werden bestimmt beste Freunde.«

Er wedelte erneut mit dem Schwanz.

»Chance muss sich erst an seine neue Umgebung gewöhnen«, erklärte Carly ihrer Tochter. »Er ist nicht gut behandelt worden, deshalb ist er so dünn und muss erst mal wieder zu Kräften kommen, ehe er so richtig viel spielen kann. Aber ich habe gedacht, dass wir vielleicht heute Nachmittag zur Tierhandlung fahren und ihm Futter, einen Korb und so weiter besorgen könnten.«

Gabby klatschte in die Hände. »Au ja! Juchhu, Chance, wir kaufen dir ganz tolles Spielzeug. Dann kannst du gesund werden und wir können zusammen spielen.«

»Ich bin mir sicher, dass ihm das gefallen würde«, sagte Michelle. Sie sah zu ihr. »Danke, für alles. Ich wusste, dass du dich um das Inn kümmern würdest.«

Carly schnürte es die Kehle zu. »Ich freue mich, wenn ich dir helfen kann. Wenn du noch was brauchst, frag mich einfach.«

Michelle lachte. »Ich glaube, das habe ich bereits zur Genüge.«

Der Raum, in dem das Treffen stattfand, war schlicht eingerichtet. Er hatte ein paar Fenster, und Stühle waren in Reihen aufgestellt. Michelle schätzte, dass etwa zwanzig Männer da waren. Sie war die einzige Frau und dazu die einzige Person, die einen Hund mitgebracht hatte.

Ein Typ berichtete von den Albträumen, die er hatte, und dass er deswegen nicht schlafen konnte. Der Großteil der Gruppe nickte, als hätten alle das gleiche Problem. Ein anderer erzählte, dass Ryan wegen Autodiebstahls verhaftet worden war. Mitfühlendes Gemurmel erhob sich. Michelle hatte keine Ahnung, wer Ryan war, vermutete jedoch, dass sie ihm wohl so bald nicht begegnen würde.

Niemand beachtete sie, was ihr nur recht war. Sie saß ganz hinten, Chance lag ausgestreckt neben ihr auf dem abgewetzten Teppich. Als die Stunde um war, erinnerte der Leiter sie daran, dass es schlauer war, rechtzeitig um Hilfe zu bitten, statt zu warten, bis man keine Wahl mehr hatte.

Alle standen auf. Sie erwartete beinahe ein Gruppengebet, doch die Teilnehmer gingen einfach in Richtung Tür, nur ein paar blieben stehen, um sich miteinander zu unterhalten. Michelle hatte es schon fast in die Freiheit geschafft, als der Leiter ihr auf die Schulter tippte.

»Du bist neu hier«, sagte er.

Sie nickte.

»Wir treffen uns jeden Tag, du bist herzlich willkommen.«

»Danke.«

Und das war's.

Als sie zum Parkplatz ging, fühlte sie sich erleichtert und vielleicht sogar schon ein wenig besser als zuvor. Immerhin unternahm sie die richtigen Schritte, damit es ihr besser gehen konnte. Es war ein langsamer Prozess, doch sie würde es schaffen.

Ihre gute Laune hielt an, bis sie Jared entdeckte, der an ihrem Pick-up lehnte.

»Was machst du hier?«, fragte sie verärgert, nicht, weil er etwas getan hatte, sondern eher, weil sie sich schämte.

»Rumlungern. Wie war das Treffen?«

»Gut.«

»Hast du was gesagt?«

»Nein.«

Er grinste. »Das wirst du schon noch.«

»Du hältst dich wohl für so was von schlau.«

»Du bist nicht mein erster Rodeo-Ritt.«

Na, toll. Weil sie auch so gerne daran erinnert wurde, dass sie nicht mehr als ein Sozialprojekt für ihn war.

Sie wollte gerade den Mund aufmachen, um ihm zu sagen, dass er sich verdammt noch mal aus ihrem Leben raushalten sollte, als sie feststellte, dass sie Chances Kopf tätschelte und er es zuließ. Sie blickte zu ihm hinunter und sah, wie der Hund sich an sie lehnte, während sie seinen Kopf und seine Ohren streichelte.

»Na, sieh mal einer an«, sagte sie.

Chance sah zu ihr auf. Es mochte reine Einbildung sein, aber sie hätte schwören können, dass in seinen Hundeaugen so etwas wie Hoffnung lag.

Sie wünschte, es gäbe eine Möglichkeit, ihm zu sagen, dass er ihr vertrauen konnte, dass sie ihm niemals wehtun oder ihn verraten würde. Doch das würde er wohl einfach mit der Zeit lernen müssen.

Sie wandte sich wieder an Jared. »Du erwartest vermutlich, dass ich mich bei dir bedanke.«

Er lachte leise. »Nein, nicht heute. Aber irgendwann wirst du das. Du wirst uns beide in Verlegenheit bringen mit deiner ganzen Dankbarkeit.«

Das klang grausam in ihren Ohren. »Glaube nicht, dass ich deswegen mit dir schlafe.«

Jetzt verwandelte sich sein leises Lachen in lautes Gelächter. »Nein, dafür bist du noch nicht bereit«, sagte er, stieß sich von ihrem Wagen ab und streckte sich.

Nicht bereit? Was sollte das bedeuten? Und warum sagte er so etwas?

Ehe sie nachfragen konnte, tätschelte er Chance und sagte: »Ich habe gleich eine Ausflugsgruppe. Wir sehen uns später.«

Sie blieb alleine auf dem Parkplatz zurück, sah ihm beim Wegfahren zu und fühlte sich ebenso mundtot wie früher in der Highschool.

»Männer sind doch alle Idioten«, murmelte sie.

Chance sah sie mit hochgezogenen Augenbrauen an.

»Nur du natürlich nicht«, fügte sie hinzu.

Er wedelte mit dem Schwanz.

31. KAPITEL

»Danke fürs Mitkommen«, sagte Carly, während Sam auf den Parkplatz des Tierbedarfsgeschäfts einbog.

»Du wirst einen großen, starken Mann gut brauchen können, der dir hilft, das alles zu tragen«, sagte er und suchte dabei Gabbys Blick im Rückspiegel. »Stimmt's?«

Gabby kicherte. »Ja, wir kaufen Chance den größten Sack mit Hundefutter, den es gibt. Dann braucht er keine Angst mehr zu haben, zu verhungern.«

Sam war just in dem Moment vorbeigekommen, als Carly und Gabby abfahrbereit gewesen waren. Als er angeboten hatte, sie zu fahren, hatten sie beide gleich Ja gesagt. Aber jetzt, da Sam ihrer Tochter aus seinem Wagen half, kam ihr der Gedanke, dass sie ihn nicht so schnell mit Gabby hätte zusammenbringen sollen. Falls es zwischen ihnen nicht gut ging, könnte Gabby verletzt werden. Sie musste ihrer Tochter begreiflich machen, dass Sam nur ein Freund war und vielleicht auch nie mehr als das sein würde.

Das Leben ist einfacher, wenn es männerfrei ist, dachte sie, während sie Sam und Gabby in die Tierhandlung folgte. Kleine Notiz an dich selbst, dachte sie belustigt, jetzt, da du wieder angefangen hast, dich mit Männern zu treffen.

Sam holte ihnen einen Einkaufswagen und sie steuerten auf die Hundeabteilung zu.

Als Erstes blieben sie bei den Hundekörben stehen, aus denen Gabby einen mit einem besonders weichen rot karierten Kissen auswählte.

»Eigentlich gefällt mir der lilafarbene besser«, sagte Gabby, während Sam den Korb in den Einkaufswagen quetschte. »Aber Chance ist ja ein Junge und manchmal mögen Jungs kein Lila.«

»Das stimmt. Doch Rot mögen wir.«

Sie kauften noch einen zweiten Korb für Michelles Büro im Inn, dazu Hundeshampoo, Flohmittel, Fressnäpfe und den größten Sack Hundefutter, den Carly jemals gesehen hatte. Zudem fanden Krallenknipser und eine weiche Bürste ihren Weg in den Einkaufswagen. Gabby entdeckte Hundekekse mit Erdnussbutter-Geschmack und bestand darauf, dass sie welche mitnahmen.

»Auch Hunde brauchen Kekse«, erklärte sie ihrer Mutter.

»Wenn du das sagst.«

Danach hielten sie sich lange bei den Hundespielzeugen auf. Gabby suchte verschiedene Bälle sowie ein Seil und einen Kauknochen aus, der gut für die Zähne sein sollte. Sam legte noch eine Kotschaufel in den Wagen, worauf Gabby kicherte.

Als sie alles bezahlt und das Auto vollgeladen hatten, schlug Sam vor, zum Hafen zu fahren und ein Eis zu essen.

Mit ihren Eiswaffeln in der Hand schlenderten sie über den Pier. Die angekündigten Wolken hatten sich inzwischen eingefunden, doch es regnete nicht und die Luft war warm. Touristen flanierten – zu Fuß und mit dem Fahrrad – am Hafen entlang und bevölkerten die Ausflugsboote, die aufs Wasser hinausfuhren.

»Gefällt es dir hier immer noch?«, fragte sie.

»Ja, das ist eine nette kleine Stadt.«

»Wo bist du denn aufgewachsen?«

»In einem Städtchen in Virginia, von dem du garantiert noch nie was gehört hast. Daher weiß ich, wie es hier läuft. Es wird genauestens verfolgt, was bei einem so los ist. Und alle haben ein Elefantengedächtnis. Wenn man als Kind mal was verbockt hat, kann einen das für den Rest des Lebens verfolgen.«

Sie sah ihn kurz an und wieder weg. Sie musste an Ellen denken und daran, wie viel der daran lag, dass sie in alle Ewigkeit für ihre Fehler bezahlte.

»Was ist?«, fragte er leise.

Gabby hüpfte fröhlich vor ihnen her und lehnte sich ab und zu über das Geländer, um die Kraniche auf den Docks zu beobachten.

»Du hast recht«, sagte sie, »genauso ist es. Im Sommer haben wir die Touristen zur Ablenkung, das hilft ein wenig. Aber unter uns Einheimischen …«

»Gibt es immer noch alte Kamellen, die Probleme bereiten?«

»In letzter Zeit ja.« Sie warf ihm einen Blick zu und überlegte, ob sie ihm die Wahrheit sagen sollte. Vermutlich war das besser. Bei seiner Arbeit würde er sicher Gerüchte zu hören bekommen.

»Man sagt mir nach, es auf der Highschool wild getrieben zu haben«, gab sie zu – so leise, dass Gabby es nicht hörte. »Vor allem in meinem letzten Schuljahr. Meine Mom war abgehauen und meinem Vater war es scheißegal, was ich so tat. Ich war viel auf Partys und hatte bald den Ruf weg, mich durch alle Betten zu schlafen. Ich dachte, wenn ich diesen Typen gab, was sie wollten, würden sie mich wie etwas Besonderes behandeln und für mich da sein. Das hat natürlich überhaupt nicht funktioniert.«

Sie verstummte und presste die Lippen zusammen. »Die Ironie ist, dass ich nur so tat, als würde ich mit ihnen schlafen wollen. In Wirklichkeit hatte ich mit niemandem Sex, bis ich den Mann traf, den ich dann auch geheiratet habe. Aber das sind nur unwichtige Details, die keinen interessieren. Die andere Geschichte finden alle viel spannender.«

»Tut mir leid, dass du dir das immer noch anhören musst«, sagte Sam. »Gerüchte sind schwer totzukriegen.«

»Wem sagst du das. Seit Gabby geboren wurde, bist du der erste Mann, mit dem ich ausgegangen bin. Und der erste, mit dem ich …« Sie räusperte sich. »Du weißt schon.«

Er grinste. »Ich erinnere mich sehr gut an dieses Du-weißt-schon. Dieses Du-weißt-schon macht mir sehr viel Spaß.«

Sie lachte. »Ich hatte beinahe vergessen, dass es mir auch ganz gut gefällt.« Sie wurde wieder ernst. »Das ist alles Jahre her, aber es gibt hier Leute, die sich weigern, es zu vergessen.«

Er legte einen Arm um sie. »Lass nicht zu, dass die dich kleinkriegen, Carly. Was die denken, spielt keine Rolle.«

Wenn ich deshalb gefeuert werde, schon, dachte sie und erinnerte sich an Ellens Drohung. Doch das würde sie jetzt nicht vertiefen.

Gabby gesellte sich zu ihnen, und als sie ihr Eis aufgegessen hatten, gingen sie zurück zum Parkplatz der Tierhandlung und fuhren zum Inn. Sie bat ihn, um das Gebäude herumzufahren, damit sie alles gleich in Michelles Büro bringen konnten.

»Sieht so aus, als hättest du Besuch«, sagte Sam und deutete auf das riesige Wohnmobil, das hinter dem Haus geparkt war.

Carly starrte das Fahrzeug verwirrt an. »Normalerweise warnen mich die Gäste vor, wenn sie einen Wohnwagen mitbringen. Sie wollen sichergehen, dass wir einen Parkplatz dafür haben.«

Sie sah, wie die Seitentür aufging und ein großer Mann heraustrat. Er war in den Fünfzigern, sah fit aus, hatte dunkles Haar und vertraut wirkende Augen. Als er unten angekommen war, drehte er sich um und half einer kleinen blonden Frau heraus.

Gabby sog scharf die Luft ein. »Grandma?«, flüsterte sie.

Carly konnte es nicht glauben. Nach all der Zeit waren ihre Mutter und Michelles Vater nach Blackberry Island zurückgekehrt.

Gabby stand wie angewurzelt neben ihr. Anscheinend wissen wir beide nicht, was wir tun sollen, dachte Carly. Sie und ihre Mutter sprachen vielleicht einmal im Jahr miteinander, mit Frank redete sie nie. Bei ihrem letzten Gespräch hatte es keinerlei Andeutung bezüglich ihrer Besuchsabsichten gegeben und nun waren sie plötzlich hier.

Lana Sanderson lächelte ihre Tochter und ihre Enkelin an. »Ihr seht überrascht aus. Krieg ich keine Umarmung?«

Gabby sah zu ihr auf, als suche sie Rat. Carly atmete tief durch, dann nickte sie. »Doch, klar, Mom.«

Carly drückte ihre Mutter kurz, dann trat sie zurück. Gabby zögerte, ehe sie zu ihr ging.

»Hallo, Liebes«, sagte Lana und strich sanft über das Haar ihrer Enkelin. »Du bist so hübsch, genau wie deine Mom in deinem Alter. Ich habe euch vermisst.«

Carly hätte gerne gefragt, wieso ihre Mutter, wenn sie sie doch so sehr vermisst hatte, sie nicht angerufen hatte oder zu Besuch gekommen war. Warum kam an Weihnachten nicht mehr als eine Postkarte von irgendeinem exotischen Ferienziel, an dem sie die Feiertage verbrachte?

Gabby kam zu ihr zurück und nahm ihre Hand. Frank nickte ihnen zu.

»Schön, euch zu sehen, Mädels. Wie läuft es im Inn?«

»Wir sind ausgebucht.« Carly dachte an Michelles Zustand und fragte sich, wie sie wohl auf den unerwarteten Besuch reagieren würde.

Lana sah an ihr vorbei zu Sam. »Ich glaube, wir haben uns noch nicht kennengelernt. Ich bin Carlys Mutter.«

»Sam«, stellte er sich vor, packte den Hundekorb unter seinen linken Arm und schüttelte Lana und Frank die Hand. »Ich bin ein Freund von Carly.«

Und hey, Michelles Exmann. Doch warum auch noch davon anfangen?

Sam trat einen Schritt zurück. »Ich, äh, bringe das hier mal in Michelles Büro und lade dann den Rest aus dem Auto.«

»Gute Idee«, erwiderte Carly und dachte, dass Flucht eine

großartige Idee war. Zu blöd, dass sie diese Möglichkeit nicht hatte.

Er nickte und berührte sie leicht an der Schulter. »Du meldest dich, wenn du irgendwas brauchst, ja?«

»Versprochen.« Sie seufzte und senkte die Stimme. »Ich nehme dich beim Wort. Mach dich darauf gefasst, dass ich dich stalken werde.«

»Damit komme ich klar.«

Sam verwuschelte Gabbys Haar, dann verschwand er hinter der Hausecke des Inns. Während Carly ihm nachsah, sagte sie sich, dass sie zumindest etwas hatte, auf das sie sich freuen konnte. Sie würde die nächsten Tage schon durchstehen und dann wäre ihre Mutter wieder weg. Sam als Belohnung in Aussicht zu haben würde ihr sicher helfen.

Als Michelle zum Inn zurückkam, sah sie Carly, die nervös auf der Veranda auf und ab lief. Sie parkte ihren Pick-up und hielt die Tür für Chance auf. Er sprang leichtfüßig herunter und blieb dicht an ihrer Seite, während sie auf das Haus zuging.

Als Carly sich ihr zuwandte, erkannte Michelle Panik in ihren Augen.

»Was ist passiert?«, fragte sie, nicht sicher, wie viel sie ertragen konnte.

»Na ja, es ist niemand gestorben«, sagte Carly. Sie zögerte, dann fluchte sie. »Aber ich verstehe das einfach nicht. Haben die denn kein verdammtes Telefon? Klar, dich konnten sie schlecht anrufen, aber was ist mit mir? Ich bin die ganze Zeit hier, ich bin leicht zu erreichen. Aber meinst du, sie hätten sich mal gemeldet? Nein, natürlich nicht.«

Michelle konzentrierte sich bewusst auf ihre Atmung. Sie wusste, dass sie noch labil war und dass jedes unerwartete Problem sie rückfällig werden lassen konnte.

»Okay«, sagte sie langsam, »erzähl mir, was los ist.«

»Dein Dad ist hier zusammen mit meiner Mutter. Sie sind plötzlich in einem Wohnmobil aufgetaucht.« Sie verknotete die Finger. »Ich kapier's nicht, ich spreche vielleicht zweimal im Jahr mit meiner Mutter, wir stehen uns also nicht gerade nahe. Gabby hat sie erst ein einziges Mal gesehen, meine Tochter kennt ihre Großmutter praktisch nur von Bildern. Mit deinem Dad habe ich nie gesprochen. Und jetzt stehen sie höchstpersönlich auf der Matte.«

Carlys Beinahe-Hysterie ist seltsam beruhigend, dachte Michelle, während sie die Stufen hinaufstieg. »Ist schon gut«, sagte sie. »Wir stehen das durch.«

»Wie stellst du dir das vor? Sie sind *hier*.«

Michelle erforschte ihre Gefühle. Ihr war klar, dass sie nicht in Form war, doch irgendwie war diese neue Krise gar nicht so schlimm. Vielleicht, weil ihr all das gerade nicht so wichtig war. Ja, ihr verloren geglaubter Vater war nach elf oder zwölf Jahren zurückgekehrt. Und ja, sie hatte viele Fragen und verspürte sogar Wut. Verglichen mit dem, was sie durchgemacht hatte, war das jedoch gar nichts.

»Ja, sie sind jetzt hier, aber sie werden auch wieder wegfahren«, sagte sie, erfreut über ihre innere Ruhe und die Erkenntnis, dass sie ihr nichts anzuhaben vermochten. Jedenfalls konnten sie nicht an Punkte rühren, die wirklich wichtig waren. Möglicherweise lag das daran, dass sie emotional dichtgemacht hatte, doch das wäre okay. Sie würde ihre Gefühle einfach erst dann hervorholen, wenn sie weg waren.

»Wie kannst du nur so ruhig bleiben?«, fragte Carly entnervt. »Das ist ein einziger Albtraum!«

»Und wer ist jetzt bitte hier die Drama-Queen?«

Carly starrte sie ungläubig an. »Es macht dir tatsächlich nichts aus?«

»Nein. Vielleicht, weil ich nicht wirklich etwas zu verlieren habe. Mein Dad ist hier, damit werde ich schon klarkommen. Du aber hast nicht nur dich selbst, um die du dir Sorgen machen musst.«

»Gabby«, sagte Carly seufzend. »Ich hoffe, meine Mom tut ihr nicht weh.«

»Du wirst bei ihr sein. Du wirst ihr helfen, das durchzustehen, egal, was passiert.« Michelle klopfte Chance auf den Rücken. »Und ich auch.«

Carly nickte, aus ihrem Blick sprach schon etwas weniger Angst.

»Mir gefällt dein neues Du.«

»Ich erlaube mir da noch kein Urteil, aber ich sehe ein gewisses Potenzial.«

Carly zögerte, dann sagte sie: »Versteh das jetzt nicht falsch.« Sie machte einen Schritt auf sie zu und legte die Arme um sie.

Michelle stand ganz still und nahm die Umarmung – und den emotionalen Rückhalt, der damit einherging – an. Langsam und vorsichtig legte auch sie die Arme um Carly und ließ die Erinnerung daran zu, wie es gewesen war, als sie noch beste Freundinnen waren. Sie beide gegen den Rest der Welt.

Als Michelle in ihr Büro kam, fand sie einen Stapel Hundezubehör vor, obenauf lag ein Hundekorb. Ein zweiter stand bereits neben ihrem Schreibtisch auf dem Boden.

Sie nahm Chance die Leine ab. Er untersuchte den Wassernapf – er war in fröhlichem Gelb gehalten und vorne mit Pfotenabdrücken dekoriert – und trottete hinüber zum Korb. Dort runzelte er die Stirn und schaute zwischen ihr und dem Korb hin und her.

Sie lächelte, ging in die Hocke und klopfte auf das Kissen.

»Komm, Chance, das ist für dich.«

Er trat vorsichtig mit einer Pfote auf das Kissen, dann mit der nächsten. Nachdem er sich ein paarmal im Kreis gedreht hatte, ließ er sich seufzend fallen. Sie streichelte ihm den Rücken und wurde mit Schwanzklopfen belohnt.

»Siehst du«, sagte sie, »so sollte dein Leben aussehen.«

Ihr wurde plötzlich klar, dass sich ihr die Frage, ob sie ihn behalten würde, nie gestellt hatte. Von der Sekunde an, in der Jared ihr den mageren Hund gezeigt hatte, war er Teil ihres Lebens geworden. Wir werden uns gegenseitig heilen, entschied sie. Die Leute vom Tierschutzverein hatten sie am Morgen angerufen, um nachzufragen, ob alles gut lief. Sie hatten ihr sämtliche Informationen über ihn gemailt, die ihnen vorlagen, inklusive eines Berichts ihres Tierarztes. Ihm zufolge war Chance etwa zwei Jahre alt und hatte keine ersichtlichen gesundheitlichen Probleme – abgesehen von den Wunden, die durch die Misshandlungen entstanden waren.

Sie sah auf die Uhr. Er hatte ein kleines Frühstück bekommen, doch seitdem nichts mehr. Sie nahm einen der Hundekekse in die Hand, die Carly besorgt hatte. Chances dunkle Augen leuchteten auf.

»Komm her«, sagte sie und machte ihm ein Zeichen, aufzustehen.

Er erhob sich und kam zu ihr.

»Mach sitz, Chance.«

Er setzte sich.

Sie lachte. »Braver Junge, gut gemacht. Wir werden noch rausfinden müssen, was du schon alles kannst.«

Sie hielt ihm den Keks hin. Er nahm ihn vorsichtig und trug ihn zurück zu seinem Korb, wo er ihn zerkaute und fraß. Zufriedenheit und Entspannung lagen in dem Blick, mit dem er sie danach ansah.

»Gern geschehen«, sagte sie.

»Das ist aber nicht viel von einem Hund.«

Die Stimme klang vertraut. Es hatte eine Zeit gegeben, in der der Mann, zu dem sie gehörte, ihre ganze Welt gewesen war. Oder zumindest der Rettungsanker in dem Wirbelsturm namens Brenda. Sie drehte sich in ihrem Stuhl herum, um ihren Vater zu betrachten, der in der Bürotür stand.

»Er ist ein Findling, ich habe ihn erst seit ein paar Tagen. Er wird sich schon wieder erholen.«

Sie ließ sein graues Haar sowie die Falten um seine Augen und seinen Mund auf sich wirken. Er war ein bisschen dünner und ein wenig älter als damals, doch ansonsten hatte er sich nicht groß verändert. Wenn sie eine Veränderung hätte benennen müssen, würde sie am ehesten sagen, dass er glücklicher aussah. »Hallo, Dad.«

»Hallo, Michelle.« Er zögerte, als wüsste er nicht genau, ob er noch etwas anderes tun sollte, dann ließ er sich auf dem Stuhl vor ihrem Schreibtisch nieder. »Ich habe ein paarmal angerufen, um dir zu sagen, dass wir kommen, aber ich konnte dich nicht erreichen.«

Sie dachte an all die Anrufe, die sie ignoriert hatte, und an ihren Ausraster, bei dem sie ihr Handy zerstört hatte. »Ich war eine Zeit lang schwer zu erreichen.«

Er musterte sie. »Wie geht es dir?«

Aus seinem Tonfall sprach Besorgnis. Sie war erst seit ein paar Tagen nüchtern und wieder einigermaßen bei Sinnen, ihre Kleider waren immer noch zwei Nummern zu groß, ihre Haut blass. Vermutlich sah sie so aus, wie sie sich fühlte – wie jemand, dessen Wohlergehen an einem seidenen Faden hing.

»Besser. Wirklich, ich sah schon schlimmer aus.«

Er fluchte leise. »Warum hast du mich nicht angerufen, meine Kleine? Ich wäre für dich da gewesen.«

Das vertraute »Meine Kleine« durchlöcherte ihre Abwehr und bewirkte, dass sie sich wieder klein fühlte. So wie damals, als sie sich als kleines Mädchen in ihr Bett gekuschelt, die Decke über den Kopf gezogen und verzweifelt versucht hatte, den nächtlichen Streitereien ihrer Eltern zu entkommen.

Sie holte tief Luft und sah Chance an. Der Anblick des schlafenden Hundes half ihr, ihre Mitte wiederzufinden. Sie wandte die Aufmerksamkeit erneut ihrem Vater zu.

»Du warst weg, Dad. Du hast mich ohne Vorwarnung alleingelassen, seit über zehn Jahren habe ich nichts von dir gehört. Warum sollte ich dich jetzt anrufen?«

Ihr Vater rutschte unruhig auf dem Stuhl hin und her. »Ich weiß, dass das wirklich übel aussieht, meine Kleine.«

»Das sieht nicht nur übel aus, das *ist* übel.«

»Richtig, ich habe so viele Fehler gemacht. Angefangen bei deiner Mutter – ich hätte sie nie heiraten sollen. Doch sie war schwanger und ich war dazu erzogen worden, die Verantwortung zu übernehmen. Du warst das einzig Gute, das aus dieser Ehe hervorgegangen ist.«

»Aber wohl nicht gut genug, als dass dich das zum Bleiben bewegt hätte.«

Sein Gesicht nahm einen flehenden Ausdruck an. »Ich habe gewartet, bis du siebzehn warst. Ich wollte, dass du alt genug bist, um dich um dich selbst zu kümmern und die Dinge in die Hand zu nehmen.« Er beugte sich zu ihr herüber. »Ich wollte dich ja besuchen, doch ich wusste, dass Brenda dich dafür bestrafen würde, wenn ich das täte. Also blieb ich weg, mit dem Vorsatz, wiederzukommen, wenn du etwas älter wärst. Aber dann bist du zur Army gegangen und ich wusste nicht, wie ich dich erreichen sollte.«

So ein gequirlter Mist, dachte sie ungläubig. Nichts als Rechtfertigungen. Der Mann, den sie geliebt, dem sie vertraut und auf den sie sich verlassen hatte, konnte keinen handfesten Grund für das nennen, was er getan hatte. Er hatte schlicht seine Geliebte seinem Kind vorgezogen. Trotz seiner Liebesbeteuerungen war er ihrer Mutter ähnlicher, als ihr lieb war.

Der Raum verlor an Kontur. Das starke Verlangen zu vergessen durchfuhr sie, sie sehnte sich nach einem Schluck Wodka. Nur ein einziger Schluck – das war alles, was sie brauchte.

Stattdessen griff sie nach der Wasserflasche auf ihrem Schreibtisch und trank daraus. Die kühle Flüssigkeit vermochte nichts an ihrem Zustand zu ändern und sie begann, innerlich zu zittern. Sie wusste, dass ihr nur ein paar Minuten blieben, bis sich das Zittern ausbreiten und ihren gesamten Körper ergreifen würde.

»Wie lange bleibt ihr?«

»Ein paar Tage. Lana freut sich sehr, Carly und Gabby zu sehen.«

»Das wette ich«, murmelte sie und fragte sich, ob er ihren Sarkasmus heraushören oder ihre Worte für bare Münze nehmen würde.

Sie setzte sich gerader auf, dann holte sie tief Luft. »Dad, ich habe zu arbeiten. Können wir uns vielleicht später unterhalten?«

»Äh ja, natürlich.« Er lächelte sie kurz an. »Ich gehe Lana holen und dann suchen wir uns was zum Mittagessen. Die Stadt ist ganz schön gewachsen, seit ich weg bin.«

Sie nickte. Plötzlich war sie müde bis auf die Knochen.

Nachdem ihr Vater gegangen war, lehnte sie sich auf ihrem Stuhl zurück und schloss die Augen. Langsam, viel zu langsam ließ das Bedürfnis nach einem Drink nach und hinterließ ein Gefühl von Leere. Entgegen ihrer zenmäßigen Ruhe während ihres Gesprächs mit Carly fühlte sie sich nicht in der Lage, mit dieser Invasion umzugehen. Sie hatte jedoch den Eindruck, dass das Problem nicht gelöst wäre, wenn sie ihrem Vater und Lana sagte, dass sie verschwinden sollten. Was bedeutete, dass sie Hilfe von anderer Seite brauchte.

Sie stand auf und rief nach Chance, der sofort zu ihr sprang. Gemeinsam gingen sie zur Rezeption, seine Krallen klickten auf dem Boden.

Sie fand Carly am Computer vor, auf dessen Tastatur sie einhämmerte.

»Sie sind essen gegangen«, sagte Carly. »Und sie wollen kein Zimmer, das ist wohl wenigstens etwas. Sie haben einen Platz auf dem Campingplatz im Norden der Insel reserviert. Ich habe ihnen gesagt, dass wir über den Feiertag alle Hände voll zu tun haben, ich denke also, wir kriegen ein paar Tage Gnadenfrist.« Sie hielt inne. »Geht's dir gut?«

»Nicht so gut, wie ich es gerne hätte. Du hattest recht, dass sie wieder hier sind, *ist* ein Grund, sich aufzuregen.«

»Dieses eine Mal wünschte ich, ich hätte nicht recht gehabt.«

Michelle spürte Chance neben sich. Der Hund lehnte sich leicht an sie und sie rieb ihm den Kopf. Seine Anwesenheit tröstete sie.

»Danke, dass du die ganzen Sachen für ihn besorgt hast. Ich schreibe dir einen Scheck über die Summe, die du ausgegeben hast.«

Carly nickte. »Kein Problem, hat Spaß gemacht. Gabby freut sich riesig, jetzt einen Hund und eine Katze im Inn zu haben.«

»Die Kotschaufel war eine besonders hübsche Idee.«

»Die kam von Sam.«

Michelle hob erstaunt die Augenbrauen. »Seid ihr wieder zusammen?«

»Wir lassen es langsam angehen. Geht das in Ordnung für dich?«

»Es langsam angehen zu lassen klingt doch vernünftig.«

Carly kräuselte die Nase. »Du weißt, was ich meine. Stört es dich?«

Michelle dachte an die vielen Dinge, die gerade alle auf einmal passierten. »Nein«, sagte sie, »ehrlich nicht. Schnapp ihn dir. Er ist ein ziemlich anständiger Typ.«

»Das hoffe ich.«

Ein lautes Fauchen unterbrach sie. Als Michelle sich umdrehte, stellte sie fest, dass Mr. Whiskers hereingekommen war. Er stand etwa drei Meter von Chance entfernt, machte einen Riesenbuckel und bauschte seinen aufgestellten Schwanz auf.

Ein beeindruckendes Geräusch, dachte Michelle, die vor Schreck zusammengefahren war. Es klang mehr nach einer Kobra als nach einer Katze.

Offensichtlich fand Chance das auch. Er jaulte auf, schob sich hinter sie und fing am ganzen Leib zu zittern an.

Mr. Whiskers starrte den Hund ein paar Sekunden lang böse an, dann entspannte er sich langsam. Nun, da sein Status als überlegenes Haustier geklärt war, wandte er sich um, stolzierte auf die andere Seite des Raums, sprang auf die sonnige Fensterbank und putzte sich.

Michelle ging auf die Knie und nahm Chances Kopf in beide Hände. »Du musst für dich einstehen, großer Junge, du bist doch gute zwanzig Kilo schwerer als dieser Kater. Und wenn wir erst mal deine Muskeln wieder aufgebaut haben, wiegst du noch mehr. Du kannst es mit ihm aufnehmen, da bin ich mir sicher.«

Chance sah nicht sehr überzeugt aus.

»Vielleicht musst du an seinem Selbstbewusstsein arbeiten«, schlug Carly vor.

Michelle lachte. »Ich bin offen für Vorschläge. Hast du eine Idee, wie man das Selbstvertrauen von Hunden stärkt?«

»Nicht wirklich. Ich bin immer noch dabei, mein eigenes aufzumöbeln.«

»Das kann ich nur unterschreiben.« Michelle umarmte den Hund. »Sieht so aus, als müsstest du das selbst rausfinden«, sagte sie zu ihm. »Aber was auch passiert, ich bin für dich da.«

32. KAPITEL

Der vierte Juli brach mit einem klaren Himmel und warmen Temperaturen an. Michelle kam mit Chance vor sieben ins Inn und sah kurz nach, wie die Dinge im Restaurant standen.

Der köstliche Geruch von Rippchen und gebackenen Bohnen, die auf dem Herd köchelten, schlug ihnen entgegen und vermischte sich mit dem Aroma der Chocolate-Chips-Cookies, die gerade aus dem Ofen kamen.

»Bring den Hund aus meiner Küche«, sagte Helen, als sie sie kommen sah.

Michelle blieb stehen. »Sitz, Chance.«

Der Hund sah sie aus besorgten Augen an, pflanzte jedoch seinen Hintern gleich bei der Tür auf den Boden.

»Bleib.«

Er jaulte, bewegte sich aber nicht.

»Beeindruckend«, murmelte Michelle. Sobald der sommerliche Wahnsinn vorüber wäre, würde sie mit dem Hundetrainer von der Tierhandlung darüber reden, wie sie herausfinden konnte, was Chance bereits konnte. Vielleicht würde ein Gehorsamkeits- oder sogar ein Geschicklichkeitstraining ihm Selbstvertrauen verleihen. Und sie selbst konnte die Abwechslung weiß Gott auch gut gebrauchen.

Sie hatte seit zehn Tagen keinen Tropfen getrunken, sie schlief endlich einigermaßen und sie aß regelmäßig. Ihre Kleidung hing allmählich weniger lose an ihr herab und sie hatte das Gefühl, dass ihr Gesicht nicht mehr ganz so eingefallen aussah.

Sie wusste allerdings, dass sie immer noch Albträume hatte und nachts im Schlaf schrie. Die meiste Zeit schlief Chance in seinem Korb, aber ab und zu wachte sie auf und spürte, wie sich sein warmer Körper an sie drückte und ihr Geborgenheit schenkte.

Das Beste war jedoch, dass sie sich nicht wieder mit ihrem Vater oder Lana hatte auseinandersetzen müssen, seit sie angekommen waren. Doch sie war sicher, dass diese Gnadenfrist eher früher als später vorbei sein würde.

»Bist du hier, um mir auf die Finger zu schauen?« Helen klang amüsiert, nicht besorgt.

»Ich wollte nur sichergehen, dass du alles hast, was du brauchst.«

Statt eines traditionellen Mittagessens boten sie heute ihren Gästen – und allen, die eins vorbestellt hatten – Lunchpakete zum Mitnehmen an. Auf den Tischen stapelten sich die Picknickkörbe und warteten darauf, gefüllt zu werden.

»Ich habe alles im Griff. Cammie bleibt durchgehend da, bis wir um eins schließen. Wir hatten heute Morgen sieben weitere Bestellungen für Picknickkörbe auf dem Anrufbeantworter und jetzt mache ich ein halbes Dutzend zusätzliche Lunchpakete für all die Idioten, denen nicht klar ist, dass vorbestellen *vorher* bestellen heißt.«

Michelle grinste. »Die gibt's überall.«

Helen sah an ihr vorbei zu Chance. »Wie geht es ihm?«

»Besser.«

»Ich habe ihm eine Kleinigkeit aufbewahrt.«

Sie reichte Michelle eine Schüssel mit großen Rippchen, an denen noch Fleisch hing, jedoch keine Soße.

»Danke.« Michelle nahm die Schüssel. »Ich dachte, du wärst eher ein Katzenmensch.«

»Das bin ich auch, aber er scheint ein guter Hund zu sein. Solche respektiere ich.« Sie zog die Augenbrauen zusammen. »Halt ihn nur von meiner Küche fern, selbst Mr. Whiskers hat hier keinen Zutritt.«

»Jawohl, Ma'am.«

Helen strahlte. »Du bist ein gutes Mädchen, Michelle.«

»Ich gebe mir Mühe.«

Sie ging zurück in ihr Büro, Chance trottete neben ihr her. Nachdem sie ihren Computer hochgefahren und nachgesehen hatte, ob sie neue E-Mails bekommen hatte, nahm sie den Hund mit auf den Rasen vor dem Haus und hielt ihm einen Knochen hin.

Zunächst schnüffelte er daran, dann zog er ihn ihr sanft aus der Hand und trug ihn zu einem Platz in der Sonne. Dort ließ er sich zufrieden seufzend im Gras nieder und fing an, auf ihm herumzukauen.

»Chance!«

Gabby kam aus der Vordertür geschossen und rannte auf den Hund zu. Michelle wollte sie abfangen, da sie nicht sicher war, wie ein Hund, der beinahe verhungert wäre, auf etwas reagieren würde, das er als Angriff auf seine Nahrung verstehen könnte.

»Gabby, warte.«

Doch es war schon zu spät. Die Zehnjährige schmiss sich auf den Hund. Chance ließ seinen Knochen los, er schien sich innerlich auf den Aufprall vorzubereiten. Gabby umschlang ihn mit beiden Armen und gemeinsam rollten sie ein Stück durch das Gras.

Michelle stieß die Luft aus, die sie angehalten hatte, und ließ sich erleichtert auf die Wiese fallen. »Ich bin zu alt für diese Art von Stress«, murmelte sie.

Sie sah zu, wie das Mädchen und der Hund miteinander tollten. Dann ließ sich Chance wieder mit seinem Knochen nieder und Gabby lehnte sich an ihn und las in ihrem neuesten Buch.

Michelle sagte sich, dass sie sich eigentlich an die Arbeit machen müsste, doch sie schien unfähig, sich zu bewegen. Einfach hier in der Sonne zu sitzen fühlte sich so gut an. Ein paar Minuten später spürte sie einen Schatten über sich gleiten. Als sie die Augen aufschlug, sah sie Pauline vor sich stehen.

»Sie sehen entspannt aus«, sagte Pauline. »Und sehr viel besser.«

»Danke.«

Pauline ließ sich neben sie in das Gras sinken. »Wollen Sie mir davon erzählen?«

»Sie sind immer im Dienst, oder?«

Pauline grinste. »Berufsrisiko. Sie könnten mich ja auch jederzeit zum Teufel jagen.«

»Ich würde es vermutlich anders ausdrücken.«

Pauline lachte. »Das mag ich an Ihnen. Aber jetzt erzählen Sie der lieben Therapeutin mal, was so los war.«

Michelle streckte ihre Beine vor sich aus. »Ich trinke nicht, und ich gehe jeden Tag zu einer Selbsthilfegruppe. Eine für Veteranen, nicht die Anonymen Alkoholiker.«

»Was auch immer Ihnen guttut.«

»Ich habe noch Probleme mit dem Schlafen, aber es wird langsam besser.« Sie deutete auf Chance. »Er hilft mir dabei.«

»Da bin ich mir sicher.« Pauline betrachtete sie. »Und?«

»Mein Vater ist zurück in der Stadt. Ich habe ihn nicht mehr gesehen, seit ich siebzehn war.« Sie erzählte kurz die Seifenoper nach, die ihr Leben war. »Er hat jede Menge Entschuldigungen parat, aber keine wahren Gründe für das, was er getan hat.«

»Menschen fällt es schwer, es zuzugeben, wenn sie aus rein egoistischen Gründen gehandelt haben. Wenn sie diese Wahrheit aussprächen, müssten sie ihr Selbstbild ändern, also denken sie sich lieber eine Geschichte aus. Das machen wir alle, Geschichten erzählen, um das Unerklärbare zu erklären, um damit klarzukommen. Manchmal helfen diese Geschichten uns dabei, das zu überleben, was uns sonst vernichten würde.«

Michelle rupfte ein paar Grashalme aus. »Sie meinen so etwas wie Carly, die mir die Schuld daran gegeben hat, dass ihre Mutter sie mit ihrem Alkoholiker-Vater allein gelassen hat?«

»So in die Richtung, genau.«

»Und dass ich Carly dafür gehasst habe, dass sie hier sein durfte, während ich in der Army war, obwohl ich mich freiwillig gemeldet hatte?«

Pauline nickte.

Michelle ließ diese Erkenntnis ein paar Minuten auf sich wirken und sah ihrem Hund dabei zu, wie er an seinem Knochen kaute und wie das Mädchen ihn als Rückenlehne benutzte.

Was für Fehler Carly auch begangen hatte, mit Gabby hatte sie alles richtig gemacht. Michelle befand, dass sie weder den nötigen Charakter noch die Kraft gehabt hätte, alleine ein Kind großzuziehen. Sie schaffte es gerade mal eben, sich um einen Hund zu kümmern.

»Ich will ihn nicht wieder in mein Leben lassen«, murmelte sie, »ich will einfach nur, dass er wieder abhaut. Ist das furchtbar von mir?«

Pauline legte ihr eine Hand auf den Arm. »Die Vorstellung, dass wir unsere Eltern bedingungslos lieben müssen, egal, was sie uns angetan haben, ist gequirlte Scheiße.« Sie grinste. »Um es mal so auszudrücken.«

»Sie können ja fluchen. Schön für Sie!«

»Sie sind keine Patientin, da darf ich einfach ich selbst sein.«

»Ich glaube, jetzt mag ich Sie noch ein bisschen mehr.«

»Das freut mich.« Pauline wurde wieder ernst. »Das Letzte, was Sie jetzt gebrauchen können, ist, dass Ihr Vater alte Wunden aufreißt, da stimme ich Ihnen zu. Stehen Sie den Besuch durch, so gut Sie können, und kümmern Sie sich um den Rest später.«

»Das geht in Ordnung?«

»Fragen Sie mich um Erlaubnis oder wollen Sie wissen, ob das eine gesunde Entscheidung ist?«

»Beides.«

»Machen Sie's so.« Pauline stand auf und klopfte das Gras von ihrer Jeans. »Wir haben heute eine Gruppensitzung. Seth und ich haben uns gedacht, alle, die den Feiertag dafür opfern, an ihrer Ehe zu arbeiten, müssen es ernst meinen.«

»Viel Erfolg!«

»Danke.«

Um elf Uhr morgens hatten sich die meisten ihrer Gäste zu Feiertagsfestivitäten aufgemacht. Es ging ihr inzwischen gut genug, sodass Michelle die Zimmerreinigung mit in ihre Aufgabenliste aufgenommen hatte. Sie machte die zwei Zimmer, die ihr zugeteilt worden waren, und lief dann wieder nach unten. Carly betreute die Rezeption, Chance lag zusammengerollt unter dem Pult.

»Wie läuft's?«, fragte sie.

Carly zuckte die Achseln. »Gut. Sie haben heute früher angefangen als sonst.«

Michelle warf einen Blick in die Richtung, in die sie deutete, und sah die Therapie-Pärchen mit Augenbinden um den Kopf draußen auf dem Rasen. Ah, die Vertrauensübung, dachte sie.

»Wo ist Gabby?«

»Die ist mit ein paar Freunden unten am Strand.«

»Möchtest du nicht zu ihr?«

»Nein, ich arbeite gerne noch etwas länger.« Carly kräuselte die Nase. »Sie wollen mitkommen.«

»Unsere Eltern?«

»Ja. Mir war das nie klar, aber meine Mutter ist Brenda verdammt ähnlich, es geht immer nur um sie. Gestern Abend ist sie vorbeigekommen und ich habe sie gefragt, weshalb sie damals weggegangen ist. Sie hat gleich das Thema gewechselt, und als ich auf einer Antwort bestanden habe, hat sie gesagt, dass das zum Teil auch mit mir zu tun gehabt habe. So, als wäre es meine Schuld, dass sie mit dem Mann durchgebrannt ist, der mit ihrer angeblich besten Freundin verheiratet war.«

Michelle starrte sie ungläubig an. »Das hat sie nicht gesagt.«

»Sie hat sogar noch mehr solche Sachen gesagt. Aber das ist mir egal.«

Michelle wusste, dass das nicht stimmte. »Es ist dir ganz und gar nicht egal.«

»Weil ich dumm bin. Ich will eben …« Carly schüttelte langsam den Kopf. »Weißt du was? Ich will mich nicht mit ihr auseinandersetzen. Ich wünsche mir, dass meine Tochter eine gute Beziehung zu ihrer Großmutter hat, doch ich möchte sie nicht oft hierhaben. Ich mag sie nicht. Klingt das sehr grausam?«

»Nein, das klingt normal. Wie wäre es denn einfach mal mit einer guten, altmodischen Entschuldigung? Alles, was sie sagen müssten, wäre, dass sie selbstsüchtige Lügner waren und dass es ihnen leidtut. Aber das ist wohl zu viel für sie.«

Carly nickte.

Michelle schüttelte den Kopf. »Bald sind sie wieder weg. Halt dich daran fest.«

»Wie, also keine Hoffnung auf eine Lösung?«

»Nicht alles hat ein Happy End. Ich bin nüchtern und du bist eine verdammt gute Mutter. Das reicht mir schon fürs Erste.«

Carly stockte der Atem, ihre Augen füllten sich mit Tränen.

»Was ist?«, fragte Michelle. Sie hatte nicht das Gefühl, etwas Falsches gesagt zu haben.

»Das war so nett von dir«, flüsterte Carly sichtlich gerührt.

»Teufel noch mal«, murmelte Michelle. »Du bist eine gute Mutter! Und eine gute Freundin.«

»Das bist du auch.«

»Nein, ich bin eine beschissene Freundin, aber ich gebe mein Bestes.«

Diesmal war Michelle diejenige, die sich als Erste vorwagte und die Arme öffnete.

Sie umarmten sich ein paar Sekunden lang, dann lösten sie sich voneinander.

Carly wischte sich die Tränen vom Gesicht. »Okay, neuer Plan. Wir halten als vereinte Front zusammen, bis die Alten abreisen. Und nächstes Mal, wenn sie hier einfallen, sind wir gewappnet.«

»Wir schließen sie einfach im Keller ein, bis sie sich entschuldigen.«

Carly grinste. »Wir haben gar keinen Keller.«

»Ach ja, stimmt. Na ja, im Winter haben wir nicht so viel zu tun, da können wir einen bauen.«

Sie lachten beide.

»Kommt Sam auch zum Strand?«, fragte Michelle.

»Er muss arbeiten.«

»Schade. Er würde den Abend sicher genießen und außerdem wäre er ein guter Puffer.«

»Vielleicht nächstes Mal«, erwiderte Carly. »Wenn er nicht mehr ›der neue Mann an meiner Seite‹ ist.«

Michelle nickte. »Ich gehe für ein paar Stunden nach Hause, mal sehen, ob ich ein bisschen schlafen kann.« Sie würde später lange im Dienst sein, bis die letzten Gäste zurückkamen, was bis nach Mitternacht dauern konnte. »Ich bin um vier wieder da.«

»Ich halte hier die Stellung.«

Sie rief nach Chance. Der Hund lief neben ihr her zum Wagen, dann sprang er auf den Beifahrersitz und wartete geduldig, bis sie ihm den Sicherheitsgurt umgelegt hatte. Sie war sich nicht sicher, ob der ihn halten würde, fand aber, dass er so geschützter war. Sie stellte den Airbag aus, schloss die Beifahrertür und ging auf ihre Seite hinüber.

Als sie den Motor anließ, fühlte sie sich zum ersten Mal seit der Ankunft ihres Vaters wieder etwas leichter. Nicht, dass sich irgendetwas geändert hätte, doch nun gab es einen Plan. Und sie war nicht allein. Das fühlte sich am besten von allem an.

Ein Dämon weniger, dachte sie. Blieb nur noch ein weiteres Dutzend, das sie verscheuchen musste.

Michelle betrachtete den Himmel von ihrem Platz an der Rezeption des Inns aus. Sobald das letzte Licht der Dämmerung der Dunkelheit gewichen war, rief sie nach Chance und zog sich mit ihm in ihr Büro zurück.

Sie wusste, was jetzt kommen würde. Das Feuerwerk würde ungefähr zehn Minuten dauern, doch für sie beide würde es sich sehr viel länger anfühlen. Sie schloss die Tür. Früher am Abend hatte sie einen Internet-Radiosender ausfindig gemacht, der Rockmusik spielte, und nun drehte sie die Lautsprecher auf. Das Gegengeräusch würde helfen.

Dann ließ sie sich auf die Knie fallen und kroch unter ihren Schreibtisch, bereit, es auszusitzen.

Chance sah verwirrt aus, ließ sich jedoch folgsam neben ihr nieder. Sie legte den Arm um ihn und wartete.

Nach einer Weile hörte sie die ersten Explosionen. Während wohl die meisten Menschen das Geräusch und den Anblick der bunten, explodierenden Lichter am Himmel genossen, erinnerte sie das zu sehr an schreckliche Ereignisse, die noch nicht lange zurücklagen.

»Ist schon gut«, sagte sie, beinahe in einem Singsang. »Nur ein paar Minuten, dann ist es vorbei. Wir sind nicht im Krieg, niemand wird verletzt. Es ist alles gut. Mir geht’s gut.«

Chance lehnte sich an sie, anscheinend, um ihr Trost zu spenden, nicht, weil er sich fürchtete. Sie spürte, wie sie zu zittern anfing, und wusste nicht, was sie dagegen tun konnte. Vielleicht musste sie da einfach durch.

Sie schlang beide Arme um den Hund, hielt sich an ihm fest und vergrub ihr Gesicht an seiner Schulter. Einen kleinen Moment später fühlte sie etwas Warmes, Feuchtes an ihrem Hals. Als sie aufsah, schleckte Chance ihr mit der Zunge über die Wange.

Trotz ihrer Angst und der Sehnsucht, dass das Feuerwerk endlich vorbei sein möge, fing sie an zu lachen.

»Wir schlafen schon seit über einer Woche miteinander und jetzt erst küsst du mich zum ersten Mal? Typisch Mann!«

33. KAPITEL

Carly stellte sich auf die Zehenspitzen, um ganz oben an die Wand heranzugelangen. Es war Freitag und verhältnismäßig ruhig im Inn. Die Feiertagsurlauber und die Therapiepaare waren abgereist und die Wochenendgäste waren noch nicht angekommen. Die Wand war nicht besonders groß. Carly hatte bereits eine Schicht Grundierung eingearbeitet, die auch schon getrocknet war und auf der sich die Farbe leicht auftragen ließ. Sie hatte die Ränder zur Decke und zu den Seiten hin mit einem Pinsel gestrichen, sodass das letzte Stück mit der Farbrolle schnell gehen würde.

Sie tauchte gerade die Rolle in den Farbeimer, als Michelle hereinkam.

»Was zur Hölle tust du da?«

Carly macht sich nicht die Mühe, sie anzuschauen. »Du musst dringend mal an deiner sozialen Kompetenz arbeiten.«

»Na schön. Hallo, wie geht's dir? Und was zur Hölle machst du da?«

Carly grinste. »Schon viel besser. Ich streiche.«

»Das sehe ich.«

»Warum hast du dann gefragt?«

Sie fühlte eher, dass Michelle sich anspannte, als dass sie es sah.

»Du bist echt eine Nervensäge, weißt du das?«

»Eigentlich halte ich mich für einen umgänglichen Menschen mit viel Charme, aber okay, vielleicht kann ich auch mal nerven. Was stört dich denn im Besonderen an mir?«

»Da hätte ich eine ganze Liste«, murmelte Michelle. »Aber ›im Besonderen‹, um dich zu zitieren, frage ich mich, weshalb du gerade jetzt diese Wand streichst. Es ist halb zwölf am Vormittag, am Nachmittag treffen neue Gäste ein. Ist das nicht ein ziemlich blödes Timing?«

»Du hasst das Wandgemälde.«

»Aber ich habe es schon von der ersten Minute an gehasst.«

Carly fuhr fort, mit der Rolle über die Wand zu fahren und jeden Millimeter mit Farbe zu bedecken. »Ja, doch da mochte ich dich noch nicht und deshalb war es mir egal, dass es dir nicht gefiel. Jetzt habe ich eingesehen, dass ich es vielleicht ein bisschen übertrieben habe mit den Margeriten.«

Sie hatte versucht, dem Inn ihren Stempel aufzudrücken, damals, als sie dachte, dass er zum Teil einmal ihr gehören würde.

»Du hast mich nicht gemocht?«

»Du warst ganz schön arrogant und nicht sehr nett zu mir.«

»Verstehe.«

»Jetzt tu nicht so beleidigt. Du hast dich selbst ja auch nicht gemocht.«

»Hast du etwa mit Seth und Pauline geredet? Du versuchst doch nicht, mich zu therapieren, oder?«

Carly lachte. »Dich zu therapieren übersteigt mein Gehalt um einiges.«

»Da hast du wohl recht.«

»Fertig.« Carly trat zurück, um die Wand zu betrachten. Es war, als wäre das Wandgemälde nie da gewesen.

»Du hättest es doch nicht gleich übermalen müssen. Es sah aus, als hättest du viel Arbeit reingesteckt.«

»Das hab ich auch, aber ich bin kein Profi. Ein paar der Margeriten sahen eher aus wie Aliens als wie Blumen. So ist es besser.«

»Danke.«

»Gern geschehen.«

Michelle half ihr, die Malutensilien einzusammeln. Gemeinsam trugen sie sie in die Waschküche, wo Carly den Pinsel und die Rolle reinigte.

Gabby kam herbeigerannt. »Frank und Grandma Lana wollen Mittagessen gehen«, rief sie und war ganz offensichtlich hellauf begeistert. »Hier bei uns. Sie haben gesagt, dass ihnen alle von Helens Hähnchensalat vorgeschwärmt haben und dass sie gerne Zeit mit uns verbringen wollen.«

Carly lächelte ihrer Tochter zu. »Das klingt nett. Ich bin dabei, aber Michelle hat vielleicht zu tun.«

Gabby sah Michelle flehend an.

Michelle seufzte. »Ich komme gerne.«

Gabby klatschte erfreut in die Hände und rannte zurück, um die gute Nachricht zu verkünden.

»Ich wollte dir einen Ausweg bieten«, sagte Carly und stellte die Rolle zum Trocknen aufrecht in das Waschbecken.

»Das weiß ich zu schätzen. Aber ich bin diejenige, die ihr die Angst vor den Kranichen genommen hat – also praktisch ihre Superheldin, da kann ich doch mein Lieblingsmädchen nicht hängen lassen.«

Carly spürte die Wirkung von Michelles Worten tief in ihrem Herzen, sie war jedoch darauf bedacht, äußerlich keine Reaktion zu zeigen, trotz der Erkenntnis, die sie gerade gehabt hatte. Sie hatte nicht einfach nur zurückgewonnen, was sie verloren hatte – sie hatte einen Menschen gefunden, der ihre Tochter aufrichtig liebte. Jeder, der Gabby blöd kam, würde es mit Michelle zu tun bekommen. Auch wenn sie momentan nicht sehr Respekt einflößend aussah, Carly wusste genau, was für ein ernst zu nehmender Gegner Michelle sein konnte.

Sie verließen die Waschküche und gingen zurück zum Eingangsbereich des Inns.

»Wäre es sehr unhöflich, sie zu fragen, wann sie wieder abfahren?« Michelles Stimme klang ganz unschuldig.

»Ja. Das kannst du nicht machen.«

»Na gut. Aber ich hoffe, es dauert nicht mehr lang.«

»Ich auch.«

Sie kamen an der frisch gestrichenen Stelle vorbei.

»Schöne Wand«, murmelte Michelle.

»Zicke.«

»Selber Zicke.«

»Ms. Sanderson?«

Als Michelle von ihrem Schreibtisch aufsah, erblickte sie einen dünnen älteren Herrn mit Brille und einem Tablet-PC in der Hand.

»Ja.« Sie erhob sich. »Wie kann ich Ihnen helfen?«

»Ich bin Gerald Vaughn von der Gaststätten-Aufsichtsbehörde. Ich muss mit Ihnen über Ihr Restaurant sprechen.«

Sie dachte eigentlich nicht, sich bewegt oder ein Geräusch von sich gegeben zu haben, doch Chance war aufgewacht und stand auf einmal neben ihr. Er knurrte nicht und sah den Hygiene-Inspektor noch nicht mal an. Er lehnte sich nur an ihre Beine, um seine Präsenz anzuzeigen.

Sie streichelte den Hund, dann nickte sie. »Wo liegt das Problem?«

»Bei uns sind mehrere Beschwerden über das Essen eingegangen, das Sie servieren. Die Teller sollen nicht sauber gewesen sein, Gerichte seien nicht in der richtigen Temperatur serviert worden und es sei Rattenkot gesichtet worden. Ich bin hier, um die Örtlichkeiten zu inspizieren, und ich hätte gerne, dass Sie mich dabei begleiten.«

Die Vorwürfe waren so ungeheuerlich, dass sie nicht wusste, was sie darauf erwidern sollte. Trotz all ihrer Fehler hatte Damaris stets eine saubere Küche geführt und Helen war sogar noch strikter. Ein Arzt hätte ohne Weiteres eine Notoperation auf ihren Arbeitsflächen durchführen können, ohne eine Infektion zu riskieren. Wer zum Teufel hatte …?

Ellen, dachte sie wutentbrannt. Carly hatte sie vor ihr gewarnt und sie hatte nicht auf sie hören wollen. Sie zwang sich zu lächeln. »Natürlich, Mr. Vaughn. Ich vermute, dass Sie am Wochenende kommen, ist Teil der Überraschung? Niemand rechnet damit, dass ein Hygiene-Inspektor am Wochenende arbeitet.«

»Das ist richtig.« Er lächelte nicht zurück.

»Ich vermute auch, Sie werden uns die Namen der Leute nicht nennen, die sich beschwert haben?«

»Nein, solche Informationen behandeln wir vertraulich.«

»Sicher, das klingt nachvollziehbar. Ich frage nur, weil wir Probleme mit jemandem in der Stadt haben. Es gab ein paar persönliche Unstimmigkeiten und es könnte sein, dass diese Person uns Ärger machen will.«

Mr. Vaughn zeigte sich gänzlich unbeeindruckt. Sie war sicher, dass er es gewohnt war, Entschuldigungen jeglicher Art zu hören. »Wir gehen uns jetzt die Küche ansehen«, sagte sie, während sie hinter dem Schreibtisch hervortrat. »Aber lassen Sie mich noch eine Frage stellen. Wenn wir die Überprüfung anstandslos bestehen, wenn keine Verstöße zu finden sind und Sie von der Sauberkeit unseres Hauses beeindruckt sind, werden Sie sich dann zumindest eine Notiz zu dem machen, was ich gesagt habe?«

»Ms. Sanderson, Verstöße finden sich überall. Einige sind zu vernachlässigen, doch keine Küche ist perfekt.«

»Solange Sie nur aufgeschlossen bleiben.«

Sie führte ihn den Flur entlang, Chance an ihrer Seite. Als sie am Eingang vorbeikamen, erblickte sie Ellen, die gerade mit Carly sprach. Carly sah gequält aus. Ellen schaute zu ihr herüber und zwinkerte ihr zu.

Michelle erinnerte sich an die Bedingungen ihres Kredit-Zusatzvertrags. Beim geringsten Verstoß bestand das Risiko, dass das Inn in den Besitz der Bank überging. Sie spürte, wie Wut in ihr aufkam. Nein, das war nicht gerecht! Eine einzige Person konnte doch nicht so viel Macht über ihr Unternehmen haben.

Es wird schon nichts Schlimmes passieren, versprach sie sich selbst. Sie hatte es nicht so weit geschafft, um am Ende alles zu verlieren. Sobald Mr. Vaughn seine Inspektion beendet hätte, würde sie einige Nachforschungen anstellen.

Sie gingen in die Küche, wo Helen gerade dabei war, die Mittagsgerichte vorzubereiten. Chance blieb an seiner gewohnten Stelle direkt hinter der Tür stehen, legte sich hin und bereitete sich auf eine längere Wartezeit vor.

»Helen, das ist Mr. Vaughn vom Gesundheitsamt. Es gab ein paar Beschwerden über unser Restaurant. Irgendetwas wegen der Sauberkeit und Essenstemperatur.«

Die Ratten ließ sie lieber unerwähnt. Helen war keine junge Frau mehr und sie wollte nicht, dass sie vor lauter Schock noch irgendeine Art von Anfall bekam.

Helen starrte den Hygiene-Inspektor an. Sie war sichtlich aufgebracht, sagte jedoch nur: »Ich bin auf Ihren Besuch nicht vorbereitet, Mr. Vaughn, was offensichtlich auch Ihre Absicht war. Aber schön, fühlen Sie sich frei zu tun, was Sie tun müssen.«

Während der Inspektor sich Handschuhe überzog, machte sich Helen wieder daran, gebratenes Hähnchenfleisch für ihre berühmten Sandwiches in Scheiben zu schneiden. Sie wirkte vollkommen cool und selbstbeherrscht, was verdammt beeindruckend war.

Die nächsten fünfundvierzig Minuten vergingen unerträglich langsam. Michelle setzte sich neben Chance an die Tür. Der beobachtete den Inspektor, als wäre er jederzeit bereit, sie gegen den Mann zu verteidigen.

Mr. Vaughn öffnete Schränke, kontrollierte mit irgendeiner Art von Messgerät die Temperatur des Essens im Kühlschrank und auf dem Herd. Er besah sich die Spülmaschine und überprüfte ihre Lizenz und den Vorratsraum. Schließlich streifte er die Handschuhe ab.

Michelle rappelte sich hoch und trat zu ihm. »Nun?«

»In der Tat beeindruckend«, sagte Mr. Vaughn und sah zugleich verärgert aus. »Ich habe noch nie eine so saubere Küche gesehen. Alles erfüllt mindestens die gesetzlichen Anforderungen und in beinahe allen Bereichen übertreffen Sie sie sogar. Die Beschwerde ging erst vor ein paar Tagen ein, und soweit ich sehen kann, befolgen Sie diese Praxis schon seit geraumer Zeit.«

Michelle hätte ihm am liebsten die Zunge rausgestreckt und ihn daran erinnert, dass sie ihm gleich gesagt hatte, es handele sich um eine unrechtmäßige Beschwerde, doch dann befand sie, dass dies der Situation nicht zuträglich wäre.

»Wir haben die Prüfung also bestanden?«

»Ja, und ich werde in der Akte vermerken, dass es sich möglicherweise um eine böswillige Beschwerde gehandelt hat. Wir von der Aufsichtsbehörde nehmen unsere Arbeit sehr ernst, es steht schließlich die Gesundheit von Menschen auf dem Spiel. Da können wir es uns nicht leisten, unsere begrenzten Ressourcen für diese Art von Schabernack zu vergeuden.«

Michelle lächelte. »Ich glaube, ich weiß, wer das gewesen ist. Ich werde mal ein ernstes Wörtchen mit ihr reden.«

Sie schüttelte Mr. Vaughn die Hand, dann ging sie zurück in den Eingangsbereich des Inns.

Ellen war noch immer da, sie saß auf einem der Sofas. Sie sah sie an, als Michelle auf sie zuging, anscheinend stand ihr die Befriedigung ins Gesicht geschrieben, denn nun lächelte und zwinkerte Ellen nicht mehr.

»Hey«, sagte Michelle. »Danke für die Beschwerde. Die Aufsichtsbehörde liebt uns jetzt über alles und hält dich für eine Querulantin. Das gefällt mir irgendwie.«

Ellen stand auf, der Blick ihrer blauen Augen wurde stechend vor Wut. »Sei vorsichtig, Michelle, mich willst du nicht als Gegnerin haben.«

»Das bist du doch schon längst. Beinahe hätte ich dir die ganze ›Lass uns Freunde sein‹-Nummer abgekauft – du bist wirklich gut, das muss ich dir lassen. Ich weiß nicht, wie viel dein Spielchen mit dem zu tun hat, was damals zwischen dir und Carly auf der Highschool vorgefallen ist, und wie viel damit, dass du denkst, du kannst dir dieses erstklassige Strandgrundstück für einen Spottpreis unter den Nagel reißen. Lass mich daher beide Punkte ansprechen.«

Es fiel ihr schwer, nicht zu lächeln. Leute runterzuputzen machte richtig Spaß.

»Was die Highschool-Sache betrifft, werd endlich mal erwachsen! Das ist Jahre her. Leg dir ein eigenes Leben zu und lass die Vergangenheit hinter dir. Und was das Grundstück betrifft, das kannst du dir so was von abschminken. Ich bin mit meinen Ratenzahlungen à jour und wir haben mehr eingenommen als erwartet, daher kann ich sogar schon einen größeren Teil abbezahlen als vorgesehen und vielleicht sogar die Kredite zusammenlegen. Wahrscheinlich aber nicht bei eurer Bank.«

»Da wären ja auch noch andere Bedingungen«, fauchte Ellen.

»Du meinst deine dummen Regeln? Ich weiß aus zuverlässiger Quelle, dass du gar nicht das Recht dazu hattest.«

»Wer sagt das?«

»Ich sag das.«

Ellen rollte mit den Augen. »Michelle, misch dich nicht in Dinge ein, von denen du keine Ahnung hast.«

»Solche Dinge wie Bankgeschäfte? Offenlegungspflicht, Umschuldung und so? Du hast recht, da sollte ich mich besser raushalten. Aber ich glaube, es ist an der Zeit, dass ich mir einen guten Anwalt besorge, der sich das alles mal anschaut. Carly ist ziemlich dicke mit den ›Geschäftsfrauen von Blackberry Island‹. Eine von ihnen wird sicher in der Lage sein, uns jemanden zu empfehlen. Möglicherweise jemanden, der dem Vorstand deiner Bank nahesteht.«

»Das wird gar nichts ändern«, sagte Ellen.

Michelle hatte jedoch das Gefühl, dass sie nervöser war, als sie es sich anmerken lassen wollte. »Du solltest jetzt wohl besser gehen«, sagte sie.

Ellen machte auf dem Absatz kehrt und verließ das Inn.

Michelle sah ihr nach, dann beugte sie sich hinunter, um Chance zu tätscheln. »Wir Menschen sind schon eine seltsame Spezies.«

Er lehnte den Kopf an ihre Hüfte, als wollte er sagen, dass es ihm nicht zustand, dies zu beurteilen.

Carly schob die Hände in die dunkle, reichhaltige Erde des Gartens hinter dem Inn. Mit schönen Blumen kam auch Unkraut. Sie rupfte eins mitsamt Wurzel aus und warf es auf den wachsenden Haufen auf der Wiese. Vielleicht ist Gartenarbeit eine Metapher für das Leben, dachte sie glücklich. Grabe ein wenig und reiß alles aus, was dich stört.

Chance lag ausgestreckt neben ihr im Gras. Die Sonne war warm, der Morgen ruhig. Es versprach ein guter Tag zu werden.

»Carly!«

Die Stimme kam von der anderen Seite des Inns, sie war unverkennbar. Das war's wohl mit dem guten Tag. Carly hockte sich auf die Fersen und sah ihrer Mutter entgegen.

Bisher hatten sie lediglich über Unbedeutendes gesprochen, das Wetter, Shopping, die Reisen, die ihre Mutter und Frank für den Rest des Jahres geplant hatten. Doch bis auf ihren Versuch, herauszufinden, was Lana sich dabei gedacht hatte, einfach so zu verschwinden, hatten sie sämtliche allzu persönlichen Themen vermieden.

Vermutlich auch besser so, sagte Carly sich. Manche Dinge waren irreparabel.

Ihre Mutter ließ sich neben sie ins Gras fallen und tätschelte Chance. »Wir haben alles gepackt und sind abfahrtbereit. Frank verabschiedet sich gerade von Michelle. Falls du nichts dagegen hast, fahren wir noch bei Gabbys Sommerlager vorbei, bevor wir die Stadt verlassen.«

»Klar«, sagte Carly und hoffte, ihre Erleichterung wegen der Neuigkeit war ihr nicht anzumerken. »Ich rufe dort an und sage Bescheid, dass ihr zu ihr dürft.«

»Danke.« Ihre Mutter seufzte. »Das war sehr schön. Dass wir uns wieder nähergekommen sind, meine ich. Frank und ich hätten schon vor Jahren zurückkommen sollen. Auch wenn es natürlich Probleme mit Brenda gegeben hätte – sie war nicht der Typ fürs Vergessen und Vergeben.«

»Ihr beide standet euch doch so nahe«, sagte Carly. »Hast du sie nicht vermisst, nachdem du weggegangen warst?«

Lana zuckte mit den Schultern. »Vielleicht ein bisschen. Schließlich waren wir Freundinnen, auch wenn Brenda nicht einfach war. Sie dachte nur an sich selbst, ohne zu bedenken, dass sie die Menschen um sich herum damit verletzen könnte. Ich war da doch eher die Feinfühlige, die sich Gedanken um andere gemacht hat.« Lana lächelte.

Sicher, dachte Carly. *Sein einziges Kind zu verlassen, um mit seinem Liebhaber durchzubrennen, zeugt von großer Feinfühligkeit.* »Ja, du warst wirklich immer sehr besorgt um andere.«

»Ich bin so froh, dass wir zwischen uns alles geklärt haben.«

Das nannte man wohl Sarkasmus. Carly war nicht sicher, ob sie lachen oder sich dem Wahnsinn hingeben sollte.

Lana beugte sich vor und küsste sie auf die Wange. »Wir haben überlegt, zu Thanksgiving wiederzukommen.«

»Haben wir ein Glück.«

»Ich werde dich vermissen«, sagte ihre Mutter und umarmte sie. »Sei brav.«

»Braver geht's nicht.«

Dann war Lana weg.

Carly machte sich über ein paar weitere Unkräuter her und packte sie bei der Wurzel – eine Aufgabe, die sie nun noch befriedigender fand als zuvor. Sie wartete auf ein Gefühl des Bedauerns oder von Verlust, doch da war nichts als das Wissen, dass sie bereits alles hatte, was sie brauchte. Eine gute Beziehung zu ihrer Mutter wäre nett, war jedoch nicht lebensnotwendig.

Sie gelangte an das Ende des Beetes und wollte gerade zum nächsten weiterziehen, als ein vertraut wirkender Sheriff-Wagen vorfuhr.

Sam.

Carly wandte sich um, um ihm entgegenzusehen und seine großen, leichtfüßigen Schritte, die breiten Schultern und seinen Sex-Appeal auf sich wirken zu lassen. Sie erinnerte sich an diesen Körper von ihrer einzigen, wenn auch eindrücklichen Begegnung mit ihm. Möglicherweise war es etwas voreilig von ihr gewesen, zu verlangen, dass sie die Dinge langsam angingen. Vielleicht sollte sie vielmehr einen Babysitter für Gabby besorgen und sich einen netten Abend mit dem Mann in seiner neuen Wohnung machen und, nun ja, zur nächsten Ebene übergehen.

»Hi«, rief sie, setzte sich hin und schirmte ihre Augen gegen die Sonne ab.

»Carly.«

Sam kam zu ihr herüber, begrüßte Chance und ließ sich vor ihr ins Gras fallen.

»Wie läuft's?«, fragte sie. »Du bist sicher erleichtert, dass die große Feiertagswoche vorbei ist, oder? Jetzt kannst du es bis zum Labor Day ruhig angehen lassen.«

»Solange Touristen in der Stadt sind, ist da nichts mit ruhig angehen lassen.« Er legte seinen Hut ins Gras und strich sich durchs Haar. »Ich habe eure Eltern wegfahren sehen.«

»Ja, sie reisen ab.«

»Ist das okay für dich?«

»Mehr als okay.«

Er grinste. »Gut. Ich hab nämlich überlegt, dass du und Gabby vielleicht morgen mit mir ins Kino gehen wollt.«

Sie lachte. »Könnte schon sein.«

»Ich habe gehofft, dass du das sagst.«

Kino wäre nett, dachte sie. Und im Laufe der Woche würde sie die Babysitter-Idee noch einmal aufgreifen und das eine oder andere mit dem attraktiven Mann anstellen, der vor ihr saß.

Die Picknick-Tische im Park waren großzügig angelegt und schattig. Die Abendsonne fiel durch die Blätter und warf funkelnde Pünktchen auf das Wasser, im Jachthafen tanzten die Boote auf dem Wasser. An der Hauptanlegestelle standen Bänke für diejenigen Besucher, die angeln oder einfach nur dem Treiben zusehen wollten, und von dort konnte man auch die Rundfahrtschiffe besteigen. Links davon lag ein kleiner Steg, den die Unerschrockenen nutzten, um in das kühle Nass des Puget Sound zu springen. Gabby schlenderte neben Chance über den Bürgersteig, der Hund ließ das Mädchen nicht aus den Augen.

Michelle packte die Abfälle zusammen und stopfte sie in den Picknickkorb. Sie war diejenige gewesen, die ein entspanntes Abendessen fern dem Inn vorgeschlagen hatte. Sie hatten sich Gerichte aus Helens Küche geholt und waren hierherspaziert.

»Das war schön«, sagte Michelle.

Carly nickte. »Finde ich auch, das sollten wir öfter machen. Mal ein bisschen Abstand zu allem kriegen.«

»Auch zu Sam?«

Carly seufzte. »Nein, der muss arbeiten.«

»Dann bin ich also nur die zweite Wahl?«

»Vergiss es, ich streite mich jetzt nicht mit dir.«

»Warum nicht? Das macht doch Spaß.«

Carly schüttelte den Kopf. »Du bist wirklich verkorkst. Das weißt du aber, oder?«

»Glaub mir, ich kenne meine Schwächen.«

Während Michelle weiterredete, hielt Carly nach ihrer Tochter Ausschau. Gabby und Chance waren stehen geblieben, um sich mit ein paar Touristen zu unterhalten. Sie waren zu weit weg, als dass sie alles hätte hören können, was sie sagten, doch die Meeresbrise wehte ein paar Wortfetzen zu ihr herüber. Das ältere Paar lachte und streichelte Chance, während Gabby aufgeregt auf der Stelle tänzelte. Als sie aufsahen, entdeckten sie Carly und winkten ihr zu.

»Sieh sie dir an«, sagte Carly, überwältigt von der Liebe zu ihrer Tochter. »Sie wächst so schnell und blüht immer mehr auf. Und du hast ihr dabei geholfen, weniger Angst zu haben.«

»Ach, das war doch gar nichts.«

»Für sie war das viel, sie wird jeden Tag mutiger. Und ich glaube, mitzuerleben, wie es dir nach und nach besser geht, ist lehrreich für sie.«

Michelle zog eine Grimasse. »Ich bin weit davon entfernt, perfekt zu sein.«

»Man muss nicht perfekt sein, um eine gute Mutter zu sein.«

»Ich bin nicht ihre Mutter.«

»Nein, aber du bist eine sehr nette Zweit-Mama.«

Michelle lachte.

Carly sah zu Gabby hinüber und runzelte besorgt die Stirn, als sie sah, dass ihre Tochter und Chance auf den kleinen Steg gegangen waren.

»Gabby«, rief sie, sprang auf und lief in ihre Richtung. Der Holzsteg ragte nur etwa sechs Meter ins Wasser hinein, doch er hatte kein Geländer. Da war nichts, das ihre Tochter davon abgehalten hätte, ins Wasser zu fallen.

Michelle lief ihr nach. »Darf sie auf den Steg? Wieso ist da eigentlich kein Geländer? Und kann sie überhaupt schwimmen?«

»Nein, kann sie nicht!«

In diesem Moment landete einer der Kraniche direkt vor Gabby auf dem Steg. Das Mädchen blieb stehen und starrte den Vogel an, Chance stand ganz ruhig neben ihr. Als Gabby die Hand ausstreckte, hüpfte der Kranich davon. Gabby lachte und wandte sich Chance zu. Dabei trat sie einen Schritt zurück.

Für Carly war dies einer dieser furchtbaren Augenblicke, in denen das Allerschrecklichste in den Bereich des Möglichen rückte und alles wie in Zeitlupe ablief. Sie wusste genau, was geschehen würde – sie hatte es schon tausendfach durchlebt, ehe es wirklich passierte.

Gabby hatte bereits zu nah am Rand des Stegs gestanden, und als sie einen Schritt zurücktrat, hing ihr Fuß plötzlich über dem Nichts. Carly schrie, doch wie in einem Albtraum wurde ihr Schrei von Leere geschluckt und war für sie unhörbar. Gabbys Gewicht verlagerte sich langsam nach hinten. Sie ruderte mit den Armen und versuchte verzweifelt, die Balance wiederzufinden. Chance wandte sich um und stürzte auf sie zu, Carly rannte noch schneller als zuvor.

Sie alle kamen zu spät. Gabby fiel seitwärts und tauchte in das kalte, dunkle Wasser.

»Nein!«, schrie Carly, das Herz schlug ihr bis zum Hals. Sie bekam keine Luft mehr, doch das spielte keine Rolle. Nichts spielte mehr eine Rolle außer ihrer Tochter.

Chance sprang Gabby sofort nach und paddelte auf den kleinen Kopf zu, der wieder an die Wasseroberfläche gekommen war. In weiter Ferne hörte sie einen Hilfeschrei die Abendruhe durchdringen. Mehrere Leute drehten sich um, nicht sicher, ob sie richtig gehört hatten.

Carly ignorierte sie alle. Sie rannte über den Bürgersteig und auf den Steg, blieb dann jedoch abrupt stehen und starrte in die strudelnde Hölle unter ihr.

Ihr Herz schlug noch immer wie verrückt, ihre Lunge verlangte verzweifelt nach Sauerstoff und ihr Körper wollte nach vorne stürzen – doch sie stand wie angewurzelt da, unfähig, sich zu bewegen. Wasser. Sie konnte nicht ins Wasser gehen. Sie konnte nicht schwimmen und konnte die betäubende Angst nicht überwinden, die sie lähmte und sich weigerte, sie freizugeben.

Sie sah, wie Gabby mit den Armen wild um sich schlug, schrie und hustete. Chance erreichte sie, packte die Rückseite ihres T-Shirts mit den Zähnen und fing an, zur Bootsrampe zu paddeln, die etwa sechs Meter entfernt von ihnen lag. Doch während er sie hinter sich herzog, geriet Gabbys Gesicht mehrmals unter Wasser. Carly schrie auf.

Plötzlich nahm sie neben sich eine blitzschnelle Bewegung wahr. Michelle sprang kopfüber ins Wasser und kam nur Sekunden später nahe bei Chance und Gabby wieder an die Oberfläche. Sie griff nach dem Mädchen.

Carly wandte sich um und rannte zurück zur Anlegestelle. Dabei stieß sie mit Menschen zusammen – Fremde, die sich versammelt hatten, um zuzusehen. Ein paar Leute machten sich bereit, ebenfalls ins Wasser zu springen. Sie gelangte zum Bürgersteig und dann zur Bootsrampe, auf die Michelle zusteuerte, Gabby hatte sie sicher in ihrem Arm. Chance schwamm gleich neben ihr.

Carly spürte die Tränen auf ihrem Gesicht, doch sie waren nichts im Vergleich zu ihrer Scham und der Angst. Ihre Tochter hätte wegen ihr sterben können! Sie hätte ertrinken können und sie hatte nichts tun können, um sie davor zu bewahren.

Sie fiel auf die Knie, von Schluchzern geschüttelt. Die kleinen, dünnen, nassen Arme ihrer Tochter umklammerten sie so fest, dass sie keine Luft bekam.

»Gabby!«

»Mom, Mom.«

Sie hielten einander fest, beide zitternd, beide weinend. Wohl wissend, wie viel Glück sie gehabt hatte, drückte Carly ihre Tochter an sich und schwor, dass sie sie niemals wieder loslassen würde.

34. KAPITEL

»Es tut mir leid«, flüsterte Carly. Ihre Hände, mit denen sie das Brandyglas umklammert hielt, zitterten noch immer.

»Okay, jetzt bin ich offiziell gelangweilt«, sagte Michelle von ihrem Platz auf dem Sofa aus. »Du hast dich schon ungefähr fünfzehntausend Mal entweder bei mir bedankt oder dich entschuldigt. Können wir jetzt bitte mal das Thema wechseln?«

Carly nickte, da sie ohnehin wusste, dass nichts, was sie sagen konnte, dazu führen würde, dass sie sich besser fühlte. Sie liebte ihre Tochter mehr als jeden anderen Menschen auf der Welt und hatte sie dennoch im Stich gelassen. Als Gabby sie am dringendsten gebraucht hatte, war sie unfähig gewesen, ihr zu helfen.

»Hör auf damit«, sagte Michelle abrupt. »Es hilft keinem von euch, dich selbst immer wieder fertigzumachen. Gabby geht es gut. Sie hat kaum gehustet, als ich sie rausgezogen habe, also hat sie nicht viel Wasser geschluckt. Sie war ein bisschen nass und ihr war kalt, aber sie ist innerhalb von dreißig Sekunden eingeschlafen. Es geht ihr gut.«

»Ja, weil du sie gerettet hast.«

Michelle rollte mit den Augen. »Du kannst ganz schön ermüdend sein.«

»Ich habe sie im Stich gelassen. Sie hätte sterben können!«

»Sie ist aber nicht gestorben. Und wenn ich nicht reingesprungen wäre, hätte es jemand anders gemacht. Wenn es dir wirklich so viel ausmacht, dann lern einfach endlich mal schwimmen.«

Carly wollte anmerken, dass sie schreckliche Angst vor Wasser hatte. Das war so, seit sie denken konnte, doch das wusste Michelle bereits.

»Du musst ja an keiner Olympiade teilnehmen«, beruhigte ihre Freundin sie. »Du musst nur wissen, wie du dich wie ein Hund über Wasser hältst. Aber ob du nun schwimmen lernst oder nicht, Gabby muss es auf jeden Fall. Sie wohnt hundert Meter vom Meer entfernt.«

»Du hast recht«, wisperte Carly. »Mit allem.«

»Ah, recht haben.« Michelle lehnte sich in die Kissen zurück. »Das ist doch immer wieder schön.«

Trotz allem lächelte Carly. Dann stellte sie sich jedoch vor, in ein Schwimmbecken zu steigen, und sofort drehte sich ihr der Magen um. Sie ließ das Brandyglas sinken.

Chance lag auf dem Teppich zu Michelles Füßen. Sie hatten ihn geduscht, ihn abgetrocknet und ihm eine extragroße Portion Hundekekse gegeben.

»Er war toll«, sagte Carly.

»Ja, er hat Tiefgang«, erwiderte Michelle und rieb mit einem Fuß seine Flanke. Sein Schwanz schlug auf den Boden, doch seine Augen blieben geschlossen. »Ich kann nicht fassen, wie weit er sich in so kurzer Zeit entwickelt hat. Ich glaube, er hat nur darauf gewartet, da hinzukommen, wo er wirklich hingehört.«

»Ich bin froh, dass du ihn behältst.«

»Er ist die wohl beste Chance, die ich auf eine gute Beziehung mit einem Mann habe.«

»Vielleicht sollte ich mir auch einen Hund anschaffen«, murmelte Carly. Sie sah Michelle gerührt an. »Ich …«

»Lass es.« Michelle funkelte böse zurück.

Carly biss sich auf die Lippen. Sie hatte Michelle tatsächlich noch einmal danken wollen. »Ich bin froh, dass du hier bist«, sagte sie stattdessen. »Dass du zurückgekommen bist und wir jetzt zusammenarbeiten.« Auf einmal wurde ihr klar, dass Michelle am Brandy nippte. »Warte mal kurz. Ist es eigentlich in Ordnung, dass du trinkst?«

Michelle hielt ihr Glas in die Höhe. »Ich glaube ja, ich teste mich gerade selbst. Der Grund für meinen Zusammenbruch war nicht der Alkohol. Der war nur ein Symptom dafür, dass alles andere im Argen lag. Wenn ich allerdings wieder durchdrehe, wissen wir beide, dass ich falsch damit liege.«

Carly dachte darüber nach, was sie schon alles miteinander durchgestanden hatten, seit Michelle nach Hause gekommen war. »Wenn du durchdrehst, lasse ich dich einweisen.«

»Wie nett. Und ich rette auch noch dein Kind. Das ist jetzt kein angemessenes Dankeschön, wenn du mich fragst.«

Carly lachte. »Dafür musstest du dich mal nicht mit dir selbst auseinandersetzen.«

»In diesem Punkt gebe ich dir recht, aber das war's dann auch schon.« Sie stellte das Glas ab. Es war noch ein Rest Brandy darin. »Ich mag nicht mehr. Schätze, das ist ein gutes Zeichen. Kommst du alleine klar?«

Carly war sich nicht sicher, doch sie nickte. »Ja, ich komm klar.«

»Lügnerin. Wir werden diese Theorie ebenso testen. Ich fahr jetzt nach Hause, ich bin total kaputt.«

Carly stand auf und begleitete sie und Chance zur Tür. Michelle trat hinaus in die Nacht, dann kam sie noch einmal zurück und umarmte sie kurz.

»Du bist eine gute Mutter und Gabby hat großes Glück, dich zu haben.«

Carly nickte. »Danke.«

Sie nahm Michelles Lob an, auch wenn sie sich fragte, ob das wirklich stimmte.

In diesem Moment fuhr ein weißes Auto vor und Sam sprang heraus.

»Was ist passiert? Jemand hat mir gesagt, dass Gabby verletzt wurde! Geht es ihr gut? Und dir?«

Michelle lächelte sie beide an. »Das lass ich dich jetzt mal alleine regeln«, sagte sie und ging davon.

Michelle fuhr nach Hause und kletterte aus ihrem Pick-up. Ihre Kleider waren feucht, obwohl sie eine Weile im Trockner gesteckt hatten, sie war müde und wollte nur noch schlafen gehen. Obwohl sie froh war, dass sie da gewesen war und Gabby hatte helfen können, hielt sie dies nicht für so ein lebensveränderndes Ereignis wie Carly.

»Du hättest sie auch alleine gerettet«, sagte sie zu ihrem Hund, während sie ihm die Beifahrertür öffnete und ihn herausspringen ließ. »Stimmt's?«

Chance schenkte ihr ein hündisches Grinsen und lief ihr voraus zum Haus.

Als Michelle in die Küche trat, stellte sie überrascht fest, dass das Licht an war und Jared am Tisch saß und auf sie wartete.

»Ich hab's schon gehört«, sagte er statt einer Begrüßung. »Du bist eine wahre Heldin.«

»Ach, bitte.« Sie ging zum Kühlschrank hinüber und begutachtete die neueste Sandwich-Sammlung. »Ich habe gar nichts Besonderes gemacht.«

»Ich bezweifle, dass Carly dir da zustimmen würde. Und Gabby wohl ebenso wenig.«

Sie tätschelte Chance. »Er ist der wahre Held. Er ist als Erster reingesprungen, hat sie gepackt und ist mit ihr in Richtung Ufer geschwommen.«

»Ich wusste immer schon, dass du etwas ganz Besonderes bist«, sagte er zu dem Hund. »Guter Junge.«

Chance wedelte mit dem Schwanz.

Jared durchquerte die Küche, schloss die Kühlschranktür und zog Michelle an sich. Er nahm ihr Gesicht in beide Hände und näherte seine Lippen langsam und bewusst ihren.

Seine Berührung war elektrisierend und verführerisch, seine warmen Lippen auf ihren, seine Finger auf ihrer Haut. Michelle verlor jegliches Interesse an Nahrung und war nur noch hungrig nach diesem einen ganz besonderen Mann.

Sie schlang die Arme um ihn – nicht, um sich an ihm festzuhalten, sondern um seine Stärke zu spüren, und öffnete leicht den Mund. Er drang mit der Zunge vor. Sein leidenschaftlicher Kuss war erregend, in seinen Armen fühlte sie sich weich und weiblich.

Jared löste sich ein wenig von ihr und strich ihr über das Haar. Sie sah ihm in die Augen.

»Du findest also endlich, dass ich so weit bin?«, fragte sie.

»Nein, aber ich bin so weit.«

Sie lachte. »Du warst doch noch nie das Problem.«

Er grinste, küsste sie erneut und streichelte ihr sanft den Rücken, dann ließ er seine Hände über ihren Bauch und schließlich zu ihren Brüsten gleiten.

Nach einer Weile fanden sie den Weg in sein Schlafzimmer. Chance war schon längst in ihr Zimmer verschwunden, möglicherweise, um ihnen ihre Privatsphäre zu lassen oder um von hündischen Heldentaten zu träumen. Jared machte sich nicht die Mühe, das Licht anzuschalten, nur die Lampe im Flur brannte. Im Halbdunklen zog er erst sie aus, anschließend sich selbst und sie landeten auf seinem Bett.

Er berührte sie überall, zunächst mit seinen Händen und dann mit seiner Zunge. Sanft und vorsichtig liebkoste er sie und gab dabei stets Acht auf ihre Hüfte. Als sie schier zu explodieren glaubte vor Erregung und Verlangen, küsste er sie behutsam dort, wo sie sich am meisten nach ihm sehnte, und bescherte ihr einen Orgasmus, der sie bis in ihre Seele erschütterte. Sie erschauerte noch immer unter den Nachwirkungen, während Jared sich ein Kondom überstreifte, in sie eindrang und sie auf einen zweiten überwältigenden Ritt ins Paradies mitnahm.

Danach lagen sie nackt und schwer atmend nebeneinander. Jared streichelte sie ununterbrochen, als könnte er nicht genug davon bekommen. Eine nette Eigenschaft bei einem Mann, dachte Michelle träge, während ihr Körper langsam in Richtung Schlaf driftete.

Das leise Klicken von Krallen auf dem Holzfußboden holte sie zurück in den Wachzustand. Chance tapste um das Bett herum zu ihrer Seite der Matratze und sprang hinauf. Dann ließ er sich neben ihren nackten Beinen nieder, seufzte einmal und schloss die Augen.

Jared lachte leise und rückte ein wenig zur Seite, damit sie mehr Platz hatte. »Wir brauchen entweder ein größeres Bett oder einen kleineren Hund.«

»Ein größeres Bett«, murmelte sie.

»Ich gehe gleich morgen früh eins kaufen.«

Carly stieg in das Schwimmbecken und sagte sich, dass sie ihre Angst nicht siegen lassen durfte. Mit einer Panikattacke würde sie nicht nur all die kleinen Kinder im Schwimmkurs erschrecken, falls sie sich im Wasser erbräche, sie würde auch das Personal ernsthaft verärgern.

Sie kam sich lächerlich vor, denn sie war die einzige Erwachsene in einem Becken voller Neun- und Zehnjähriger. Wie die Kinder trug sie eine Schwimmhilfe um den Hals, was nicht gerade dazu beitrug, ihr Selbstwertgefühl zu steigern. Trotzdem war sie wild entschlossen. Nach nur zwei Tagen hatte Gabby sich vollständig von ihrem Sturz in den Puget Sound erholt, doch sie hatte immer noch mit der Erinnerung daran zu kämpfen. Jedes Mal, wenn sie die Augen schloss, sah sie ihre Tochter in das kalte Wasser fallen und untergehen, in dem Wissen, dass sie sie nicht retten konnte.

Die einzige Lösung war also, Mut zu zeigen und schwimmen

zu lernen. Gabby hatte ebenso viel Angst davor wie sie, aber sie hatten vereinbart, es gemeinsam durchzustehen. Hand in Hand stiegen sie ins Becken – trotz des warmen Wassers und einer Außentemperatur von über zwanzig Grad zitterten sie leicht. Auch wenn Carly sich sagte, dass das Wasser ihr kaum bis zur Hüfte ging, fühlte sie sich dadurch nicht sicherer.

Die Schwimmlehrerin, eine zarte junge Frau in den Zwanzigern mit einem sympathischen Lächeln und unendlicher Geduld, begann den Unterricht mit einer Reihe von Sicherheitsbelehrungen. Während die Kinder herumplanschten und vergnügt quietschten, hörte Carly aufmerksam zu, als hinge ihr Leben davon ab, dass sie diese Regeln befolgte. Sie vermutete, wenn sie nicht ertrinken wollte, tat es das auch.

Sämtliche Zellen ihres Körpers schrien ihr zu, sie solle aus dem Wasser gehen, dass das eine ganz schlechte Idee war und sie es ohnehin nicht schaffen würde. Es kam ihr vor, als würde ihr Herz jeden Moment aus ihrer Brust heraus und auf den Beckenrand springen, um ihr von dort feixend beim Sterben zuzusehen. Am liebsten wäre sie weggerannt, doch das konnte sie nicht. Nicht vor Gabby, die jede ihrer Bewegungen verfolgte.

»Geht bitte alle an die Seite«, sagte die Lehrerin.

Gabby hüpfte zum Beckenrand und hielt sich daran fest. Carly folgte ihr langsam, bei jedem Schritt durch das Wasser hatte sie das Gefühl, dem Tod ein Stückchen näher zu kommen.

Eine zweite, ebenso junge Lehrerin kam zu ihnen ins Becken und zeigte ihnen, wie sie sich am Rand festhalten und dabei mit den Beinen im Wasser treten sollten. Carly atmete bewusst langsamer, griff nach dem Zementrand und hob mutig ihre Füße vom Boden ab, um es zu probieren. Sofort überwältigte sie das Gefühl, die Kontrolle zu verlieren und zu ertrinken.

Sie biss sich so fest auf die Lippe, dass sie Blut schmeckte. Sie musste hier raus, ehe sie anfing zu sinken. Sie würden alle sterben, warum sah das keiner? Was war nur los mit den anderen?

Gabby streckte ihren Körper, ihre Beine trieben an die Oberfläche und sie begann zu treten.

»Ich kann's, Mom! Ich kann's!«

»Ja, du kannst es.« Ihre Worte klangen wie ein Krächzen, doch Carly gab sich Mühe, zu lächeln.

Sie hätte gerne ihren Tränen nachgegeben, wollte nichts anderes, als dieser Wasserhölle zu entkommen, aber sie wusste, dass sie bleiben musste. Sie musste zumindest so gut schwimmen lernen, dass sie nicht mehr von tödlicher Angst überwältigt wurde. Sie drückte sich wieder vom Boden ab und fühlte erneut Panik in sich aufsteigen. Da war nichts zwischen ihr und dem Grund des Schwimmbeckens, nichts als ihre Hände, die den Beckenrand umklammerten, und einer Schwimmhilfe, der sie nicht genügend Vertrauen entgegenbringen konnte.

Die Lehrerin kam zu ihr. »Entspann dich, Carly, es ist gar nicht schwer.« Sie spürte eine Hand, die gegen ihren Bauch drückte. »Du schaffst das.«

Carly fühlte ihren Körper im Wasser ein wenig höher gleiten und begann zu treten. Die Hand ließ los, doch sie blieb gerade.

»Du kannst es auch«, krähte Gabby.

»Ja«, bekam Carly heraus. Die Angst war immer noch da, aber ihr Wille war stärker. Genau wie sie.

Michelle spazierte mit Chance durch die Stadt. Die Touristen schien der leichte Nieselregen zu stören, sie drängten sich in Geschäften und Cafés zusammen, doch ihr gefiel die kühle Nässe nach beinahe einer Woche mit wolkenlosem Himmel. Mit Rücksicht auf die örtlichen Vorschriften und die Menschen, die Angst vor Hunden hatten, benutzte sie eine Leine.

Chance bewegte sich ohnehin nicht von ihr weg, wenn sie draußen waren.

Er hat es weit gebracht, dachte sie und klopfte ihm kurz auf den Rücken. Er hatte zugenommen und jede Menge Muskeln entwickelt. Zudem schlief er ohne Albträume, wurde immer vertrauensvoller Fremden gegenüber und zeigte ein intuitives Gespür für ihre Launen. Für September hatte sie ihn zu einem Gehorsamkeitstraining angemeldet. Sobald er die Grundlagen erlernt hätte, würde er gleich in einen fortgeschrittenen Kurs einsteigen. Bis zum Frühjahr, so hoffte sie, würden sie so weit sein, mit dem Geschicklichkeitstraining anzufangen.

Ein Stückchen weiter sah sie Sam mit einem Becher in der Hand aus einem Coffeeshop kommen. Sie rief nach ihm. Er sah auf, grinste, als er sie entdeckte, und kam auf sie zu.

»Hey«, sagte er und umarmte sie kurz, ehe er sich zu Chance hinunterbeugte und ihn streichelte. »Du Hundeheld. So nennen dich hier alle, mein Großer.« Er sah zu ihr auf. »Von dir reden die Leute auch, Kleine.«

Michelle stöhnte und trat einen Schritt zurück, um sich unter eine Markise zu stellen. »Die Leute sollten sich langsam mal ein anderes Gesprächsthema suchen. Gabby geht es gut. Und sie und Carly machen jetzt einen Schwimmkurs, daher wird das nie wieder ein Thema sein.«

»Hab ich gehört.«

»Ah, stimmt ja. Du verbringst ganz schön viel Zeit in der Eigentümerwohnung, mein Lieber. Gibt es vielleicht etwas, das du mir sagen möchtest?«

Sam richtete sich auf und lächelte verschmitzt. »Ich mag sie. Sogar sehr.«

Michelle freute sich für ihn, machte sich jedoch seltsamerweise zugleich Sorgen um Carly. »Du weißt schon, dass du eine lausige Erfolgsbilanz hast, was Frauen betrifft, oder?«

»Ja, und daher lasse ich es auch langsam angehen. Das hier will ich nicht vermasseln.« Er strich ihr über die Wange. »Geht das in Ordnung für dich, das mit mir und Carly?«

»Ja, aber wenn du ihr wehtust, mach ich dich so fertig, dass du heulst wie ein kleines Mädchen.«

»Geht klar.«

35. KAPITEL

Michelle verließ ihr Büro und wanderte durch das Inn. Sie hatten gerade eine der kurzen Verschnaufpausen, wenn die Gäste auswärts waren und alles ruhig war.

Mr. Whiskers kam in die Lobby geschlendert und miaute anklagend. Chance folgte ihm. Er ging auf den Kater zu, der sofort um die Beine des Hundes strich und seinen Katzenkopf an Chances Brust rieb. Gemeinsam spazierten sie zur Sitzbank am Fenster und sprangen hinauf. Chance streckte sich aus, dann ließ sich Mr. Whiskers halb auf, halb neben ihm nieder.

Michelle wusste nicht genau, wann die beiden Freunde geworden waren, doch sie verbrachten nun häufig den Morgen zusammen und genossen die sonnige Wärme. Manchmal sah sie, wie Chance den Kater ableckte und danach seinerseits eine Katzengesichtswäsche verpasst bekam.

»Irgendwie sind hier alle etwas seltsam«, murmelte sie und ging weiter in Richtung Speisesaal. »Wie läuft's?«, fragte sie Helen, als sie die Küche betrat.

»Die Obst-Tarte ist ein Hit. Egal, wie viele ich davon backe, sie ist immer ausverkauft. Ich kann ihr jedoch nicht mehr so viel Zeit widmen, daher habe ich Cammie eingewiesen.«

Cammie lachte. »Der Boden will mir einfach nicht gelingen.«

»Ja, der braucht viel Geduld.«

»Der braucht Fähigkeiten, die ich nicht habe, aber ich werde es schon noch lernen. Den Rest der Tarte kriege ich ohne Probleme hin.« Cammie löste die Schleife ihrer Küchenschürze. »Ich habe überlegt, eine Kochschule zu besuchen. Helen hat mich auf die Idee gebracht.«

Michelle lächelte. »Das ist toll. Es gibt einige gute Schulen, ein paar davon in Seattle.«

Cammie ging zur Hintertür. »Bis später.«

Helen winkte ihr nach, dann wandte sie sich ihr zu. »Sie hat ungenutzte Talente, aber ich verliere sie ungern als Küchenhilfe. Also, was gibt's Neues?«

»Ich habe von meinem Anwalt gehört.« Michelle lehnte sich an die Küchentheke und seufzte vor Befriedigung. »Ich liebe es, wenn ein Plan funktioniert.«

»Gute Neuigkeiten?«

»Die besten. Ellens Bank wird überprüft. Es wird einen offiziellen Bericht geben und wir werden die Details erfahren, wenn er veröffentlicht wird. Das Entscheidende ist jedoch, dass die Bank ein paar Personalveränderungen vorgenommen hat und gegen eine gewisse Person, die wir gut kennen, Strafanzeige gestellt wurde.«

Helen starrte sie ungläubig an. »Ernsthaft? Ellen hat gegen das Gesetz verstoßen?«

»Aber so was von.«

»Du wirst es vermutlich nicht gutheißen, dass ich es zugebe, doch mir gefällt die Vorstellung von Ellen im Knast. Der Gedanke beruhigt mich irgendwie.«

»Mich auch«, sagte Michelle. »Ich werde die Kredite in einen einzigen zusammenlegen lassen, und wenn alles gut läuft, habe ich den in ein paar Jahren abbezahlt.«

»Hervorragend. Weiß Carly das schon?«

»Klar. Sie war die Erste, der ich es erzählt habe.«

Helen nickte beifällig. »Ich bin froh, dass ihr beiden herausgefunden habt, dass ihr zusammengehört. Wie zwei Schwestern.«

Was wir auch irgendwo sind, überlegte Michelle.

Sie dachte daran, dass Helen mehr als nur eine »vernünftige Person« war, wie sie sich selbst betitelte. Sie war zur tragenden Säule des Inns geworden.

»Ich hätte gerne, dass du bleibst«, sagte sie, einem plötzlichen Impuls folgend. »Und zwar dauerhaft. Könntest du dir vorstellen, auf die Insel umzuziehen?« Während sie die Frage stellte, wurde ihr klar, dass sie gar nicht so impulsiv gewesen war. Sie und Carly hatten nie nach einer Nachfolge für Helen gesucht, was vor allem damit zusammenhing, dass Helen so gut zu ihnen passte.

Die Köchin drehte sich zum Herd um und rührte in irgendeinem Topf. »Das würde Mr. Whiskers und mir sehr gefallen«, sagte sie. Ihre Stimme klang leicht belegt. »Ich habe mir überlegt, wir könnten uns ein kleines Häuschen mit Meerblick suchen.«

»Das wäre großartig. Du könntest ihn trotzdem noch mit zum Inn bringen, wenn du willst, damit er mit Chance abhängen kann.«

Helen sah sie amüsiert an. »Eine Spielverabredung für die Haustiere?«

»Warum nicht?«

»Das klingt wunderbar.«

Carly kam mit zwei Tellern zu den Gästen an den Tisch und stellte sie ab. »Hähnchensalat auf Focaccia-Brot«, sagte sie lächelnd. »Der ist sehr beliebt in der Gegend. Ich hoffe, er wird Ihnen schmecken.«

»Ganz bestimmt«, sagte die Frau. Sie blickte kurz um sich, dann senkte sie die Stimme. »Mein Mann und ich haben so viele tolle Dinge über das Inn gehört. Wir wollten eigentlich auch bei Ihnen wohnen, aber Sie waren ausgebucht. Daher ist das Beste, was wir tun können, zum Frühstück und zum Mittagessen herzukommen. Das haben wir jetzt schon drei Mal gemacht.«

Carlys Herz machte einen freudigen Hüpfer. »Es tut mir

leid, dass wir kein Zimmer mehr frei hatten. Sie sollten ein andermal wiederkommen und bei uns wohnen.«

Die Frau warf ihrem Mann einen Blick zu, er nickte. »Das machen wir. Ist die Rezeption besetzt? Können wir gleich nach dem Essen nach einem Zimmer fragen?«

»Ich werde persönlich zur Rezeption kommen. Dann suchen wir gemeinsam nach einem passenden Datum und ich sorge dafür, dass Sie ein wunderschönes Zimmer bekommen.«

»Vielen Dank.«

Carly nickte ihnen zu und drehte eine Runde durch den Saal, um sicherzugehen, dass alle mit Getränken versorgt und glücklich und zufrieden waren.

Es war bereits Anfang August, nur noch ein Monat bis zum Labor Day, und danach würde die ruhige Herbst- und Wintersaison anbrechen. Nach allem, was in den vergangenen Monaten los gewesen war, konnte sie eine Pause gut vertragen. Doch sie war auch glücklich. Es war eine Zeit voller Herausforderungen gewesen und gleichzeitig hatte es so viele Fortschritte gegeben.

Das Inn lief großartig. Michelle hatte ihr erzählt, dass sie genügend Geld eingenommen hatten, um gut durch die ruhigen Monate zu kommen, sogar, wenn sie weiter die Kredite abbezahlten. Die meisten ihrer Stammgäste hatten bereits Zimmer für ein oder zwei Wochenenden im Winter gebucht. Und Leonards Stipendium war verlängert worden, was bedeutete, dass er vier weitere Monate bleiben würde.

Helen blieb ihnen ebenfalls erhalten, Ellen stand unter Anklage und Gabby war glücklich. Carly schickte ein Dankesgebet an wen auch immer. Ihr Leben war schön und sie war dankbar dafür.

Sie führte zwei Paare zu ihren Tischen und brachte ihnen Getränke. Im Restaurant zu arbeiten machte ihr Spaß. Da sie nur zwei Mittagsschichten pro Woche absolvieren musste, blieb es interessant und fühlte sich gar nicht an wie Arbeit. Okay, auf ihrer Liste der Dinge, die sie glücklich machten, stand definitiv auch ihre Stelle. Sie konnte sich nicht vorstellen, woanders zu arbeiten.

Michelle kam hereinspaziert. »Wie läuft's?«

»Großartig. Wir sind voll ausgelastet, wie du siehst. Die Gäste sind glücklich und ein weiteres Paar möchte für die Nachsaison ein Zimmer buchen. Ein Hoch auf uns!«

Michelle nickte, doch in Gedanken schien sie mit etwas anderem beschäftigt zu sein.

»Was ist?«, fragte Carly. »Gibt es ein Problem?«

»Nein, es ist nur … Ich habe nachgedacht.«

»Und tut das weh?«, fragte Carly reflexartig und erwartete entweder ein Lachen oder eine Schimpftirade. Beides wäre in Ordnung gewesen. In Wahrheit gefiel es ihr, mit Michelle zu streiten. Sie waren gut aufeinander eingespielt und ehrlich zueinander. Diese Ehrlichkeit konnte zwar zuweilen wehtun, doch sie war stets willkommen.

»Es tut mir leid«, sagte Michelle plötzlich.

Carly starrte sie an. »Wie bitte?«

»Es tut mir leid! Es tut mir leid, dass unsere Eltern uns verlassen haben, und es tut mir leid, dass ich damals nicht erzählt habe, was ich gesehen habe. Und es tut mir leid, dass wir nicht Freundinnen geblieben sind, denn genau in diesem Moment hätten wir einander am meisten gebraucht.« Ihre Augen füllten sich mit Tränen.

Carly blinzelte verwirrt angesichts dieses unerwarteten Gefühlsausbruchs. »Nein, das ist nicht deine Schuld. Ich bin diejenige, die dich abgewiesen hat, nachdem meine Mutter weg war. Es war mein Fehler. Ich habe dir die Schuld gegeben, weil ich sie meiner Mutter nicht geben konnte. Dabei war sie diejenige, die das getan hat, nicht du. Du warst nur ein Kind. Das waren wir beide noch.«

»Ich weiß. Aber ich habe mit Allen geschlafen, und das hätte ich nicht tun sollen. Ich war nur so verletzt.«

»Und ich, ich war eine Zicke«, gab Carly zu. »Okay, klar, ich war glücklich, dass mich jemand liebte – oder zumindest so tat, aber ich habe dir das zu sehr unter die Nase gerieben. Es war nur … du hattest alles – das Inn, einen Sinn im Leben, Brenda. Ich weiß, sie war nicht gerade ein Sechser im Lotto, aber zu der Zeit war sie so viel besser als mein Dad. Ich war einfach nur neidisch auf dich.«

»Auf mich?« Michelle schüttelte ungläubig den Kopf. »Das kann nicht sein, du warst doch so sexy und beliebt.«

»Ich habe so getan, als wäre ich eine Schlampe. Das war nicht beliebt, das war dumm. Stattdessen hätte ich an dich glauben sollen.«

»Und ich hätte an dich glauben sollen«, erwiderte Michelle. »Es tut mir leid.«

Im nächsten Moment lagen sie sich schon in den Armen. Carly war sich bewusst, dass ihnen alle im Restaurant zuhörten und dass Helen aus der Küche gekommen war. »Wir sollten heute etwas mehr berechnen, für die Extra-Showeinlage«, sagte sie mit zittriger Stimme.

Michelle lachte und löste sich aus der Umarmung. »Du bist meine Schwester. Das habe ich bis zu diesem Sommer nie begriffen, ist das nicht seltsam?«

»Ich auch nicht.«

»Wir sind also beide Trottel?«

Carly lachte und wischte sich die Tränen vom Gesicht. »Ich schätze schon.«

Michelle packte ihre Hand. »Ich möchte, dass die Hälfte des Inns dir gehört. Ich will, dass wir es gemeinsam führen, als

Partnerinnen. Dann werden wir uns immer gegenseitig haben, egal, was passiert. Denn wir sind eine Familie.«

Nun weinte Carly noch heftiger. Sie versuchte, etwas zu sagen, doch sie konnte nicht. Einen Teil des Inns zu besitzen – etwas zu haben, das wirklich ihr gehörte!

»Bist du sicher? Aber ich würde mir das gerne erarbeiten.«

»Meinst du nicht, das hast du schon längst? Ich vertraue dir, Carly. Und ich brauche dich!«

Carly nickte, dann umarmten sie sich noch einmal. Um sie herum applaudierten die Leute. Und sie und Michelle hielten einander fest, als wollten sie sich nie wieder loslassen.

Michelle ging mit Chance bis zum Ende der Anlegestelle, an der Jared saß. Neben ihm stand ein Picknickkorb. Er sah in den Sonnenuntergang, seine nackten Füße baumelten über dem Wasser.

Sie setzte sich zu ihm. Chance ließ sich zwischen ihnen nieder und begrüßte Jared mit begeistertem Heulen und mit Schlabberküssen.

»Hey, mein Großer«, sagte er und legte einen Arm um den Hund. Er warf ihr einen Blick zu. »Dir auch hey.«

Sie lächelte und griff sich eine Limonade aus dem Korb. »Wie war dein Tag?«

»Nicht so aufregend wie deiner.«

Sie kräuselte die Nase. »Sag nicht, du hast gehört, was im Restaurant los war.«

»Die Tränen, die Schwüre, die Gruppenumarmung? Oh doch. Das pfeifen die Spatzen von den Dächern.«

»Ich muss umziehen«, grummelte sie, lächelte jedoch dabei. »Was ist denn bitte schön mit dem Recht auf Privatsphäre passiert? Mit dem Recht eines jeden Menschen auf ein eigenes Leben?«

»Tut mir leid, Kleines, aber das wirst du hier nicht finden.«

»Ich weiß.«

Chance streckte sich zwischen ihnen aus, und Jared beugte sich zu ihr und küsste sie auf den Mund.

»Das war eine wirklich gute Tat von dir«, meinte er. »Carly die Hälfte des Inns zu überlassen, meine ich«

Verlegen rutschte Michelle hin und her. »Sie hat es sich verdient und außerdem brauche ich ihre Hilfe.« Sie seufzte. »Na schön, ich wollte es so. Weil ich sie lieb habe. Das wollte ich zwar nicht zulassen, aber was soll ich machen? Sie war für mich da. Genau wie du.«

Was sie zu einem Punkt brachte, zu dem sie gar nicht hatte kommen wollen.

»Du findest wahrscheinlich, dass ich jetzt, wo es mir besser geht, umziehen sollte, damit du dein Zimmer einem anderen bedürftigen Veteranen zur Verfügung stellen kannst.« Sie versuchte unbeschwert zu klingen, so, als würde sie nicht verletzen können, was auch immer er antwortete.

»Ja, ich finde, dass du umziehen solltest«, sagte er und sah sie an. »Aber ich dachte eher an ein Stückchen den Flur runter – in mein Schlafzimmer.«

Michelle umklammerte die kalte Getränkedose und gab sich Mühe, zu begreifen, was das bedeutete. Fragte er sie da gerade, ob sie …

»Ich bin raus aus dem Therapie-Geschäft«, sagte er. »Und bereit für etwas Neues.« Einer seiner Mundwinkel ging leicht nach oben. »Ich bin bereit für dich, Michelle, bereit für uns. Und für was auch immer die Zukunft uns bringen mag. Bleib bei mir. Du und ich und Chance.«

Sie schluckte eine Flut von Gefühlen hinunter. »Das würde ich sehr gerne.«

»Schön.«

Er schlang den Arm um sie. Sie rückte näher und lehnte sich gleichzeitig an ihn und den Hund. Chance seufzte vor Wohlgefühl und schloss die Augen.

»Und vielleicht haben wir ja irgendwann auch mal ein paar Kinder«, sagte Jared.

Kinder? »Du meinst heiraten und eine Familie gründen? Oder so was in der Art«, fügte sie eilig hinzu, als ihr bewusst wurde, dass er das H-Wort gar nicht erwähnt hatte.

Sein halbes Lächeln verwandelte sich in ein breites Grinsen. »Etwas genau in der Art.«

Sie musste sich Mühe geben, nicht aufzuspringen und loszuschreien. Das wäre völlig uncool gewesen. Doch innerlich ließ sie ihren Gefühlen freien Lauf. Es fühlte sich einfach nur wundervoll an. Sie beugte sich runter, zog ihre Schuhe aus und ließ ihre nackten Füße ins Wasser baumeln.

Carly und Gabby gingen nach ihrer Schwimmstunde die Straße hinauf. Das Inn erhob sich vor ihnen, mit seinem Spitzdach und seinen in der Sonne glitzernden Fensterscheiben. Ich liebe einfach alles an diesem Ort, dachte sie stillvergnügt. Besonders die Hälfte, die mir gehört.

Sie konnte es immer noch nicht fassen, dass Michelle so großzügig gewesen war. Doch in der vergangenen Woche waren sie gemeinsam zu einem Anwalt gegangen und hatten einen Vertrag aufgesetzt. Nach all der Zeit würden sie und Gabby finanzielle Sicherheit und ein Zuhause haben, das ihnen niemand mehr wegnehmen konnte.

Gabby ließ ihr Handtuch über den Boden schleifen, aber das war Carly egal. Heute war ein guter Tag.

»Du hast dich super geschlagen, Mom«, sagte Gabby und tänzelte neben ihr her. »Wir waren beide super.«

Carly nickte. »Ja, du bist wirklich furchtlos.«

»Ich hab gar keine Angst mehr vor dem Schwimmen. Aber du schon, und trotzdem gehst du mit dem Kopf unters Wasser. Die Lehrerin hat gesagt, dass sie ganz beeindruckt war.«

Carly lachte. Das fiel ihr jetzt leichter, wo sie wusste, dass sie sich dem gefürchteten Schwimmbad eine Woche lang nicht würde stellen müssen. »Danke.«

Ein Stückchen vor ihnen saß Sam auf der Veranda und wartete auf sie. Carly fühlte, wie ihr Herz einen kleinen Sprung machte, als sie ihn entdeckte. Gabby rannte vor, sie konnte es kaum abwarten, Zeit mit ihm zu verbringen.

Als Gabby die Veranda erreichte, sagte sie etwas zu Sam, dann drehte sie sich um und rief ihr zu: »Beeil dich! Sie sind hier!«

»Wer ist hier?«

Gabby lachte. »Nicht wer, die Margeriten! Michelle hat dir ganz besondere bestellt und sie sind jetzt angekommen.« Das Mädchen schlug sich beide Hände vor den Mund und riss erschrocken die Augen auf. »Oh nein, das sollte ich doch nicht verraten«, flüsterte sie.

Sam lachte. »Ist schon okay. Sie kann ja so tun, als wäre sie überrascht.«

Ganz besondere Margeriten? Carly ging auf die Veranda zu. Nicht nur, um die Margeriten zu sehen, sondern weil der beste Teil ihres Lebens dort auf sie wartete.

LUNCH-MENÜ-VORSCHLAG

Helens Hähnchensalat-Sandwich (Rezept folgt)
Italienische Gemüsesuppe (Rezept folgt)
Zuckerplätzchen dekoriert wie Margeriten als Nachtisch

HELENS HÄHNCHENSALAT

4 Tassen in Würfel geschnittenes gekochtes Huhn
½ Tasse gewürfelten Sellerie
½ Tasse gewürfelte Zwiebeln
½ Tasse gewürfelte Äpfel
½ Tasse gehackte Pekannüsse
½ Tasse geriebener reifer Cheddar-Käse
1 Tasse Mayonnaise
1 Esslöffel milder Essig (Reisweinessig passt wunderbar)
¼ Teelöffel Salz
¼ Teelöffel Pfeffer

Grillhähnchen aus dem Supermarkt eignet sich hervorragend für diesen Salat. Einfach die Haut entfernen und das Fleisch in kleine Würfel schneiden. Alternativ kann man auch gefrorene Hühnerbrust anbraten oder im Ofen backen. Das Beste an diesem Sandwich ist, dass es so leicht zuzubereiten ist. Und wenn man fettarmen Käse und fettarme Mayonnaise verwendet, ist es sogar ziemlich gesund.

Geben Sie den Hähnchensalat auf Ihr Lieblingsbrot. Das Blackberry Island Inn verwendet Focaccia, aber Helens wunderbarer Hähnchensalat schmeckt auf jedem Brot köstlich.

ITALIENISCHE GEMÜSESUPPE

2 Esslöffel Olivenöl
1 gewürfelte Zwiebel
4 fein gehackte Knoblauchzehen
1 Tasse in Scheiben geschnittene Möhren
1 Tasse in ca. 1,5 cm lange Stücke geschnittene grüne Bohnen
6 Tassen Gemüsebrühe
1 Dose gewürfelte Tomaten
1 in Scheiben geschnittene Zucchini
1 Teelöffel getrockneter Basilikum
½ Teelöffel getrockneter Oregano
½ Teelöffel getrockneter Thymian
½ Teelöffel Salz
½ Teelöffel Pfeffer
1 Lorbeerblatt

Das Olivenöl in einem schweren Suppentopf erhitzen. Die Zwiebel und den Knoblauch hinzufügen und beides anbraten, bis sie ihren Duft entfalten (etwa 30 Sekunden lang). Möhren, Bohnen und Gemüsebrühe dazugeben und die Suppe aufkochen. Dann die Hitze reduzieren, einen Deckel auf den Topf geben und alles etwa zehn Minuten lang köcheln lassen. Die restlichen Zutaten hinzugeben und die Suppe ca. 15 weitere Minuten köcheln lassen. (Wer die Suppe gerne flüssiger hat, kann etwas mehr Gemüsebrühe dazugeben.)